J.F. Lewis

# *Pour le vampire et le meilleur*

Void City – 2

Traduit de l'anglais (États-Unis) par Marie-Aude Matignon

Milady

Milady est un label des éditions Bragelonne

Titre original : *Revamped*

Publié avec l'accord de l'auteur,
c/o BAROR INTERNATIONAL, INC.,
Armonk, New York, États-Unis



ISBN : 978-2-8112-0699-4

Bragelonne – Milady
60-62, rue d'Hauteville – 75010 Paris

E-mail : info@milady.fr
Site Internet : www.milady.fr

*Je dédie ce livre à quatre mecs hors du commun :*
*mon père, Ferrell, mon grand-père, C.M.,*
*mon ami, Rob, qui effectue des recherches bénévolement,*
*et mon pote de toujours, Rich.*

## Remerciements

Prêts pour un nouveau saut dans le vide ?
Je tiens à remercier toutes les personnes sans qui ce livre n'aurait pas vu le jour. Mais je suis (encore) persuadé d'oublier des gens. Si c'est vous… oups ! Re-désolé.
Tout d'abord, un grand merci à mes lecteurs. Vous êtes un habitué de *Void City* ? C'est votre premier séjour ? Dans tous les cas, j'espère que vous passerez un bon moment.
Ensuite, je dois une fière chandelle à mon groupe d'écriture, WTF (Write the Fantastic) : Rob, Mary Ann, Dan, Karen, Janet et Virginia. Ils ont beau n'être qu'une bande de salauds sans cœur, ils n'en demeurent pas moins de très chouettes amis. Suffisamment mauvais cuisiniers dans l'ensemble pour que je me charge des gâteaux lors de nos rencontres nocturnes.
Je suis infiniment reconnaissant envers ma mère, mon père, Shea, Rich, Sandra, Rachel, Daniel et la famille Lawley (Jimmy, Linda et Hunter) qui m'aident et m'entourent de leur affection, bien plus qu'ils le devraient.
Je remercie également deux grandes dames : mon agent, Shawna McCarthy, et mon éditrice, Jennifer Heddle, grâce à qui vous tenez ce livre entre les mains. Merci d'avoir laissé survivre le personnage de Croc. J'étais presque sûr qu'il sauterait à la relecture. Apparemment, je me faisais du souci pour rien.
Un grand merci également à Gene Mollica, qui a réalisé cette magnifique couverture. J'adore la façon dont tu as incorporé la Mustang.

Chers podcasteurs, qui avez accepté de diffuser les pubs de la série, je n'ai que trois mots à vous dire : « Vous assurez grave. » Je pense, en particulier, à J.C. Hutchins, Mur Lafferty, Rick et Anne Stringer, Kimi, Michael R. Mennenga, Summer Brooks et Shaun Farrell. Enfin et surtout, je remercie ma femme et mes fils. Parce que…

# 1

## ERIC :

## Saut dans le vide. Deuxième.

Ça vous est déjà arrivé de vous faire exploser la tronche ? Moi oui. Et je vous le déconseille. Surtout si vos assassins utilisent du C-4 bénit. N'importe quel vamp soumis à un tel traitement aurait passé l'arme à gauche. Pas de bol pour moi, je suis spécial.

Pour employer une métaphore glaciaire, les vampires existent en trois parfums : chocolat, fraise et vanille. Moi, je serais plutôt limette-pêche. Et d'une, c'est rare. Et de deux, c'est tellement froid que ça vous fiche la migraine. Bon, techniquement, on rencontre une quatrième sorte, les Fantoches, mais ils sont à peine immortels. C'est le sundae de l'espèce, si vous voulez. À ma place, ils y seraient restés.

Je m'appelle Eric Courtney. Il y a quelques minutes encore, j'étais un vampire. Et à présent ? Disons que j'y travaille.

Se faire pulvériser pyrotechniquement présentait un certain intérêt : c'était nouveau et différent. Et quand vous êtes immortel, c'est à peu près les deux seules sensations qui vous permettent de combattre l'ennui. Quitte à pimenter mon existence, j'aurais préféré que mon meilleur ami trouve une autre idée que me dynamiter et ravager mon club de striptease, mais bon. J'avais l'habitude d'essuyer des revers. Même flanqués en traître.

Pendant les premières secondes, je crus que j'étais vraiment mort. Aux abonnés absents. Foutu. Je restai bêtement en suspension au-dessus du club en flammes, un spectre bleu luminescent vêtu d'un jean et d'un tee-shirt « Welcome to the Void ». Personne ne me voyait ni m'entendait, et j'étais tout sauf amusé. L'enseigne lumineuse prit feu avec une violence impressionnante, avant de fondre littéralement. La rue entre le *Cœur de Démon* et le vieux cinéma *Pollux* était jonchée de débris de verre. Sous l'effet de la chaleur démentielle qui régnait, l'affiche de *Casablanca* se mit à roussir dans la vitrine. Ses bords brunirent et se recroquevillèrent. C'était moi qui possédais les deux bâtiments. Je les avais achetés pour une bouchée de pain après un incendie. Ironique, non ?

Les alarmes des immeubles attenants se déclenchèrent, déchirant le silence nocturne. Je passai une main sur mon visage spectral.

*Comment je vais réussir à récupérer mon corps ?*

Bonne question. On m'avait déjà réduit en cendres. Mais Talbot (mon… videur) – ou un employé quelconque – était toujours arrivé à temps pour arroser mes restes de sang. Les vampires se nourrissent de ce liquide vital. Donc cendres de vamp + hémoglobine = abracadabra ! Un vampire instantané. Un peu comme les graines magiques de Marvin le Martien, dans les vieux *Looney Tunes*. Mais cette fois, je ne voyais pas très bien comment Talbot et compagnie allaient se débrouiller pour me ramener à la vie. Il ne restait plus rien du tout de mon enveloppe corporelle.

Cela dit, ce n'était pas si mal d'être un fantôme. J'avais les idées beaucoup plus claires qu'avant et ma soif de sang avait disparu. Cette présence malsaine, qui ne me lâchait jamais, était responsable de la plupart des exactions que j'avais commises de mon non-vivant. Pour la première fois depuis une éternité, mon cerveau fonctionnait normalement. Je n'avais plus l'impression qu'une partie de mes souvenirs m'échappait. Même mon humeur avait changé. D'ordinaire, je suis d'un naturel nerveux. Eh bien là, j'avais beau fouiller mes émotions, je n'y trouvais plus une once de colère. Celle-ci avait cédé la place à de la tristesse et à un manque abyssal. Je ne m'étais jamais senti aussi vide.

À travers mes yeux sans substance, le monde des vivants ressemblait à une aquarelle délavée. Tout était flou, surréaliste. La façade du *Cœur de Démon* donnant sur la rue était entièrement la proie de flammes avides.

Heureusement, les pompiers et les policiers arrivèrent à temps pour sauver le *Pollux*. Ils se mirent à asperger d'eau le vieux cinéma. Je ne distinguais d'eux que des silhouettes déformées vêtues d'uniformes indistincts. Ça me gênait de ne sentir ni l'odeur de la fumée, ni la chaleur du feu. Et même s'ils s'affairaient comme des dingues, je n'entendais pas leurs battements de cœur, seulement leurs voix. Et encore ! Elles me paraissaient lointaines, comme assourdies.

Je reportai mon attention sur leur camion, qu'ils avaient garé au milieu de la rue, pile à l'endroit où mon ex-meilleur ami Roger s'était fait bouffer par les loups-garous. J'eus soudain un flash-back. Lorsque la meute d'Orchard Lake avait broyé son squelette pour dévorer les os, il criait encore. Bien que Roger m'ait trahi, je me sentais vaguement coupable d'avoir lâché les lycanthropes contre lui. Je dis bien « vaguement ». Car je savais très bien qu'en fait il n'avait jamais été mon ami.

Roger avait passé les quarante dernières années de sa non-vie à intriguer dans l'ombre pour causer ma perte. Pourtant, à présent que ma mémoire fonctionnait correctement, j'avais du mal à oublier ses hurlements. Cela dit, le pire, c'était les souvenirs de Marilyn. Je revoyais la déflagration la lacérer. J'avais des réminiscences de sa mort... C'était le cadeau de Roger pour mon anniversaire. Un vrai pote, ce type.

Au moins, Tabitha n'était pas là quand le club avait sauté. Quitte à larguer son mec, autant le plaquer avant qu'il se fasse incinérer. Bravo, Tabitha! Chapeau pour le timing!

— C'est magnifique, dit une voix. C'est presque irréel.

Marilyn se tenait juste à côté de moi. Elle avait retrouvé sa jeunesse. Ses cheveux roux lui tombaient sur les omoplates. Elle portait son blouson en cuir. Celui de la photo que je trimballais tout le temps dans mon portefeuille. Enfin, avant qu'il crame avec le reste de ma personne. Admettons qu'Ann-Margret ou Maureen O'Hara aient eu des petites sœurs beaucoup plus jolies. Même ces dernières auraient fait pâle figure comparées à ma Marilyn. Roger s'en était servi d'appât pour me piéger. Je devais reconnaître que c'était ingénieux. Dans le genre peur primale, perdre l'amour de sa vie – voire, dans mon cas, de sa non-vie – ça se pose là.

— On dirait un tableau de Van Gogh, poursuivit Marilyn. *La Nuit étoilée* ou *Terrasse du café le soir, place du Forum, Arles.*

— *La Nuit étoilée*... Comme la chanson de Don McLean?

Marilyn éclata de rire.

— La chanson s'appelle *Vincent*, en fait. « Nuit étoilée », c'est juste le refrain.

J'étais né en 1926. Marilyn était mon aînée de quelques années. Quand je m'étais changé en vampire, elle était restée humaine. Elle n'avait jamais voulu que je la transforme. J'avais donc été forcé d'assister à son vieillissement. Quarante ans durant. La revoir si jeune me rappela à quel point elle m'avait manqué. La vieille fumeuse pathologique qu'elle était devenue n'avait presque plus rien de commun avec la Marilyn de mes souvenirs. Celle que j'avais désormais devant les yeux.

— Je suis désolée, dit-elle à voix basse. Je suis tellement désolée, Eric.

Apparemment, c'est possible de prendre un autre fantôme dans ses bras. Je la serrai à l'étouffer. On devait ressembler à ces amants qui se retrouvent avec émotion, dans les vieux films en noir et blanc. Vu nos âges respectifs, la comparaison s'imposait. Ses seins se pressèrent contre moi. Elle ne dégageait aucune chaleur, mais ça m'était égal. Je la couvris de baisers et elle rit derechef. Comme si c'était plus fort qu'elle. Ensuite, elle se dégagea.

— Qu'est-ce qui se passe ? demandai-je.

— J'ai un truc à t'avouer.

Pas besoin de musique dramatique. Je compris aussitôt que ça n'allait pas me plaire. Marilyn n'était pas quelqu'un de timoré. Elle était capable de fusiller un vampire énervé du regard, de lui souffler sa fumée en pleine face et de lui rire au nez. Elle m'avait fait le coup un nombre incalculable de fois. Je ne l'avais jamais vue avoir peur.

— Raconte, dis-je. Écoute : ne te prends pas la tête, OK ? Je veux dire, on va sûrement être obligés de hanter les ruines d'un club de striptease pour l'éternité – enfin, sauf si notre bus a juste du retard, ou un truc du genre –, mais je ne vois pas en quoi ce serait ta faute.

Elle secoua la tête et s'éloigna, non sans traverser un pompier par mégarde.

— Je ne reste pas, annonça-t-elle. Je le sens… (elle posa une main sur sa poitrine) au fond de moi. C'est juste… Il faut que je te dise quelque chose avant… de partir.

*Partir ?* Je n'aimais pas cette idée. Marilyn revint vers moi et m'enlaça.

— Je n'étais pas au courant. Je te jure. Quand Roger m'en a parlé, j'ai été choquée et horrifiée. Et quand tu t'es relevé, j'ai immédiatement su que je n'allais jamais pouvoir le supporter. Alors il…

J'étais déjà inquiet. L'entendre baragouiner ne me rassura pas. Marilyn n'était pas du genre à chercher ses mots. Et elle finissait toujours ses phrases.

— Quand je me suis relevé ? Tu veux dire quand je suis devenu un vampire ?

À ma connaissance, je m'étais tué en voiture. J'avais été le premier surpris de revenir sous la forme d'un vamp. Je m'étais réveillé deux semaines après le jour où j'étais censé épouser Marilyn. L'accident avait eu lieu à 14 heures. Je lui aurais dit « J'espère que je ne suis pas trop en retard » avant de tomber dans les pommes. À présent, elle me scrutait de ses yeux spectraux, dans ces ruines de night-club, et elle avait ce regard. Le même que celui dont elle m'avait gratifié ce jour-là. Il me glaçait le sang. Il voulait dire : « Non seulement je n'ai pas eu ce que je désirais à mon anniversaire, mais les cadeaux que j'ai reçus prouvent que personne ne me comprend. » Il était plein de douleur, de déception… et de peur.

Je ne voulais pas savoir. Regarder les choses en face, ce n'est pas mon truc. J'ai un sixième sens pour détecter les infos que je n'ai pas envie d'entendre. Et d'après son attitude, ce qu'elle allait me raconter valait facilement un 9 sur l'échelle de Richter de la béate ignorance. Je ne savais pas ce qu'elle voulait me révéler ou me confesser, mais il aurait mieux valu pour tout le monde qu'elle emporte son secret dans la tombe. Comme toutes les révélations douloureuses. Personne n'a envie d'apprendre que vous ne les avez jamais aimés ; que c'est vous, en fait, qui avez écrasé leur chien ; que vous avez oublié de vous arrêter à temps ; que vous avez effectivement tringlé votre secrétaire, ce soir-là, à New York, quand vous avez prétendu coucher dans deux chambres séparées.

Il faut me comprendre. Certes, je venais de me faire dynamiter, mais c'était loin d'être la pire chose qui me soit arrivée ces derniers temps. Quand j'avais découvert que Roger était responsable de tous les attentats à ma non-vie, qu'il m'avait poussé à affronter les loups-garous, qu'il avait mis de la drogue dans ma réserve de sang… je n'avais pas voulu y croire. En fait, j'aurais donné cher pour faire table rase du passé. Si seulement il avait été assez malin pour que je n'y voie que du feu ! J'aurais pu continuer à me bercer d'illusions quant à son amitié… Franchement, j'aurais préféré qu'il me mente.

Le regard de Marilyn m'incitait à être du même avis. Pourquoi exhumer un secret enfoui depuis si longtemps ? Elle ouvrit la bouche pour passer aux aveux, mais je ne la laissai pas faire. Je n'étais pas prêt. Alors je posai mes lèvres sur les siennes.

Elle m'embrassa à son tour. Ce n'était pas un baiser passionné. C'était le gage de tendresse d'une personne ayant vieilli avec son partenaire et connaissant par cœur ses qualités et ses défauts.

Ça aurait été plus romantique si ce gros policier ne nous était pas passé à travers. Un lit n'aurait pas non plus été du luxe. Si on pouvait se toucher, on pouvait sûrement aller au-delà. Ça faisait quarante ans que je rêvais de la sentir. Si j'avais pu coucher avec elle une toute dernière fois, ça aurait été la cerise sur le gâteau. Malheureusement, le destin en décida autrement.

Elle mit un terme à notre étreinte. On en resterait là.

Marilyn me prit par la main et me guida jusqu'au banc de l'Abribus en verre où mes videurs abandonnaient les mecs bourrés.

— Tu m'as tellement manqué.

— On ne s'est plus quittés depuis un demi-siècle, Eric, rétorqua-t-elle en grimaçant.

— Tu sais très bien ce que je veux dire, répliquai-je d'un air penaud. (Je désignai son corps d'un grand geste.) Pas comme ça. C'est différent.

Ses traits s'adoucirent.

—Avant, ça m'aurait mise en rogne. Plus maintenant. Je n'arrive jamais à t'en vouloir très longtemps.

—Tu rigoles ? Tu dois avoir subi un dommage irréversible au cerveau.

Elle faillit éclater de rire. Je sentis son hilarité lui soulever le buste et mourir dans sa gorge.

—Arrête de blaguer, dit-elle d'un ton sec. Arrête d'être comme avant. Ça rend les choses encore plus difficiles.

— OK. J'aime bien que ce soit trop difficile, m'empressai-je d'intervenir. (Je parlai si vite que les mots semblaient s'emmêler dans ma bouche.) Si c'est pour me dire toute la vérité que tu restes coincée ici, alors tais-toi. Je préfère ne pas savoir.

—Il le faut, Eric. Désolée.

Elle me dévisagea comme si elle attendait une réponse.

—Non, tu n'es pas désolée, rétorquai-je. Tu n'es pas obligée de parler, mais tu es décidée à vider ton sac. Et je n'arriverai jamais à te faire changer d'avis.

—Tu te rappelles ce qui s'est passé quand tu es mort ? demanda-t-elle.

—Je conduisais la voiture de Roger, les freins ont lâché, et voilà... Qu'est-ce que tu vas me dire ? Que c'est toi qui as saboté la bagnole parce que tu ne voulais pas m'épouser ?

—Non. C'est Roger, cracha-t-elle.

Je me figeai. Si on avait été dans un dessin animé, on aurait vu, sur mes épaules, le petit diable tirer sur le petit ange et l'atteindre en plein cœur.

—Il voulait m'épouser, poursuivit-elle. On se voyait en cachette depuis des mois, et je ne savais pas comment te l'annoncer.

Je me levai brusquement et me dirigeai vers le *Pollux*, abandonnant Marilyn sur le banc. Deux des pompiers désignèrent l'Abribus dont la vitre arrière avait volé en éclats quand je l'avais traversée. Je ne savais pas pourquoi elle avait fait ça. Je crus que c'était dû aux pouvoirs de fantôme que je venais de récolter. En tout cas, sur le moment, ça ne me fit ni chaud ni froid.

— Eric ! cria-t-elle. Attends ! Il faut que je te raconte la suite !

— Non, il ne faut pas. (Ma voix était posée, mais j'étais loin d'être calme.) Alors comme ça, j'ai été assassiné par mon meilleur ami… et ma fiancée ?

Je pouffai d'un rire méprisant.

— Franchement, je n'avais vraiment pas envie de savoir ça. Et quoi ? Il s'est fait sauter dessus par un vampire et « paf » ? Pas de bol ! Ma pauvre !

— Non. Eric.

Elle me courut après. Je m'arrêtai au milieu de la rue, mais ne daignai pas me retourner pour lui faire face.

— Ça ne s'est pas passé ainsi, reprit-elle. Quand ils m'ont appelée pour me dire que tu étais mort, j'ai… J'ai appelé Roger, et il était déjà au courant. Je suis allée chez lui, il m'a raconté ce qu'il avait manigancé et m'a montré ce qu'il avait laissé quelqu'un lui faire.

— Il s'était changé en vampire, conclus-je d'une voix blanche.

— Il a prétendu que ça lui était arrivé trois semaines plus tôt. Tu t'en souviens ? Il était parti à Chicago pour assister à une conférence et avait rencontré une femme originaire d'Atlanta. Elle s'appelait Gabriella.

— Cette Gabriella était une vampire et elle l'a transformé. (Je me tournai lentement vers Marilyn tout en secouant la tête.) Si c'est pas mignon ! On en vomirait presque.

Je sentis la rage commencer à m'envahir. À ce moment précis, j'eus une vision de ma Mustang, dans le garage de Carl. J'adorais cette voiture. C'était un vestige de mes années d'humain, une 1964 1/2 décapotable. Je l'avais foutue en l'air deux jours avant, mais Carl faisait des miracles. Pourquoi j'y pensais à cet instant ? Aucune idée. C'était bizarre.

— Je lui ai dit de ne plus m'approcher. (Marilyn m'effleura l'épaule mais retira aussitôt la main, comme si elle s'était brûlée.) Je me suis enfuie, mais il m'a rattrapée… Il a pénétré dans mon esprit, y a mis quelque chose et a étalé du sang sur ma peau. Par la force de sa pensée, il a transformé la tache en tatouage – une petite grenouille – et m'a dit que comme je refusais d'être avec lui de mon plein gré, je deviendrais son esclave humaine. Sa fascinée.

*Sa fascinée…* J'en avais une, aussi. Rachel. La petite sœur de mon ex. Elle m'avait forcé la main pendant tout ce bordel avec les loups-garous. Le processus raconté par Marilyn m'était vaguement familier. Mais je n'avais jamais tatoué Rachel – a fortiori pas avec du sang – et elle était tout sauf mon esclave. Tout ce que je sais des fascinés, c'est qu'on les protège des autres vampires et qu'ils sont « marqués » comme nous appartenant. Ils servent aussi à renforcer les sens de leur maître, à lui permettre de détecter les fascinés des autres et à « sentir » la position de ses rejetons.

— Pourquoi tu n'as rien dit ? demandai-je en la regardant enfin.

— Il m'en a empêchée. Quand tu t'es réveillé et que tu t'es avéré plus fort que lui, il a paniqué. Comme il avait fait de moi sa fascinée, dès que j'essayais de tout t'avouer, les mots ne sortaient tout bonnement pas de ma bouche. Roger m'avait spécifiquement interdit de t'en parler.

Je poussai un juron et aperçus de nouveau ma voiture. Sans tenir compte de ce bizarre harcèlement automobile, j'attrapai Marilyn par l'avant de sa veste. Le cuir spectral crissa entre mes doigts fantômes.

— Ça me fait une belle jambe ! Pourquoi tu m'as raconté ça, hein ? Pour te sentir mieux ? Pour me rendre complètement maboul, histoire d'être sûre que je reste comme un con à hanter le *Cœur de Démon* ?

— Ça fait des années qu'il te craint, Eric. Il a toujours eu trop peur de toi pour te tuer. Et pour me toucher en ta présence.

— En ma présence ? Et quand je n'étais pas là, il se passait quoi ? hurlai-je. Hein ?

— Je crois que tu connais la réponse, répondit-elle d'un ton résigné.

Elle avait raison.

— Je suis bien content que Willie et sa meute aient bouffé ce sale fils de pute, crachai-je.

— C'est pour ça que je devais t'en parler, poursuivit-elle en sanglotant.

Elle essaya de m'enlacer, mais je n'étais plus son gentil toutou d'amour. Je la repoussai sans ménagement. Je ne la fis pas tomber : j'étais juste incapable de poser les yeux sur elle.

— Parfait ! Défoule-toi sur moi, Eric. Énerve-toi tant que tu veux. Mais il faut que tu m'écoutes. Tu penses savoir à quel point Roger était vicieux, eh bien, tu te trompes. Il est bien pire que tu ne crois. Je me demande comment j'ai pu envisager de te quitter pour me mettre avec lui ! Il avait monté tout un plan pour te voler tes pouvoirs. Pour devenir comme toi. Tu n'es pas un simple Vlad. Au début, il refusait d'y croire. Mais tout ce qu'il t'a infligé, ça faisait partie d'un test. Il voulait en être sûr. Il voulait prouver que tu étais bien… Que tu es…

Je la regardai de nouveau. Elle ne pleurait pas. Elle parlait de plus en plus vite, comme si elle jouait contre la montre. Comme si elle sentait qu'elle n'en avait plus pour longtemps, que la pub allait bientôt s'arrêter et le programme recommencer.

— La nuit dernière, poursuivit-elle, quand ils m'ont attachée à la chaise, je les ai entendus dire que tu étais rarissime. Le roi des Rois. Un Empereur.

— Un Empereur ? répétai-je avec mépris.

— C'est pour ça que tes yeux sont toujours bleus, que tu n'as jamais subi de stress post mortem... Elle a dit que ta transformation s'était arrêtée avant la fin et que, dans cette zone grise entre la vie, la mort et la non-mort, on peut emmagasiner plein de pouvoir.

En y repensant, j'aurais dû lui demander qui était le « elle » de cette phrase, mais j'étais tellement obnubilé par cette liaison entre Marilyn et Roger que je n'avais pas les idées claires.

— Non ! Oh ! là, là ! Quelle histoire ! (Je levai les bras au ciel.) Putain, mais ça m'avance à quoi de savoir tout ça, Marilyn ?

— Roger avait un plan B. J'ignore ce dont il s'agit, mais il était entré en contact avec...

Elle porta une main à sa gorge. Soudain, son regard respirait la terreur.

— Oh, Seigneur... (Elle toussa.) Il vient me chercher...

J'essayai de l'aider, mais ma main lui passa à travers l'épaule.

— Marilyn !

Elle ouvrit la bouche et poussa un cri étouffé. Ensuite, il l'attrapa. Je ne compris pas immédiatement ce que c'était. Puis j'eus un flash-back de mon séjour à El Segundo. Je n'avais jamais pris feu autant de fois d'affilée en un seul week-end. C'était là-bas que j'avais rencontré Talbot. Et mon premier démon. Quand j'étais encore un vampire, leur présence ne m'avait jamais gêné. À présent que j'étais un spectre, ça brûlait.

Un élan de peur me traversa. J'avais l'impression que de minuscules crochets de boucher s'enfonçaient dans mon cerveau. Un nuage de Marilyn se précipita en tourbillonnant vers la bouche du démon en poussant un hurlement strident. Son essence spectrale fut à la fois comprimée et distendue, pour se réduire bientôt à un cône indistinct de fumée bleue. On aurait dit une scène des *Mille et Une Nuits*. Avec un démon dans le rôle de la bouteille. Et Marilyn dans celui du génie. Mes yeux astraux voyaient clairement Marilyn. En revanche, le démon n'était qu'une silhouette floue. Un trou de ténèbres déchirant le ciel. Marilyn – ce qu'il en restait, en tout cas – disparut dans ce gouffre de néant.

La présence reporta son attention sur moi.

— Nous sommes-nous déjà rencontrés, revenant ? demanda-t-il.

— Rends-la-moi !

Je chargeai le démon. J'étais sûr de me faire aspirer dans le même tourbillon, mais je n'en avais rien à foutre. Je n'avais pas peur de me battre. Mes poings passèrent sans aucun effet à travers la créature. Apparemment, les fantômes ne pouvaient pas faire de mal aux démons.

La chose émit une série de petits glapissements aigus accompagnés d'un bruit de pileuse à glace. Ça devait être son rire.

— Son âme m'appartient, monsieur le coléreux. On me l'a promise pour services rendus. C'est mon dû.

— Laisse-la partir.

— J'ai un contrat.

Le démon s'approcha. Une panique surnaturelle me fit tomber à genoux. Un videur de deux tonnes n'aurait pas fait mieux. Je sentis son pouvoir m'envahir, essayer de me plaquer le visage contre le sol. Il me poussait vers le bas. Mais je résistai. Quelque part, très loin, un moteur de Mustang rugit. Une couche de glace se forma sous mon corps, à même l'asphalte.

J'entendis les flics et les pompiers hurler. Je ne sais si c'était moi ou le démon qui les alarmaient, mais ils se carapatèrent. L'un d'entre eux passa trop près. Sa substance vitale m'appelait. Pas son sang : sa chaleur. Le sol se souleva vers lui tandis que son âme quittait son corps pour me rejoindre. Le gel agrégé par terre, sous mes genoux spectraux, se propagea en étoile et s'incrusta profondément dans le bitume.

— Rends-la-moi !

L'âme du pompier me donna la force de me relever. Son esprit inonda mon être. À l'époque où j'étais encore un vampire, je ressentais la même sensation, lorsque je venais de tuer quelqu'un. La même plénitude. *Mes pouvoirs*, pensai-je. *Si je suis un fantôme, ça veut dire que j'ai des pouvoirs de fantôme. Je peux geler les vitres, les casser. Est-ce que je peux tuer un démon ?*

— On peut peut-être s'arranger, ronronna le démon.

Il avait l'air légèrement impressionné. S'il cédait du terrain et était prêt à négocier, ça signifiait probablement que j'étais capable de le blesser. Je devais juste découvrir comment.

— Que dirais-tu d'un échange ? Je te prends à sa place.

— Un vieil ami à moi m'a prévenu de ne jamais accepter ce genre de deal, grognai-je. Il m'a averti que les démons trichent tout le temps.

— Je t'assure ne m'être encore jamais rendu coupable de prévarication. Je me contente de respecter les contrats à la lettre. Il est vrai, néanmoins, que nombre de tes congénères n'ont pas pour habitude… de réfléchir suffisamment à leurs termes.

» En l'occurrence, Marilyn est seule responsable de son sort. Certes, elle a signé sous l'injonction de son maître vampire, mais de sa propre main. J'ai acquis son âme en échange… d'une médiation. (Le démon recula. Ses contours commencèrent à se fondre dans le décor.) Toutefois, je crois pouvoir disposer d'un substitut. Je devrais être capable de régler la cérémonie sans utiliser l'âme de Mlle Robinson. Je la garde pour l'instant. J'espère que nous nous reverrons, monsieur le spectre furieux. À présent que j'ai recueilli l'essence de cette dame, je dois m'acquitter de mes autres devoirs. En particulier de cette médiation dont je viens de parler.

Je me jetai de nouveau sur lui, mais au moment de franchir la ligne blanche, au milieu de la rue, je fus pulvérisé. Mon corps astral éclata en une infinité de minuscules particules, tout devint encore plus flou qu'avant, et ce fut le silence. Puis le noir. Et je me reformai à l'endroit où la bombe avait explosé. *Génial!* Non seulement j'étais un fantôme, mais en plus j'avais un fil à la patte.

# 2

## TABITHA :

## Direct *LIVE*

Je n'étais plus qu'à cinq cents mètres des Highland Towers, ma valise à la main, lorsque j'entendis l'explosion. Deux secondes plus tard, je sentis Eric brûler. Eric, c'était mon sire. Celui qui m'avait rendue immortelle. C'était aussi l'homme que je venais de larguer. J'étais partie avec le secret espoir qu'il allait me courir après, mais non. Et désormais, c'était râpé. Je l'avais abandonné au beau milieu d'une crise, persuadée qu'il allait s'en tirer comme un chef, mais j'avais dû me tromper.

Le cri d'Eric me transperça le cerveau. L'odeur de chair roussie qui l'accompagnait était si violente que je tombai à genoux sur le trottoir. Je lâchai la valise et mon hurlement se mit au diapason du sien. On ne hurlait pas de douleur, mais de terreur. On hurlait un nom. Ce n'était pas le mien, mais celui de Marilyn.

D'autres vampires se joignirent à nous. L'espace d'un instant fugace, on était tous liés. Je les vis toutes. Les ex-copines d'Eric. Les vampires qu'il avait créées, pour mieux les jeter comme de vieilles chaussettes. Même Greta, sa prétendue fille. Le lien battit de l'aile et mon point de vue sur la catastrophe s'éloigna. Comme si je quittais progressivement les ruines du *Cœur de Démon*.

Je crus apercevoir le visage de ma sœur, non loin des décombres. Elle observait la scène depuis le porche du *Pollux*. Mais ce n'était pas elle. Impossible. Rachel était morte. Ça devait être la sorcière qui avait pris son apparence. Le petit médaillon en or pendouillant de son ras-du-cou scintillait à la lumière des flammes. Elle portait toujours le pantalon taille basse noir et la brassière qu'elle avait avec Roger, quand je leur étais tombée dessus par hasard, au *Cœur de Démon*. Elle esquissa un sourire machiavélique et rentra dans le cinéma tout en enlevant le bracelet en jade qui ornait son poignet. Ensuite, ma vision s'estompa pour de bon.

Je ne sentais plus Eric. Il était mort. Je fermai les yeux et ravalai des larmes de sang.

— Putain ! m'exclamai-je.

Ma voix se perdit dans l'immensité de la rue déserte. Des voitures me dépassèrent, filant dans la nuit. À Void City, on ne s'arrête pas pour vérifier si les gens ont besoin d'aide. On s'occupe de ses oignons. Même si la demoiselle en détresse est vêtue d'une robe bleue généreusement décolletée et qu'elle a de quoi la remplir. *Je peux toujours aller voir Phillip*, pensai-je. *Lui saura quoi faire.*

Je n'avais pas entendu la voiture se garer, mais quand la portière s'ouvrit, la musique de l'autoradio me sortit brutalement de ma stupéfaction. La voix tonitruante de Rob Zombie hurlait le refrain de *Living Dead Girl*. J'éclatai de rire. Après le décès de Rachel, je m'étais gavée de chocolat. C'était hors de question, à présent. Les battements de cœur des hommes massés dans le véhicule résonnaient à mes oreilles. Je me sentais furieuse et désorientée. Tous mes plans de non-vie tournaient autour d'Eric. Je voulais qu'il m'aime – ou plutôt, qu'il se rende compte de ses sentiments. Mais c'était foutu. Mes projets d'avenir venaient de s'évanouir.

— Hé ! Mademoiselle ! Z'avez un problème ?

Même à trois mètres, leur haleine alcoolisée empestait. Je me relevai. Ils me sifflèrent. Il y en avait quatre. Trois dans la voiture et un sur le trottoir. Il émanait du véhicule une odeur de sang, de sueur et de peur. Assortie d'un arrière-goût de métal et de poudre. Au moins une arme à feu.

— On n'a pas de temps à perdre avec ces conneries, marmonna le blond assis sur la banquette arrière. (Une mèche lui barrait l'œil droit.) La maîtresse nous attend.

— Va te faire foutre, grogna le conducteur. On a assuré un max, cette nuit. Il faut fêter ça !

— T'as vu les nichons de cette pétasse ? chuchota le deuxième type à l'arrière. Tu crois qu'on va…

— C'est une vampire, bande de crétins, murmura le blond sur le même ton. Et en plus, c'est une Reine.

Le type sur le trottoir portait un jean et un maillot des Void City Howlers. Il s'essuya le nez du dos de la main et me dévisagea. Ses yeux étaient injectés de sang.

— Vous voulez qu'on vous raccompagne, mademoiselle ? (Il jeta un coup d'œil à la voiture garée derrière lui et se fendit la poire.) On peut se serrer.

— Tu as une arme ? demandai-je.

— Ça se pourrait.

Monsieur Yeux injectés devint soudain tout calme et sérieux.

— Ce serait le moment de la sortir, ajoutai-je.

Il recula vers la voiture, comme s'il se rendait compte du danger sans en avoir véritablement conscience. Je m'avançai sous la lumière du réverbère. Lorsqu'il vit le sang me dégouliner des yeux et comprit qu'il s'agissait de larmes de vampire, il inspira profondément.

— Merde.

Le blond sortit de la voiture et tira un flingue de l'étui fixé sous son épaule. Il le braqua sur le conducteur.

— Ouvre le coffre.

— Putain, mais qu'est-ce que tu fous, Esteban ?

Esteban était magnifique. Il portait un costard noir et une chemise blanche au col négligemment ouvert. Ça se voyait qu'il avait l'habitude du sur mesure. Il appuya sur la détente sans ciller. Le coup fusa à travers la vitre baissée et le cerveau du conducteur explosa contre le pare-brise.

Monsieur Yeux injectés fit volte-face tout en extrayant une arme de l'arrière de son pantalon, mais celle-ci se prit dans le maillot. Je le chargeai. La vitesse vampirique est un des nombreux privilèges de la non-vie. Mes ongles s'étirèrent jusqu'à devenir des griffes, me démangeant légèrement le bout des doigts durant le processus. Je lacérai le dos de l'homme, qui cria tandis que je passai la langue sur l'entaille. Il déchargea par réflexe le pistolet qu'il tenait et je lui enfonçai les crocs dans la gorge. Ça fit un peu mal, quand les canines me transpercèrent les gencives, mais la douleur fut de courte durée. La sensation subite de sang chaud dans ma bouche l'annihila aussitôt.

— Putain de bordel ! hurla le type assis à l'arrière. (Il avait la peau olivâtre et portait un tee-shirt délavé.) Putain de bordel !

Son regard faisait des va-et-vient entre moi et Esteban, comme s'il ne savait pas qui de nous il devait fuir. Il brandissait un cran d'arrêt. Esteban leva les yeux au ciel. J'inclinai légèrement le cou de ma victime pour les dévisager. Sans toutefois cesser de me nourrir.

— Esteban ! Qu'est-ce que tu fous, putain ? (Ils avaient tous les quatre l'air d'avoir à peine vingt-cinq ans, mais le dernier semblait encore plus jeune.) On est allés à l'école ensemble, mec !

— C'est pour ça que je ne t'ai pas tué.

Esteban ouvrit la portière conducteur et se pencha pour déverrouiller le coffre.

Un pick-up jaune nous frôla. Le vent décoiffa Esteban et fit scintiller ses yeux bleu marine. Un autre conducteur nous évita en laissant plus de marge.

Esteban fouilla dans le coffre et en sortit un volumineux sac en cuir, qu'il laissa tomber sur l'asphalte. Vu le bruit, on aurait dit qu'il était rempli de chaînes ou d'anneaux métalliques. Pourtant, la sacoche gigotait comme si son contenu était vivant. Je lâchai le cadavre tiédissant de mon casse-croûte, qui s'affala par terre.

— Qu'est-ce qu'il y a dans ce sac ?

— Les Chaînes Infernales de Sarno Rayus, majesté.

Esteban prit son arme de sa main gauche et ôta son bras droit de sa veste. Il laissa ce dernier pendre dans le vide, changea de nouveau son flingue de main et déchira la manche de sa chemise pour me montrer un tatouage en forme de rose.

— Je suis Esteban, le fasciné de dame Gabriella. Je vous présente toutes mes excuses pour avoir interrompu votre soirée. Je vous offre la vie de mon compagnon, ce véhicule et tout ce qu'il contient, à l'exception de ces chaînes, qu'on m'a spécifiquement envoyé chercher. En échange, je vous prie seulement de m'autoriser à quitter ce secteur afin de livrer à ma maîtresse l'objet qu'elle m'a demandé.

Je n'avais plus faim. Mes crocs et mes griffes se rétractèrent. J'examinai la voiture et son conducteur mort. Je n'en voulais pas. Pas plus que du violeur en puissance gémissant à l'intérieur. Il n'avait rien dit ni fait d'ouvertement agressif, mais son odeur – un mélange d'excitation et de violence – trahissait ses intentions.

— Il voulait...

Je n'eus pas le temps de finir ma phrase. Esteban abattit l'homme au cran d'arrêt à travers la vitre arrière. Après avoir rengainé, il glissa de nouveau son bras droit dans sa veste.

— Merde ! (Je clignai des yeux.) Je croyais que vous étiez allés à l'école ensemble !

Esteban hocha la tête.

— Mais sa présence vous offensait, votre grandeur.

— Vous êtes qui, déjà ?

— Le fasciné de dame Gabriella. (Il s'inclina devant moi et m'adressa un sourire éclatant tout en se redressant.) Me permettez-vous de vous approcher ?

— Bien sûr.

Il s'avança sans jamais me quitter du regard. C'était rassurant. Je compris que c'était le but. Ce simple contact visuel m'aurait permis à tout moment de prendre le contrôle de son esprit. Et il le savait très bien. Esteban se mordit la lèvre.

— Votre mascara coule, dit-il en touchant le sang qui me maculait les joues. (Il sortit un petit paquet de lingettes humides de sa poche.) Puis-je ?

— Ouais…

Esteban essuya mes larmes avec délicatesse, comme si j'étais une sorte d'objet sacré. Ensuite, il utilisa une deuxième lingette pour nettoyer les rigoles qui séchaient sur mon menton, dans mon cou, à la naissance de mes seins… tout en guettant le moindre signe d'agacement de ma part.

— Voilà. C'est mieux. (Esteban plia les lingettes usagées avec soin, avant de les rempocher.) J'espère que vous n'en tiendrez pas rigueur à dame Gabriella.

— Non, chuchotai-je.

— Dans ce cas, puis-je disposer ? demanda-t-il en désignant la voiture.

Je hochai la tête.

— Du moment que dame Gabriella paie la taxe crocs, ça me va, ajoutai-je avec un temps de retard.

La taxe crocs, c'est l'équivalent des contraventions, chez les vampires. En beaucoup plus cher. Si la police de la ville a besoin d'étouffer un crime, elle se retourne vers le citoyen surnaturel responsable et lui envoie la note. Comme je m'étais transformée en vampire depuis peu, je n'en avais encore jamais reçu. Et je n'avais pas envie que ça change.

— Bien entendu.

Je ramassai ma valise, regardai, derrière Esteban, les hommes qu'on venait de massacrer, et m'éloignai tout en essayant de réprimer une nausée. Je me répétais que ce n'était pas des vraies gens. *C'est juste de la nourriture. De la bouffe, c'est tout.* Je me convainquis presque.

J'entendis des sirènes retentir au loin. Après avoir parcouru quelques dizaines de mètres, je me retournai et aperçus Esteban qui allumait une cigarette. La flamme du briquet illumina furtivement un rictus espiègle. La façon dont il s'accommodait de la présence des cadavres, sans gêne apparente, me rappela Eric.

— Eric...

C'était agréable de prononcer son nom. Mais à sa pensée, mes yeux se remirent à piquer et je pleurai de plus belle. La plupart des vampires ne sécrètent que du sang, mais à présent que je m'étais nourrie, mes larmes en étaient dépourvues. Ce n'était que de l'eau. Enfin, du sérum. Des larmes, quoi. C'est un don. Contrairement aux autres vamps de ma connaissance, je pouvais paraître humaine, pleurer, respirer et même manger. Je n'avais toujours pas réussi à sentir le goût de la nourriture – ce qui rendait mon petit talent tout de suite moins sympa – mais j'y travaillais.

D'après Talbot, ce n'est pas vraiment la vie. Mais ça y ressemble. Ça me suffit. Quand je mets le paquet, j'arrive même à avoir un reflet. Ce faisant, je sacrifie momentanément pas mal de compétences vampiriques, mais ça vaut le coup. C'est quand même pratique de se maquiller toute seule. Je ne pouvais pas m'empêcher de penser qu'Eric aurait été impressionné si je lui avais montré. *Eric... Qu'est-ce que je vais devenir sans toi ?*

# 3

## ERIC :

## Croque-mort, rends-moi fort

Je me sentais un peu seul au *Cœur de Démon*. Tout n'était pas détruit. Pendant l'incendie, j'avais cru qu'il n'en resterait rien, mais la piste centrale avait beau être toute cramée et fumante, elle tenait encore debout. Et le bar avait simplement basculé sur le côté. Il s'était renversé sur le trottoir. Je contemplai un moment les vestiges du frigo de la salle de repos. Les sacs de plasma avaient fondu. Le plastique se confondait à son contenu sanguin. Des décennies d'hémoglobine, de nichons et de décors kitsch venaient de partir en fumée. Mais – surprise – ça m'était complètement égal. Cela dit, j'avais quand même du mal à poser les yeux sur les décombres. En attendant que la cavalerie arrive, je reportai donc mon attention sur le *Pollux*, qui s'élevait en face.

Greta se trouvait toujours à Orchard Lake. Elle ne serait probablement pas de retour avant le lendemain matin. Talbot allait bien finir par rappliquer, avec son flegme habituel. Il revenait toujours. Je pensai à Tabitha. Non… Tabitha ne reviendrait jamais de son plein gré. Il faudrait que je lui coure après. Et je n'étais toujours pas sûr d'être prêt. La plupart des gens à qui je tiens se portent beaucoup mieux sans moi. Je venais d'en faire la démonstration éclatante. Par ma faute, mon ancienne fiancée venait de se faire dynamiter. Sans compter qu'un démon lui avait ravi son âme. Il restait Rachel, ma fascinée…

Une idée me traversa l'esprit. Peut-être était-elle allée chercher Talbot ? Peut-être qu'un de ses potes du *Irons* – la boîte où traînaient les fascinés du coin – savait comment raccommoder un vampire explosé de partout ? Lorsque j'aperçus la lumière des phares, je songeai que ça devait être elle. Malheureusement, la camionnette portait le logo de la police de Void City.

La plupart des humains ignorent qu'il se passe des choses louches dans leur ville. Je ne sais pas exactement comment ça fonctionne, mais lorsqu'ils sont confrontés à une saloperie bizarroïde quelconque, un sortilège leur sabote la mémoire. Sauf s'ils font partie du milieu. Le sort remplace leurs véritables souvenirs par des événements tout à fait crédibles qui expliquent tout. Mais cette magie n'étant pas très précise, on paie des mages privés pour les finitions. Pour ma part, j'utilisais un type du coin. Magbidion. Il n'appartenait à aucune guilde : il avait obtenu ses pouvoirs en vendant son âme. Le gratin des familles magiques n'approuve pas ce genre de pratiques, ce qui fait de lui une sorte de hors-la-loi. Du coup, il est moins cher que les mages officiels et il ne pose pas trop de questions.

Je demande aussi à Magbidion de s'assurer que mes victimes ne me tiendront pas la jambe après leur mort – être hanté, c'est loin d'être marrant – et il m'en débarrasse illico presto. Malheureusement, la ville ne peut pas faire appel à ses services. Les autorités sont obligées de payer le tarif guilde. En fait, la moitié du fric que le contribuable pense mêlé à des affaires de corruption ou d'abus de pouvoir va à la guilde de Void City. En échange, celle-ci s'occupe d'altérer les souvenirs, de déloger les fantômes et de régler d'autres menus problèmes. À prix d'ami.

*Déloger les fantômes… Parce que vous croyez que je vais me laisser faire ?*

La camionnette se gara devant le *Cœur de Démon*. Une espèce de blaireau brun et gras du bide descendit de la place conducteur en affichant un sourire béat. Il portait la combinaison bleue du personnel de maintenance. D'après le badge épinglé sur sa poitrine, côté cœur, il s'appelait Melvin. Il sortit un talkie-walkie de sa poche droite et se mit à parler.

— Allô, Chapiteau Géant ? Ici la Mère l'Oie. Je le vois. C'est un vicelard, moi je vous le dis. Si vous sentiez ses émanations paranormales ! Vous êtes sûrs de vouloir l'emprisonner ? Ce serait plus simple de l'envoyer dans l'au-delà.

— La Mère l'Oie, ici Alpha 1, répondit une voix masculine. Chapiteau Géant souhaite que vous procédiez à l'emprisonnement.

Melvin soupira.

— OK. Mais ça va vous coûter plus cher. C'est un revenant. Un vrai de vrai.

— Qu'est-ce que ça change ?

— « Qu'est-ce que ça change » ?

Melvin avait l'air aussi outré qu'un trekkie auquel on aurait demandé si Spock était bien le type avec les oreilles bizarres.

— Les revenants sont les manifestations terrestres d'une rage ou d'une colère. Ils sont capables d'interactions de niveau 5 avec le monde réel : ils peuvent altérer la température de façon drastique, déplacer des objets à distance… Ces saloperies vous extraient votre âme en moins de deux. Comparés à un revenant, les fantômes, c'est des spams !

— Capturez-le, un point c'est tout ! hurla Alpha 1.

Je m'approchai de Melvin en flottant. Les vitres de son véhicule se couvrirent de buée.

— Je peux changer mon nom de code ? « Sam le Pirate » conviendrait mieux. (Il courut de l'autre côté de la camionnette et s'immobilisa juste derrière la ligne blanche.) Je sens une seconde présence. Personne ne m'a prévenu qu'il y en aurait deux. Les consignes de la guilde sont très strictes : il faut un mage par manifestation spectrale.

— Pour aller pleurer dans les jupes de la guilde, encore faut-il respecter leurs règles. Et ce n'est pas votre cas. Donc vous allez me faire le plaisir de me capturer ce machin et de le ramener fissa !

Melvin sortit une photo de la poche de sa combinaison et la tourna dans ma direction. C'était moi, Roger et Marilyn devant ma Mustang décapotable, quand on était encore tous les trois en vie. Melvin avait entouré mon visage d'un trait au marqueur noir.

— Chouette voiture, dit Melvin. Tu l'as toujours ? Mon oncle avait un modèle 67. Elle consomme beaucoup ?

Je le laissai essayer de me distraire. Ses doigts gesticulaient bizarrement. Puis des mots m'envahirent la tête, bourdonnant comme un essaim de guêpes. Il ne faut jamais sous-estimer un mage. Une boîte scintillante en forme de cercueil se referma sur moi. Je tentai de pousser les parois de cette prison luminescente, mais mes extrémités spectrales s'engourdirent.

Bien. Lui non plus n'aurait pas dû me sous-estimer.

— Tu me prends pour un Bibendum Chamallow géant, espèce de *ghostbuster* de mes deux ?

Sa cage résista trois bonnes minutes. Pourtant, je cognais dessus de toutes mes forces. Je faisais comme à la salle de gym. Je tapais comme un forcené le mur le plus proche de Melvin. Je concentrais toute ma rage sur lui.

Soudain, je sentis un mélange de tabac froid et d'huile de moteur. C'était l'odeur caractéristique du garage de Carl. Les lampes étaient éteintes. La seule source de lumière provenait des feux de route de ma voiture. L'espace d'un instant, je la vis de l'intérieur. Aussi clairement que si j'étais assis au volant. Ensuite, des décharges d'énergie multicolores jaillirent dans toutes les directions. La cage venait de céder.

Ma vue s'éclaircit. Melvin empoigna son talkie-walkie.

— Alpha 1 ? Ici la Mère l'Oie. (Sa voix respirait le respect et l'excitation. Il n'avait pas peur.) Nan ! J'peux pas le capturer. Il est passé à travers la cellule de Hamnard comme dans du beurre. Si vous voulez piéger ce caïd, vous devrez vous offrir le nec plus ultra de la prison spectrale.

— Putain, mais je croyais que vous étiez le crack des cracks en matière de fantômes !

Alpha 1 avait l'air passablement énervé.

— Dites-lui de venir lui-même si ça lui pose un problème ! grognai-je.

Des filaments de glace émergèrent de mes pieds et zébrèrent le bitume jusqu'à la camionnette de maintenance, qui se couvrit aussitôt de gel.

— Vous avez entendu, Alpha 1 ? demanda Melvin. Le sujet suggère que vous vous rendiez sur place en personne.

— Allez vous faire foutre, grésilla le talkie-walkie. Combien vous voulez pour la prison ?

Melvin fronça les sourcils et réfléchit en silence.

— Appelez Jimmy à la base. Il va vous falloir une accréditation officielle. Je ne peux pas me permettre de faire ça au black. Pas moyen de faire passer une manip pareille inaperçue. D'autant que c'est Sheila qui s'occupe du monitoring, cette nuit. Par contre, on pourrait essayer le mois prochain, quand McGibbons sera de service.

— Laissez tomber, cracha Alpha 1 d'un ton brusque. Foutez le camp. On vous paiera le déplacement. On arrête les frais.

— Ce n'est pas ce qu'on avait convenu, mais bon. Ça me va. (Melvin remit le talkie-walkie dans la poche de sa combinaison et me regarda droit dans les yeux. Il souriait de façon honnête, franche et presque enfantine.) Je m'en vais. Ça ne t'embête pas de me laisser rentrer dans ma camionnette ?

Je reculai. Il grimpa par le siège passager, car j'avais complètement gelé la portière conducteur. Il démarra et baissa la vitre.

— Je dois t'avouer que je n'ai jamais rien vu de tel. Tu approches facilement l'interaction de niveau 6, vu comment tu t'es défoulé sur mon sort d'emprisonnement. Respect. C'est la première fois que je rencontre un revenant aussi costaud… En fait, je ne suis même pas sûr que tu sois juste un revenant.

— Merci, répondis-je, pris de court.

— Quand ils reviendront, ils essaieront la prison spectrale. Mais ils ne vont jamais faire appel aux employés de la guilde. Ça ressemblera à une grosse bille « œil-de-chat ». Ils en apporteront sûrement plusieurs, d'ailleurs. C'est du lourd, mais ça se casse comme un rien. Il suffit de les écraser avec un rocher. (Il leva le pouce.) Bonne chance !

Je le regardai s'éloigner. Melvin m'avait l'air d'un type bien. Si je retrouvais mon corps, je devrais absolument le contacter. Pour le cas où mon mage ne serait pas disponible. Il allait peut-être grimacer quand il découvrirait que je suis un vampire, mais bon. Mis à part cette histoire de pouvoirs surnaturels, je suis sûr qu'il n'aurait rien contre l'idée de bosser pour un monstre suceur de sang. Il travaillait déjà pour des politicards.

Melvin s'arrêta au coin de la rue et se mit à boucler la zone. Lorsque les gens normaux verraient ce qu'il était en train de poser, ils penseraient voir un panneau les dissuadant de passer. Comme « Route barrée », « Halte Police », « Passage interdit » ou un truc du style. Il barra le bout de la rue, fit marche arrière pour bloquer l'autre extrémité, puis s'empressa de filer dans la nuit, me laissant de nouveau seul.

Seul ? Melvin avait bien parlé d'une seconde présence, non ?

— Ohé ! m'exclamai-je en direction du *Pollux*.

La réponse ne se fit pas attendre. Elle provenait de derrière mon dos.

— Si t'as fini de forniquer, de comploter avec des démons et de tailler une bavette avec les péquenots du coin, j'aimerais bien qu'on cause, fiston.

La voix avait un accent de cow-boy qui me rappelait celui de mon grand-père. Un mélange visqueux de John Wayne et de Clint Eastwood. Au pied des vestiges de la piste de striptease, un revolver Colt à un coup se reflétait à la lueur du soleil levant.

Lorsque je fis volte-face en direction de la voix, j'aperçus l'arme aussitôt. De la fumée s'éleva du canon. Je reconnus *El Alma Perdida*. L'Âme perdue. Mon ancêtre John Paul Courtney s'en était servi pour mener une espèce de croisade mystique contre les loups-garous. On m'avait tiré dessus avec, la nuit précédente, et je la portais à la ceinture au moment de l'explosion.

Comme un cow-boy émergeant de la brume matinale, un homme aux yeux bleus apparut dans le nuage grisâtre émanant de l'arme. Il fumait un cigare spectral et ressemblait beaucoup à mon père. Ses bottes et son pantalon étaient crottés de boue rouge jusqu'à mi-cuisses. La boucle de sa ceinture représentait une croix. Il prit une bouffée de cigare. La fumée sortit de son corps par la multitude d'impacts de balles parsemant son torse, avant de rentrer de nouveau lorsqu'il expira par les narines. Le sang séché avait donné une teinte uniformément brune à sa chemise, dont on ne devinait les carreaux rouges et blancs qu'au niveau des épaules.

Ça devait être John Paul Courtney, le propriétaire du revolver. Son manteau en cuir battait derrière lui, comme agité par un vent invisible. Il s'avança. Sa tête oscillait de droite à gauche, comme s'il avait la nuque brisée. Il la tint droite en s'aidant de ses mains et la remit en place dans un craquement d'os écœurant. Ensuite, il tira de nouveau sur son cigare. La braise s'illumina vivement, mais ne tomba pas. Le cigare était coincé pour l'éternité. Il lui resterait à jamais une dernière bouffée.

—Génial ! Le Fantôme des Ratages passés, ironisai-je.

Est-ce que j'étais le Fantôme des Ratages présents ou celui des Ratages futurs ? Au train où allaient les choses, ça pouvait être l'un ou l'autre. Voire les deux.

—Ça m'étonne pas qu'tu déblatères comme un sale chien de païen.

Il avait un de ces accents ! Il bouffait toutes ses lettres et rajoutait des « r » bizarres. Le pire, c'est que j'aurais parlé comme lui si maman n'avait pas été originaire du Michigan.

—Maintenant que je suis un fantôme, j'espère que je ne suis pas obligé de me taper un accent du Sud…

Le spectre de John Paul Courtney ne répondit pas.

*Super. Il ne manquait plus que ça.* Le fantôme croûteux d'un ancêtre dont je n'avais strictement rien à secouer. N'importe qui aurait voulu lui poser des questions, lui demander son aide, mais ce n'était pas mon genre.

—Qu'est-ce que tu veux ? lançai-je.

—Je veux que le jour du Jugement arrive, histoire de changer de chemise.

Il s'arrêta un demi-pas trop près. On était presque nez à nez. Enfin, nez à lèvres, vu qu'il me dépassait de quelques centimètres.

—Je veux rencontrer Jésus et lui demander si j'ai accompli assez de bonnes actions pour éviter d'aller pourrir en enfer.

—OK.

Moi, je voulais juste que ma fascinée rapplique et me sorte de ce pétrin. Et qui est-ce qui se radinait à la place ? Roy Rogers, le cow-boy qui chante l'Évangile ! *Putain, mais qu'est-ce que tu fous, Rachel ?* Je fermai les yeux. Rachel étant ma fascinée, j'étais censé sentir sa présence en me concentrant, mais rien à faire. Soit je m'y prenais mal, soit j'étais devenu un couillon de fantôme… J'aurais bien aimé savoir pourquoi Rachel n'était pas sur le pont en train de faire son boulot. Elle s'y connaissait vachement plus que moi dans ces conneries métaphysico-vampiriques. Elle pouvait sûrement me donner un coup de main. J'espérais juste qu'elle ne s'était pas tirée après l'explosion. Quand j'ouvris les paupières, le cow-boy était toujours là.

— Pourquoi tu n'attends pas Jésus de ton côté des ruines ? demandai-je.

— Je peux t'aider. C'est pas comme si tu le méritais, mais bon.

Son cigare avait suivi le mouvement de ses lèvres.

— Tu peux m'aider à récupérer mon corps ? T'es au courant qu'il a explosé ?

— Ton corps ? Je m'en tape, de ton corps. Ce qui m'intéresse, c'est ton âme. Ta destinée.

— À choisir, je préfère un corps. Mais merci quand même.

J'essayai de me reformer, rematérialiser, ragréger… Dieu sait comment on dit. Peut-être qu'avec un chouïa de concentration… Chou blanc. J'aperçus encore ma voiture et je laissai tomber. Je n'avais pas besoin de ma Mustang ! J'avais besoin de mon putain de corps !

— Fait chier ! (Je reportai mon attention sur le fantôme.) T'es dedans ?

— Dans quoi ?

Il s'éloigna et pencha la tête sur le côté. J'entendis quelque chose céder et son crâne s'affaissa. Sa joue s'aplatit sur son épaule.

— Ma destinée. Le truc dont tu parlais.

Il remit de nouveau sa tête droite.

— Oui.

— Dans ce cas, désolé, mais ça ne m'intéresse pas. Je ne vais pas me coltiner pour l'éternité un cow-boy qui dodeline de la tête avec Jésus.

Si Rachel ne rappliquait pas, je savais que Greta allait s'arranger pour réanimer mon petit cul. C'est ma fille, en termes vampiriques. Mais surtout, je suis son papa chéri. Avec un grand « P ».

Le rire du spectre éclata partout à la fois. Je l'entendais tout autour de moi. L'espace d'un instant, je perdis complètement mes repères.

— Comme tu veux. T'as vraiment un caractère de Courtney, mon garçon. Pour sûr. On dirait un étalon qui renifle une jument en chaleur. Je t'assure que tu vas bientôt déchanter.

— Qu'est-ce que tu racontes ?

Je m'approchai.

— Oh là ! (Il me repoussa d'un coup de chapeau.) Vis ta vie, espèce de tête de lard. Faut que tu te calmes, d'abord.

De la fumée remontant de sa poitrine trouée lui voilait le visage, me dissimulant son expression. Il la dissipa d'un battement de Stetson.

— J'étais exactement comme toi, à l'époque, gamin. Je t'assure. La copie conforme.

Ah bon ? C'était un vampire foireux qui venait de se faire entuber par son meilleur pote, accuser de meurtre à tort et dynamiter à cause d'un projet immobilier à la con ? Parce que c'est précisément ce qui venait de m'arriver. Et ça m'aurait étonné qu'il puisse en dire autant.

— Contente-toi de me cracher ton histoire, dis-je en soupirant.

— Va demander à ton pote le démon ou au mage gras du bide. (Il cracha son cigare, qui se vaporisa en touchant le sol.) T'es comme moi. À moins de faire l'aller-retour en enfer, tu seras qu'un bon à rien.

Je pensais qu'il allait rentrer à l'intérieur d'*El Alma Perdida* en tourbillonnant, comme le génie de la lampe, mais il s'illumina de l'intérieur et s'évanouit dans la nature.

# 4

## TABITHA :

## Le diable en personne

J'étais assise dans la suite de Phillip et je sanglotais. Maladroitement, j'inclinai un peu trop le verre de cristal, et une goutte de vin de sang dégoulina sur le côté. Un être humain ne s'en serait pas aperçu. Mais le liquide coulait beaucoup plus lentement que du vrai vin. Il resta en suspension une fraction de seconde avant de tomber pour de bon, comme par magie. Ou sous l'effet de la gravité.

— Je... Je suis désolée.

Je m'en voulais de pleurer ainsi. Mais je savais que ça ne dérangeait pas Phillip. C'était un vieux vampire. En tout cas, c'est ce qu'il avait prétendu. Je le sentais beaucoup plus jeune. D'après lui, c'était parce qu'il avait utilisé des sortilèges pour devenir plus puissant, au fil des années. Comme il avait fini par prendre quasiment possession de Void City, je voulais bien le croire. Il devait sûrement trouver mes vraies larmes sexy, miraculeuses, intéressantes... J'en passe et des meilleures. Les vampires aussi âgés que Phillip aiment tout ce qui sort de l'ordinaire. Et le moins qu'on puisse dire, c'est que je suis différente.

Je me penchai pour poser ma boisson sur une petite table en demi-lune, mais je ratai le bord. La longue flûte fuselée bascula et je me figeai. J'étais incapable de réagir assez vite. Mes compétences vampiriques ne fonctionnent pas très bien quand je prends apparence humaine. Et pour épater Phillip, j'avais mis le paquet : battements de cœur, chaleur corporelle… La totale. Il rattrapa le verre, le plaça au milieu de la table basse et se rassit à une vitesse démentielle. Je n'avais aperçu qu'une traînée floue.

— C'est juste… Je ne savais pas quoi faire… ni où aller… Alors je suis venue ici, parce que…

Il ne souriait pas. Je lui en étais immensément reconnaissante. J'ignore pourquoi, mais si j'avais détecté la moindre hilarité dans ses traits, j'aurais explosé de rage. Ou je serais morte. Ou j'aurais cassé… quelque chose. Il me tapota la main avant de traverser la pièce pour ranimer les flammes d'un petit poêle d'où émanait une véritable fournaise. Je n'en avais encore jamais vu de semblables.

— Racontez-moi tout, m'invita Phillip d'un ton affable.

— Eric est mort, gémis-je.

Je détestais ma voix stridente et mes sanglots. Mais quand j'essayais de me maîtriser, c'était encore pire.

— J'ai rompu avec lui à Orchard Lake… Il y est allé parce que des loups-garous avaient essayé de le tuer et il voulait mettre un terme à tout ça. Mais ils paraissaient tellement normaux ! Il y avait des ados, des gamins et de vieilles dames. Une des mamies ressemblait à ma grand-mère. C'était trop, pour moi. Je lui ai dit qu'il y avait sûrement moyen de s'arranger, mais…

— Mais il s'y est opposé.

Phillip me toucha la main. Ses doigts étaient chauds et rassurants. Ses joues étaient roses, comme s'il venait de se nourrir.

— Oui. Et là, je lui ai dit que je le détestais.

Je gratifiai Phillip d'un sourire timide. Il était si gentil avec moi. Il se pencha dans ma direction et j'aperçus, derrière lui, la dernière personne à l'avoir vraiment énervé.

Il s'appelle Percy et il a un pieu dans le cœur. Phillip le garde en souvenir, figé mais conscient, dans une vitrine trônant au milieu du salon. Il y a une plaque, en dessous. Je l'avais déjà lue. C'était écrit : « Mon très cher Percy. Pour rappeler à tous que je ne bluffe pas, que je ne fais pas de menaces en l'air et qu'il existe effectivement un sort pire que la mort. »

J'essuyai mes larmes et repris le verre. Avant de boire, je plongeai le regard dans le vin, qui scintillait légèrement. J'avais l'impression d'y voir le *Cœur de Démon*, mon ancien club de striptease, brûler intégralement. Je n'avais pas encore évoqué ce détail.

— Enfin bon, je…

Qu'est-ce que j'allais lui dire ? « J'aurais pu sauver Eric. Aller à son secours. Mais au lieu de ça, je me suis précipitée aux Highland Towers pour qu'il comprenne le message et me coure après. » Si Phillip apprenait que je comptais l'utiliser pour rendre Eric jaloux, il n'allait sûrement pas apprécier.

— J'ignore pourquoi je suis venue ici. Seulement… Je ne connais que vous, comme vampire. Et j'ai pensé que ça ne vous dérangerait pas.

— Vous avez eu raison, dit Phillip d'une voix douce.

Il se pencha encore plus près. Ses iris décolorés luisaient à la lumière des flammes. Dans un autre contexte, son regard concupiscent m'aurait inquiétée, mais je n'y prêtai pas spécialement attention.

— Toutefois, ajouta-t-il, si je puis me permettre, qu'est-ce qui vous fait croire qu'Eric a été éliminé ?

— Je l'ai senti brûler.

Soudain, mon verre sembla le déranger. Il se leva, s'approcha de la table d'un pas décidé, puis saisit la boisson et la jeta vers le poêle. Il fit de même avec la sienne. La porte métallique s'ouvrit toute seule et le poêle avala les deux verres comme un chien gobant une friandise.

— Je suis las du 1301, expliqua simplement Phillip. N'êtes-vous pas de mon avis ?

Il contempla un instant la bouteille, avant de lui faire suivre le même chemin.

— L'étiquette mentionnait une certaine Catherine. (Il haussa les épaules.) Je ne me rappelle même pas…

Subitement, ses yeux brillèrent de malice.

— Oh, si ! Je m'en souviens, à présent. (Il jeta un nouveau coup d'œil aux flammes et sourit.) Cette fin lui siéra à merveille.

Je hochai la tête sans comprendre, tout en me demandant ce qui arrivait lorsque Phillip cessait d'être fasciné par quelqu'un. Se débarrassait-il aussi facilement de ses invités ? Subirai-je le même sort ? Il consulta un petit registre – la liste des vins – et je réprimai un frisson. Ne trouvant pas son bonheur, il jeta le calepin sur son fauteuil, éclata de rire et frappa dans ses mains.

— Nous pourrions nous dévergonder. Qu'en pensez-vous ?

— Pardon ?

Phillip me faisait peur, quand il posait des questions comme ça. Sa bonne humeur et sa générosité perpétuelles étaient de la pure hypocrisie. Avec lui, tout semblait vague et anodin, comme un mauvais film, qu'on ne supporte de visionner qu'en bonne compagnie. Sa simple présence estompait tout le reste. Pour un petit chauve gras du bide, il parvenait très bien à se la jouer Dracula.

— Si nous jouions à un jeu ? Non, non… Nous n'avons pas le temps. J'avais presque oublié. (Il se rassit dans son fauteuil.) Vous me parliez d'Eric, de la façon dont vous l'avez senti brûler. Racontez-moi exactement ce qui s'est passé.

— J'étais en train de venir ici. La voiture avait rendu l'âme. Je marchais sur le trottoir et, d'un seul coup, je l'ai senti… J'ai senti Eric… mourir. Il brûlait. Je ne sais pas quoi dire d'autre.

— Un feu, dites-vous ? (Phillip éclata d'un petit rire cruel.) Vous croyez qu'il s'est consumé ? Non. Non, non, non, ma chère.

Il me toucha de nouveau la main. C'était tellement rassurant de le sentir. Je me demandai si je devais coucher avec lui. Pour le remercier, vous voyez ? C'était un peu tordu, mais je me sentais presque obligée, vu la façon dont il se comportait avec moi.

— Mais je l'ai senti mourir.

Phillip gloussa.

— C'est vrai ? (Il se leva.) Dans ce cas, vous devriez y aller, ne croyez-vous pas ?

— Aller où ?

— Au *Cœur de Démon*, expliqua-t-il. Si j'étais vous, c'est par là que je commencerais.

— Commencer quoi ? demandai-je.

J'étais complètement perdue.

Il me hissa sur mes pieds.

— À chercher, ma précieuse, merveilleuse et splendide créature. À chercher. Je crois bien connaître notre ami Roger. Ce n'est qu'un fou. Je peux vous assurer qu'il ne comprend pas les enjeux de l'affaire dans laquelle il s'est trouvé mêlé. Et même s'il les a appréhendés, je suis prêt à parier qu'il n'a aucune idée de la façon dont il convient de tuer votre amour et sire, le très irascible Eric de Void City.

Je sentis mon cœur battre à deux reprises.

— Eric est vivant ?

— Si tant est que les vampires sont en vie. Oui, oui. *Vivat imperator* et ainsi de suite.

Il dansait en cercle tout en parlant. Son excitation était à la hauteur de mon soulagement. J'en oubliai presque que j'étais furieuse contre Eric.

— C'est… Je veux dire… Vous êtes… Puis-je vous demander comment vous le savez ?

— De mon temps, j'étais un mage assez remarquable, le saviez-vous ? Expériences alchimiques, tempêtes de feu… J'allais jusqu'à créer la vie ! Je peux vous assurer que tout cela n'était que des jeux bien puérils. Toutefois, j'en garde des souvenirs impérissables.

Phillip semblait très satisfait.

— Quand je vois, de nos jours, les mages tâtonner pour résoudre des problèmes que j'ai déjà résolus à mon époque… (Il émit un claquement de langue désapprobateur.) Enfin… Que voulez-vous… *Dum spiro, spero.* « Tant que je respire, j'espère. » Pour ceux qui le peuvent encore, bien évidemment. Et ce n'est plus mon cas. Je suis sûr qu'ils finiront par comprendre, tôt ou tard. Nous sommes tous logés à la même enseigne.

— Hein ?

Le sourire de Phillip s'épanouit de plus belle. Son visage menaçait de s'ouvrir en deux.

— Disons simplement que je laisse parler mon intuition. J'ai bien cerné Roger. Je suis au courant de ses méthodes. Brûler un vampire dans son repaire ! Quel mélodrame ! Ça ne m'étonne pas d'un néophyte comme lui. Mais je crois également connaître votre sire. Et j'ai du mal à imaginer qu'un simple incendie puisse le mettre très longtemps hors d'état de nuire. Je suis persuadé qu'on peut le tuer – on arrive toujours à tuer les gens – mais pas ainsi. Même au moyen de flammes magiques. Je suis passé maître dans l'art d'éliminer les vampires, très chère, et la mort par le feu est un sort beaucoup trop trivial pour votre sire. (Il pouffa.) Même vous, vous seriez à même de survivre. Vous auriez simplement besoin de sang. Ou de temps.

— Et Eric ? demandai-je.

— Du sang ou du temps, répéta-t-il. Les deux feront l'affaire. Néanmoins, le premier est à mon sens l'expédient le plus judicieux.

Le téléphone mural sonna et Phillip décrocha. C'était son serviteur, Dennis. Il était en tête de la grande partie de *Qui veut gagner le droit d'être un vampire* organisée par Phillip.

— Au sujet de notre deuxième affaire, dit Dennis avec méfiance. J'ai fait ce que vous m'aviez demandé.

Les vampires et leurs serviteurs ont l'habitude d'être succincts, au téléphone. Les sens surdéveloppés des vamps leur permettent d'entendre les deux bouts de la ligne.

— Parfait, Dennis, répondit Phillip. J'ai une autre faveur à vous demander. Êtes-vous disponible ?

— Je suis toujours à votre service, mon seigneur.

— Pourriez-vous vous procurer un brumisateur ? Comme ceux qu'utilisent les exterminateurs d'insectes. Nettoyez-le et remplissez-le de quelques-unes de mes bouteilles... Prenez les 1250, voulez-vous ? Cette décennie m'ennuie profondément.

Il continua de donner des instructions, et moi de l'écouter, mais quelque chose me turlupinait. Phillip avait dit qu'il croyait bien connaître Eric. Pourtant, lors de notre première rencontre, il avait prétendu ne pas savoir de qui il s'agissait. Pourquoi avoir menti ?

— Lorsqu'il sera prêt, donnez-le à dame Tabitha, poursuivit Phillip. Et conduisez-la jusqu'au *Cœur de Démon*. Enfin, ce qu'il en reste. Elle doit ramener son sire à la vie et je veux m'assurer qu'elle ne passera pas la nuit entière à tenter de repérer le tas de cendres correspondant à son corps.

— Ce sera fait dans l'heure, mon seigneur, répondit Dennis.

— Et si je n'ai pas envie de le ramener à la vie ? demandai-je à voix basse.

— Pourquoi pas ?

Phillip haussa un sourcil.

— S'il va s'en sortir… Je veux dire, s'il n'est pas vraiment mort… Alors, je suis toujours en colère contre lui.

Phillip me passa un bras autour de la taille.

— Je savais que vous seriez intéressante dès l'instant où je vous ai sentie pour la première fois. (Ses yeux brillaient de plaisir.) Pourquoi ne resteriez-vous pas aux Highland Towers ?

# 5

## TABITHA :

## Envies de luxe

Talbot passa me voir une semaine après la pulvérisation d'Eric. Je savais que la petite équipe de résurrection me rendrait une visite de courtoisie, tôt ou tard. Il était vêtu, comme d'habitude, d'un costume noir très chic et d'une cravate assortie à ses yeux d'un brun chaud et profond. J'avais envie de caresser la peau sombre de sa joue, mais il n'avait pas l'air d'humeur câline.

— Ça fait un bail qu'on ne t'a pas vue au *Cœur de Démon*, dit-il en entrant, à peine avais-je ouvert la porte.

— Moi aussi, ça me fait plaisir de te voir.

Ils avaient tous pris parti pour Eric. Tout le paquet. Ses ex-employés et ses anciens amis devaient probablement être en train de s'affairer dans tous les sens, d'essayer toutes sortes de formules magiques, d'asperger les lieux de sang. Mais ça ne marchait pas. Je ne souhaitais vraiment pas connaître ses raisons, mais Phillip n'arrêtait pas de me demander où ils en étaient.

Eric prenait son temps pour se reformer. Et alors ? En quoi ça posait un problème ? Il reste éveillé beaucoup plus longtemps que nous autres. Moi en particulier. Eric n'est un cadavre qu'une ou deux heures par jour. Quatre à tout casser. Alors que moi, je meurs une heure avant l'aube et je ne me ranime qu'une heure après le coucher du soleil. J'aimais bien l'idée qu'il soit coincé en sachant que tout le monde profitait de l'immortalité, pour changer. Ça lui ferait les pieds. Il n'avait qu'à rester mort une année, tiens !

Je regardai Talbot examiner la pièce. Avant, la suite Griffon appartenait à Roger, mais le seigneur Phillip me l'avait attribuée. Même si Roger s'arrangeait pour sortir de l'enfer, il ne se permettrait jamais de remettre en cause la décision du vampire régnant sur Void City.

— J'ai refait la déco, dis-je en désignant le salon. Qu'est-ce que tu en penses ?

Talbot embrassa négligemment les lieux du regard. J'étais fière de moi. Je savais que je ne regretterais pas les meubles de bureau démodés de Roger, ni le lit hideux de sa copine la Grenouille, ni le canapé empestant le tabac froid qu'ils avaient clairement dû acheter aux puces, ni aucune des affaires de Roger, que je m'étais empressée de jeter. Une semaine de shopping avec la carte de crédit du seigneur Phillip avait suffi pour donner à la suite un panache de folie. Il était grand temps ! Dennis m'avait promis qu'un décorateur d'intérieur passerait sous peu pour s'occuper de la salle d'attente. Avant d'accueillir des gens, il fallait absolument que je me débarrasse de la déco catastrophique de Roger.

— Eric n'aimerait pas, répondit-il d'un ton brusque. Mais ça te va très bien.

— Contrairement à vous tous, je me contrefiche de ce que pense Eric !

Je claquai la porte un peu trop violemment. Une de mes assiettes décoratives tomba du mur et je tressaillis. Talbot la rattrapa avec sa rapidité féline habituelle et la remit en place.

— Je ne sais pas ce que tu veux dire par « vous tous », mais si tu comptes continuer à résider à Void City, tu as tout intérêt à rester en bons termes avec lui.

— Et pourquoi ça ? demandai-je, en croisant les bras sous ma poitrine pour me montrer sous mon meilleur jour.

Comme je n'attendais personne, je portais un short et un débardeur. Vu que j'étais morte, je n'avais plus besoin de soutien-gorge. La peau et les muscles des vampires se tendent après leur transformation. Résultat : on a l'air beaucoup plus minces et sculpturaux que de notre vivant. J'ai une poitrine on ne peut plus généreuse, mais elle tient parfaitement toute seule. Du coup, je ne mettais des soutifs que pour épater la galerie. Normalement, Talbot était immunisé contre ce genre de drague, mais je faisais exception. Et j'en jouais.

— Si tu n'es pas sérieuse, arrête de m'aguicher, grogna-t-il.

Ses yeux étincelèrent d'une lueur verte. Je les avais déjà vus prendre une apparence féline, mais pas encore briller. C'était bon signe. Je ne lui étais toujours pas indifférente.

— Tu risques gros, à me provoquer ainsi.

— C'est peut-être ce que je cherche, répliquai-je. Tu m'as peut-être manqué. Qu'est-ce que tu en sais ?

— Peut-être. (Il me décocha un clin d'œil.) Ou alors, tu t'es rendu compte que Phillip était un vicelard au pieu, et ça ne t'a pas plu. Il a essayé de te partager, non ?

— Non, mentis-je.

Mais Talbot n'était pas dupe. Je n'avais couché qu'une seule fois avec Phillip. Et j'avais commis une erreur. Le sexe, pour lui, était un terrain d'expérimentation aux limites du plaisir et de la douleur. Il avait passé son temps à me mordre, à me pincer et à malaxer des parties de mon corps qui n'en avaient ni besoin ni envie. Dans l'ensemble, on y avait trouvé tous les deux notre compte – malgré ses défauts, il sait se servir de sa langue –, mais le lendemain, il m'avait proposé de remettre le couvert avec un nombre un peu trop élevé de partenaires. Je veux dire, c'est bon, je ne suis pas une prise multibaise ! Ensuite, j'étais sortie avec lui à deux ou trois reprises, mais on s'était juste vaguement pelotés. Je n'avais pas voulu aller au-delà.

Talbot s'avança au point d'envahir mon espace vital.

— Il ne va pas tarder.

— Arrête, chuchotai-je.

Il me prit dans ses bras.

— Mais c'est peut-être ton truc, les petits pervers ventripotents.

— Ça veut dire quoi, « ventripotent » ?

Ses doigts glissèrent sur mes fesses, juste en dessous de mon tatouage en forme de papillon. Ses griffes éraflèrent le tissu de mon short. Ses lèvres m'effleurèrent l'oreille et il me répondit :

— Gras.

— Oh.

— Tu ne me demandes pas d'arrêter, cette fois ?

— Non. (Je lui décochai une moue espiègle.) J'ai besoin de toi. J'ai envie de toi. Prends-moi ici et maintenant.

J'aurais voulu paraître plus blasée, mais de toute manière, il s'éloigna de moi, apparemment découragé.

— OK. Tu m'allumes pour de vrai à présent.

Il soupira.

— On peut s'y mettre dans une minute, dis-je. (Il me gratifia d'un sourire carnassier.) Mais d'abord, de quoi voulais-tu qu'on parle ?

Il s'assit au bord de mon nouveau lit de salon et tripota le dessus-de-lit en dentelle.

— Trois des enfants d'Eric m'ont appelé. Elles voulaient savoir si j'avais besoin de leur aide.

— Et alors ?

Il enleva sa cravate. Talbot a une carrure de taureau, tout en muscles fermes. Lorsqu'il perçut mon regard, il étira les crocs. Ce n'était ni un vampire ni un lycanthrope. Je ne savais pas quelle était sa véritable nature. Seulement que les jeux de domination l'excitaient. Comme les chats.

—Il a essayé de les tuer toutes les trois, mais elles connaissent la chanson. Même si elles lui ont échappé, même si elles n'ont absolument aucune envie de l'aider, elles savent très bien que si elles ne se précipitent pas à son secours, il risque de se défouler sur elles dès son réveil.

—Ne me dis pas que tu as peur qu'il me tue!

—Non. Ça m'étonnerait. (Talbot attacha sa cravate au lit.) Mais il peut te prendre ça.

—Quoi, ça?

—Cet endroit. C'est à toi, non?

—Oui.

—Eh bien, vu qu'il est ton sire, c'est aussi à lui. Il est en droit de revendiquer tout ce que tu possèdes. Techniquement, il peut même te revendiquer toi.

Il ôta sa veste et l'accrocha au pommeau.

—Je ne suis pas sa chose! hurlai-je.

—En fait, si. (Il commença à déboutonner sa chemise. Comme je n'y prêtais aucune attention, il s'arrêta.) Quoi?

—Je ne suis pas une marchandise.

—Si. Sauf si tu deviens assez forte pour prouver le contraire.

—Phillip pourrait me protéger.

J'aurais aimé ravaler ces paroles, mais c'était trop tard. Les mots étaient sortis. Je devais en assumer les conséquences.

—J'en suis sûr, rétorqua Talbot en éclatant de rire. Si tu t'éclates en lisant *Les Cent Vingt Journées de Sodome*, tu ne devrais pas t'en priver!

—Les cent vingt journées de Saddam? demandai-je.

—C'est un bouquin du marquis de Sade. Ça ne te plairait pas. Tu as les idées larges, mais pas tant que ça.

—Tu ne me connais pas.

Je détournai le regard.

— Tu as déjà rencontré dame Gabriella ?

Il fit courir une griffe le long du drap.

— Je l'ai sentie. Elle a un fasciné super mignon qui s'appelle Esteban. Et je sais qu'elle ne s'entend pas très bien avec Phillip.

— Tu sais pourquoi ? demanda Talbot. Phillip l'a séduite quand elle était encore vierge. Mais il l'a transformée d'abord.

— Et alors ?

— Et alors pour elle, c'est tout le temps la première fois.

Talbot reprit sa veste et l'enfila.

— Il faut vraiment être malade.

Je frissonnai à cette idée. Je repensai aux mains délicates et manucurées d'Esteban en train d'essuyer le sang sur ma peau. Pas étonnant qu'il soit si doux avec les vampires.

— Pourquoi faire une chose pareille ?

Talbot sourit de toutes ses dents.

— D'après Esteban, Phillip aurait expliqué à Gabriella que c'était pour qu'elle devienne son amour éternel. Perpétuellement fraîche et innocente. Sa vierge immortelle. En fait, il a juste fait ça par curiosité. Et parce qu'il savait très bien qu'un jour elle le détesterait d'autant plus.

— Tu mens.

Il s'apprêtait à remettre sa cravate, mais je l'en dissuadai d'une caresse.

— Ne me dis pas que ça t'a excitée ? demanda-t-il.

— Non. (Je posai les mains sur ses épaules.) C'est toi qui m'as excitée. L'histoire m'a juste donné envie d'être en bonne compagnie.

# 6

## TABITHA :

## Le retour du chat

J'avais envie de sortir. Ça faisait presque une semaine que j'étais cloîtrée aux Highland Towers. Talbot me tenait compagnie, mais pas tous les soirs. Et quand il arrivait, l'odeur de fumée et de cendre du *Cœur de Démon* lui collait à la peau. Ce soir, je l'attendais habillée de pied et cap.

Il ouvrit la porte et s'arrêta instantanément. Ses yeux glissèrent sur mon corps. J'avais choisi ma petite robe noire. Elle était moulante et sexy à souhait, avec un dos nu qui descendait jusqu'à mon tatouage, au creux des reins, et un décolleté plongeant. Le moindre faux mouvement – enfin, ça dépend de ce qu'on entend par « faux » – et Talbot risquait d'apercevoir un téton. J'avais les cheveux courts. Mon nouveau look l'avait surpris. Je brandis une paire de talons aiguilles devant ses yeux.

— Ce soir, on sort.

Je me baissai pour enfiler une chaussure, puis l'autre, et son regard s'attarda exactement là où je l'avais espéré.

— Tabitha…, commença-t-il.

— Si tu as envie de moi, emmène-moi quelque part.

Je lui caressai négligemment l'entrejambe et sentis son membre chaud et rigide.

Talbot inclina la nuque en signe de reddition. Je ne pensais pas que ce serait si facile.

— Ça ne me dérange pas de sortir avec toi, dit-il.

Il s'approcha pour me prendre les fesses de sa main libre. Son odeur musquée, ni humaine ni animale, me submergea. Il m'effleura le cou du bout des lèvres.

— Mais c'est une mauvaise idée.

— Pourquoi ?

— Parce que je suis un mistigri. Les vamps de la haute nous tolèrent, mais ils n'aiment pas qu'on se fréquente.

Il passa la langue le long de ma mâchoire et me lécha délicatement. Ça n'avait rien à voir avec une langue humaine, humide et baveuse. C'était rugueux, chaud et avide. J'avais envie de la sentir plus bas. Je posai ma main libre au creux de sa nuque et me mis à le pousser inconsciemment. Il éclata de rire. On aurait dit le feulement sourd d'un fauve.

— Ça te rendrait folle si je faisais la même chose.

D'une griffe, Talbot m'érafla le dos. Il ne me coupa pas. C'était uniquement pour m'exciter. Il suffisait qu'il me touche pour que de la fumée s'élève de ma peau. C'était érotique au possible. Ça me procurait un plaisir tel que la douleur s'estompait aussitôt. Et Talbot savait parfaitement doser.

— Laisse-moi te goûter, dis-je en étirant les crocs. Juste un peu.

— Non.

Il me repoussa d'une main sur le ventre. Je titubai en arrière et me rattrapai à la porte.

— Pourquoi ?

— Mon sang ne convient pas aux vampires.

— Pourquoi pas ?

— Je te l'ai déjà dit. Mes crocs et mes griffes sont des armes sacrées. (Je levai les yeux au ciel.) C'est vrai !

Il me montra ses griffes.

— Si je t'écorche avec ça, pour de vrai, pas pour te titiller, les entailles vont te brûler. Alors, mon sang ! C'est l'essence même des dieux qui coule dans mes veines. Si tu l'avales…

Il claqua la langue.

— Aïe ? dis-je en lui décochant une petite grimace.

— Aïe, confirma-t-il.

— Attention, tes chevilles enflent !

Je le bousculai gentiment en lui cognant l'épaule. Il réprima un commentaire, mais je devinai, à son regard, qu'il s'agissait de quelque chose de vulgaire et macho.

— Heureusement que tu as ravalé ça.

— Tu veux aller où ?

— Quelque part où je ne suis jamais allée… Une boîte classe. Où on peut manger et danser.

— Je connais l'endroit parfait.

— Il y aura des vampires ?

— Non, concéda Talbot.

— Dans ce cas, je préfère demander au concierge.

On descendit dans le hall d'entrée et je repérai Dennis, qui papotait avec Esteban à l'accueil. Dennis était en costume-cravate tout ce qu'il y a de plus normal tandis qu'Esteban avait opté pour un ensemble gris sur mesure. Son col était négligemment ouvert, comme la première fois que je l'avais rencontré. L'étui dissimulé sous son aisselle se remarquait à peine.

Dennis me salua en baissant poliment la tête.

— Bonsoir, dame Tabitha.

Esteban s'inclina profondément, tout sourires, sans jamais me quitter des yeux.

— Dame Bathory, dit-il.

C'est ainsi qu'on s'adressait aux femmes vlads, avant. La sacoche qu'il avait lors de notre première entrevue était posée à ses pieds, près du comptoir derrière lequel se tenait Dennis.

— Vous n'avez toujours pas livré ça à votre maîtresse ? demandai-je.

— Elle souhaite que je les fasse parvenir au Lovett Building. (Il désigna Dennis d'un geste de la main.) Dennis a été assez aimable pour m'appeler un taxi.

— Vous ne savez pas conduire ? m'étonnai-je.

— Je n'en ai pas le droit pour le moment. (Il haussa les épaules, mais ses traits reflétaient un regret sincère.) J'ai fait preuve… d'un certain manque de tact.

Il ramassa le sac et partit dès l'arrivée du taxi. Au moment où il passa à côté de Talbot, le bagage bondit dans sa direction. Talbot arqua un sourcil lorsqu'il entendit le cliquetis en provenant.

— Désolé, Talbot, lança Esteban par-dessus son épaule.

Talbot se contenta de le regarder s'éloigner en silence.

— Il t'a appelé par ton nom, fis-je remarquer.

La plupart des résidents des Highland Towers faisaient comme s'il n'existait pas et refusaient de lui adresser la parole.

— Ce n'est pas encore un vampire, marmonna Talbot. Il vaut mieux se montrer poli quand on est incapable de se défendre. (Sur ce, Talbot assena bruyamment sa main sur le comptoir, juste devant Dennis.) Tout baigne, Dennis ?

— Je vais très bien… votre grandeur.

Dennis buta sur les derniers mots, mais il parvint quand même à les prononcer.

— Votre grandeur ? répétai-je.

Ni Talbot ni Dennis ne m'offrirent d'explication.

— Ma copine souhaite aller s'éclater dans un endroit ultra-chic. (Il se pencha jusqu'à se retrouver nez à nez avec Dennis.) Je crois qu'elle aimerait bien se faire remarquer. Causer un esclandre… Vous voyez le genre ?

— Mais… votre grandeur…

Talbot tapota gentiment la joue de Dennis. Tout d'abord, sa main était humaine, puis elle se transforma. Sa peau fut parcourue d'un éclair blanc et devint aussitôt poilue et beige. Une griffe argentée et métallique s'étira au bout de chacun de ses doigts métamorphosés.

— Je m'occupe aussitôt des réservations, bégaya Dennis. Il y a un événement VIP à *L'Iversonien*, ce soir. Le seigneur Phillip y est invité, mais son cycle de sommeil me semble très perturbé. Il va sûrement dormir toute la soirée. Je suis sûr que ça ne le dérangerait pas si…

— Parfait !

Talbot ôta sa main de la joue de Dennis et me la tendit, frottant sa fourrure contre ma peau.

— C'est doux. (Je sentis une légère excitation.) Tu en as…

— Partout ? finit Talbot à ma place. Oui. Mais je ne suis pas sûr que tu sois prête pour… le Talbot intégral.

— Pourquoi ?

— Les mistigris ressemblent beaucoup aux chats domestiques. Et les chattes ont besoin d'être stimulées pour ovuler, expliqua Talbot d'un air mystérieux.

— Hein ?

— Pendant la copulation, la femelle ne produit des œufs qu'après que le mâle s'est retiré et que les épines de son pénis ont raclé les parois du vagin.

— Les épines ?

*Aïe.*

— Les piquants, quoi.

— Les piquants ?

*Re-aïe.*

— Je te montrerai, un jour, me promit-il en me guidant jusqu'à la voiture.

# 7

## TABITHA :

## Entrée fracassante

Talbot nous conduisit au quartier Nord. Après avoir traversé la zone de boutiques chic et d'immeubles de bureaux, on atteignit la seule partie de Void City où on trouve un – voire deux – *coffee shop* à tous les coins de rue. On passa devant le *Jimmy Chew*, où Eric m'avait invitée pour mon dernier anniversaire avant ma transformation.

Je n'avais pas besoin de mes sens vampiriques pour remarquer que Talbot était complètement stressé, mais j'ignorais ce qui le travaillait. Quand il avait menacé Dennis, j'avais déjà trouvé son attitude bizarre. Ça ne lui ressemblait pas. Mais ensuite, quand il s'était confié en faisant des révélations – bien dégueues, d'ailleurs – sur les mistigris, ça m'avait carrément inquiétée. Ce n'était vraiment pas son genre.

Droit devant nous, des spots aveuglants déchiraient la nuit et baignaient d'une lumière crue les murs blancs de *L'Iversonien*. Une file de voitures attendait pour entrer. Leurs occupants n'étaient pas humains. Leurs battements de cœur étaient soit irréguliers soit inexistants.

Pour être VIP, ça l'était. Talbot ne s'était pas moqué de moi. Il grilla les autres véhicules et se positionna au début de la file. Le voiturier refusait de nous laisser nous garer. Il nous dévisagea de ses yeux trop fixes, noirs comme du goudron, tout en grinçant de ses dents acérées comme des rasoirs. Sa casquette trempée de sang suintait légèrement. Un filet humide lui dégoulinait dans les cheveux.

—Vous n'êtes pas le seigneur Phillip.

Talbot lui décocha un coup de griffe, lui zébrant le visage d'entailles aux bords roussis. Le voiturier tituba en arrière en hurlant.

—Et toi, tu n'auras pas de pourboire.

Talbot avait déjà enlevé sa ceinture de sécurité. L'homme n'avait pas encore répliqué que la portière s'ouvrit.

—Garez-vous où vous voulez ! gémit le voiturier en s'éloignant à quatre pattes. Où vous voulez !

Talbot claqua la portière et entra dans le parking à toute blinde. Il fit effectuer un dérapage contrôlé à son coupé Jaguar et se rangea abruptement entre deux places, à grand renfort de crissements de pneus. En un clin d'œil, il avait déjà la main posée sur la poignée pour ouvrir ma portière. Sa peau exhalait une odeur de mâle en colère. Il m'attira contre lui et frotta son visage contre le mien, comme un félin.

—Tu veux qu'on te remarque, c'est bien ça ?

—Qu'est-ce qui t'a pris ? demandai-je. Tu aurais pu mutiler ce… ce machin… voiturier.

—Ce machin est un bonnet rouge. Ils bouffent les gens. (Il me renifla et secoua la tête.) Tu veux les épater, oui ou non ?

—Je veux m'éclater.

—Si on entre, tu seras servie !

—Qu'est-ce qui se passe, Talbot ?

—Tu vas montrer aux faes qui c'est, le boss, dit-il entre deux coups de langue.

Sa voix résonnait profondément.

—Arrête.

Je le repoussai, mais il resserra son étreinte et me plaqua de tout son poids contre la voiture. Je sentis ses dents effleurer la chair de mon cou et son corps se mit à grandir. La transformation produisit un éclair blanc et soudain, j'étais chevauchée par un fauve couvert d'une douce fourrure beige. Je sentis son cœur battre sourdement contre moi, et Talbot descendit de mon dos tout en reprenant sa taille normale.

— Ça devrait suffire.

— À quoi tu joues, bordel ?

Je fis volte-face, les griffes étirées, mais je n'avais plus besoin de me battre. Il avait repris apparence humaine et me tendait la main.

— Si je veux te protéger, il faut que tu sentes mon odeur. (Je pris sa main.) Il n'y a pas que des vampires, là-dedans.

— Je suis une Vlad ! protestai-je. Je sais me défendre toute seule.

— Les vampires peuvent être détruits, Tabitha.

— Et pas les mistigris, peut-être ?

— Si. Mais c'est plus difficile. Et quiconque me tuera devra répondre de son crime devant ma mère.

— Ta mère ?

— Tu ne la connais pas.

— Talbot…, dis-je d'un ton plaintif.

— Ça ne te dirait rien, Tabitha.

— Dis-moi juste comment elle s'appelle. (Je pris son visage entre mes mains et l'embrassai.) S'il te plaît ?

— Sekhmet.

— C'est un nom… original.

Talbot poussa un profond soupir.

— C'est égyptien. Tu devrais entendre le mien !

— Ce n'est pas Talbot ?

— Non. J'aime bien le personnage de Claude Rains, dans *Le Loup-Garou* de 1941. Allez, viens.

On traversa le parking en direction du club. Une enseigne lumineuse indiquait le nom de la boîte, en trois tranches : « IVER SON IEN ». Elle pendait du toit, par paliers, comme des dagues, suspendue au-dessus d'une ouverture ovale à travers laquelle clignotaient, par alternance, des flashs rouges, verts, jaunes et bleus. La lumière intermittente projetait l'ombre des deux armoires à glace flanquant l'entrée sur le crépi sophistiqué de la façade blanche.

— Contrairement à nous, le propriétaire de cette boîte, Iver Richardson, est un véritable immortel, chuchota Talbot à mon oreille. On ne peut pas le tuer, au sens propre du terme. On l'appelle l'Iversonien.

— Pourquoi ?

On monta sur le trottoir menant à l'entrée principale. Le béton s'illumina devant nous. Des points de lumière chaude délimitaient le chemin sous nos pieds. Un des embranchements sinuait derrière le bâtiment, mais on se dirigea vers la porte.

— C'est un jeu de mots. C'est un collectionneur. Il y a une blague qui circule, comme quoi dès qu'il met la main sur une pièce, il ne s'en sépare plus jamais. Un peu comme le Smithsonian[1].

— Qu'est-ce qu'il collectionne ?

Talbot montra les crocs aux deux vigiles et leur tendit notre invitation. Vue de près, leur peau verte était noueuse et gercée, mais légèrement brillante, comme des écailles de serpent.

— Et eux, c'est quoi ? demandai-je. Des trolls ?

— Exactement, répondit Talbot du bout des lèvres.

Les trolls nous laissèrent passer, même si leurs traits tortueux respiraient la désapprobation.

La musique nous heurta de plein fouet. Les basses vrombissantes me faisaient littéralement vibrer. Des hommes et des femmes – ou plutôt, des mâles et des femelles de tout

---

1. Institut de recherche dirigeant une vingtaine de musées, réputés parmi les plus fournis et éclectiques des États-Unis. (*NdT*)

acabit – se déhanchaient dans un décor médiéval. On aurait dit un bal de l'Ancien Temps, version aérobic et techno agressive. Des créatures bizarres dotées d'ailes translucides virevoltaient autour d'un lustre rétro. Un loup-garou entièrement transformé et affublé d'une boule disco pendouillant à son col dansait une valse sous acide avec un être androgyne scintillant, tantôt opaque tantôt transparent en fonction du rythme.

Je sentis un Maître vampire nouveau-né. Il était vêtu d'une tenue bondage et baisait dans les toilettes avec une chose trapue aux faux airs de crapaud. Je me serais bien passée du flash. En revanche, je ne percevais pas les autres vamps. Ça devait être des Soldats. Voire des Fantoches.

Je m'habituai progressivement au volume sonore, mais les odeurs continuaient de m'irriter les sinus. Un homme chauve en costard rayé – du sur mesure qui paraissait tout droit sorti de Savile Row – traversa la foule pour nous rejoindre. Ses sourcils épais et broussailleux, qui me rappelaient ceux du magicien dans *L'Apprenti Sorcier* de Walt Disney, surplombaient des yeux globuleux et disproportionnés. Du haut de son mètre quatre-vingts, il nous lança un regard patibulaire.

— Tu voulais faire une entrée fracassante dans le monde surnaturel ? me demanda Talbot, avant de désigner le nouveau venu et d'ajouter : « Fais-toi plaisir. »

— Il a l'air en colère.

— On ne s'entend pas très bien.

— Pourquoi ?

Je sentis les muscles de Talbot tressaillir sous mes doigts.

— Je te présente l'Iversonien. Il a toujours voulu m'ajouter à sa collection… et posséder son propre Mannequin.

— Quoi ?

— Prépare-toi à faire sensation, conclut simplement Talbot en resserrant son nœud de cravate.

L'Iversonien arriva à notre hauteur.

— Talbot ! (Son visage se fendit d'un sourire de crocodile, qui se figea aussitôt, plus par habitude que par un effet conscient.) C'est gentil de passer me voir sans y être convié.

L'Iversonien tendit une main que Talbot ne serra pas.

— Je te présente Tabitha.

— Elle est splendide, répondit l'immortel en s'inclinant brièvement devant moi. (Peut-être uniquement pour mater mon décolleté.) Mais tu as beau être en charmante compagnie, tu n'as rien à faire ici.

— Ah bon ? Je vois au moins deux raisons, pourtant. (Il leva deux doigts.) Et d'une, c'est la nouvelle… bonne amie du seigneur Phillip. Elle répond simplement à l'invitation que tu lui as envoyée. Pour deux personnes. Et comme j'appartiens à Tabitha, j'appartiens au seigneur Phillip.

— Et de deux ?

— C'est un vampire d'un genre très rare. Un Mannequin. Et je sais que tu as toujours rêvé d'en rencontrer un.

— Tu voulais me faire baver, c'est ça ?

Il ferma les yeux et je sentis ma nuque se couvrir de chair de poule. Le corps de l'Iversonien se mit à émettre un bourdonnement sourd. La musique ne m'empêchait pas de l'entendre : c'était plus une sensation qu'un bruit. Une petite épée de simple facture apparut dans sa main, comme si le métal s'était forgé spontanément à partir de la fumée s'élevant de sa peau. On aurait dit que la lumière scintillant sur l'arme la maintenait d'un seul tenant.

— Un glaive ? se moqua Talbot. Tu te crois dans *Gladiator* ?

— On n'est pas dans un film de Ridley Scott, Talbot. Je ne t'ai pas attaqué. Je me prépare simplement à me défendre.

Je touchai le bras de Talbot.

— Qu'est-ce qui se passe ? Je voulais juste aller dîner et danser.

— C'est ma faute. J'ai mal compris, grogna Talbot en étirant ses deux rangées de crocs. Je pensais que tu voulais aller dans un endroit où les gens dînaient et dansaient.

Il désigna d'un mouvement de tête le comptoir en bois du long bar installé au fond de la salle. Ses occupants y mangeaient des plats aux couleurs bizarres. Ou simplement bizarres en soi.

— Ici, on peut faire les deux.

— Je ne t'agresserai pas, l'interrompit l'Iversonien.

— C'est déjà fait, cracha Talbot. On avait un arrangement. Tu devais garder les chaînes dans ta collection.

— Je n'ai rien prétendu de tel. (L'Iversonien se mit en garde.) Tout ce que j'ai dit, c'est que je ne m'en servirai jamais contre toi.

— Iver. Tu es immortel. Tu entasses tout et n'importe quoi. Tu penses vraiment que je vais gober que tu as vendu les Chaînes Infernales de Sarno Rayus parce que tu en avais marre ? Tu as passé des siècles à chercher cet artefact unique ! (Talbot s'approcha et effleura des lèvres le lobe de l'immortel.) À mon avis, tu les as vendues pour te venger, car tu n'as pas apprécié que je change de crèmerie.

— Après tout ce que j'ai fait pour toi..., s'empressa de bredouiller l'Iversonien.

— Ça fait quatre-vingts ans, Iver, rétorqua Talbot en décochant à l'immortel un regard méprisant. Tu devenais collant. Tu commençais à me prendre pour un chat domestique. Pourtant, comme je m'échine à le rappeler à qui veut l'entendre, les mistigris n'ont pas de maître. On jette notre dévolu sur des gens intéressants et on reste un moment avec eux. C'est tout. C'est sans garantie.

Ça vous est déjà arrivé, dans une fête, de parler très, très fort, limite de hurler, au moment où la musique s'arrête ? La honte totale. C'est exactement ce qui se produisit.

— Euh... On devrait peut-être y aller ? criai-je.

La techno stoppa subitement. La moitié des danseurs semblait perdue, l'autre – les vampires et les faes – nous dévisageait tous les trois. Un claquement de doigts rompit le silence et on se mit à se battre.

Talbot saisit la main de l'Iversonien et serra. L'os se brisa et l'immortel lâcha son glaive. D'un seul geste, Talbot s'en empara et transperça son adversaire. Le métal scintilla dans les spots de la boîte de nuit et la lame traversa le sternum d'Iver, avant de ressortir de l'autre côté. Le propriétaire des lieux s'affala par terre et Talbot continua d'enfoncer la lame, pour mieux épingler sa victime à la piste de danse. La poignée de l'arme dépassait de sa poitrine comme le bout d'un ongle bizarrement taillé.

— Ne bouge pas, grogna Talbot à destination de l'immortel. (Il me gratifia d'un sourire mauvais.) Allez, en scène !

Je passai en vitesse vampirique, mais les faes furent plus rapides. Trois elfes me chargèrent. C'étaient des espèces d'Orlando Bloom de pacotille avec des oreilles pointues et des fringues contemporaines sorties de la collection d'un styliste qui aurait bossé sur *Le Seigneur des Anneaux*. Ils dégainèrent des épées cachées sous leurs vestes, comme les types dans *Highlander*. Ils me tourbillonnèrent autour et me zébrèrent d'entailles aux épaules et au ventre.

Ils me blessèrent de plus belle, mais toujours aux mauvais endroits. C'était moche à regarder, mais ça ne m'affectait pas vraiment. Ça me picotait quand je bougeais, mais ce n'était pas la mer à boire.

Talbot s'était déjà fait deux Soldats vampires. Il leur avait arraché le cœur. Leur poussière glissait entre ses griffes.

— C'est quand même mieux qu'un plan resto-boîte, non ?

— Je ne trouve pas. Mais aïe !

Un des elfes me cingla la joue d'un coup d'épée. Je l'attrapai par le poignet pour l'attirer à moi. Il me plongea sa lame dans la poitrine. Ça fit un bruit de tissu qu'on déchire. Je sentis la douleur me parcourir de part en part, avant de s'estomper aussitôt. Je lui arrachai la gorge d'un coup de crocs. L'elfe s'effondra, la bouche déformée par un cri muet, et le sang jaillit de la plaie. Je pensais que le goût serait différent. Je recrachai sa chair sanguinolente sur le sol, tandis qu'un de ses potes me renversait.

Le dernier, qui se tenait sur ma gauche, lança son bras armé en arrière. Il allait me décapiter. Je sortis l'épée de ma poitrine et m'en servis pour parer et dévier sa lame, qui se ficha dans son copain elfe. Mon assaillant ne s'attendait pas à ce que je sois si forte et ma tactique j'enlève-l'épée-de-ma-propre-poitrine le prit au dépourvu. Donc ça fonctionna.

Plus rapide que nous tous réunis, Talbot bondissait d'adversaire en adversaire, comme du pop-corn dans une vieille machine. Il enchaînait les assauts à un rythme effréné. On le voyait transformer un troll en chair à pâté verte et fumante et, la seconde d'après, il envoyait un faune valser à travers le plafond.

J'étripai le troisième elfe et me joignis à Talbot. Mes blessures cicatrisèrent au fur et à mesure du combat, et lorsque le dernier sous-fifre de l'immortel tomba, je suais du sang à grosses gouttes. Je fusillai mon cavalier du regard.

— Je croyais qu'on était censés manger et danser !

Il haussa les épaules.

— Ce n'est que partie remise.

Les non-combattants, humains et autres, prirent la fuite. Dehors, les sirènes stridulaient. La police rassembla tous les mortels et les emmena au poste pour leur altérer la mémoire. « Au cas où ».

— Je n'ose même pas imaginer le montant de la taxe crocs, sur ce coup-là, dit Talbot.

— Monsieur ? (Un des policiers s'avança, un bloc à la main.) Êtes-vous Talbot ?

Il acquiesça.

— Le capitaine Stacey dit que c'est pour vous.

L'agent lui tendit une contravention. Talbot la froissa et se dirigea vers l'Iversonien, toujours cloué par terre.

— Si tu paies la moitié de l'amende, je veux bien retirer l'épée.

# 8

## ERIC :
## Croc

L'aube se leva sur les décombres du *Cœur de Démon*. Bientôt, tout le paysage baignait dans une lumière franche. C'était la première fois, en quarante ans, que j'assistais à l'apparition du jour. Les vampires supportent mal le soleil.

Ma vision spectrale avait beau être approximative, j'étais bien décidé à en profiter au maximum. J'avais l'impression que l'astre se tordait et se tortillait, comme si un artiste invisible était condamné à le repeindre constamment à l'huile – jaune, orange et ambre foncé – à mesure qu'il progressait dans le ciel.

Chaque changement était bien distinct de l'autre. Chaque instant unique. C'était une succession de chefs-d'œuvre éphémères. Je ne suis pas un grand fan de peinture, mais j'étais subjugué. Le soleil escalada le *Pollux*, sillonna le ciel à toute vitesse et s'écrasa de l'autre côté du *Cœur de Démon*, dans une explosion de rouge, de rose et de violet. Ensuite, la nuit remplaça le jour et ce fut au tour des étoiles, planètes et autres comètes de parcourir le firmament. Chaque constellation que je reconnaissais semblait plus claire. Elles se mirent à trembler et danser dans la nuit et, en un clin d'œil, le cycle recommença. Levers de soleil, couchers, nuits – interrompus seulement par les changements atmosphériques – se succédèrent à un rythme de plus en plus soutenu. Bientôt, je ne distinguai plus de la course du soleil qu'une traînée de couleur indistincte.

Le temps passait et, apparemment, je n'en faisais pas partie. Sinon, j'aurais agi. J'aurais bougé, cligné des yeux… C'était sûrement un effet secondaire de mon état de revenant. Je comprenais enfin pourquoi les spectres revanchards ne s'énervaient pas plus souvent. Tout était devenu flou. Les heures, les jours, les mois s'étaient confondus. J'avais totalement perdu le fil.

Pour les vivants, le temps passe vite s'ils s'amusent. Pour les morts, le temps file à moins de s'y agripper comme un malade et de le retenir. Pendant ma rêverie, les choses avaient changé. Des gens étaient venus et repartis. Les ruines du *Cœur de Démon* s'étaient recouvertes d'une fine pellicule de neige. Il ne neige pas souvent, à Void City. Il suffit d'un centimètre et demi pour que les écoles ferment, qu'ils bouclent des rues et que des milliers de minuscules bonshommes mouchetés de terre et de pelouse se mettent à fleurir.

C'est la neige qui me sortit de ma torpeur. Ça et la vue d'une Mustang décapotable de collection garée dans la rue, juste en face de moi. Ce n'était pas n'importe quelle Mustang. C'était la mienne. J'adore cette bagnole. Ces salauds de loups-garous me l'avaient pliée en tentant de me faire payer pour les fourberies de Roger. Les réparations m'avaient coûté un bras, mais je ne pouvais pas vivre sans.

Ma fille Greta, une amazone blonde, était campée à côté de la voiture. Elle était accompagnée de mon garagiste, Carl. La Mustang était accrochée à sa dépanneuse. Il l'avait réparée à la perfection. Avec ma vision spectrale, je n'aurais jamais pu deviner qu'elle avait eu un accident. Entre Carl et Greta, j'aperçus Magbidion, mon mage attitré. C'était un petit sorcier « frappadingue » qui n'arrêtait pas de me tanner pour que je le protège.

Magbidion avait placé ses deux mains à moitié fermées devant son œil droit. Il les tourna comme s'il réglait un objectif photo.

— Essaie encore de la démarrer, hurla-t-il par-dessus son épaule. Je crois qu'il nous a remarqués.

Carl grimpa dans la voiture et mit le contact.

— Ça ne marche pas. (Il redescendit du véhicule.) Je n'y comprends rien.

— C'est pourtant clair, marmonna Magbidion. Si cette voiture est véritablement le siège de son pouvoir, elle ne fonctionnera pas tant qu'il ne sera pas de retour parmi nous. Inversement, si nous parvenons à allumer le moteur et à le maintenir en marche, Eric reprendra forme. Il est connecté à cette caisse. On pourrait aller jusqu'à dire qu'ils sont unis. Il l'adore littéralement ! (Les yeux de Magbidion s'illuminèrent, comme si une idée venait de lui traverser l'esprit.) On aura tout essayé. Si ça ne donne rien, il faudra qu'on reconstruise le *Cœur de Démon* pierre par pierre.

Magbidion avait beau être dans le besoin, c'était un mage intelligent. Il avait obtenu ses pouvoirs d'un démon, en échange de son âme. Et comme le contrat était bientôt périmé, Mag avait besoin d'un peu de soutien pour en renégocier les termes. Je l'avais envoyé bouler un nombre incalculable de fois, mais s'il réussissait à me rendre mon corps, j'allais sûrement céder. Mince ! J'aurais même été prêt à en faire mon fasciné.

— Il faut qu'on l'énerve, poursuivit-il.

— Putain ! lança Greta. Si papa savait que Tabitha se fait tringler par cette espèce de mollusque des Highland Towers, on n'aurait pas besoin de…

Le moteur de la Mustang se mit à gronder.

— Je le vois ! cria Magbidion.

—Elle se fait tringler par le qui des quoi ? grognai-je.

Greta se précipita vers moi.

—Tu le vois ? Est-ce qu'il m'entend ? Papa ?

Elle me traversa en courant. Certains vampires ne voient les fantômes que sous leur forme animale. D'autres pas du tout. Greta était daltonienne des spectres. J'aurais aimé pouvoir en dire autant. Le moteur s'arrêta.

—On a oublié quelque chose, s'exclama Magbidion. On perdait notre temps, avec le *Pollux*. Tu avais raison, Greta, c'est cette voiture qui le fait tenir. Mais il nous manque un ingrédient. La question, c'est lequel ?

—Réponds-moi, Mag ! hurlai-je. Tabitha m'a plaqué genre hier et elle se tape déjà un connard ?

—Essaie de rester énervé et laisse-moi réfléchir deux secondes, tu veux ?

Mag ferma les yeux et s'assit sur le bord du trottoir.

—Alors, le rituel d'incorporation n'a pas fonctionné au *Pollux* parce que le siège de son pouvoir, c'est cette Mustang... Mais il ne marche pas non plus avec la voiture. (Il gesticulait tout en parlant.) Pourquoi ? Il doit y avoir une différence. Mais laquelle ? Quelle est la différence fondamentale entre une voiture et un immeuble ?

—Les voitures ont des roues, répondit Greta.

—Les voitures se déplacent, suggéra Carl. On les conduit. On les manœuvre...

Pile à point nommé, comme un fait exprès, Rachel fit son apparition. J'ignore si c'était parce qu'elle était ma fascinée, mais elle me semblait plus brillante. Ses lèvres étaient écarlates. C'était l'incarnation même du rouge. Son parfum – un savant mélange de sexe et de cannelle – m'enveloppa aussitôt et ne me quitta plus. C'était la première fois que je sentais une odeur, depuis que j'étais devenu un fantôme. Elle était vêtue d'un jean taille basse, d'une brassière blanche et d'une veste en cuir noir. Comme il faisait froid, on voyait parfaitement qu'elle n'avait pas de soutien-gorge. Elle portait un jerrican rouge.

— Les voitures se nourrissent, dit-elle. Elles carburent à l'essence. Les vampires ont d'autres besoins, mais eux aussi doivent faire le plein régulièrement.

Rachel s'arrêta et remua le bidon. Du sang émergea de l'ouverture et dégoulina sur le côté.

— Eric fonctionne au sang. Si vous remplissez la voiture avec l'essence d'Eric, vous l'alimenterez via leur connexion.

Elle nous désigna successivement, moi et la Mustang.

— Et s'il mange, il reconstituera son corps. C'est ce qu'il fait chaque fois qu'il se retransforme en humain après s'être changé en animal. Mais l'opération nécessite du sang.

Magbidion épongea la sueur lui perlant sur le front avec un mouchoir en coton.

— J'ai déjà mis du sang dans la voiture ! Il y en a plein la banquette arrière.

— T'as mis *quoi* sur la banquette arrière ? hurlai-je.

Rester énervé ne me posait aucun problème.

— Mais tu ne l'as pas nourrie, lui lança Rachel en lui décochant une grimace méprisante. (Mag se leva furtivement et recula de quelques pas.) Ce n'est pas sur la banquette arrière qu'on met l'essence. C'est dans le réservoir.

— Je ne suis pas sûr que ça marchera, bégaya-t-il. Je vais nettoyer la voiture et modifier le rituel. L'incorporation implique un niveau de magie important. Ce n'est pas raisonnable de le laisser tourner dans le vide. Et il nous faut du sang humain, pas…

— C'est du sang humain, lança-t-on en chœur, Greta, Rachel et moi.

Je le sentais qui m'appelait dans le jerrican. J'en avais besoin. Ce qui signifiait que leur rituel fonctionnait plus ou moins. Si on vous demande un jour de décrire les vampires, vous n'aurez qu'à répondre qu'on est une bande de junkies pathétiques constamment en manque de came. Après l'explosion, la faim s'était apaisée. À présent, elle était de retour.

— Tu l'as trouvé où ? demanda Mag.

— À Sweetheart Row, répondit Rachel.

C'était un mensonge. Mes yeux spectraux voyaient des traces de sang sur ses mains. Elle les avait lavées, mais les taches mystiques étaient restées. Elle ne s'était pas procuré le sang à Sweetheart Row. Il faut imaginer l'allée des Jolis Cœurs comme le quartier chaud pour vampires. Si on est prêt à payer le prix, les filles vous donnent du sang, du sexe ou les deux à la fois. Mais le sang fantôme maculant les paumes de Rachel provenait d'un meurtre, pas d'une simple transaction. Encore une fois, je ne voulais pas savoir ce qu'elle avait fabriqué.

Ma colère contre Tabitha se dissipa aussitôt. Elle me manquait, mais il n'y avait pas de quoi s'emballer. On n'était plus ensemble. Je m'en fichais de savoir avec qui elle baisait. Et honnêtement, vu que je couchais avec sa frangine… Rachel est exactement le genre de petite sœur dont tous les mecs rêvent.

— On est en train de le perdre, hurla Mag. Faites quelque chose pour le mettre sur les nerfs. Et lancez-lui un peu de sang !

Sans tenir compte de ses ordres, Rachel se mit à remplir de sang le réservoir de ma Mustang. Greta lui arracha le jerrican des mains, si violemment que Rachel tituba et tomba sur l'asphalte.

— Qu'est-ce que tu fous ?

— Cette voiture est le siège de son pouvoir. Il l'adore. Il a fait l'amour avec la femme qu'il devait épouser, dedans. Quand elle a été bousillée, il était dans tous ses états. Autant que si son enfant venait de se faire assassiner. Il n'a pas de corps. J'ai aspergé de sang toutes ces foutues ruines, mais aucun de ces tas de cendres n'est le sien. (Rachel se releva.) La personne responsable de l'explosion s'est arrangée pour annihiler complètement sa dépouille. Il ne pourra reprendre forme qu'à l'endroit où il a emmagasiné le plus de pouvoir. Je vous ai suivis, quand vous avez voulu tenter une résurrection au *Pollux*. Je vous ai prévenus que ça ne marcherait pas, mais soit. Et effectivement, on a fait chou blanc. Le *Pollux* est beaucoup trop grand pour servir de *memento mori*.

Je ne parle pas beaucoup de langues étrangères, mais j'avais appris le latin à l'école. *Memento mori*. « Souviens-toi que tu vas mourir. »

— Pour servir de quoi ?

Rachel braqua son doigt sur Magbidion, mais elle regardait fixement Greta.

— Vous avez eu votre chance ! Maintenant, c'est à mon tour d'essayer. Si j'échoue, on n'aura qu'à retourner chercher du sang pour votre prochain plan génial !

À contrecœur, Greta versa le reste du jerrican dans la voiture.

— Pas de problème ! Carl n'aura qu'à siphonner le réservoir ! lançai-je. Vous êtes tous complètement timbrés. Ça ne fonctionnera jamais.

— Attends deux secondes, Eric, répondit Magbidion.

Il m'entendait. C'était déjà ça.

— Et maintenant ? demanda Greta.

Les traits de Rachel s'illuminèrent.

— Maintenant, on l'énerve. On lui donne envie d'avoir des mains pour nous étrangler. Où est-il ?

Magbidion me désigna, mais j'étais sûr que Rachel me voyait depuis le début. Je n'avais pas rêvé : elle avait regardé dans ma direction en arrivant. J'étais resté sur le tas de débris où j'avais découvert *El Alma Perdida*. Le cow-boy solitaire avait sûrement d'autres chats à fouetter : il avait embarqué le pistolet. Peu importe.

Magbidion me gratifia de quelques vannes minables à la Eddy Murphy. Greta ne s'en tira guère mieux. En revanche, Rachel savait parfaitement comment me faire disjoncter. Elle sortit un bout de bois acéré de son sac et transperça le cœur de Greta par-derrière.

Je suis un vrai papa poule. Je serais prêt à affronter les rayons du soleil, pour elle. Je l'avais fait à plusieurs reprises, d'ailleurs. Greta, tout comme moi, est l'un de ces heureux vampires qui ne meurent pas lorsqu'on leur enfonce un pieu dans le cœur. On s'immobilise, tout simplement. Je savais qu'elle survivrait, mais ça m'a quand même rendu dingue.

Ça ne fait pas vraiment mal, de se mettre en colère. Mais je me sentis comme une pomme de terre qu'on pelait. Le moteur de la Mustang rugit. Mon cœur battit une fois. En commençant par le centre de mon champ de vision, le monde s'éclaircit peu à peu, jusqu'à retrouver son apparence normale. Au revoir vision spectrale. Bonjour couleur et limpidité.

— Ça marche ! s'écria Rachel.

— Il y a quelque chose qui cloche, articula Magbidion, si lentement que « cloche » prit trois syllabes. Je vous avais pourtant demandé de me laisser le temps de purifier le véhicule. La magie est en train de se télescoper avec un autre sortilège.

Quand Greta était petite, je lui achetais ces drôles de peluches qui se gonflent dans l'eau chaude. Elles grossissent jusqu'à ce qu'on devine leur forme. J'avais l'impression que c'était ce qui m'arrivait. Renaître de mes cendres, je connaissais. Mais là, c'était bizarre. Un cri strident s'échappa de ma bouche tout juste reformée. Le klaxon de la Mustang retentit violemment et les quatre roues se mirent à jouer les girouettes.

D'un seul coup, j'étais assis au volant de ma voiture bien-aimée. Je vis distinctement le cul rouillé de la dépanneuse de Carl… et c'était reparti comme en 40. Je veux vraiment dire comme en 1940. Mon cœur battait de nouveau, l'air entrait et sortait douloureusement de mes poumons… Je n'étais pas seulement de retour parmi les vampires. J'étais vivant pour de vrai !

— Et merde ! cracha Magbidion. Éloignez-vous tout de suite de ce véhicule !

Aussitôt, je revécus le pire accident de toute mon existence. Je dévalais Duggan Road et j'arrivais au virage en épingle à cheveux, juste avant chez Marilyn. À l'époque, j'étais à bord de la caisse de Roger, mais dans ce souvenir, je conduisais ma Mustang. Le panneau indiquait de le prendre à 80, mais comme j'étais dyslexique de la signalétique, je déboulais toujours à 82. Lorsque j'étais mort la première fois, c'était parce que Roger avait saboté les freins. Et j'avais découvert à mes dépens qu'en emboutissant la rampe à une vitesse appropriée, on a une magnifique vue sur la carrière.

Cette fois, c'était différent. Quand je pète un câble, j'ai des black-out et je me transforme en une créature à la peau noire comme du charbon, avec des ailes de chauve-souris et des yeux violets qui brillent. À présent que j'avais une fascinée, je pouvais me métamorphoser plus ou moins sur commande. Dans ce souvenir nouvelle version, Supervamp se trouvait justement sur le siège passager. Sa peau grésillait et fumait au soleil.

— Putain, il était temps ! lança-t-il.

Il me prit le volant des mains, m'écrasa les orteils d'un coup de sa patte griffue pour mettre le pied au plancher, et nous propulsa volontairement contre la rampe pour mieux nous faire dégringoler de la falaise. Tandis qu'on valsait dans les airs, la Mustang perdit sa teinte noire pour revêtir une carrosserie rouge. Et Vampzilla s'estompa, me laissant affronter seul l'atterrissage forcé.

Au moment de m'écraser, je revins dans le présent. Malheureusement, la voiture avait bel et bien morflé. Le volant était cassé en deux et la colonne de direction me transperçait le torse. Ma Mustang avait procédé à une petite reconstitution de l'accident devant le *Cœur de Démon*. J'avais les jambes broyées sous un amas de tôle vrillée. Les débris de verre me lacéraient le visage et le torse… *Memento mori*, mon œil ! Souviens-toi que tu es *déjà* mort, oui ! Fait chier, ces locutions latines !

Quand le calvaire fut enfin fini, Magbidion se précipita sur moi pour m'aider à m'extraire de la voiture. Il était donc aux premières loges pour assister à la suite des événements. Plus tard, il me raconterait que je n'étais resté mort qu'une minute, mais que je n'avais jamais perdu connaissance. Je me rappelle avoir vu la colonne de direction sortir de ma chair, le toit cabossé se remettre droit… En gros, ma voiture se répara toute seule de ses petits bobos. Mon pouls devint irrégulier, avant de s'arrêter totalement, et ma peau se glaça. J'étais de nouveau un vampire. Complètement indemne. Enfin, indemne pour un mort-vivant.

Exception faite du changement de peinture, ma Mustang était restée la même. Elle brillait comme un sou neuf. Je descendis de voiture et Rachel se jeta dans mes bras. Elle guida ma tête vers sa gorge, je bus et ma faim se dissipa. Rachel se blottit contre moi.

— Tu m'as manqué, chuchota-t-elle.

— Je ne comprends rien, dis-je.

Magbidion éclata de rire.

— Tu n'as pas été recréé de façon traditionnelle, Eric. Ce qui s'est produit lors de ta résurrection, c'est qu'on t'a ramené à la vie sous la forme d'un humain. Il existe une chance infime pour que le rituel donne lieu à cette anomalie. Mais ensuite, un autre sortilège est intervenu.

— Quel genre ?

— Je serais incapable de te le dire. Il est trop complexe. Trop puissant. Je crois que c'est une espèce de malédiction primitive. Très ancienne. Vieille de facilement deux siècles.

— Et c'est elle qui m'a flanqué cette raclée pour me renvoyer dans le monde des vampires ?

— Je ne l'aurais pas formulé ainsi, mais ouais.

J'enlevai le pieu du cœur de Greta, l'empêchai de tuer Rachel – lorsqu'elle comprit la raison de ce geste, elle passa l'éponge – et m'assis avec eux sur le trottoir couvert de neige.

— Donc, si je comprends bien, ce n'est pas un autre vampire qui m'a embrassé. Enfin, transformé. Je ne sais pas trop comment on dit. Je suis le résultat d'une malédiction. (Magbidion acquiesça.) Du coup, je n'ai pas de sire.

— Oui et non.

Le mage poussa un soupir. Il plaça de nouveau ses mains sur son œil, comme un objectif, mais ce dernier était plus étroit que le précédent.

— En me concentrant un peu, j'arrive en général à identifier le sire d'un vampire. Dans ton cas, je distingue une vague silhouette. Et j'ai l'impression qu'il s'agit d'un vamp. Comme si la malédiction te considérait comme son rejeton, si tu veux.

— Et tu vois qui me l'a jetée ?

— Non.

Il se concentra encore davantage. Soudain, il y eut un déclic accompagné d'une étincelle et Magbidion tomba à la renverse.

— Aïe. (Des fumerolles s'élevèrent de ses doigts et il se frotta l'œil.) Tu te souviens un peu des goûts ? (Je hochai la tête.) Tu sais, parfois les gens disent que telle ou telle viande ressemble à du poulet. Mais en fait c'est du canard, de l'alligator, du serpent...

— Ouais.

— Ce n'est pas de la magie. Ça a le même goût, mais ce n'en est pas. C'est plus pur, plus propre. Ou alors c'est un genre de magie que je n'ai jamais rencontré.

— Dernière question : pourquoi ma voiture est devenue rouge ?

— C'est peut-être un effet secondaire. (Magbidion haussa les épaules.) Ce véhicule a fait l'objet d'une quantité de magie impressionnante, tant conventionnelle qu'alternative. La malédiction l'a affecté aussi, lorsqu'elle a recréé l'accident responsable de ta mort…

Il posa une main sur le capot. Aussitôt, le moteur démarra, la Mustang fit marche arrière, ses pneus crissèrent, et elle se positionna plus loin dans la rue. Magbidion s'affala par terre, devant la voiture, qui alluma ses phares.

— Mag… Tu n'es pas en train de me dire…

— C'est génial, papa ! cria Greta. Tu as une voiture vampire ! J'ai toujours rêvé d'en avoir une ! On peut l'appeler Croc ?

— Croc le Tacot, maugréai-je. Achevez-moi, quelqu'un…

# 9

## ERIC :

## Chaque problème en son temps

Personne ne pouvait prédire ce qui arriverait si Croc se retrouvait au soleil. Dans le doute, je la garai dans le parking souterrain de l'ancien supermarché *Bateman*, à côté du camping-car de Magbidion. Comme ça, elle resterait à l'ombre et le mage pourrait la garder à l'œil. Le *Bateman* avait brûlé dans les années 1970 et j'avais acheté leur parking souterrain, qui était attenant au *Pollux*.

Des lumières vertes, rouges, bleues et jaunes illuminaient la façade du vieux cinéma ainsi que les rampes d'escalier, à l'intérieur. Je l'avais toujours décoré pour Noël. En mon absence, quelqu'un avait pris sur soi de s'en charger. D'habitude, je fermais le *Cœur de Démon* et j'invitais toutes les filles pour les réjouissances festives de saison. *Eh ben. Noël!* Mes yeux spectraux avaient maté le soleil pendant quatre mois entiers. Huit mois de plus seraient passés inaperçus.

Mon sapin en toc couvert de fausse neige s'élevait fièrement au milieu du hall d'entrée, affublé des guirlandes clignotantes habituelles. L'étoile, un bidule confectionné à base de papier alu et de bâtonnets d'Esquimau, attendait sagement sur le comptoir, où Greta la déposait chaque année. Qu'on soit en bons termes ou pas, elle venait toujours à Noël.

Greta est à la fois mon échec le plus cuisant et une des personnes que j'aime le plus au monde. Elle avait fabriqué cette étoile de son vivant, la première fois qu'on avait fêté Noël ensemble. Une petite fille de dix ans et un vampire de soixante piges n'ont pas grand-chose en commun. D'où l'importance de Noël. Je ne me rappelais plus très bien ce qui s'était passé, ni ce que sa famille d'adoption lui avait fait, mais en tout cas, c'était horrible et je leur avais réglé leur compte. Ensuite, elle avait emménagé avec moi. Si je m'en étais tenu à mes principes et que je l'avais laissée rester humaine, elle aurait la trentaine à présent – je crois –, mais j'avais tenu une dizaine d'années et j'avais cédé.

Je me transformai en chauve-souris, attrapai l'étoile avec les pattes et l'installai à sa place – c'est à peu près aussi dur que ça en a l'air – avant de voler jusqu'à l'étage. Rachel me rejoignit, mais je n'avais pas envie de faire l'amour, et encore moins avec elle. Je voulais Marilyn. Mais Marilyn n'était plus là et j'étais censé faire quelque chose d'important pour elle. Une pensée me narguait. Elle hantait les couloirs remplis de toiles d'araignées de mon cerveau de chauve-souris. Elle slaloma à toute blinde entre des considérations relatives à ce que Tabitha faisait, et quand j'essayai de la regarder en face, elle se planqua derrière un gros meuble d'archives mentales. J'avais encore zappé un truc. J'oubliais toujours tout.

Je quittai brusquement mon apparence animale et atterris sur les pieds, tout habillé. Certains vampires gardent leurs vêtements lorsqu'ils changent de forme, et je faisais partie de ces heureux élus. Après l'opération, mes fringues sont propres et chaudes, comme si elles sortaient du séchoir. Ça m'amuse beaucoup. Je claquai des doigts.

— Les cadeaux, murmurai-je. Merde, il faut que j'en achète à tout le monde.

— Il se pourrait que tu aies des soucis d'argent, m'interrompit Rachel. Quelqu'un a fermé tous tes comptes.

— Pardon ?

— Ton alias, Eric Jones, est officiellement décédé. Tu as tout légué à Marilyn, qui t'a tout légué... Pour résumer, la ville a voulu récupérer ton patrimoine. Greta a acheté le *Pollux*, le terrain du *Cœur de Démon* et le parking avec ses économies, mais maintenant, elle est complètement fauchée. Je suis sûre qu'elle ne te le dira jamais, mais...

D'un seul coup, Rachel avait l'air beaucoup plus petite. Elle recula de quelques pas. Je m'étais transformé en Supervamp sans m'en apercevoir. Et sans avoir de black-out.

*Marilyn serait fière de moi.*

— Marilyn...

Rien à foutre de Noël. Rien à foutre du fric. J'avais oublié Marilyn. Un démon avait aspiré son âme et il attendait toujours que je prenne contact avec lui. Comment avais-je pu enfouir cette info dans ma petite cervelle de fantôme et l'y laisser moisir pendant des mois à force de contempler le soleil ? Espérons qu'il m'attendait toujours ! Une odeur de cannelle me heurta de plein fouet, si forte que je me mis à pleurer. Enfin, en l'occurrence à saigner, vu que je suis un vampire. J'essuyai mes larmes avec mes mains griffues et noires comme du goudron.

Depuis que j'avais rencontré Rachel, je sentais cette odeur dès qu'elle essayait de me calmer, de me manipuler ou de me séduire. J'ignorais si c'était de la magie, ou une simple astuce utilisée par les fascinés, mais ça m'énervait qu'elle s'en soit servie pour me faire oublier Marilyn.

— Un démon a volé l'âme de Marilyn, dis-je d'une voix profonde et menaçante.

— Désolée, répondit Rachel. (Avec précaution, elle passa un doigt sur ma poitrine nue.) Tu sais de quel démon il s'agit ?

— Non… Il était mielleux comme tout.

La main de Rachel se hasarda plus bas.

— Tu es bien monté, sous cette forme.

— J'ai du mal à me concentrer quand tu me touches.

— Qui parle de se concentrer ? (Elle enleva son top et frotta ses seins contre moi.) Je ne connais pas de démon. Mais je connais un vampire qui pourra te renseigner.

— Ce n'est pas le type des Highland Towers, j'espère.

Rachel hésita longtemps avant de répondre.

— Non. C'est un autre. On va aller voir Winter. (Elle retira son pantalon. Elle ne portait pas non plus de culotte.) Il paraît qu'il peut t'apprendre des trucs renversants.

En disant ces mots, elle me fit basculer en arrière et me plaqua au sol. C'était un peu bizarre, avec les ailes et tout, mais je reste un mec. Dans ce genre de situation, on peut être allongé sur une cigarette allumée, ça ne nous dérange pas.

Malgré son commentaire sur la taille de mes parties, elle n'eut pas trop de problèmes pour me grimper dessus. Elle ramenait toujours tout au sexe. Ça me rappelait le succube dont Talbot m'avait sauvé, à El Segundo. Rachel n'était peut-être pas un démon, mais c'était tout comme. Les succubes se nourrissent de sexe. C'est la source de leur pouvoir. Rachel avait juste l'air de prendre son pied en baisant avec des vamps.

On commença à bouger en rythme et Rachel m'embrassa sur le front, entre les yeux et sur la gorge. Au contact de ses lèvres douces et humides, ma peau se mit à picoter, à rosir de chaleur et à s'éveiller à la vie. Elle posa un dernier baiser sur mon torse et mon cœur se mit à battre. Ensuite, elle plaça une main sur mon plexus solaire et l'autre à mon entrejambe. On arriva à l'orgasme en même temps et elle attira mes crocs vers son cou. Je bus une deuxième fois.

Son sang était riche et sirupeux. Épais et savoureux, il me brûla la langue comme du Tabasco.

Comme toujours quand on était intimes, je sentis des messages subliminaux émaner de Rachel. Des pensées qui dansaient à l'intérieur de mon crâne et prétendaient m'appartenir. Elle s'affaissa, pantelante, sur ma poitrine et je les entendis distinctement. *Tu as confiance en Rachel. Tu as besoin de Rachel. Tu aimes Rachel. Tu l'adules. Tu l'adores. Tu m'appartiens. Tu es à moi.*

Le goût et l'odeur de cannelle m'enveloppaient aussi étroitement que la chair de Rachel avait serré la mienne. Mon cœur battait et mes poumons respiraient tout seuls. Je sentis la chaleur s'accumuler au plus profond de moi et la température de mon corps monter en flèche. Le sang afflua dans mes veines et j'eus un deuxième orgasme, presque douloureux. Les yeux de Rachel se révulsèrent, ses jambes s'accrochèrent désespérément à mes cuisses et ses mains pressèrent mes fesses contre elle.

— Oh putain, oui ! murmura-t-elle dans un souffle. Continue, chéri. C'est bon !

Je me soulevai à l'aide de mes ailes, la renversai et multipliai mes assauts, les doigts enfoncés dans ses épaules pour la maintenir en place. Je pensais que mon érection allait disparaître, mais non. La lumière violette de mes yeux luisants projetait des ombres bizarres sur le sol et se reflétait dans ses prunelles, qui semblaient de la même couleur. Quand elle jouit, mon cœur s'affola et j'eus un troisième orgasme. Autant vous dire que ça ne m'était jamais arrivé. D'ailleurs, ça n'arrive sûrement jamais aux mecs, en général. C'était peut-être encore un truc de fasciné. Une espèce de Viagra pour vampires.

Chaque fois que je lui posais une question relative à ses talents, Rachel me répondait que c'était un truc de fasciné. Il fallait absolument que je me forge une deuxième opinion.

J'eus de nouveau l'impression que j'oubliais quelque chose. Quelque chose d'important. Je la repoussai et retournai immédiatement à mon apparence normale. J'étais vêtu d'un jean, d'une ceinture, d'une paire de tennis et de mon tee-shirt noir « Welcome to the Void ». Re-bienvenue dans le vide, donc.

— J'aimerais bien pouvoir en faire autant, dit Rachel en riant, tout en se démenant pour enfiler son pantalon.

— Faire quoi ?

— Me rhabiller en moins de deux.

— C'est clair que ça présente des avantages. (Je ramassai son top et le lui lançai. D'un seul coup, je me rappelai.) On n'est pas censés faire un truc ?

— On vient de faire un truc, minauda-t-elle.

— Non ! répondis-je en frappant violemment le plancher. Le truc dont je parlais juste avant. C'était quoi ?

— J'ai oublié.

Elle mentait. J'en étais convaincu. Je l'attrapai par un de ses piercings aux tétons. Doucement mais fermement.

— Arrête de me baratiner.

— Je croyais que tu plaisantais.

D'autres petites voix se mirent à susurrer dans ma tête. J'avais plus de mal à les entendre, mais elles étaient toujours là. *Tu as confiance. Tu as confiance. Tu as confiance.*

Je n'avais pas du tout confiance.

— On devait aller voir Ebon Winter à son club. *L'Artiste Inconnu*. Tu voulais découvrir quel démon avait volé l'âme de Marilyn, la vieille femme.

Je l'attirai à moi pour l'embrasser. Au début, elle résista un peu. Elle devait être énervée que je l'aie accusée de mentir. Mais elle se détendit vite. Si mes amis me détestent, je suis plutôt du genre à ne pas vouloir le savoir. Si ma copine couche avec le premier venu, je veux juste qu'elle ait la décence et l'intelligence de me le cacher.

— Si tu espères parler à Winter, il va te falloir un smoking, lâcha-t-elle.

— Tout le monde s'habille en pingouin, chez lui ?

— Non. (Elle me lança une œillade.) Mais nous, si. Pour avoir une chance de le rencontrer, il faut que tu en jettes.

— Je n'ai plus de smoking. Il a brûlé. Où est Talbot ?

— Je ne l'ai pas vu, dernièrement.

— Ça lui arrive souvent de partir en vadrouille, soupirai-je. Comme un foutu félin. Il reviendra tôt ou tard. Entre-temps, tu vas devoir aller m'en louer un. Tu as la robe qu'il faut ?

— J'ai encore la verte que tu m'as achetée. Mais il faudra que tu viennes essayer ton costume toi-même.

— Pourquoi ?

— Parce que si tu veux épater Winter, il te faut du sur mesure.

Épater Winter ? D'habitude, la seule chose que j'épate, chez les vamps de la haute, c'est leur nez avec l'empreinte de mes pompes dessus. Et à présent, il fallait que j'aille draguer un de ces connards pour lui soutirer des infos. Merde !

# 10

## ERIC :

## *L'Artiste Inconnu*

Pour quelqu'un qui revenait tout juste d'entre les morts – encore une fois – j'avais de l'allure, en smoking. Rachel m'avait conseillé d'en acheter un, mais je n'avais pas envie de bouffer les dernières économies de Greta. Je me sentais déjà assez coupable d'avoir loué une limousine avec sa carte, mais Rachel avait insisté sur l'importance de notre entrée, et une Mustang vampire, ça ne respirait pas l'élégance. C'était la première fois que Rachel montait dans une limousine. Je crois que la seule chose qui m'empêcha de lui arracher sa robe verte sans bretelles, c'était mon désir d'impressionner Ebon Winter.

Mais de toute façon, je préférais éviter de donner des idées au chauffeur. C'était un *oni* appelé Tiko et il n'avait pas besoin de ça. Les *onis* sont des ogres japonais qui mangent les gens. C'était un grand type vert doté d'une corne noire lui poussant au milieu du front. À Void City, Tiko et ses frères fournissent différents services à qui est prêt à payer ; mais pas à graisser la patte des flics. C'est aussi grâce à eux qu'un certain nombre de disparitions restent irrésolues, dispensant leurs responsables d'une taxe crocs onéreuse. Pas de cadavre, pas de crime. Comme les loups-garous qui avaient bouffé Roger, Tiko et ses frères ne gaspillent pas leur nourriture.

*L'Artiste Inconnu* se trouvait dans un quartier nettement plus chic que mon club. Il paraissait plus grand, plus cher... En gros, il était en tout point supérieur au *Cœur de Démon*. Pourtant, rien qu'à voir la façade, je savais qu'il ne risquait pas d'y avoir de filles nues à l'intérieur. Et même s'il y en avait, elles ne seraient sûrement pas en train de danser comme les miennes. Elles auraient le corps peint en argenté ou déguisé en arbre. Enfin, vous voyez le genre. Mais bon, c'était quand même impressionnant. Une sorte de palais ultramoderne et lumineux tout en baies vitrées top classe. Je détestais ça.

On s'approcha de l'entrée. Une espèce de vampire obséquieux avec des mèches blondes s'avança vers le vigile. Ils eurent une petite discussion. Le nouveau venu n'avait pas l'air content. De ce que j'avais pu entendre, le videur avait simplement fait son boulot, mais venait de malmener un futur invité. J'imagine que ses fiches de poste habituelles le dispensaient des subtilités nécessaires pour bosser dans un club VIP.

— Je suis désolé, M. André, articula le gorille. Klaus m'a dit qu'il en avait pour une minute, mais ce type ne voulait pas attendre.

L'humain en question s'était réfugié dans un coin et sa copine vampire le regardait dans les yeux. Elle semblait inquiète. Quand André se tourna dans sa direction, elle montra les crocs.

— Ce crétin a failli tuer Ken !

Je m'avançai, en compagnie de Rachel, et la vamp me montra également les crocs. J'étirai les miens en guise de réponse et me « présentai ».

La société vampirique classe ses membres en fonction de leur niveau de puissance et de leurs faiblesses connues.

Elle se divise de fait en plusieurs catégories : les Fantoches, les Soldats, les Maîtres et les Vlads. Ça n'a aucun rapport avec la lignée. C'est une question de personnalité et de force de caractère. Je vois ça comme un test de Rorschach surnaturel. Les Vlads ont 20/20, j'imagine. Alors les Empereurs… En gros, ils décrochent d'office l'équivalence pour la fac. Enfin, un truc du genre. En tout cas, j'ai tous les pouvoirs du manuel et j'encaisse à peu près tout. Comme Dracula.

Plus vous vous situez en bas de la chaîne alimentaire, plus vous avez de chances de vous faire baiser par vos supérieurs. Les Vlads et les Maîtres se détectent mutuellement. On perçoit une image mentale et on devine l'âge de ceux qui se trouvent à proximité. Si on le souhaite, on peut faire en sorte que les Fantoches et les Soldats nous sentent aussi. Un peu comme un flash info « me cassez pas les couilles ». C'est ce que je venais de faire en me « présentant ». D'après leurs réactions, la fille et le vigile devaient être des Fantoches. En revanche, André était un Soldat. Il réussit à garder contenance. Un type bien.

— Vous avez besoin d'aide ? proposai-je.

Les relations sociales entre vampires, c'est un peu comme une danse. Je connaissais les pas de base, mais dès qu'on passait au cha-cha-cha, je m'embrouillais complètement. Et je risquais de renvoyer un paquet de morts-vivants dans leur tombe d'origine.

Roger aurait su, lui. OK, il m'avait tué deux fois ; mais il était bien meilleur que moi pour ce genre de conneries. Il adorait ça. Il traînait tout le temps à *L'Artiste Inconnu*.

Ce n'était pas pour rien que je l'avais toujours laissé gérer ces trucs-là – avant de découvrir qu'il m'avait poignardé dans le dos et que ce n'était qu'un connard de la pire espèce. Il manquait un peu de rigueur, certes, mais il était sacrément doué. Si on le cherchait, il développait tout un stratagème machiavélique, plaçait des pions partout, et quand le dernier domino tombait, son adversaire se retrouvait invariablement acculé dans une impasse en train de pleurer sa mère. Moi, quand on m'emmerde, je réagis au quart de tour. Je ne peux pas m'en empêcher. C'est plus fort que moi. Malheureusement, dans le cas présent, si je refroidissais le personnel de ce machin Winter, ça n'allait pas arranger mes affaires.

André me regarda et sourit. Pas des yeux, juste de la bouche. Il me parut tout de suite moins sympathique.

— Non, merci, monsieur. Je contrôle parfaitement la situation. Si vous voulez vous donner la peine d'entrer, seigneur…

— Eric, répondis-je. Eric tout court. Un peu comme Sting, sauf que je ne suis pas Sting.

J'offris mon bras à Rachel. André ouvrit la porte et nous invita à entrer. La musique et les lumières me heurtèrent de plein fouet, mais ce n'est pas ce qui me fit hésiter. Je sentis aussitôt douze Maîtres et deux Vlads. Je n'arrivais pas à les trier correctement, mais je pensais reconnaître un des Vlads. C'était Ebon Winter. Il n'y avait pas photo. La deuxième chose qui m'arrêta, c'était les gens. Il y avait plus de cinq cents cœurs, soit plusieurs milliers de litres de sang. La plupart se dandinaient sur la piste de danse. Ils dégageaient tout un panel d'odeurs et de parfums, et leur excitation était palpable. Après le calme de ma petite existence de fantôme, le contraste était détonnant. J'attirai Rachel contre ma poitrine et enfouis le visage dans son cou.

— Ça va aller…, chuchota-t-elle d'un ton apaisant. (Elle me massa doucement le dos à travers ma veste.) Concentre-toi sur moi. Sur mon cœur, qui est tout à toi. Sur mon sang, qui t'appartient. Comme tout mon corps, d'ailleurs.

Je serrai les poings et croisai les bras. J'avais trop peur de briser Rachel en deux si je l'attrapais. Elle souffla sur ma nuque, comme si j'étais un enfant, et se mit à murmurer des mots incompréhensibles. Je sentis l'odeur de cannelle qui l'accompagnait toujours et sus qu'elle manigançait quelque chose. Peu à peu, les bruits de fond s'estompèrent. Ensuite, les odeurs, le sang et jusqu'à ma faim apparemment insatiable se dissipèrent lentement. Ça m'avait aidé de me focaliser sur Rachel. Trente secondes plus tard, j'étais capable de m'éloigner d'elle. Son odeur était bizarre. Un mélange d'excitation, de peur et de soulagement.

— Ça a marché ! C'est magique ! plaisanta Rachel. Ça va, chéri ? Pendant un instant, j'ai bien cru te perdre.

Je hochai la tête.

— Comment tu as fait ? demandai-je. C'est encore un truc de fasciné ?

— J'ai plus d'une corde à mon arc, répondit-elle d'un ton provocateur. C'est le même principe qu'utilisaient les parents anglais pendant la Seconde Guerre mondiale. Les enfants avaient du mal à trouver le sommeil avec la guerre, les raids aériens, tout ça... Du coup, ils ont pris l'habitude de coucher leurs gamins avec un quignon de pain dans la main. Comme ça, ils s'endormaient en pensant à leur petit déjeuner.

— Je me souviens de cette histoire.

— J'ai fait pareil, conclut-elle tandis qu'on se frayait un chemin à travers les couples de danseurs. (Des vampires, des humains, souvent les deux...). La quantité de sang et le nombre de femmes n'ont aucune importance.

Elle posa ma paume sur son sein gauche.

— Ta proie est juste ici.

Je n'avais pas envie d'y penser. Je changeai de sujet.

— Ce machin Winter... Tu le décrirais comment ?

J'enlevai la main de sa poitrine et la pris par le bras. Je sentais des effluves d'alcool émaner du bar, à l'autre bout de la pièce. Et, plus surprenant, des odeurs de nourriture. Des aliments frits et grillés qui me mettaient l'eau à la bouche.

C'était tentant de regarder Rachel manger. Sans compter qu'elle avait peut-être faim. On se dirigea vers le buffet.

Tandis que je m'évertuais à nous faire slalomer à travers la foule, Rachel me répondit :

— Il est… magnifique, il n'y a pas d'autre mot. On dirait une œuvre d'art. C'est un métrosexuel pure souche.

Je ne compris pas tout de suite. Puis je me rappelai avoir entendu Tabitha utiliser ce terme. Si ma mémoire était bonne, ça désignait un mec hétéro avec des goûts d'homo. Ça devait donc être lui. D'après son image mentale, il était dans la vingtaine, avec des cheveux blonds en bataille qui me faisaient penser à David Bowie. En plus jeune et plus sexy.

Les apparences sont souvent trompeuses chez les vampires, mais je l'avais senti âgé d'une dizaine d'années à peine. Il avait un arrière-goût des Smashing Pumpkins de l'époque de *Mellon Collie and the Infinite Sadness*. Fin des années 1990 à fond.

— Il est plus jeune que je pensais.

Je n'avais pas l'habitude de côtoyer mes semblables suceurs de sang, mais j'aurais pu en dire autant de toute l'assistance. Ils étaient tous très jeunes, pour des vampires. Dix ou quinze ans à tout casser.

On traversa le club. Au milieu de la pièce, une estrade circulaire en verre montait et descendait le long d'une colonne centrale scintillante. D'énormes écrans de tailles variées retransmettaient le spectacle en direct. Les deux plus grands mesuraient facilement quatre mètres, soit la hauteur des murs, qu'ils tapissaient entièrement. Un groupe se produisait sur scène. Ce n'était pas mal du tout, pour du rock alternatif. Ils avaient un vrai talent brut. Avec un peu de bouteille, ils deviendraient excellents. Si j'avais été dénicheur de talents, je leur aurais fait signer un contrat sans hésiter.

— À ce qu'on raconte, on l'a changé en vampire le jour de son vingtième anniversaire, expliqua Rachel. Il s'est fait plein d'ennemis. La concurrence était rude, mais il l'a emporté haut la main.

— Quelle concurrence ?

— Son sire est un très ancien Vlad, qui crée deux vampires tous les dix ans. Un mâle et une femelle. Je ne sais pas exactement comment ça fonctionne, mais il organise une sorte de compétition et les prétendants doivent s'affronter pour avoir l'honneur d'être transformés. Il paraît que ça leur coûte un max de blé.

La musique changea. Rachel reconnut l'air et me lâcha la main pour s'élancer parmi les danseurs. Elle était parfaitement à l'aise, à se trémousser sur des rythmes techno. Moi pas. Je me contente de regarder les autres. La faim commença à se refaire sentir. Et la présence de tant de monde à m'oppresser. Je lui décochai un regard alarmé et elle me tira la langue en guise de réponse. Mais elle vint quand même me rejoindre.

— « Une dame comme il faut ne quitte jamais son cavalier », lui dis-je, en citant Sinatra.

Elle désigna un mur sans écran, et plus précisément les loges à l'étage.

— Quand il n'est pas sur scène, Winter se trouve en général là-haut. Sinon, il est au sous-sol. Il existe une seconde boîte pour ses plus gros mécènes et leurs invités. Ça s'appelle le *Velvet*.

— On dit Winter ? On l'appelle par son nom de famille ?

— Oui, répondit-elle en levant les yeux au ciel. Tout le monde est au courant.

Tout le monde sauf moi.

— OK, OK. Donc si on arrive à s'incruster en bas, on a plus de chances de le rencontrer. Comment on s'y prend ?

— Je n'ai pas la science infuse. (Elle sourit.) Mais on va trouver un moyen.

Ça ne me disait rien qui vaille.

# 11

## ERIC :

## Dominés, dominants

Pendant les quelques heures qui suivirent, on tua le temps en tentant de se faire remarquer. On dansa cinq ou six fois. Oui, je sais : d'habitude, je ne danse pas. Ne me cherchez pas ! Ensuite, on prit place à une des tables en verre et en métal installées près du bar, et Rachel commanda à dîner. Les chaises paraissaient plus chic que confortables. C'était effectivement le cas.

Le barman insistait pour me vendre du sang. Mais je n'allais pas me laisser entuber. Depuis El Segundo, je m'étais promis de ne jamais accepter de came d'un inconnu. Je préférais regarder Rachel manger.

Ça n'aurait pas dû me surprendre, mais elle s'était nettement améliorée depuis la dernière fois. Un vrai régal pour les yeux. Elle pensait à tout plein de petits détails cruciaux. Ainsi, à chaque bouchée, elle se demandait tout haut ce qu'elle allait manger. Pour un vampire, un bon compagnon de table sait exactement quoi dire à quel moment, pour qu'une tierce personne s'imagine qu'il s'agit d'une conversation de restaurant tout à fait banale. Par exemple, « Oh, tout est tellement bon que je ne sais quoi choisir ! » se traduisait par : « Qu'est-ce que tu veux que je goûte, maintenant ? » Et il suffit au mangeur d'obéir à de subtiles instructions, comme « Ce morceau a l'air pas mal » ou « Tu as essayé de mélanger x avec y ? » pour que le vampire ait l'impression de contrôler un minimum le repas, sans se sentir complètement pervers.

Elle avait commandé des champignons frits. Chaque morceau pouvait se manger en une bouchée, mais elle les coupa tous en deux et alterna entre sa fourchette et ses doigts. Quand elle mettait un morceau dans sa bouche, elle s'attardait dessus, les lèvres légèrement entrouvertes, jusqu'à ce que ses dents se rejoignent. Elle mâchait lentement, savourait la nourriture et montrait clairement ce qu'elle ressentait. Si une bouchée était particulièrement délicieuse, elle fermait les yeux de plaisir. Après en avoir dégusté quelques-uns, elle demanda du raifort au serveur.

Il lui apporta la sauce. D'abord, elle imbiba vaguement un morceau et le mâcha délicatement. Ensuite, elle trempa généreusement un champignon entier et lécha le surplus de raifort pour éviter qu'il goutte sur la table.

Elle commit quelques petites erreurs. Elle se dépêcha un peu trop par moments, et mangea trop de champignons avant de me demander si je voulais qu'elle commande autre chose. Mais on voyait qu'elle s'était entraînée depuis la fois où je l'avais regardée avaler son petit déjeuner, quelque quatre mois auparavant.

Elle s'était appliquée. Elle avait dû étudier en détail le voyeurisme des vampires. J'avais presque l'impression qu'elle avait profité que je sois dans les vapes pour suivre un cours. J'eus une vision soudaine d'une salle remplie de fascinés en train d'apprendre à manger devant un public. Rachel avait dû sortir première de sa promo. Sa démonstration valait un 20/20.

Je n'étais pas le seul à être subjugué. Elle ne passait pas inaperçue. Certains vamps l'observaient avec le même plaisir par procuration que j'éprouvais, mais d'autres avaient simplement des mines affamées. Et leurs cavaliers humains avaient l'air jaloux et énervés.

— Qu'est-ce qu'on mange après ? demanda-t-elle en parcourant le menu.

Cette simple question montrait qu'elle avait tout compris. Tabitha m'aurait gratifié d'un « Qu'est-ce que tu veux me voir manger, maintenant ? », qui aurait tout gâché. Mais Rachel était plus subtile. Elle me demandait des conseils, pas des ordres. Il était évident qu'elle commanderait ce que je voulais, mais sa formulation maintenait une grande part d'illusion, permettant de faire passer une activité complètement anormale pour quelque chose de passablement normal.

— J'aimerais bien qu'on aille voir Ebon Winter. Ensuite, je t'invite à dîner. Pour de vrai. Tu aimes les steaks ?

Elle n'eut pas le temps de répondre. Un autre vampire prit la parole.

— Mange un autre champignon.

Rachel haussa les épaules, saisit sa fourchette et m'interrogea du regard.

Je fis « non » de la tête.

— Demande à ta pute de manger un autre champignon ! Il ne pouvait pas le deviner, mais quand on manque de respect à mes compagnons – en particulier mes copines – je réagis au quart de tour. Je ne savais pas grand-chose des règles de savoir-vivre vampiriques, mais mon petit doigt me soufflait qu'en s'en prenant à elle, il m'insultait indirectement. Ça m'énervait d'avoir développé un instinct de propriété à l'égard de Rachel – je n'ignorais pas qu'elle me cachait des choses –, mais je décidai de reporter à plus tard ce règlement de comptes avec moi-même. D'abord, il fallait que je m'occupe du dernier connard en date.

Mes copines prennent soin de moi. Elles me procurent ce dont j'ai besoin. Du sang, notamment. Et elles me donnent l'impression que je ne suis pas vraiment devenu un monstre. En échange, je veille bien sur elles. Enfin, j'essaie. Quand j'avais encore le *Cœur de Démon*, je payais pour les études des filles. Entre autres. Je leur versais un salaire annuel de 50 000 à 75 000 dollars, en plus des pourboires. Je leur offrais aussi une bonne assurance santé, y compris pour les soins dentaires et oculaires. Quand elles partaient, elles savaient qu'elles pouvaient toujours me contacter en cas de pépin, et moi je ne les appelais plus jamais, sauf si elles m'invitaient à le faire.

Quelques-unes avaient déjà téléphoné pour savoir si je rouvrais le club. Mais à présent qu'il avait brûlé… Je n'étais pas sûr d'en avoir envie. Ce n'est pas que j'avais l'impression de les transformer en objet et d'abuser d'elles – j'avais toujours essayé de faire en sorte que le *Cœur de Démon* les aide à s'en sortir, pas à les enfoncer – mais j'appréciais de ne plus avoir à me prendre la tête pour préparer les plannings…

—Je ne sais pas, dis-je tout haut.

Je me demandais si je devais rouvrir le club. Je ne répondis pas au lourd qui nous tenait la jambe.

Rachel semblait inquiète.

—Je pourrais en manger un autre, tu sais?

Je me tournai vers elle. Je sentis mes yeux s'illuminer.

—Tu en veux un autre?

—N-non, bégaya-t-elle. Mais ce n'est pas grave.

Je crois qu'elle était un peu surprise par ma réaction. Elle devait craindre que je me métamorphose en machin ailé avec la peau noire. J'étais en colère, mais pas à ce point. Elle avait encore pas mal de bricoles à apprendre sur mon compte.

Tout comme le vampire qui se coltinait l'héroïnomane rachitique, mais celui-ci ne vivrait pas assez longtemps. J'étais assis. Les lumières multicolores du club clignotèrent une fois. J'étais debout. Deux fois. J'étais à côté du vamp. Trois fois, je l'avais acculé par terre, un pied sur la gorge.

J'adore quand mes pouvoirs fonctionnent bien. D'ordinaire, ils pouvaient s'avérer un tantinet capricieux. Mais depuis que j'avais retrouvé mon corps, ils ne m'avaient encore jamais fait faux bond.

L'autre était beaucoup plus lent que moi.

— Tu as dit un truc ? demandai-je.

Il se contenta de bafouiller et de baver tout en luttant pour soulever mon pied.

Mais il était également beaucoup moins fort que moi. Je regardai sa copine.

— Tu veux un champignon ?

Cet idiot sortit les griffes et je lui brisai la nuque.

— Si tu abîmes mon smoking, je te lamine, l'avertis-je. Je l'ai loué.

Il rétracta ses griffes.

Sa copine se mit à pleurer.

— S'il vous plaît, ne lui faites pas de mal. Il est désolé. Hein, t'es désolé, Irwin ? On va s'en aller. On ne va pas revenir. On va traîner dans un parc ou un truc comme ça.

Elle plaidait sa cause. Ça me donnait envie de vomir. Quand les gens me supplient, ça me file la nausée, alors quand un humain prend la défense d'un vampire... Je levai à peine le talon, juste assez pour qu'il se dégage.

Il remit son cou en place.

— C'est quoi, ton problème, mec ? On s'en fout. C'est juste une humaine.

Je l'attrapai par la gorge et l'interrompis. Un peu plus et je le tuais pour de bon. Je ne pourrais pas vous expliquer pourquoi ça m'énervait autant, mais c'était comme ça.

— Tu veux une raison ? En voici une : elle est à moi et je n'aime pas partager. Je n'ai jamais eu la fibre prêteuse. Ça remonte à mon enfance. J'avais sûrement trop de frères et sœurs. Du coup, j'ai développé un instinct de propriété maladif. Ça te va, comme raison ?

Je sentais ma colère enfler. J'étais à deux doigts de péter un câble. Le grondement de moteur de Croc résonnait à mes oreilles, comme un écho à ma fureur. Je me demandais si tout le monde l'entendait ou si c'était un autre symptôme du lien bizarre qui m'unissait à ma bagnole. Si je virais berserk dans un endroit aussi bondé, je risquais de faire un carnage.

Finalement, Rachel avait sûrement raison de stresser. Il y avait assez de Vlads et de Maîtres pour me maîtriser, mais j'aurais le temps de massacrer un paquet de gens avant. La copine d'Irwin me dévisagea et se mit à paniquer.

— Regarde ses yeux ! Oh, mon Dieu…

Au *Pollux*, Croc démarra au quart de tour et sortit de sa place de parking pour me rejoindre. *Ça va aller*, essayai-je de lui dire en pensée. *Je gère.* Elle comprit sûrement, car je la sentis retourner se garer.

Je me calmai aussitôt, comme si le fait d'avoir raisonné Croc avait apaisé ma colère. Mais j'étais sûr que mes yeux étaient encore violets.

— Et tu n'as encore rien vu, lançai-je.

Mais Irwin était déjà parti la queue entre les jambes, non sans traîner sa copine derrière lui. Je me tournai vers Rachel. Elle avait l'air terrifiée, elle aussi. Beaucoup trop, pour quelqu'un qui venait de baiser avec Vampzilla. Elle avait failli se pisser dessus. *Pourquoi ?*

— Ils sont encore violets, c'est ça ?

Rachel se leva.

— Il faut que j'aille aux toilettes.

Réprimant une remarque vulgaire, je l'accompagnai et l'attendis à la porte. Des videurs se dirigeaient vers moi. Les gens m'épiaient du coin de l'œil, mais ils regardaient ailleurs dès que je me tournais vers eux. Je me sentais observé. Une vamp sortit des W.-C. Je lui souris.

— Dites, on n'a pas le droit de se battre, ici ?

— Interdiction formelle de tabasser, assassiner, malmener ou intimider les gens, répondit-elle d'un ton moqueur.

Je balayai la pièce du regard. Effectivement. Il y avait plein de petits panneaux placés bien en évidence. C'était formulé plus poliment, mais grosso modo, la fille avait bien résumé le principe. Je comprenais mieux pourquoi Roger ne m'avait jamais proposé de venir.

J'attendis les videurs en me moquant à l'avance de leurs petits bracelets en plastique. Soudain, André fit irruption de nulle part et rejoignit ses hommes de main, qui continuaient d'avancer d'un pas assuré.

— Winter vous présente tous ses remerciements, dit-il. Grâce à vous, il vient de gagner son pari. Comme il l'avait anticipé, vous êtes parvenu à tenir une heure entière sans enfreindre un seul des règlements vous valant l'expulsion. En guise de reconnaissance, il souhaite vous inviter, ainsi que votre amie, à partager un verre de pré-éviction au *Velvet*. Il espère que vous réussirez à vous contenir en présence de vos pairs, pour ne pas dire de vos supérieurs.

— Dites-lui que je lui baise le cul, répondis-je.

André fut tellement stupéfait qu'il eut un mouvement de recul.

— Il en serait enchanté, lança Rachel, qui venait de sortir des toilettes.

André me regarda pour en avoir le cœur net. Je haussai les épaules. Au figuré, ça voulait dire ça.

Il nous conduisit vers l'ascenseur. Rachel me chuchota à l'oreille :

— Tu as eu combien de frères et sœurs ?

— Aucun, répondis-je en souriant. Je suis fils unique. Enfin, à ma connaissance.

# 12

## ERIC :

## Les premières impressions sont souvent les bonnes

J'aimai aussitôt le *Velvet*. Ça me rappelait le *Pollux*. Les murs étaient couverts de papier peint en velours rouge et parsemés d'appliques en cuivre. Les panneaux circulaires de ces dernières étaient décorés de gravures en forme de petits flocons. Celles du *Pollux* avaient des pentagrammes. Une série de tables et de banquettes intimes étaient disséminées autour d'une petite estrade. Le sol était tapissé d'une moquette sombre. Une balustrade en bois séparait la salle proprement dite de la piste de danse. Il n'y avait pas de bar.

L'endroit pouvait contenir une soixantaine de personnes, mais il n'y avait que dix-huit vampires, chacun accompagné d'un humain. Parmi les cadavres se trouvaient les douze Maîtres que j'avais sentis en arrivant. Leurs tenues allaient du style gangster chic au look métrosexuel cher à Winter. Tous leurs regards convergeaient vers ce dernier. Un des vamps avait même orienté sa chaise bizarrement pour éviter de lui tourner le dos, comme s'il craignait de commettre un impair.

Sur scène, Ebon Winter changea de chanson au moment où on entra. Il opta pour une version a capella de *Love Her Madly*, des Doors. Et même si je ne le portais pas dans mon cœur, je devais admettre qu'il avait une voix hors du commun. En comparaison, celle de Sinatra n'avait aucun caractère et celle Bowie était fade et ennuyeuse. La deuxième Vlad était assise sur une banquette en L avec son copain. Ils portaient des combinaisons en cuir blanc assorties. Leurs casques de moto étaient posés par terre à leurs pieds. Je réprimai un fou rire. André nous indiqua nos places, un peu à l'écart du reste des troupes. C'était sûrement une espèce d'affront. Il voulait sans doute me signifier que je ne faisais pas partie de la bande. En tout cas, comme j'étais encore sur les nerfs à cause de ma petite altercation, j'étais plutôt soulagé de garder mes distances. En général, pour me défouler, j'avais besoin de tuer ou de baiser. Et aucune de ces deux activités n'avait l'air d'être au programme.

Deux vampires reportèrent leur attention sur moi. Ils se firent aussitôt rabrouer tacitement par les autres. Winter resta plongé dans sa chanson, mais je vis passer un éclair de rage dans ses yeux. Les deux importuns allaient devoir répondre de leur manque de loyauté plus tard. Les types de la haute ont vraiment des règles de savoir-vivre à la con.

Chaque couple avait droit à son serveur particulier. Et à en croire les fumets qui provenaient de la cuisine, séparée de la salle par des portes battantes, plusieurs chefs s'y activaient. Notre serveur s'appelait Chad. Lorsqu'il nous apporta un steak, ça ne me surprit qu'à moitié. Il servit aussi un Merlot rouge à Rachel. Même moi, je me rendais compte qu'il avait une robe et un bouquet exceptionnels. Il m'apporta une chope glacée de bière en fût, qu'il posa devant moi, comme si je n'allais pas me contenter de regarder Rachel la boire.

—Avec nos compliments, nous informa-t-il.

J'avais déjà goûté de la liqueur de sang. Ça avait un goût de chiotte, mais je m'apprêtai quand même à en commander un verre. Malheureusement, je me rappelai soudain que je devais me serrer la ceinture.

Winter nous décocha un clin d'œil. S'il s'était agi d'une fille, j'aurais apprécié. Mais ce n'était pas une fille. Du coup, ça me mit mal à l'aise.

Rachel mangea à la fois pour moi et pour elle-même. Elle s'en sortit encore mieux qu'à l'apéro. Mais elle avait beau s'évertuer, les autres vamps et leurs invités n'avaient d'yeux que pour Winter. Je l'écoutais de temps en temps. J'aime bien la musique assourdissante. Le talent n'a pas vraiment d'importance, pour moi. OK, il était bon. Je n'avais jamais entendu personne chanter comme ça. Mais j'aurais préféré la radio. Il jonglait avec les styles sans aucun effort, et s'arrangeait pour que tous les titres fonctionnent a capella. Son répertoire allait du classic rock façon Ozzy Osbourne à des titres soit trop originaux soit trop récents pour figurer dans ma playlist.

— Tu ferais mieux de l'écouter, me tança gentiment Rachel. Sinon, il va te prendre en grippe.

— Je suis sur les nerfs. Je n'ai encore tué personne. Je n'ai pas l'habitude.

Elle n'eut pas le temps de répliquer. La chanson en cours prit fin et les autres tables applaudirent. Rachel se joignit à eux et je l'imitai à contrecœur. Je savais quel était le problème. Tout ce que je voulais, c'était obtenir de Winter les infos dont j'avais besoin et me casser en vitesse.

Winter se dirigea vers nous et nous considéra d'un air jovial.

— Alors ? Tout se passe bien dans le coin des rebelles ? demanda-t-il.

— Pas trop mal, concédai-je. Vous pourrez féliciter votre chef.

Winter fit signe à Rachel de se déplacer. Elle se décala sur le côté, et lorsqu'il estima avoir assez de place, il s'assit sur la banquette, non sans soulever l'indignation des autres vamps. Ils prirent des airs choqués et étudièrent longuement leurs positions, comme s'ils craignaient que je croie qu'ils me regardaient moi. Apparemment, en jetant son dévolu sur notre table, le maître des lieux nous faisait une faveur.

— Emil est fabuleux, n'est-ce pas ? J'avoue que votre cavalière a également un talent indéniable. J'ai bien failli m'arrêter de chanter pour la regarder manger.

Ses yeux rougeoyèrent à travers ses lentilles de contact bleues, avant de s'éteindre progressivement, révélant une humeur bon enfant parfaitement hypocrite. Je me demandai pourquoi ses iris n'étaient pas devenus violets, du fait des lentilles.

— Qu'avez-vous pensé de mon récital ?

— C'était bien. Ça m'a plu. Mais d'habitude, j'écoute des trucs plus pêchus. Donc je peux pas vraiment juger.

— C'était *bien* ? répéta-t-il, incrédule. Ça vous a *plu* ?

— Il n'est pas doué pour exprimer ses sentiments, Winter, intervint Rachel. Je vous prie de l'excuser.

— Roger était beaucoup plus dégourdi que moi pour ce genre de trucs, ajoutai-je. Je ne veux pas du tout vous enfoncer.

Le regard de Winter passa alternativement sur moi et Rachel.

— Bien. Je passe l'éponge pour cette fois… Si vous m'expliquez comment vous faites ça.

— Comment je fais quoi ? demandai-je.

— Vos yeux.

Tout en parlant, il ôta une lentille, révélant l'iris délavé typique des vampires. Je compris aussitôt de quoi il voulait parler. Heureusement, ce n'était pas de la lueur violette bizarroïde que j'avais exhibée plus tôt dans la soirée.

Mes yeux avaient toujours été bleus. Ils étaient bleus de mon vivant. Et d'après Marilyn, ils n'avaient jamais changé de teinte.

— Ils sont véritablement bleus. Les avez-vous teints ? Est-ce une espèce d'implant ?

Je pensais qu'il voudrait savoir pourquoi j'avais autant fait flipper les gens du rez-de-chaussée, quand je m'en étais pris à Irwin. Mais bon. Je lui servis le baratin habituel. Sachant qu'il n'allait pas me croire. Personne ne me croyait.

— Si je le savais, je vous le dirais. Mais ils ont toujours été ainsi. Pour être parfaitement honnête, je ne le savais pas avant que Roger le mentionne, dans les années 1970. Depuis que je me suis transformé en vampire, je n'ai pas eu beaucoup l'occasion de me regarder dans une glace.

Il me gratifia d'un rire méprisant et leva les yeux au ciel.

— Fort bien. Si vous ne voulez rien me dire, je n'ai plus aucune raison de vous faire la conversation. André ! appela-t-il. Veuillez raccompagner ce plébéien à la porte.

— Attendez une minute ! grognai-je. C'est tout ? J'ai perdu trois heures de mon temps ! Je me suis déguisé en pingouin ! Et vous me foutez dehors parce que je ne peux pas vous procurer une paire de jolis petits yeux bleus ? Ça ne va pas se passer comme ça !

Je défonçai la table en acajou d'un coup de poing. Winter eut un mouvement de recul. J'essayai de le prendre au collet, mais ma main passa à travers lui. Il avait l'air toujours aussi solide, mais il s'était changé en brume. Dans les films, les vampires passent leur temps à faire ça. Mais je n'en avais encore jamais rencontré dans la vraie vie. Surtout pas avec un degré de maîtrise pareil. Je décidai donc d'entrer dans son esprit, mais je faillis m'y noyer. Je me retirai aussitôt, et il essaya de me suivre dans ma propre tête. Je grognai, m'annonçai de nouveau et le repoussai.

Les Maîtres firent mine de me prendre de revers, mais je fis volte-face et les toisai en luisant des pupilles.

—Je suis venu ici pour obtenir des informations, pas pour qu'on me provoque et qu'on se foute de ma gueule ! Pourquoi vous avez lancé des paris, d'ailleurs ?

La Vlad en combinaison de cuir façon Elvis s'avança.

—Tout le monde connaît l'histoire d'un vampire aux yeux bleus appelé Eric. Mais tout ce qu'on sait, c'est que vous êtes une espèce de caïd qu'il vaut mieux éviter. Une des premières choses que m'a dites mon sire, c'est de ne pas m'approcher du *Cœur de Démon* ni de son propriétaire.

—Le mien m'a raconté que vous tuez des vampires pour le fun, ajouta un des Maîtres.

C'était un petit râblé chauve avec une barbiche.

Une autre vamp se leva. Une Asiatique affublée d'une perruque rouge.

—D'après le mien, vous ne buvez jamais de sang humain, seulement celui de votre propre progéniture, que vous gardez prisonnière dans les sous-sols de votre boîte.

—Nous étions curieux, expliqua Winter. D'après les rumeurs, vous êtes un monstre.

—Et vous avez eu envie de me rencontrer ? Pour jouer à vos petits jeux ?

Winter éclata de rire. De fines fumerolles de vapeur sortirent de sa bouche et lui baignèrent un moment le visage avant de regagner son corps. Il sourit comme s'il lisait dans mes pensées.

—On trouve de la beauté dans le monstrueux. De l'émerveillement dans la diversité. Même les dieux doivent en convenir.

—Comme nous, entonnèrent les autres comme un seul homme.

—Nous sommes les nouveaux dieux et vous êtes un Titan, poursuivit Winter. Vous êtes puissant, mais vos méthodes sont éculées. Et nous sommes beaucoup plus forts ensemble que vous ne l'êtes seul.

Mais ils étaient complètement tarés ! Ils pensaient que c'était la fête ! Une espèce de grande rigolade. Je n'en avais rien à cirer, de leurs théories ! Ils pouvaient former un gang et traîner ensemble sur le parking tant qu'ils voulaient ! Par contre, s'ils commençaient à m'emmerder… Je me retournai vers Winter.

— Écoute-moi bien, espèce de fils à papa de mes deux. Je suis venu pour obtenir des infos, et je ne sortirai pas d'ici sans. Oui, je sais : tu as l'habitude de fréquenter des types comme Roger. Tes conneries mythologiques leur parlent peut-être, aux zozos de la haute ! Mais laissez-moi vous dire une bonne chose ! Vous pétez grave au-dessus de votre cul. La réalité, ça n'a rien à voir. En vrai, vous êtes des cadavres périmés et vous avez besoin de sang pour survivre. Vous êtes tout sauf des dieux. D'ailleurs, Dieu vous déteste. La preuve : les croix, les bibles et l'eau bénite vous font morfler. Si vous sortez pendant la journée, le soleil vous réduit en cendres. Si on vous plante un pieu dans le cœur, vous êtes figés.

» Vous n'êtes qu'une bande de Bisounours débiles ! Vous prenez le sang pour de l'ambroisie. Tout ça pour oublier que vous êtes une flopée de sacs à merde. Vous vous prenez pour Tom Cruise dans ce film à la con ? Réveillez-vous, putain ! Vous êtes des nazes ! Vous êtes infoutus de bouffer des Doritos sans gerber trois litres de sang sur le carrelage de la cuisine. Alors, si ça vous amuse de faire joujou avec moi, si vous vous sentez tout-puissants, ne vous gênez pas ! Mais faites gaffe, bande de Lestat à deux balles ! Je vous garantis que si vous posez le petit doigt sur moi ou sur ma famille, je vous fous sur la gueule, quelque chose de bien ! C'est clair, bande d'abrutis ?

Ils applaudirent. *Putain, j'y crois pas*. Ils applaudirent pour de vrai.

— OK, dis-je. (Je fermai les yeux et me massai les tempes un moment.) Qu'est-ce que vous foutez ?

— J'ai encore gagné, lança Winter avec jovialité. Vous êtes en tout point semblable à ce que j'avais anticipé. Que voulez-vous savoir ?

Pour une fois, Rachel avait l'air aussi stupéfaite que moi. Mademoiselle Je-Sais-Tout était prise de court. *Incroyable.* Je me sentais tout de suite moins débile.

— J'aimerais bien savoir si vous avez fait d'autres paris, avant, dis-je.

— Ça serait de la triche. (Winter pouffa et les autres applaudirent derechef.) Et j'ai encore gagné.

J'éclatai de rire malgré moi. Putain, je déteste les vampires !

# 13

## TABITHA :

### Rencontre impromptue

On se gara devant *L'Artiste Inconnu*, et je me rappelai pourquoi j'aimais autant sortir avec Phillip. Le fiasco de *L'Iversonien*, c'était de l'histoire ancienne. Les vampires et leurs cavaliers étaient massés autour du club. Ce n'était qu'une bande d'inconnus qui se la jouaient en attendant de se faire refouler. Deux vamps en costard étaient postés à la porte, au bout d'un long tapis rouge flanqué de cordons en velours assortis tendus entre des poteaux cuivrés. Ça ne ressemblait pas à un bête night-club de Void City : j'avais plutôt l'impression de me rendre à une remise d'Oscar. Dennis conduisait. J'étais penchée vers lui. Je n'avais pas spécialement envie de le toucher, seulement d'absorber sa chaleur corporelle.

— Merci d'avoir accepté de m'accompagner, Dennis, dis-je tandis qu'il garait la limousine.

Je boudais un peu, mais j'étais plutôt soulagée que Phillip ait décidé de rester chez lui. S'il était venu en personne, il m'aurait protégée. Ce qui m'aurait permis d'épater la galerie en faisant semblant d'être vivante. Mais à présent que je le connaissais mieux, je ne le trouvais plus ni mystérieux ni formidable. C'était juste un petit gros énervant et complètement taré.

— C'est tout naturel, dame Tabitha. Le seigneur Phillip m'a expliqué les conséquences désagréables de votre apparition en compagnie de monsieur Talbot.

— Les règles de Winter sont assez strictes : il faut venir escorté d'un humain, pas d'un être vivant quelconque, répondis-je en haussant les épaules.

Le regard de Dennis s'égara involontairement vers mon décolleté. Rien de tel pour me mettre de bonne humeur. Je portais une robe noire moulante sans manches, qui mettait parfaitement mes atouts en valeur. Le collier de diamants que m'avait offert Phillip pendait à mon cou. Il resplendissait et projetait toutes les couleurs de l'arc-en-ciel sur les murs. Mes talons étaient légèrement plus hauts que d'habitude. De mon vivant, j'aurais été incapable de porter de telles chaussures.

Un des vamps – un bel homme discret vêtu d'un costume gris anthracite – quitta son poste pour m'ouvrir la porte. C'était l'intérêt de sortir avec Phillip. J'adorais le côté strass et paillettes. Sans compter que je n'avais plus besoin de danser dans un club de striptease débile avec une fausse déco art déco.

Dennis m'emboîta le pas. Il me prit par le bras. Juste à temps pour me soutenir lorsque je sentis Eric. À l'époque où on était ensemble, je ne le sentais pas spécialement. Probablement parce que c'était mon sire. Mais à présent, il avait l'air fort et puissant. Beaucoup plus puissant que moi. Pourtant, on était tous les deux des Vlads. En comparaison avec la façon dont Eric venait de se « présenter », Phillip me parut minuscule. Et pas seulement parce qu'il en avait une toute petite.

Eric passa la porte et je me figeai. Purée, il était vraiment canon ! Je ne l'avais encore jamais vu avec sa couleur de cheveux naturelle. Il se les teignait toujours en noir, avant. Ce soir, ils étaient blonds. Il ne s'en était peut-être pas encore aperçu. Depuis quand était-il revenu ? Pourquoi ne l'avais-je pas senti ? Son costume avait l'air taillé sur mesure. J'avais presque oublié ses yeux d'un bleu véritable. Ils me transpercèrent avant de s'attarder sur Dennis. À son regard assassin, je sus qu'il le trouvait insignifiant.

Eric jeta un coup d'œil derrière son épaule.

— Tu viens ? lança-t-il à quelqu'un.

Une femme apparut sur le seuil. Elle affichait un sourire méprisant que j'aurais reconnu entre mille. *La sorcière !*

— En général, les hommes tiennent la porte aux dames, plaisanta-t-elle avec la voix de feu ma sœur.

— On m'a déconcentré.

Il me désigna d'un hochement de tête. La femme dans le corps de Rachel me décocha un regard malicieux. C'était exactement l'expression qu'avait eue ma sœur quand je l'avais surprise en train de rouler une pelle à Martin Coleberg sous les gradins, le jour de mon bal de promo. C'était mon petit copain.

— Salut, pétasse, lança-t-elle d'un ton provocateur. T'étais où ?

C'était ce qu'elle m'avait dit au bal. Mot pour mot. C'était aberrant ! Cette femme ne pouvait pas être ma petite sœur. Lorsque je l'avais rencontrée au *Cœur de Démon*, j'avais d'office écarté cette possibilité. Mais à présent que je la voyais en compagnie d'Eric, j'étais certaine que c'était elle. Elle avait le même instinct de propriété. Pourtant, c'était strictement impossible.

Rachel était morte. Elle avait succombé à un cancer. Elle n'était plus. Et elle n'avait pas fait preuve de courage. Elle était morte en pestant contre la terre entière. Pleine de haine et de colère. À son enterrement, j'avais regardé papa, l'oncle Tommy, son copain Paul et trois amis de paroisse de maman transporter son cercueil jusqu'à la parcelle familiale. Puis les employés des pompes funèbres l'avaient mis en terre à côté de celui de mamie.

— Je ne veux pas de scandale. (Eric avait l'air agacé avant même que j'ouvre la bouche.) C'est toi qui m'as quitté. Tu te rappelles ?

— Mais…

— Il t'a vraiment dit que tu n'étais qu'un truc étroit, chaud et humide ? me lança Rachel d'un ton espiègle. Je suis sa fascinée, maintenant. Il n'a plus besoin de ta fente glaciale de cadavre.

— Tu es sa quoi ?

J'étais complètement perdue. Je n'arrivais toujours pas à croire que c'était ma sœur. Je croyais encore que ce n'était qu'un tour de passe-passe. Une illusion. J'avais besoin d'y croire.

— Il a dit quoi ? insistai-je.

— Laisse-la tranquille, intervint Eric. Après tout, ça reste ta sœur.

J'avais envie de répondre, de poser des questions, mais les mots qui naissaient dans mon cerveau butaient contre cette seule et unique pensée : *Ce n'est pas ma sœur. C'est impossible. Ce n'est pas elle.* Les seules paroles qui me vinrent à la bouche furent :

— Tu es morte.

Rachel fit semblant de ne pas saisir.

— Tu tuerais ta propre sœur ?

Je reportai mon attention sur Eric dans l'espoir qu'il aurait compris. Nos yeux se croisèrent et son esprit envahit le mien. *Ferme-la si tu ne veux pas passer pour une grosse conne, Tabitha*. Aussitôt, ma bouche se scella. Eric était mon sire. Je ne pouvais pas résister à ses injonctions mentales.

— Contente-toi d'entrer avec ta chose. C'est quoi, ton nom ? demanda-t-il à mon cavalier, sans me quitter des yeux.

— Je m'appelle Dennis, seigneur Eric. Mais je ne suis pas…

— Quand j'aurai envie de te parler, je te sonnerai. Pour l'instant, boucle ta valoche.

Il n'y avait qu'Eric pour sortir des expressions pareilles.

— Oui, seigneur.

— Tabitha a beau ne plus être ma petite copine, c'est encore mon engeance…

— Votre « rejeton », rectifia Dennis.

— Merci. Mon rejeton, donc. S'il lui arrive une tuile, je te retrouverai et… Tu es le fasciné de quelqu'un ?

— Pas à ce stade de la compétition, seigneur.

— Super. Donc je te retrouverai et je te ferai la peau. Tu piges, coco ?

— Oui, mon seigneur.

*« Tu piges, coco » ?* Eric regardait trop de vieux films.

— Maintenant, Tabitha, va t'amuser avec Dennis. (Il m'effleura la joue de la main.) Il faut que je récupère l'âme de Marilyn. C'est un démon qui l'a prise. Tu n'as qu'à passer pour Noël. J'ai un cadeau pour toi. (Il s'éloigna.) Je ne t'en veux pas. Allez ! File !

Il était plus puissant que moi et il était mon sire. J'étais et je serais toujours obligée de lui obéir. Pourtant, je n'avais plus du tout envie d'aller en boîte. Je voulais demander à ma sœur pourquoi elle était encore en vie. Elle était peut-être effectivement allée en enfer, comme elle m'avait expliqué quand je l'avais prise pour un imposteur. Je voulais savoir si je pouvais faire quelque chose pour aider Marilyn. Elle ne m'avait jamais aimée, mais elle avait pris ma défense alors qu'elle n'y était pas obligée. J'avais l'impression d'avoir une dette envers elle. Malheureusement, l'injonction d'Eric me força à entrer dans la boîte de nuit, à laisser Dennis me guider jusqu'à une banquette et à m'asseoir. Ensuite seulement, je réussis à desserrer les dents.

Eric se présenta encore trois fois, puis je sentis sa présence s'estomper. La troisième fois, tous les vampires de *L'Artiste Inconnu* tiquèrent.

— Qu'est-ce que c'était? demanda Dennis.

— Eric a grondé. Il fait toujours ça quand il est énervé ou qu'il veut protéger quelqu'un. C'est un truc de mec. Tu ne peux pas comprendre.

Un serveur nous apporta du vin de sang sans qu'on ait rien commandé. Il baragouina « avec les compliments de la maison » et s'empressa de repartir.

— Au début de notre relation, je suis allée voir mes parents sans rien lui dire. Quand je suis revenue, il m'a pourri la tête.

— C'est un peu exagéré, non? fit remarquer Dennis.

Je n'en étais plus si sûre. À l'époque, Eric avait peut-être plus conscience que moi des dangers du monde dans lequel on vivait. C'était sûrement toujours le cas.

— C'était vraiment votre sœur?

Je voulais lui répondre, mais l'injonction d'Eric m'empêchait d'aborder le sujet. J'étais censée profiter de *L'Artiste Inconnu*, comme j'en avais l'intention avant de le rencontrer en compagnie de Rachel. Putain, même à *L'Iversonien*, je m'étais éclatée plus que ça! Malgré la baston. Mais après une danse et quelques verres, ses instructions mentales s'estompèrent et je réussis à poser une question à Dennis.

— Comment ça a pu se produire? demandai-je.

Dennis me regarda sans comprendre.

— Que voulez-vous dire, dame Tabitha?

— Rachel est morte. Vraiment morte. Elle est décédée l'an dernier. Comment a-t-elle pu revenir?

— Ce n'est peut-être pas elle?

Un serveur lui avait apporté un *mezze* de hors-d'œuvre. Dennis avait passé les dix dernières minutes à les déguster lentement. Il avait l'air d'apprécier chaque bouchée et ça commençait à me courir sur les nerfs.

— Il peut s'agir d'un métamorphe.

— Si tu avales encore ne serait-ce qu'une bouchée, je t'assure que je te brise la nuque !

Dennis lâcha sa fourchette comme s'il s'agissait d'un serpent venimeux. Il la lança un peu trop loin et elle heurta bruyamment le sol.

— Je vous prie de m'excuser, dame Tabitha. La plupart des vampires apprécient ma façon de manger.

*La plupart ne peuvent plus manger. Mois si, mais je ne sens rien*. Ce défaut hautement cruel allait de pair avec mon talent d'imiter la vie. Il me rappelait que je n'étais qu'une copie particulièrement convaincante.

— Abstiens-toi, OK ? crachai-je. Ça m'énerve. Et ce n'est pas un métamorphe. C'est ce que je pensais, au début. Je croyais que c'était une espèce de sort, mais…

— Il peut s'agir d'une illusion, d'un simulacre qu'on aurait invoqué pour personnifier votre sœur.

— C'est quoi, un simulacre ?

— La représentation d'une personne, expliqua Dennis.

— Oh.

Peut-être. Je me demandai ce qui serait pire. Savoir que ma sœur était revenue d'entre les morts ou supporter la présence d'une créature bizarroïde se faisant passer pour elle.

— Non. C'était bien elle.

Ou alors, j'avais juste envie de la retrouver. Ouais, c'était clair. Pourtant, depuis la puberté, ma sœur et moi, ce n'était pas vraiment une histoire d'amour. J'avais envie de la revoir. Elle était… ma sœur. Elle était ma famille. Et la famille, c'est sacré.

— C'est possible ?

— Eh bien… Si elle avait terriblement peur de mourir. Et aucun scrupule quant à l'avenir de son âme… Savait-elle qu'elle allait décéder ?

Je n'arrivais pas à y penser calmement. Mes émotions étaient encore trop vives. La bouffe que je pouvais manger sans l'apprécier était toujours sur la table. La musique était trop forte. Il y avait trop de battements de cœur autour de moi. Sans compter que j'étais submergée d'images mentales d'Eric et de Rachel au lit. Ou sur toute autre surface plane.

— Oui.

Le pire, c'est que je n'en voulais pas à Eric. Je connaissais Rachel. Elle avait dû lui faire du rentre-dedans. Ce n'était sûrement pas l'inverse. Eric n'était pas du genre à tomber les filles. Il les laissait venir à lui. Elle voulait sûrement obtenir quelque chose. Mais quoi ? Si elle était capable de vendre son âme, rien ne l'arrêterait. Au lycée, Rachel sortait avec trois types en même temps pour se faire inviter à bouffer une fois par jour. Alors à présent qu'elle avait mis le grappin sur Eric… Hmm…

— Dennis ?

J'aurais dû montrer à Eric que je pouvais paraître vivante, au lieu de le plaquer pour aller aux Highland Towers. Ou alors, quand il m'avait emmenée tuer les garous à Orchard Lake, j'aurais dû l'attendre dans la voiture. Il n'avait rien compris. Si j'avais voulu me changer en vampire, c'était uniquement pour qu'on reste toujours ensemble.

— Oui ?

Face à moi, Dennis semblait s'ennuyer ferme, mais il restait toujours aussi poli. Je me demandai comment il me voyait. S'il me considérait comme un vampire ou comme une belle femme. Pire ! Comme une simple tâche à accomplir. Un boulet. D'ailleurs, c'était comme ça qu'Eric me traitait à présent.

— Pourquoi tu veux devenir un vampire ? demandai-je.

— Je ne suis pas sûr de comprendre votre question, dame Tabitha.

— Ce que je veux dire…, commençai-je. J'ai toujours trouvé les vampires classe. Ils sont immortels et ils ont tout un tas de pouvoirs. Mais maintenant que je les ai… Je ne regrette rien, non. Ce serait un peu ridicule. Mais ce n'est pas… Je ne pensais pas que ce serait comme ça.

Il était nerveux. Quand j'avais posé cette question, son cœur s'était mis à battre plus vite. Mais son regard ne trahissait pas son malaise. Je me demandai ce que ressentait un humain face à Phillip ou Eric. Ou face à moi, en l'occurrence. Il avait peut-être l'impression d'être une mouche prise au piège d'une toile d'araignée.

Avec Eric, je ne m'étais jamais sentie ainsi. En fait, j'avais plus peur de lui depuis que je m'étais transformée. Il n'avait plus autant besoin de moi. Je n'étais plus sa source de nourriture et de chaleur. Vivre avec moi avait perdu de son piquant. Mais plus pour longtemps. Après tout, j'étais un Mannequin. Je pouvais lui apporter presque tout ce dont il avait besoin.

Le problème, c'est que je l'avais plaqué. Purée, mais j'étais vraiment une larve ! Je l'avais vu trois secondes à peine et il me manquait de nouveau atrocement. Pourtant, il était passé à autre chose. Il n'était pas censé tourner la page ! C'était moi qui devais lui manquer atrocement. Pas l'inverse !

— Pour le pouvoir, finit par répondre Dennis. L'influence. L'argent. Ce genre de choses. Je ne vais pas cracher sur l'immortalité, mais on peut quand même vous tuer. Si vous êtes extrêmement riche, si vous avez la puissance, le réseau… C'est ce qui rend l'immortalité supportable.

— Mais je veux dire… Je ne sais pas… Tu ne trouves pas que c'est quand même…

— Un lourd tribut à payer ?

— Exactement.

Il posa sa main sur la mienne. Sa chaleur corporelle titilla les crocs qui se dissimulaient sous mes gencives. Je sentis leurs pointes transpercer la chair délicate, mais je ne bronchai pas. Dennis sourit.

— Écoutez. Je suis un homme de pouvoir. J'ai toujours voulu en avoir. J'en ai toujours eu besoin. Et je suis prêt à tout pour l'obtenir. Pour le moment, je suis à la lettre le bizutage narcissique du seigneur Phillip. Et ça ne me dérange pas. Au terme de ma période de stage, j'espère me faire adopter par le vampire le plus influent de la ville. Un des plus vieux au monde.

Je n'en croyais pas un mot. Il s'en aperçut à mon expression.

— Enfin, dame Tabitha. Vous n'ignorez pas que le seigneur Phillip est bien plus que ce qu'il laisse paraître !

Lorsqu'il prononçait le nom de son maître, sa voix vibrait de dévotion.

— C'est un véritable dieu. Il n'a pas encore atteint l'apogée de son pouvoir, et il impose déjà sa loi. Il ne doit rien à personne. Il possède la police, les pompiers, que sais-je encore ? Le pire, c'est que la plupart de ses pions n'ont même pas conscience d'avoir été achetés.

Comme moi. Dennis devait me considérer comme la propriété de Phillip. Et il n'était pas le seul. Je partageais complètement son point de vue.

— On a le droit de mordre son cavalier dans un club comme ça ?

— Oui, ma dame. Mais le seigneur Phillip…

— Il m'a dit que je pouvais te traiter comme bon me semble.

Son cœur s'accéléra de nouveau et je vis un filet de sueur lui dégouliner le long de la joue.

— C'est vrai, dame Tabitha. Si je vous ai offensée en quoi que ce soit…

— Rampe sous la table et lèche-moi les chaussures, lui ordonnai-je. Je te dirai quand j'aurai envie que tu montes plus haut.

Dennis se mit à quatre pattes à contrecœur. C'était pathétique. Eric m'aurait dit d'aller me faire mettre. Talbot m'aurait envoyée bouler.

— Plus haut, lançai-je sans réfléchir.

Si seulement Eric était là.

# 14

## ERIC :

## Le démon

On retourna au *Pollux*. On ne parla pas durant tout le voyage. Heureusement. J'avais eu mon quota d'interactions sociales pour la soirée. Ça m'avait fatigué et frustré. Et pour couronner le tout, j'avais croisé Tabitha avec son dîner. Ou sa chose. Dieu sait ce qu'elle faisait avec lui. Comme si j'avais besoin de ça ! Rachel se pelotonna contre moi à l'arrière de la limousine, mais je ne répondis pas à ses avances. À présent que j'avais parlé à Winter et revu Tabitha, j'avais envie de taper sur quelque chose. De le casser, de le fracasser contre du béton, de l'écraser sous mes semelles.

Après avoir transformé Tabitha en vampire, je l'avais traitée comme une merde par habitude. Je faisais toujours ça. Un peu comme Humphrey Bogart. Quand il avait demandé à Lauren Bacall de l'épouser, il l'avait mise devant un choix : soit elle voulait devenir une actrice célèbre, auquel cas il ferait tout pour l'aider. Soit elle devenait sa femme, et elle devrait rester avec lui et le suivre pendant ses tournages, même si ça impliquait de refuser de bons rôles quand leurs plannings n'étaient pas compatibles.

Après avoir revu Tabitha, je me disais que j'aurais dû lui poser le même ultimatum. « Soit tu deviens un vampire, soit tu restes avec moi. » Qu'est-ce qu'elle aurait décidé si je lui avais présenté les choses de cette façon ? Malheureusement, j'avais cédé à ses prières et je l'avais repoussée pour éviter qu'on se blesse.

Un couple de vampires, ça finit toujours mal. Soit ça part de ma partenaire, soit de moi. Tôt ou tard, un être humain s'immisce invariablement entre nous et un des deux se retrouve le bec dans l'eau, trahi et furieux. La chaleur corporelle, il n'y a pas mieux, comme aphrodisiaque. Et Tabitha n'aurait jamais l'immortalité *et* la chaleur. Ça ne va pas ensemble.

Je secouai violemment la tête pour éviter de penser à elle et à son sex toy sur pattes. Peine perdue. J'avais des flashs de son corps pris d'assaut par machin l'humain et un vampire mâle dont on ne voyait pas la tête, comme dans les films porno. Ensuite, ne connaissant pas l'apparence de son partenaire sexuel du moment, je mis Winter à sa place.

Penser à Winter m'éclaircit les idées. J'avais du pain sur la planche. Je devais dénicher cette enflure de démon qui emprisonnait l'âme de Marilyn. Winter en savait clairement plus que ce qu'il m'avait raconté, mais il avait quand même daigné lâcher un nom et – à la grande surprise de Rachel – un contact…

— Il s'appelle J'iliol'lth. Il possède un bureau au Lovett Building. Les démons adorent cet immeuble. (Winter m'avait donné une carte de visite avec un numéro.) Creusez un peu, mon chou. Effectuez vos recherches et, surtout, ne quittez pas le démon des yeux. Ils sont malins. Vous vous doutez bien qu'il ne travaille pas seul. Oh, et n'oubliez pas : je n'ai rien à voir avec cette histoire.

— Rien à voir avec quelle histoire ? avais-je demandé.

— Exactement.

Il avait éclaté de rire. J'avais eu l'impression qu'une pluie dorée m'aspergeait le cerveau. Je crois que l'idée, c'était de me charmer. Manque de bol, ça m'avait juste tapé sur les nerfs. D'autant qu'il avait ajouté : « Allez ! Filez, maintenant ! »

Void City défilait derrière la vitre. Tabitha avait été secouée de me voir avec Rachel. J'avais failli demander à Tiko de faire demi-tour, mais je m'étais ravisé. Rien n'avait changé. On ne pouvait plus être ensemble. Si je remettais les pieds à *L'Artiste Inconnu*, j'allais causer un esclandre. Apparemment, Tabitha était passée à autre chose. Elle était sûrement heureuse, avec les sangsues de la haute. D'un coup, je me rendis compte que je voulais son bonheur. Je réfléchis un moment à cette idée.

On regagna le *Pollux*. Ça nous prit moins de temps que je pensais. Mais j'étais peut-être tout simplement distrait. Le cœur de Rachel battait trop vite. *Elle est nerveuse ou elle se sent coupable ?* me demandai-je. Elle exhalait l'excitation, comme si elle était prête à faire l'amour, mais je me méfiais de cette odeur. Quand j'étais à ses côtés, ça fleurait toujours bon le sexe et la cannelle… Et bizarrement, j'étais envahi de pensées qui n'étaient pas les miennes. Mais bon. Je n'avais pas spécialement envie d'y réfléchir. J'espérais sincèrement qu'elle manigancerait ses petites affaires, quelles qu'elles soient, sans que je m'en aperçoive. L'ignorance est un bienfait.

Je devinai le *Pollux* avant de le voir, un peu comme quand on reconnaît les pas d'une ex dans un centre commercial. Depuis que Magbidion et Rachel m'avaient ramené, certains éléments de ma vie avaient plus de réalité que d'autres. Je sentais Croc, aussi. Elle voulait que je la conduise. Elle voulait chasser.

Une fois arrivés à bon port, Rachel me suivit à l'étage, jusqu'au bureau. Greta était assise dans mon fauteuil et tapait sur mon clavier. Quand les huissiers étaient venus réclamer leur dû, elle n'avait pas réussi à garder tous les meubles. Mais elle avait sauvé l'intégralité de cette pièce.

— Je viens de récupérer ton adresse e-mail, m'annonça-t-elle en haussant les épaules. J'aurais dû m'en occuper depuis longtemps, je sais, mais…

Lorsque les vampires restent un moment sans se nourrir et qu'ils ont faim, il émane d'eux une odeur cireuse bizarre. Je peux jeûner quelques jours sans en arriver là, mais Greta n'est pas facilement rassasiée. Elle puait déjà. Ne changez jamais un humain boulimique en vampire. On pourrait croire que la transformation résout le problème, vu qu'on ne grossit pas, mais non. Cette fille se goinfre ou s'affame. C'est tout l'un ou tout l'autre. Et quand elle est stressée, c'est trois fois pire.

— Tu n'as encore rien avalé, fis-je remarquer.

— Je voulais d'abord être sûre que tu n'avais pas eu de pépin.

— Tu ne sentais pas comme ça quand on m'a ressuscité. Tu ne peux pas te passer de sang plus d'une journée. Va manger.

Elle me serra dans ses bras.

— Tu m'as manqué, papa.

— Toi aussi, dis-je en l'embrassant à mon tour. Va manger. Mais seulement une personne ! Et ne la tue pas. On ne peut pas se permettre de payer Magbidion pour l'instant. (Je balayai la pièce du regard, les sens en éveil.) Il est où, d'ailleurs ?

— Il est allé demander à un pote de se renseigner pour savoir qui avait déclaré le décès d'Eric Jones. Je lui ai dit que ça ne nous gênait pas qu'il reste garé dans le parking.

Elle quitta le bureau avec empressement.

— Oh, et prends Croc ! m'écriai-je. Écrase un chat, tu veux bien ? Ça lui fera du bien.

— OK ! s'exclama-t-elle. Cool.

Je décrochai le téléphone – un vieil appareil fixe rétro – tandis que Rachel passait en revue les CD entassés sur mon bureau.

— Iron Maiden. Metallica. Les Rolling Stones. Ils sont encore vivants, ceux-là ? demanda-t-elle.

— Oui.

Je sortis de mon portefeuille la carte de visite que m'avait donnée Winter et je composai le numéro. Rachel raccrocha en appuyant sur le boîtier et s'allongea sur le bureau, de sorte que ses piercings aux tétons me fassent de l'œil.

— Quoi ?

— Le démon que tu dois rencontrer. Tu sais ? Ce J'iliol'lth ? Winter a dit que c'était un briseur de pouvoir. Mais ce n'est pas ça, le problème. Il est flippant, comme démon. J'ai… Euh… J'ai entendu parler de lui au *Irons*.

J'en avais vraiment marre qu'elle me parle tout le temps du *Irons*. Je repoussai sa main du boîtier et formai de nouveau le numéro de J'iliol'lth. Rachel fit la moue et tira la langue. Elle se laissa glisser contre moi pour aller devant l'ordinateur, non sans m'écraser l'entrejambe.

— *Samhain Industries* [1], répondit-on.

La voix me rappelait vaguement celle d'Ebon Winter. Elle était androgyne et snob, voire légèrement méprisante. *Samhain Industries* ? C'était mignon tout plein, comme nom. Enfin un démon plein d'humour.

— Pouvez-vous m'aider ? demandai-je d'une voix blanche.

— Pardon ?

— Vous êtes censé me demander si vous pouvez m'aider. Me passer quelqu'un, par exemple.

— Pardon ?

---

1. La fête celtique de Samain (Samhain) célèbre le début de l'hiver, la saison sombre de l'année. C'est l'origine de la Toussaint et de Halloween. (*NdT*)

— OK. Je veux juste parler au démon.

— Pardon ?

Rachel me montra la photo d'une fille canon affublée de deux rangées de piercings sur les flancs.

— Tu aimes ? demanda-t-elle. J'ai envie de me faire ça.

Je posai la main sur le combiné.

— Ça paraît douloureux.

— Monsieur ? dit la voix au téléphone.

— Pardon. Écoutez. Je dois absolument parler à Jill I. Olth. Je ne sais pas comment vous prononcez son nom. Il attend mon coup de fil. Peut-être.

— Êtes-vous un vampire, un humain, un démon ou une autre créature ?

— Vampire.

— Avez-vous un problème d'âme, d'ascension ou d'autre chose ?

— C'est un problème d'âme.

Purée, cette personne lisait un dépliant, ou quoi ?

— S'agit-il de la vôtre ou de celle d'un tiers ?

— C'est l'âme du Captain Iglo ! Bon, vous me le passez, ce foutu démon, oui ou merde ?

— Veuillez surveiller votre langage, monsieur.

— Vous savez quoi ? C'est bien au Lovett Building, qu'il crèche, pas vrai ? Je crois que je vais venir faire un tour. Je suis sûr que vous avez toute une flopée de talismans, mais ma voiture s'est récemment transformée en vampire et j'aimerais bien vérifier si elle est capable d'entrer direct dans le hall. Ensuite, je crois que je vais me métamorphoser en Vampzilla et tout ravager. Oh ! Attendez ! Tant qu'à faire, je vais me changer en revenant histoire d'aspirer l'âme de tout le monde. Ça vous va ?

Je ne savais vraiment pas pourquoi j'avais sorti ça. J'avais tout sauf envie de reprendre ma forme spectrale.

D'un autre côté, j'étais curieux de savoir si je pouvais l'invoquer quand bon me semblait.

— Restez en ligne.

Je me changeai volontairement en fantôme. C'était différent. J'avais l'impression de m'étirer et de me contracter en même temps. Mon corps explosa avant de se concentrer au cœur de mon être astral, tandis que ma peau devenait encore plus froide que d'habitude. Le combiné passa à travers ma main sans consistance et tomba sur le bureau. Je me transformai de nouveau, de peur de rester coincé pour de bon. En tout cas, j'en avais le cœur net. S'il le fallait, je pouvais recommencer.

Mon interlocuteur éclata de rire.

— Vous devez être la personne pour laquelle nous conservons intacte l'âme de Marilyn Robinson.

Ce n'était plus la même intonation, mais on aurait dit la même personne. Si ce n'est qu'elle parlait comme un érudit anglais.

— Ouais. C'est moi.

— Dans ce cas, j'ai le regret de vous informer que vous êtes en communication avec un lutin répondeur, certes talentueux mais néanmoins facétieux. (La voix changea de nouveau. Elle devint nasale et morne.) Vous devriez appeler la secrétaire humaine du maître à ce numéro.

Je le notai sur un bout de papier, raccrochai et fermai un instant les yeux.

Rachel était de nouveau inquiète. Toujours assise dans le fauteuil, elle se recroquevilla contre l'accoudoir gauche.

— Il y a un problème ? demandai-je.

— Pourquoi tu fais ça ? bredouilla-t-elle.

— Pourquoi je fais quoi ?

Elle semblait stupéfaite. Elle ne répondit pas, se contentant de se mordiller la lèvre. Je levai la main devant mes yeux. Une lueur violette illuminait ma paume. Au prix d'un petit effort, je réussis à la faire passer au rouge.

— Je ne suis pas si énervé que ça. Je ne sais pas pourquoi mes yeux sont devenus violets.

— Mais comment ça se fait… C'est pas grave.

*Comment ça se fait que je m'énerve alors que tu fais wazi-waza pour me contrôler ? Bonne question.*

— Va te faire percer, lui dis-je. Tiens, vas-y tout de suite. J'ai envie que tu les aies demain.

— Mais il est super tard !

— Je suis sûr que tu trouveras quelqu'un de dispo.

— OK.

Elle avait de nouveau un ton enjoué, mais son cœur battait à tout rompre. Elle était furieuse, mais faisait de son mieux pour n'en rien laisser paraître. Si elle avait effectivement été ma fascinée bien docile, elle aurait été obligée d'obéir. Mais ce n'était pas le cas. D'après ce que m'avait raconté Marilyn, j'aurais logiquement pu la forcer à faire ce que je voulais. Je sentis une idée floue germer au fond de mon cerveau – en rapport avec les grenouilles ou les tatouages – avant de disparaître.

Je fis le numéro. On répondit avant la fin de la première sonnerie.

— Oui ?

Rachel me passa devant en évitant, cette fois, de me toucher.

— C'est pour un rendez-vous avec le démon.

— Seigneur Eric, répondit une voix de femme. (À l'entendre, elle était aux anges.) Je suis contente que vous nous contactiez. Le seigneur J'iliol'lth attendait avec impatience votre appel.

— On peut se voir quand ?

Et comment connaissait-elle mon nom ? D'un autre côté, le démon avait eu quatre mois pour mener sa petite enquête.

— Ce soir sur le coup de 20 heures ? proposa la secrétaire.

L'horloge murale indiquait presque 1 heure du matin.

— Non. Je veux le rencontrer tout de suite. Avant l'aube.

— Désolée. (Le ton laissait clairement entendre qu'elle trouvait ma proposition complètement absurde.) Le seigneur J'iliol'lth s'est déjà retiré pour la nuit. Nous ne sommes pas tous des créatures nocturnes. Sans votre handicap, je suis sûre qu'il aurait été ravi de vous donner rendez-vous dans nos locaux dès 7 heures.

Dans ma chambre, au bout du couloir, je voyais Rachel enlever sa robe de petite princesse.

— Saloperie d'Empereur, marmonna-t-elle.

Elle porta aussitôt les doigts à ses lèvres, comme si elle s'apercevait seulement qu'elle avait parlé tout haut.

— C'est où, vos locaux, déjà ?

— Dans la suite 603 du Lovett Building.

Je griffonnai l'adresse sur mon calepin. Tout le monde connaissait le Lovett Building, à Void City. C'était le gratte-ciel surmonté d'une coupole dorée qui trônait au centre-ville. D'après les rumeurs, des rites sataniques s'y déroulaient tard dans la nuit. Apparemment, les rumeurs se trompaient : ils avaient lieu tôt le matin. Comme quoi, on ne peut jamais se fier aux bruits de couloir.

— Elles sont foutues comment, les fenêtres ?

— Pardon ?

Rachel s'arrêta sur le seuil, vêtue d'un jean et d'un tee-shirt. Elle me sourit. Je lui fis signe d'attendre.

— Les fenêtres, répétai-je plus lentement. Elles sont comment ? Elles donnent sur son bureau ?

— Évidemment !

— Il y a des stores ?

— Bien sûr. C'est dame Gh'st'na'kzi qui les a conçus. Ils sont épatants.

— Dans ce cas, dites-lui que je passe à 7 heures. Et je n'aime pas poireauter. Rachel, ma collaboratrice, assistera à notre rendez-vous. Ça pose un problème ?

Rachel haussa un sourcil, mais je mis un doigt sur mes lèvres pour lui intimer le silence.

— Aucun. Mais, sauf votre respect : ne serez-vous pas endormi à cette heure-là ?

J'éclatai de rire.

— Contentez-vous de confirmer le rendez-vous, ma petite dame. Et n'oubliez pas de fermer ces stores à la con.

Elle s'exécuta et je raccrochai. J'avais un plan. Ça changeait. Je souris à Rachel, la pris dans mes bras et l'embrassai à pleine bouche. Elle répondit passionnément à mon baiser puis se dégagea.

— Tu pourrais peut-être m'expliquer dans quoi je m'embarque.

— Dans cinq heures, j'aurai besoin que tu me rendes un petit service.

— Il ne me faut pas beaucoup de sommeil, mais sans mes trois ou quatre heures, je ne suis bonne à rien, gémit-elle. C'est pour ça que je n'avais pas trop envie de me faire percer cette nuit.

Mais bien sûr. Dans l'absolu, c'était crédible. Le problème, c'est que le bureau empestait le sexe et la cannelle.

— Tu me l'as déjà dit.

Je me mis derrière elle, l'aplatis contre le bureau et lui enlevai son jean.

Plus tard, après qu'elle se fut assoupie, je me blottis contre son dos pour mieux sentir les battements de son cœur. Pour mieux absorber sa chaleur corporelle, les mouvements réguliers de sa poitrine. Je passai les doigts sur ses piercings, savourant le contraste entre ses tétons et le métal. Quand elle dormait, il n'y avait plus de cannelle. Ni de pensées étrangères dans mon esprit.

— Si tu voulais que je ne me doute de rien, c'est raté, chuchotai-je. Tu manigances quelque chose.

En guise de réponse, elle soupira dans son sommeil.

C'était quoi, cette histoire de piercing, d'ailleurs ? Pourquoi m'avait-elle proposé de s'en faire si elle n'en avait pas envie ? Si l'idée m'avait excité, elle aurait foncé sans hésiter. La question, c'était : « Pourquoi ? » Pour augmenter mon plaisir ? Pour que je m'attache encore plus à elle ? Probablement. C'était ça, le truc. Tout se résumait au sexe. Je me dégageai et elle bougea inconsciemment. Sa main ne chercha pas la mienne. Elle se dirigea d'office plus bas. Je sautai du lit. Une grimace à peine perceptible lui déforma les traits, mais elle reprit aussitôt son rythme circadien.

Je sortis dans le couloir, mes vêtements à la main, et me changeai dehors. Je ne savais pas quoi faire, mais de fil en aiguille je me retrouvai dans le parking souterrain, à côté du camping-car de Magbidion. Je tambourinai à la porte. Mag m'ouvrit, les yeux bouffis, vêtu d'un peignoir débraillé.

— Qu'est-ce qui se passe ? (Il semblait à moitié endormi.) Où est la voiture ?

— Ne t'inquiète pas pour Croc, répondis-je. Et rhabille-toi un peu.

Il ajusta sa robe de chambre. Ses yeux reprenaient peu à peu leur lueur d'intelligence, à mesure que s'estompaient les effets des hormones du sommeil – que je n'avais plus depuis belle lurette.

— T'as l'air en forme, toi, ce matin.

— Ouais. Désolé de te réveiller. Dis, je peux te poser une question ?

— Ça dépend. Une pas compliquée, alors.

Il s'adossa à la porte sans me proposer d'entrer. Mais bon, ce n'est pas comme si les vampires avaient besoin d'une invitation.

— Qu'est-ce que tu peux me dire sur la magie à base de sexe et les fascinés ?

Il sourit.

— Toi aussi, tu es arrivé à cette conclusion ?

— Quelle conclusion ?

— Que ta petite copine Rachel n'est autre qu'une sorcière tantrique ?

— Ouais, mentis-je. C'est ce que je me suis dit.

— Entre. (Il libéra le chemin.) Si ça ne t'embête pas, il faudrait que tu me dises en détail ce qui s'est passé quand tu as fait de Rachel ta fascinée.

Je lui racontai tout ce dont je me souvenais, il m'expliqua comment on était censé procéder en réalité et je lui demandai de me mettre ça sur papier. Ensuite, il me soumit à un véritable interrogatoire. Est-ce que je sentais tous mes rejetons quand je me concentrais ? Oui. Est-ce qu'ils me sentaient aussi ? Oui. Même si j'essayais de passer inaperçu ? Ouais. Est-ce que je sentais Rachel ? Non. Pas toujours. Est-ce que je voyais par ses yeux ? Non.

— C'est de la magie noire tantrique, conclut Magbidion. (Il développa sans attendre ma question.) Normalement, la magie tantrique permet de redonner de l'énergie, de s'unir sur un plan divin. C'est une magie bénéfique et guérisseuse. Mais la façon dont Rachel s'en sert se rapproche plutôt des pratiques des succubes. Elle utilise un sexe de pouvoir, pour le pouvoir et par le pouvoir.

— Ça paraît plutôt sympa.

Magbidion se hérissa.

— C'est une humaine et elle pratique une magie conçue pour les démons ! Et pas n'importe lesquels ! Les succubes t'aspirent l'âme par les valseuses et te manipulent par le sexe !

— Elle aspire mon âme ?

— Non. Je ne crois pas. Attends voir… (Il forma un cercle avec son pouce et son index et m'inspecta à travers cette lorgnette.) Ça ne se voit pas, en tout cas. Par contre, je crois savoir pourquoi ton âme serait susceptible de l'intéresser.

— Ah ? Et pourquoi ? Mon âme est top trop classe, c'est ça ?

— Euh... On peut dire ça comme ça. Mais tu n'as pas l'air de bien te rendre compte. Elle est très rare. Le cœur de ton âme est constitué d'une sorte d'état de grâce, mêlé à quelque chose d'autre. Une malédiction. Un enchantement. En fait, tu...

— Oh ! là, là ! On dirait Talbot !

Je fermai les mains sur les doigts de Magbidion pour qu'il arrête de scruter mon âme.

— OK. J'ai compris. J'ai une aura de la mort qui tue. Hip hip hip, hourra. Mais je suis venu pour que tu me parles de Rachel. Point.

— Je te fais la version courte ? demanda-t-il. (J'acquiesçai.) À mon avis, elle essaie de te manipuler. Mais vu ton niveau de pouvoir, je ne vois pas comment ça pourrait marcher. Elle arrive peut-être à influencer vaguement tes émotions, à te mettre des pensées dans la tête... Mais elle ne te contrôle pas vraiment. Elle te pompe sûrement un peu d'énergie, mais tu en as en rabe. C'est des clopinettes.

— Tu peux m'expliquer comment elle s'y prend ?

Quand Greta revint à bord de Croc, j'avais l'impression d'être moins bête.

# 15

## ERIC :

## QUI A PEUR DU GRAND MÉCHANT JILOU ?

Quelques minutes avant 7 heures, Rachel arriva au pied du Lovett Building. Elle portait un petit tailleur rouge très chic, avec un décolleté un peu trop plongeant et une jupe beaucoup trop courte pour aller travailler. Enfin, dans ce genre d'endroit, en tout cas. Le verre de ses lunettes de soleil était également légèrement teinté de rouge, et ses talons faisaient dix bons centimètres de haut.

Depuis le temps que Rachel trimballait mon alter ego souris dans son sac, elle aurait pu en acheter un plus grand. D'ailleurs, je savais qu'elle en avait un : elle nous avait transportés dedans, Greta et moi, après une de mes bastons avec les loups-garous. Malheureusement, elle avait pris le petit et je me bataillais avec ses rouges à lèvres, son portefeuille, ses clés, son poudrier, un crayon à papier, deux stylos, des Kleenex, un petit accessoire de couture, des sparadraps, une boîte de cachets d'aspirine, deux ou trois sachets individuels contenant des lingettes humidifiées et Dieu sait quoi d'autre. Je caressai un instant l'idée de bazarder tout ce bordel, mais me ravisai. Mieux valait éviter de laisser des traces.

Rachel s'avança vers l'entrée principale et poussa la porte. Une fois à l'intérieur, ses pas commencèrent à résonner, comme si elle venait de pénétrer dans un espace gigantesque au sol couvert de dalles de béton. Voire de marbre, j'avais du mal à faire la différence. Au loin, je sentais une odeur de café, de donuts et autres trucs de petit déj'. Il devait y avoir une cafétéria. En me concentrant, je distinguai des bruits de voix en provenance d'une autre pièce. J'entendis une fontaine. Ou une fausse cascade, peu importe. En tout cas, j'entendais de l'eau couler.

— Puis-je vous aider, madame ? demanda un homme.

Un garde, d'après le ton de sa voix. Celui-ci avait l'air à la fois serviable, amical et légèrement méfiant. Le mélange était subtil. Il avait dû le travailler un bon moment.

— Je viens voir J'iliol'lth, répondit Rachel. Je suis l'assistante du seigneur Eric. Il nous attend.

— Eric est avec vous ?

Quelqu'un me regardait. Je ne voyais personne, mais lorsque le garde posa la question, je sentis une présence inspecter le hall. J'avais l'impression qu'on appuyait longuement, avec insistance, sur mes sens. La présence effleura mon esprit et tenta de le pénétrer. Personne ne m'avait averti qu'il y aurait des portiques de sécurité psychiques, ni des fouilles mentales. Je n'avais donc aucune raison de coopérer. J'utilisai la même technique que pour contrôler les vampires de bas étage : je contre-attaquai.

La pression s'allégea, mais la présence ne disparut pas pour autant. Je la sentais voleter comme un moucheron, trop petite pour qu'on l'écrase mais on ne peut plus énervante. C'était sûrement l'espèce de diablotin horripilant avec lequel j'avais parlé au téléphone.

— Oui. Il est avec moi. Pourriez-vous nous conduire au bureau de J'iliol'lth ? Ou dans une salle d'attente sans lumière directe ?

— J'appelle et je vous dis ça tout de suite.

Le garde et Rachel se mirent à marcher et je me fis de nouveau agresser par le contenu du sac à main. Soudain, une tirette de fermeture Éclair surgie de nulle part se mit en tête d'explorer le monde extérieur. Je faillis passer par-dessus bord, mais je me tapis à l'intérieur au premier rayon de soleil, non sans me fracasser sur le poudrier. Je me promis d'utiliser mon pouvoir sur les fascinés pour forcer Rachel à n'acheter plus que des grands sacs.

Juste avant d'arriver au bureau de J'iliol'lth, je découvris – trop tard – une petite pochette dissimulée dans la doublure. Il y régnait une odeur d'épices et de vieux os. Je n'arrivais pas à identifier son contenu avec précision, mais il fallait que j'en parle à Magbidion. S'il avait vu juste au sujet de Rachel, cette information pouvait s'avérer importante.

— Enchanté, madame. Vous pouvez dire à votre maître d'apparaître. Les stores sont tirés. La pièce est parfaitement sûre.

Rachel fit volte-face pour ouvrir le sac avec précaution. J'avais bien envie de faire une entrée fracassante. Par exemple, j'aurais pu me transformer en revenant et prétendre sortir de la bouche de Rachel. Mais je ne voulais pas prendre le risque de lui voler son âme par accident. Je me contentai donc de sauter par l'ouverture et d'atterrir sous ma forme humaine. Ensuite, on se retourna tous les deux vers J'iliol'lth.

Je portais toujours mon jean, mes tennis, mon tee-shirt « Welcome to the Void » et une ceinture en cuir noir, mais j'avais ajouté une paire de lunettes de soleil et une veste en cuir. Les lunettes me permettraient de cacher mes yeux à Jilou, au cas où ils changeraient de couleur. Ils n'arrêtaient pas de faire leur petit numéro violet avec du noir dedans sans que je le veuille. J'arriverais sûrement à mieux les contrôler si

Rachel cessait d'essayer de m'entuber avec sa magie tantrique à la noix.

J'iliol'lth était moche à vomir. En revanche, il n'était pas rouge, comme je m'y attendais. Il n'avait pas non plus de cornes. Ni de queue fourchue. Je ne sais pas pourquoi je persistais à penser que les démons ressemblaient nécessairement à des diables. Je n'en avais jamais rencontré de pareils. Ça devait être une espèce de préjugé. En plus, il me rappelait vaguement quelqu'un, mais qui ?

J'iliol'lth avait la peau noire zébrée de fentes brunâtres d'où suintait du pus vert foncé. Son corps était couvert, par endroits, d'une mousse grise ressemblant de loin à des poils, et ses petits yeux globuleux étaient translucides, à l'exception d'un iris marron nébuleux et de pupilles d'un blanc éclatant. Là-dessus, il portait un costard hors de prix. Il devait penser que ça donnait un air plus professionnel. Malheureusement, dans son cas, ça ne faisait aucune différence.

Il avait aussi une odeur bien à lui. Il ne puait pas. Il sentait un mélange de menthe et d'huile essentielle. Mais il était plus froid que la température de la pièce, et son cœur – s'il en avait un – ne faisait aucun bruit. Il faut toujours se méfier des gens sans pouls.

Le bureau lui-même n'avait rien d'exceptionnel, à part ses fenêtres. Les stores, décorés d'une fresque surréaliste, étaient des œuvres d'art métalliques hideuses. Ils étaient incrustés au mur et fermés par des chaînes munies d'un petit verrou. Ils voulaient vraiment que je me sente parfaitement à l'aise et en sécurité. Comme un démon en pâte…

— Ah ! Monsieur Jones. Quel plaisir de vous rencontrer ! ironisa-t-il. À un moment on ne peut plus importun, qui plus est.

— Ouais. Si tu veux, répondis-je en m'affalant dans l'un des deux fauteuils en face de son bureau.

Rachel s'assit avec grâce dans l'autre. Mon regard tomba sur une affiche censée motiver les troupes. Un lion représentant le leadership. Décidément, ce démon faisait son possible pour s'intégrer.

— Sympa, ton affiche, fis-je remarquer avec sarcasme.

— Je vous remercie, monsieur Jones.

— Eric, rectifiai-je. Personne ne m'appelle monsieur Machin. Des fois, les gens m'appellent connard, crétin ou fils de pute, mais en général, je les tue. Donc je te conseille de t'en tenir à Eric.

Rachel me regarda avec des grands yeux pour m'avertir, mais je n'en tins pas compte. C'est ce que j'ai tendance à faire quand on me donne de bons conseils. J'iliol'lth sourit poliment. J'ignorais si j'avais déjà réussi à l'énerver, mais je sentais que c'était faisable.

J'iliol'lth ouvrit la bouche, mais je lui coupai la chique.

— Bon. Jilou. Tu permets que je t'appelle Jilou ? Je veux que tu me rendes l'âme de Marilyn tout de suite. Je sais que tu veux un truc en échange, mais tu ne crois pas qu'on pourrait passer la phase où on se la joue ? Vas-y. Crache. Tu veux quoi ?

La mousse parsemant son crâne blanchit et l'odeur de menthe s'intensifia. Il frappa dans ses mains, qui émirent un bruit de succion répugnant.

— Eric, je vous en prie. Faisons un effort. Gardons notre sang-froid. J'ai conservé l'âme de Mlle Robinson en toute bonne foi. Je suis sûr que nous parviendrons à…

J'enlevai mes lunettes de soleil. Jilou s'interrompit aussitôt. Rachel me dévisageait également. Peut-être ne pouvait-elle pas se lasser d'admirer la belle lueur violette de mes yeux ? Ou alors, comme elle influençait mes émotions pour me calmer, ça l'effrayait de constater mon énervement. D'après Magbidion, Rachel mettait le paquet pour me maîtriser. La seule question c'était : « Pourquoi ? »

Jilou interrogea Rachel du regard, comme s'il pensait qu'elle y pouvait quelque chose. C'était peut-être uniquement parce qu'on la lui avait présentée comme mon assistante, mais j'en doutais. Il y avait anguille sous roche. Je décidai de pousser mon avantage. Je sortis les crocs.

— Écoute, Jilou. J'ai vraiment du mal à garder mon sang-froid, ces derniers temps. En plus, pour vous, il s'est passé quatre mois, mais pour moi, tout ça date de deux jours. Donc arrête de tourner autour du pot, OK ? Même si je n'ai pas encore mangé, tu n'es vraiment pas appétissant. Je n'ai pas envie de me curer les dents pour enlever des bouts de démon. Tu vas me dire ce que tu veux en échange de l'âme de Marilyn, oui ou merde ?

J'iliol'lth reprit aussitôt contenance et me gratifia d'un sourire éclatant.

— Vous n'avez rien contre le principe des dettes solidaires, alors ?

— Je ne signe rien. Je ne serre la main de personne et tu ne peux pas avoir mon âme en échange. Enfin, ce qu'il en reste.

Il prit un air déconfit. Mais c'était peut-être sincère.

— Malheureusement, ce n'est pas le seul problème. Je sais qu'elle compte beaucoup pour vous, mais Mlle Robinson était très probablement vouée aux enfers de toute façon. D'autant qu'elle ne croyait plus en aucune espèce de déité…

— Super. Du coup, je peux te la racheter pour pas cher.

— Normalement, ce serait le cas. En toute autre circonstance, je vous l'aurais cédée en gage de ma bonne foi, mais sa destinée est tout à fait particulière. Et pour conserver son âme, j'ai dû utiliser l'âme en ma possession la plus compatible avec ce dessein. Or, cette âme était un tantinet plus… (Il s'interrompit. Ses yeux s'illuminèrent.) précieuse.

*Merde.* Je croisai les bras.

— Précieuse comment ?

— Voyez-vous, pour effectuer le rituel en question, on a besoin d'un sacrifice. D'une âme consciente qu'elle se damne pour une autre. (Il jubilait.) Le sacrifice, surtout lorsqu'il s'agit d'une âme – et même lorsque l'âme en question est vouée aux enfers – est un phénomène extrêmement rare. J'avais bien dans mon stock une âme similaire, mais il s'agissait de celle d'un prêtre s'étant damné pour sauver une de ses ouailles, qui m'avait vendu la sienne. Je le gardais en réserve pour une occasion spéciale.

— Putain de bordel ! jurai-je. Mais c'est quoi, comme rituel ?

— D'ordinaire, je fais payer ce genre d'information. Mais pour vous... Je veux bien faire un effort. Je vous dois bien ça : vous avez tué mon frère. J'hon'byg'butte.

Décidément, je n'avais pas fini de casquer pour El Segundo. J'avais tué un paquet de démons, là-bas. OK. Pour être tout à fait franc, c'était Talbot qui s'en était fait le plus. Mais bon. Il bossait pour moi. Du coup, j'étais responsable. D'un point de vue vampirique comme d'un point de vue démoniaque.

— Eric.

Le démon se leva et se mit à arpenter la pièce tout en parlant.

— Mon cher, mon très cher Eric. J'ai le regret de vous annoncer que votre ami, M. Malcolm... Roger... est venu me demander une petite amélioration.

— Tu as vraiment l'air de prendre ton pied ! rétorquai-je. Quel genre d'amélioration ?

J'iliol'lth prit appui sur son bureau pour me toiser. Je fis mon possible pour que mes yeux luisent rouge. Chou blanc. Au lieu de ça, deux petits points lumineux aux couleurs changeantes heurtèrent le démon au milieu des pupilles. Il se détourna aussitôt. Il n'avait pas de paupières. Il ne pouvait pas cligner des yeux. Bizarre.

— Désolé, dis-je d'un ton décontracté en remettant mes lunettes. Comme je disais, j'ai des sautes d'humeur, en ce moment. Quel genre d'amélioration ?

— Il souhaitait que je fasse de lui un Vlad, tout comme vous, répondit-il en reprenant sa place derrière le bureau.

Son odeur de menthe vira à l'aigre. On aurait dit du citron pourri. Ça sentait comme ça, un démon effrayé ? Rachel aussi avait peur. Ils devaient en savoir beaucoup plus que moi sur mes sautes d'humeur. Je me demandais s'ils se doutaient que je n'étais plus aussi niais qu'avant en la matière. Je m'enfonçai dans mon fauteuil.

— Comment tu comptais t'y prendre ?

— Il devait vous capturer et vous livrer à moi. Nous étions censés utiliser votre « essence » pour le « promouvoir » au rang de Vlad. (Il ouvrit un tiroir.) Vous avez déjoué ses plans et l'avez vaincu en convainquant vos amis garous de le dévorer. J'espère que vous êtes fier de vous.

— Ouais. J'assure grave. Quel rapport avec Marilyn ?

— Nous étions parés à toute éventualité. Nous avions prévu une médiation.

Au moment où il prononça ces mots, une paire de mains couvertes d'écailles orange firent irruption de mon fauteuil et m'emprisonnèrent les bras. Rachel poussa un cri. Je devinai qu'elle venait de subir le même sort. D'un seul geste, J'iliol'lth dégaina un revolver de son tiroir. Je le connaissais bien. C'était *El Alma Perdida*.

— Non mais je rêve !

*Pan !* La détonation fut assourdissante. Une sensation de brûlure familière me transperça la poitrine. Des flammèches grises jaillirent de la blessure. J'iliol'lth lâcha l'arme en hurlant. La paume de sa main grésillait encore. La crosse l'avait brûlé.

— T'aurais dû me planter un pieu dans le cœur, grondai-je.

*El Alma Perdida* était conçu pour chasser les loups-garous. Ses balles étaient magiques. Si un lycanthrope se faisait toucher par l'une d'entre elles, il perdait son âme. Elles ont également la faculté d'empêcher tout changement d'apparence. Tant que la munition reste logée dans le corps de la créature surnaturelle visée, cette dernière est coincée sous sa forme présente. Un vampire devient incapable de sortir les griffes ou les crocs. Malheureusement pour J'iliol'lth, je les avais déjà étirés.

Celui-ci prononça un mot incompréhensible et les chaînes des stores s'évanouirent. Le verrou tomba par terre et se transforma en un minuscule démon doté de petites cornes et d'une queue fourchue. Ça devait être le diablotin du répondeur.

Une autre main couverte d'écailles orange surgit du fauteuil, entre mes jambes, cette fois. Elle tenait un pieu en bois, qu'elle fit mine de me planter dans le cœur. J'iliol'lth ouvrit les rideaux et je donnai deux coups de pied fracassants dans le sol. Le pieu s'enfonça dans ma poitrine, mais buta contre le sternum. Je mordis à pleines dents la première phalange que je trouvai et la créature glapit de douleur.

— *Ça s'passe comme tu veux, fiston ?* demanda la voix traînante de John Paul Courtney, dans mon cerveau.

J'avais plein de reparties en tête. Dommage que j'avais la bouche pleine.

— *Toujours en train de forniquer et de t'allier avec des démons, à ce que j'vois*, ajouta le fantôme du flingue. *Si seulement tu t'étais bougé l'cul quand l'démon a envoyé ses gars me r'pêcher ! Mais non ! T'es resté planté comme un con, les yeux dans le vide.*

L'arrière de mon crâne heurta le sol et le fauteuil bascula sur le côté. Sous le choc, le démon expira violemment.

Je l'imitai. Soudain, les rayons du soleil inondèrent la pièce et mes chevilles prirent feu à travers mes tennis et mes chaussettes. Les écailles orange du fauteuil démoniaque s'enflammèrent également, au contact du feu gris s'échappant de ma blessure. La main armée du pieu s'éloigna de ma poitrine. Je levai mes tibias pour brûler le fauteuil, qui hurla de douleur.

— Ça fait mal, hein, ducon ? grognai-je. (Le fauteuil me relâcha.) Ça va chauffer !

Je commençais à m'interroger sur le Q.I. de J'iliol'lth. Parce que franchement, demander à un démon inflammable d'emprisonner un vampire avant de tirer les rideaux, c'est ballot. J'iliol'lth avait peut-être cru que je serais mort empalé avant de prendre feu. Pas de bol. Je suis peut-être stupide, mais j'ai des réflexes. Je me mis debout. Mon corps était entièrement la proie des flammes. Je joignis les deux mains au-dessus de la tête avant de les abattre furieusement sur le sol. C'est quand même classe, la force vampirique.

— Arrêtez-le, bon sang ! s'exclama J'iliol'lth.

Ah, la douleur ! Ah, les flammes ! Ça panique complètement certains vampires. Soit ils sont paralysés, soit ils se roulent par terre. Vu que mon horloge biologique est bousillée et que j'ai des problèmes de mémoire, ça m'arrive régulièrement. Je ne suis pas immunisé. Je suis juste blasé.

— Mais il brûle !

— Pourquoi tu ne lui as pas transpercé le cœur ?

— Parce qu'il brûlait, tiens !

Aveuglé par les flammes, je ne voyais absolument rien. Heureusement, les vampires entendent très bien. Quelqu'un tira la chasse. L'eau coulait dans les conduites. Et j'avais justement besoin de flotte.

Au troisième coup, le sol céda et je tombai à l'étage inférieur. Les sens en éveil, je me ruai vers le bruit d'eau, fracassai un mur et passai à travers. Les gens hurlaient et couraient dans toutes les directions, mais je ne leur accordai pas un regard. Je devais atteindre les chiottes. J'entendis une autre chasse. Je défonçai un mur et fis irruption dans les toilettes des dames.

Je saisis un des lavabos à pleines mains et l'arrachai du mur. L'eau jaillit violemment du tuyau tronqué et éteignit les flammes. Derrière moi, une femme reculait en criant. J'avais une telle soif de sang qu'elle ne m'aurait pas rassasié.

Mais j'avais un besoin encore plus urgent. Je l'attrapai par la gorge.

— Si tu m'aides à déloger la balle que j'ai dans la poitrine, je ne te bouffe pas.

Elle déglutit avec peine et hocha la tête.

Son sac détrempé était tombé par terre. Quand je la relâchai, elle le ramassa et le fouilla avec frénésie.

— Je… Je crois que j'ai une pince à épiler.

Ce qui fait le plus mal, ce n'est pas tant la brûlure que le processus de guérison. Une fois la douleur initiale enregistrée, les nerfs vampiriques ne sentent plus rien. J'avais le corps complètement ravagé. Peu à peu, avec un bruit de vinyles collés qu'on détache l'un de l'autre, ma peau commença à se régénérer.

Trois démons à tête de chien surgirent dans les toilettes. Il y en avait un muni d'une hache avec des gravures sophistiquées. Un autre brandissait une épée couverte de givre. Quant au troisième, il n'avait rien d'autre qu'une gueule pleine de dents acérées et de bonnes griffes. Je leur balançai le lavabo en pleine tronche pour gagner du temps. Soudain, tout passa au ralenti. L'eau forma des filets jaillissant lentement, en éventail, dans le vide. Je venais de passer en vitesse vampirique. Je n'avais jamais été très doué pour la contrôler. J'étais content qu'elle ait justement décidé de se pointer !

Le sac de la femme déversa peu à peu son contenu sur les dalles. Je repérai la pince à épiler et l'attrapai en esquissant un sourire carnassier. Certains démons ont également la capacité de passer en accéléré. Heureusement, ce n'était pas le cas de ces trois-là. Le temps qu'ils traversent la pièce, j'avais déjà retiré la balle.

Supervamp, ça vous dit quelque chose ? Moi, ça me dit carrément…

# 16

## ERIC :

## Négocier, c'est bien. Renégocier, c'est mieux.

Lorsque je refis mon apparition dans le bureau de Jilou, je tenais l'épée givrée d'une main et trois têtes de démons-chiens de l'autre. Sept de leurs congénères étaient postés dans la pièce. Sans compter les deux fauteuils maléfiques bizarroïdes. Les rayons du soleil commencèrent à cramer ma peau ébène d'Ericzilla. Ça picotait. Je ne savais pas combien de temps j'allais tenir sans prendre feu, mais ça m'était égal. J'avais l'air d'un bourrin. C'était tout ce qui comptait.

Jilou ferma les stores.

— Pourriez-vous nous laisser seuls un moment ? lança-t-il.

Rachel se rua sur moi dès que le fauteuil la libéra. Elle contourna l'énorme trou que j'avais fait dans le sol et se précipita dans mes bras. Je la repoussai sans ménagement. La faim provoque de curieuses réactions chez les vampires. En l'occurrence, je ne voyais plus la peau de Rachel, seulement son sang, qui coulait à travers un enchevêtrement de veines. Je ne distinguais plus très bien les couleurs, non plus. Tout m'apparaissait dans des nuances de rouge.

Si je restais affamé trop longtemps, ces défauts de perception risquaient de devenir permanents.

— J'ai trop la dalle, expliquai-je. Si je suce ton sang, je te tuerai.

— Je vais en commander, dit J'iliol'lth d'un ton décontracté. (Il enfonça une touche intégrée à son bureau.) Julia ?

— Oui, maître ? fit le haut-parleur encastré.

— Demandez à deux filles de monter, voulez-vous ?

— Tout de suite, maître.

D'habitude, je n'accepte jamais de sang d'un inconnu. Mais je décidai de faire une exception. Deux femmes entrèrent dans la pièce. Elles avaient l'air de top-modèles. Elles vinrent à moi de leur plein gré, résignées à mourir. Je ne voulais pas savoir ce qu'un démon comme J'iliol'lth pouvait bien faire d'un stock de filles canon. Peut-être possédait-il leur âme ? Je me demandai comment on pouvait deviner qu'une personne avait mis son âme en gage. C'était le cas de Magbidion, mais je n'avais jamais rien senti de spécial, chez lui.

Après avoir mangé, je recouvrai mon spectre de couleurs habituel, mais tout restait légèrement écarlate. Si j'avais saigné les filles à mort, ça aurait peut-être réglé le problème, mais vu qu'elles étaient deux, je n'avais aucune raison de les tuer. Bref : les nanas étaient dans le coma, j'avais un petit souci de filtre coloré, mais on s'en remettrait tous les trois d'ici à deux nuits maximum. Je me sentais également beaucoup plus relax. Voire légèrement somnolent.

— OK. Il y avait quoi, dans ce sang ?

— Rien de pernicieux, je vous en donne ma parole. (Il prit un ton on ne peut plus sérieux et crédible.) Juste de quoi vous calmer afin qu'on discute de façon plus conviviale.

— Je déteste qu'on me drogue.

— Je vous présente mes plus sincères excuses, Eric. (« Sincères », mon œil !) Si nous passions dans une pièce moins périphérique ?

— Seulement si ce n'est pas un piège…

Je ne m'étais pas méfié. Pourtant, il faut toujours s'attendre au pire, avec les démons. Et à présent, il m'avait drogué. Jilou avait intérêt à m'accorder une réduction monumentale sur l'âme de Marilyn. Sinon, je n'allais pas y aller avec le dos de la main morte !

— Et je veux récupérer mon flingue, ajoutai-je en le menaçant de la pointe de mon épée.

Il me tendit *El Alma Perdida* et je repris forme humaine pour le glisser à l'arrière de mon jean. Je sortis la sixième balle de la bouche d'un démon-chien – je la lui avais fait bouffer – et la rangeai dans ma poche.

— Ce n'est pas un piège, Eric. Je vous le garantis. Je peux vous mettre ça par écrit, si vous préférez.

— Tant que je n'ai rien à signer et aucune clause à accepter…

*C'est des conneries. Avec les démons, il y a des pièges partout. S'il m'a rendu mon flingue, c'est uniquement pour me mettre en confiance.*

— Bien vu, dit-il en éclatant de rire.

Vingt minutes plus tard, on était dans une salle de conférences toute en moquette épaisse, fauteuils en cuir et écran à plasma – qu'on avait gentiment réglé sur la chaîne sportive. J'enfonçai l'épée givrée dans les fauteuils, histoire d'être sûr, et je pris place. Rachel m'imita.

— De quoi parlions-nous, déjà ? demandai-je.

— De l'âme de Mlle Robinson ?

— Oui, mais il y avait autre chose. (Je me creusai la tête. Ça ne m'arrivait pas souvent.) Ah oui : le plan B que tu as mis au point avec Roger.

La fourrure moussue de J'iliol'lth prit une teinte bleue.

— Il est possible de ramener un vampire à la vie – une fois et une seule – au prix du sacrifice volontaire d'une âme humaine.

Je transperçai l'écran d'un coup d'épée. Contrairement à ce qui se passe dans les films, celui-ci n'explosa pas.

— Je me suis crevé le cul pour qu'une meute de loups-garous bouffe ce fils de pute et toi, tu le ressuscites ? (J'iliol'lth observa la fumée qui s'échappait de la télévision.) Regarde-moi, quand je te parle, merde !

— Ça coûte cher, de vous inviter.

— Tu ne serais pas un peu rapiat ? Tu as failli me tuer. Assume.

— Et vous, vous avez tué mon frère !

— Ton frère m'a pris le chou pendant mes vacances. Je l'ai tué. Point. Il avait un nom à la con, de toute façon. Johnny Truc. En plus, vous grandissez en couvées, comme les mouches. Je suis sûr que tu as trente-six mille frangins.

— Eric…, m'avertit Rachel.

— Rends-moi l'âme de Marilyn maintenant, gratis, ou je ratiboise tout l'immeuble.

— Il n'en est pas question. Si les dégâts m'obligent à m'enfuir, je ne partirai pas sans l'âme de Mlle Robinson. Vous pouvez me bannir de cet univers, ma mort ne sera pas permanente. Vous n'êtes pas la seule créature à pouvoir vous targuer d'être quasiment indestructible. Sans votre mistigri, vous n'avez aucun moyen de pression sur moi.

— Je m'en fous. Les gens passent leur temps à essayer de me détruire ou de bousiller mes affaires. Tu suis, un peu ?

— Je suis parfaitement, Eric. Maintenant, cessez de jouer les prétentieux inconscients. Je connais votre véritable nom. Vous ne vous appelez pas Jones, mais Courtney. Vous êtes l'arrière-arrière-petit-fils de John Paul Courtney. Et je suis bien placé pour savoir que vous en avez « à foutre », comme vous dites. Les êtres humains comptent pour vous. C'est de famille.

» Certes, votre moralité est douteuse, mais vous en avez une. Vous êtes un Courtney. Vous vous souciez des gens. Vous êtes bien intentionné. Vous luttez contre votre nature. Tout le contraire de moi.

Il prit appui sur la table, des deux mains, et se pencha dans ma direction.

— Si vous me déclarez la guerre, vous découvrirez bien vite, à vos dépens, que je vous connais par cœur. Je sais comment vous faire mal, comment vous tourmenter la nuit. Je suis un démon, Eric. C'est mon boulot. (Il leva la main en signe de paix.) Mais je n'ai aucun intérêt à vous chercher querelle. Comme vous l'avez si bien dit : j'ai une fratrie très fournie.

Il essaya de claquer des doigts. Il n'y réussit qu'à la troisième tentative. Un petit cube violet luminescent s'éleva de la table.

— Elle est dans ce cube.

Je tendis le bras. Mes doigts passèrent à travers la boîte.

— C'est quoi, l'arnaque ?

— Je suis prêt à vous la laisser, en gage de ma bonne foi et en guise d'avance. Vous allez me rendre un petit service. Je veux que vous récupériez la Gemme d'Aeternum.

Je sortis brusquement l'épée de la télé.

— Je ne bosse pas pour les démons, Jilou. Allez, viens, Rachel. On se casse. (Rachel se leva aussitôt de son siège et on se dirigea vers la porte.) Merci beaucoup pour cette petite réunion. C'était très sympa. Je reviendrai avec mon mistigri. Si ça ne marche pas, tu pourras dire à Marilyn que j'ai fait mon possible ?

— Ça ne vous intéresse pas d'être de nouveau capable d'apprécier la nourriture ? De vous dorer au soleil ? D'entendre votre propre cœur battre pour l'éternité ?

Je m'immobilisai.

— Qu'est-ce que tu racontes ?

— C'est très simple, en fait, expliqua le démon. Sans échappatoire, je ne crois pas que votre ami Roger soit prêt à coopérer avec moi. Il a déjà utilisé son joker. S'il devait de nouveau être détruit, il ne pourrait plus se frayer de chemin dans ce monde. Tout être vivant a la possibilité de revenir d'entre les morts une fois et une seule, par quelque entremise surnaturelle. On peut se transformer en vampire, en zombie, et ainsi de suite… (Ses yeux s'attardèrent insensiblement sur Rachel. Je fus à deux doigts de ne pas m'en apercevoir.) Quiconque souhaite tromper la mort une fois de plus doit fournir une âme s'étant sacrifiée de son plein gré.

— Et si l'âme en question est celle d'une fascinée, ça marche quand même ? demandai-je. Je croyais qu'on l'avait contrainte.

— D'ordinaire, non. Mais tout est une question d'intention. (Il s'humecta les lèvres.) Roger ne l'a pas forcée à accepter ces termes en usant de son pouvoir de maître, mais en vous menaçant.

Le moteur de Croc résonna à mes oreilles. La teinte rouge voilant mon champ de vision vira au violet.

— C'est un homme mort, murmurai-je. Il ne le sait juste pas encore.

Je fis mine de partir.

— Mais, Eric, insista Jilou. Vous n'avez même pas entendu ma proposition !

— De quoi tu parles ? Tu veux me faire le même marché qu'à Roger ? Me transformer en Vlad ? Je suis déjà un Vlad. Tu n'as aucun moyen de pression sur moi, fis-je remarquer en me moquant de sa formulation. Je vais tuer Roger et après, je viendrai te reprendre Marilyn.

— Un Vlad ? Je vous en prie, Eric ! Je croyais qu'on jouait cartes sur table. Nous savons tous les deux que vous n'êtes pas un Vlad. Et nous savons pareillement que je ne pourrai jamais vous rendre plus puissant. Mais je peux vous aider à devenir quelque chose d'encore mieux ! En tout cas, de votre point de vue.

Il se leva. Il était plus grand que moi, mais sa posture trahissait son inquiétude.

— Ça ne m'intéresse pas. Je ne fais pas confiance aux démons.

— En êtes-vous sûr ? insista-t-il. Je peux vous rendre immortel, Eric. Faire de vous un être doté de vie, de souffle, de battements de cœur, mais néanmoins immunisé contre la mort, la maladie, les ravages du temps… Vous ne pourriez plus changer de forme, bien entendu, mais…

Je ne lui laissai pas le temps de finir. Je l'attrapai par la gorge et le soulevai d'une main.

— Tu as intérêt à ne pas me raconter de bobards, Jilou. Si tu essaies de m'entuber, je t'assure que tu vas le regretter.

— Je vous jure que c'est possible. Ça ne marchera que sur vous. Vous êtes différent. Pour quelqu'un comme vous, ça fonctionnera.

Je le reposai par terre.

*Différent*. Je me sentais souvent différent. Et pas seulement à cause de mes yeux. Je n'avais jamais ressemblé au vampire lambda. C'était… probable. J'essayai de me rappeler un truc que la Marilyn fantôme m'avait dit, mais ça ne me revint pas.

— Développe.

— Accordez-moi un petit instant, répliqua J'iliol'lth. Vous souvenez-vous de la façon dont vous avez trouvé la mort ?

— *Memento mori*, chuchotai-je.

— Quoi ? (J'iliol'lth écarquilla les yeux et recula.) Je vous assure que je ne vous demanderais jamais…

— J'espère que tu ne veux pas que je revive ma mort. Parce que j'ai déjà donné ! Et il n'y a pas si longtemps que ça. Pourquoi tu tiens tant à le savoir ? demandai-je d'un air méfiant.

J'iliol'lth se rassit et souleva un petit presse-papiers en verre renfermant un scorpion. Il me le montra.

— Pourquoi ai-je cette chose en ma possession ? demanda-t-il. Par simple curiosité. J'aime bien le regarder. J'aime les scorpions. Dans mon monde, il existe des créatures semblables, si ce n'est qu'elles sont intelligentes et dangereuses. Ici, elles ne le sont pas, mais hormis ce détail, elles sont parfaitement identiques. J'aime l'idée d'en posséder une. Ça m'amuse.

— Et alors ?

— Et alors je tiens à savoir comment vous êtes mort par curiosité. Et parce que ça m'amuse.

Il se la jouait Hannibal Lecter, ou quoi ? Je repris place, aussitôt imité par Rachel.

— Je conduisais la voiture de Roger, racontai-je. Les freins ont lâché, j'ai quitté la route et je me suis fracassé dans une carrière. Quand je me suis réveillé, j'étais devenu un vampire.

— Donc vous n'avez jamais su qui vous avait transformé ? demanda J'iliol'lth d'un ton inquisiteur.

— Non. J'ai toujours pensé que ça m'était arrivé à l'hôpital. Ou dans l'ambulance. Un truc du genre.

Il reposa le presse-papiers et traversa la pièce pour se poster devant l'écran.

— Et le soir suivant, vous êtes revenu d'entre les morts sous la forme d'un vampire.

Je décidai de ne pas lui parler de ce qui s'était passé quand Magbidion m'avait ramené. Je ne fis aucune allusion à la malédiction ni à Croc.

— Non. Je suis resté mort un bon moment. Marilyn m'a raconté que j'étais revenu après mon enterrement.

Rachel sursauta comme si une guêpe lui avait piqué les fesses, mais elle ne pipa mot. Sa respiration s'emballa, son pouls aussi, et je sentis l'odeur de sa sueur. Il y avait quelque chose de crucial dans toute cette histoire, qui m'échappait complètement. C'était peut-être lié à la malédiction.

— Donc, la septième nuit, vous êtes revenu à la vie, et…

— C'était l'après-midi, rectifiai-je. Deux semaines après.

J'iliol'lth se tourna vers moi. Ses yeux luisaient. On aurait dit du cuivre incandescent.

— Auriez-vous été embaumé, par hasard ?

— Je crois bien, répondis-je. Pourquoi ? C'est important ?

J'iliol'lth esquissa un sourire. Ça devenait une habitude.

— Si on embaume un futur vampire, le processus s'arrête. La personne ne se réveille tout simplement pas. Elle meurt. Mais vous n'êtes pas mort. Vous vous situez donc dans cette zone floue entre la vie et la non-vie. Et cet espace procure un pouvoir certain. Vous êtes un Fulminant. C'est ainsi qu'on appelle ceux qui reviennent à la vie sous la forme d'un vampire, après avoir déjà été ressuscités une première fois.

— *Ben mon cochon*, s'écria John Paul Courtney dans ma tête. *Il t'ouvre les yeux, mon garçon. Eric le Fulminant. Eh ben ! On dirait le nom d'un de ces pseudo-musiciens que tu écoutes.*

J'aurais dû prêter attention aux propos de J.P., mais ce que racontait Jilou me rappelait quelque chose… Quelqu'un en qui j'avais confiance m'avait déjà parlé de ça. Marilyn ?

J'iliol'lth reprit tout en exhalant une odeur de menthe.

— Il est fort probable qu'on vous ait assassiné, Eric.

— Ouais, je sais, rétorquai-je. C'est Roger qui m'a tué. Il se tapait Marilyn en douce.

— De mieux en mieux ! s'exclama Jilou. Je pense que vous êtes revenu d'entre les morts sous la forme d'un revenant. Mais par une raison obscure, vous vous êtes également changé en vampire. C'est souvent le fait d'une malédiction familiale. Mais il est tout aussi possible qu'un vampire ait sucé votre sang dans l'ambulance. C'est excessivement rare. Ça fait de vous un être totalement unique. À ma connaissance, ce n'est arrivé qu'à une ou deux reprises lors des derniers millénaires.

*Une malédiction familiale.* Je savais que J'iliol'lth vivait d'affaires purement légales, mais son profit, il le faisait sur les approximations et les omissions. Pourtant, à l'idée de redevenir vivant… N'importe quel type sain d'esprit aurait refusé, mais j'avais quand même du mal.

— Qu'est-ce que ça fait d'autre ? demandai-je. Je comprends mon intérêt, mais pourquoi tu la veux, cette… euh… ce machin, quoi…

— La Gemme d'Aeternum, me souffla Rachel.

— C'est ça, poursuivis-je. La Gemme d'Aeternum. À quoi elle va te servir ?

J'iliol'lth fit semblant de réfléchir, mais il avait une tirade toute prête. Lorsqu'il se mit à parler, ça sentait le réchauffé. On le voyait à la façon dont il se déplaçait dans la pièce. Il savait exactement quelle question j'allais poser. Il avait tout bien répété. Je jouais le rôle qu'il m'avait attribué à la perfection. Ça ne me disait rien qui vaille.

— Elle ne fonctionne qu'une fois par siècle, mais permet d'exaucer certains vœux surnaturels. Dans certaines circonstances, la Gemme permet d'élever un Maître en Vlad. Ou encore de transformer un simple loup-garou en mâle alpha. Cette pierre possède des propriétés prodigieuses. Son propriétaire pourrait en tirer des profits incommensurables, expliqua-t-il, sans essayer de masquer sa cupidité. Il serait capable de ramener les morts à la vie. Et pas seulement les personnes décédées depuis peu, comme le font les zaomanciens. Jusqu'aux défunts de longue date ! Si les conditions astrales sont réunies, bien entendu. Mais je m'emballe…

Il s'éloigna de l'écran et me posa une main apaisante sur l'épaule. Je lui décochai un regard noir. Il tiqua et retira aussitôt sa main, avant de me tourner le dos.

— Si vous me rapportez la Gemme d'Aeternum, non seulement je vous rendrai l'âme de Marilyn Robinson, mais je ferai de vous un immortel, comme je viens de le décrire. Vous garderez vos sens surdéveloppés, votre force et votre vitesse. Vous n'aurez plus besoin de dormir, de manger, ni de boire, mais vous pourrez apprécier chacune de ces activités. Vous serez même capable d'engendrer la vie, si vous le désirez. En contrepartie, vous n'hériterez d'aucun inconvénient.

— Et tout ce que j'ai à faire, c'est te rapporter ce machin ?

— La Gemme d'Aeternum, me souffla de nouveau Rachel.

— Ouais… (Je la regardai avec insistance avant de reprendre.) J'imagine que ça ne s'achète pas ?

— Bien sûr que non, répondit J'iliol'lth. Sinon, cela ferait belle lurette que je me la serais procurée. La Gemme ne peut changer de mains que par don. Ou par la force. Son propriétaire actuel pourrait être tenté de s'en débarrasser, mais selon toute probabilité, vous serez obligé de la lui subtiliser.

» Mais ne vous inquiétez pas, poursuivit-il en faisant un geste dédaigneux de la main. Cette personne se trouve être un vampire. Et vous n'avez aucun scrupule à tuer vos semblables.

— Pourquoi tu ne la lui as pas subtilisée toi-même ?

— Parce que je suis connu, dans cette ville ! Je ne peux pas me permettre de lâcher une horde de démons sur son propriétaire. Ça ne serait pas bon pour mes affaires. En revanche, si je vous envoie… Disons qu'il me sera plus simple de prétendre que je n'y suis pour rien. Vous êtes réputé pour être un électron libre.

Je me levai.

— C'est qui et comment je le trouve ?

— Il s'appelle Phillipus. Il habite aux Highland Towers.

Je hochai la tête. *Les Highland Towers*. D'après Talbot, c'était casse-couilles d'y entrer. J'allais devoir faire preuve d'imagination. Mais bon. De toute façon, j'avais envie d'y aller depuis qu'on m'avait dit que Tabitha se tapait un type là-bas. Histoire de le dénicher et de lui flanquer une raclée.

— Une dernière chose, lançai-je avant de partir. Quelqu'un a déclaré officiellement la mort de ma couverture humaine. Tu ne serais pas au courant, par hasard ?

Le démon secoua la tête.

— Pas vraiment. Mais Roger m'a fait l'impression d'une personne suffisamment revancharde pour avoir anticipé de façon à venger sa propre mort.

Je regardai vers la sortie, mais Jilou tendit la main.

— Mon épée, s'il vous plaît.

— Désolé, répondis-je. Elle est à moi, maintenant. C'est une épée magique. Et vu que j'ai déjà le revolver, je me suis dit que j'allais commencer une collec'. À présent, il ne me manque plus que la lance et le heaume.

— Soit, dit le démon, tout miel. Prenez le cube, aussi.

Il me le lança d'un air parfaitement décontracté. Je l'attrapai de ma main libre. Il était solide, cette fois. Et froid au toucher.

— Ma secrétaire peut même vous fournir un sac en toile pour le transporter. Tout ce que vous voudrez. Mais rappelez-vous, Eric. Je veux vraiment travailler avec vous. J'ai fait beaucoup d'efforts pour vous proposer un marché raisonnable. Vous avez tout à gagner à accepter.

Je jetai un coup d'œil au sac à main minuscule de Rachel et ravalai ma traditionnelle réplique désagréable.

— Je veux bien, pour le sac.

J'étais tellement perdu dans mes pensées que je faillis oublier qu'il faisait jour. On prit le chemin du retour. J'étais toujours coincé dans le sac de Rachel, qui pendouillait à côté d'un sac en toile – avec le logo du Lovett Building – contenant un cube luminescent et un six-coups magique. L'épée ne rentrait pas. Rachel dut la prendre à la main.

Elle eut toutes les peines du monde à héler un taxi – ce n'est pas facile, quand on porte une épée –, mais elle finit quand même par en trouver un. On n'est pas à Void City pour rien !

# 17

## TABITHA :

## Belle pour l'hiver

Une griffe sensuelle m'égratigna la peau. Elle partit du sternum et me parcourut toute la poitrine, en passant par le ventre, avant de plonger plus bas. Talbot était un expert. Il m'éraflait tout juste, sans jamais me couper. J'avais adoré qu'il me réveille comme ça, la veille. Je jetai un coup d'œil à l'horloge. Le soleil s'était couché une heure auparavant. Je fusillai le cadran du regard. Tout le monde était déjà levé. Ça me mettait hors de moi de ne pas savoir ce qu'Eric avait fait. Et avec qui, surtout.

— Bas les pattes, lançai-je à Talbot en lui tapant la main.

Il descendit du lit avec nonchalance.

— Qu'est-ce qui se passe ?

— Je ne suis pas d'humeur, répondis-je en me dirigeant vers la douche.

*« Salut, pétasse. T'étais où ? »* Les mots de Rachel me hantaient. Je mis l'eau chaude et me retournai pour m'examiner dans la glace. Mais il n'y avait aucun reflet. Je me concentrai pour me voir. *« Il n'a plus besoin de ta fente glaciale de cadavre. »*

— Fait chier !

Je n'arrivais pas à faire apparaître mon image.

Talbot passa la tête par la porte entrouverte.

— Tout baigne ?

— Dis-moi que je suis belle.

— Pourquoi ?

— Dis-moi que je suis belle, c'est tout !

Il me décocha un sourire mauvais.

— Non.

Mes griffes et mes crocs s'étirèrent tout seuls. J'entendais ses battements de cœur résonner à mes oreilles, mais sa chaleur corporelle était masquée par la buée de la douche.

— S'il te plaît !

La lueur rouge en provenance de mes yeux projetait des ombres bizarres sur le mur.

— Non, répéta-t-il.

Je lui claquai la porte au nez et grimpai dans la cabine. L'eau était encore trop froide. En essayant d'éviter le jet, ma vitesse vampirique s'enclencha. Je sentis chacune des gouttes glacées me titiller la peau avant de rebondir et de se figer en l'air. Tout ralentit. Parfois, c'est une bonne chose de passer en accéléré. Mais en d'autres circonstances, c'est plutôt casse-pieds. Surtout sur une surface humide. Le sol se déroba, je basculai en arrière et la paroi en verre se brisa.

Des éclats me tombèrent dessus, très lentement, comme autant de petites lames. Je me fracassai par terre et ma vitesse hypertrophiée se dissipa. Talbot ouvrit la porte, me ramassa avec précaution et me transporta dans la chambre, non sans semer un sillage de sang sur la belle moquette blanche.

— Aïe.

— Un vampire avec deux mains gauches… C'est une première ! lança Talbot.

Il retira un gros morceau de verre de mon sein gauche, révélant une entaille allongée que ma chair combla à mesure qu'elle se régénérait.

— Tais-toi, crachai-je. Ce n'est pas drôle.

*« Il t'a vraiment dit que tu n'étais qu'un truc étroit, chaud et humide ? »*

Soudain, on frappa à la porte. Talbot et moi sursautâmes en même temps. Talbot sortit les griffes et montra les crocs, puis renifla. L'image d'un homme fit irruption dans mon cerveau. Il était jeune. Pas autant que moi, mais tout aussi puissant. Il portait des vêtements sur mesure, tout en bleu et blanc. D'habitude, je n'aime pas les blonds, mais je commençais à collectionner les exceptions. D'abord Eric. À présent ce type.

— *Je ne m'abaisse jamais à frapper deux fois*, chuchota-t-il dans mes pensées. *Et si vous me vexez, vous le regretterez.*

— C'est Ebon Winter, murmurai-je à Talbot.

Celui-ci jeta des serviettes propres sur le carrelage jonché de débris et me posa sur le siège des toilettes.

— Lave-toi.

— J'arrive dans une minute, m'exclamai-je. Je suis sous la douche.

Cinq minutes plus tard, je lui ouvris la porte. J'étais vêtue d'un tee-shirt et d'un short. J'aurais pu me faire belle, mais je n'étais pas d'humeur. En plus, il était sur mon territoire. Et je n'avais pas envie qu'il se rince l'œil. Winter me dévisagea bizarrement, comme s'il évaluait la marchandise, puis entra en m'effleurant.

Il portait une housse à vêtements sur son épaule, qu'il suspendit à un crochet, derrière la porte. Chacun de ses gestes avait l'air calculé. Je n'avais jamais vu un être aussi magnifique, mais je ne me sentais absolument pas attirée par lui. Au contraire : il me glaçait le sang. Il pivota gracieusement et me regarda en fronçant les sourcils.

— Comprenez bien. C'est très important.

Il leva les bras et désigna la pièce d'un grand geste circulaire.

— Cet endroit est d'une laideur épouvantable. Et je ne vous aiderai pas à refaire la déco. Les moindres détails me révulsent.

Il braqua un doigt élégant sur Talbot.

— Le pire, c'est votre mistigri. (Il haussa les épaules avec exagération.) Ces bestioles sont proprement hideuses. On devrait les annihiler, au même titre que les rats.

— Hé ! commençai-je.

Le vampire posa un doigt sur mes lèvres.

— Je vous conseille de ne pas élever la voix, Elizabeth Tabitha Sims, dit-il sur le ton de la plaisanterie. Il est préférable de me compter parmi ses amis que parmi ses ennemis. Et j'abhorre les disputes. Tant que votre serviteur reste bien sage, il ne lui sera fait aucun mal. Il a beau avoir de la bouteille, je suis convaincu qu'il connaît sa place.

Talbot s'adossa nonchalamment contre un mur, hors de portée de Winter, l'air totalement inoffensif. Il se comportait toujours ainsi avec Phillip. Depuis notre petite mésaventure chez l'Iversonien, je comprenais pourquoi.

Pendant une bonne seconde, je ne sus pas quoi dire. Je finis par demander :

— Vous êtes Ebon Winter, n'est-ce pas ? Le propriétaire de *L'Artiste Inconnu*.

— Effectivement. Mais vous pouvez m'appeler Winter. C'est mon *nom de guerre** préféré. Si vous me dénommez autrement, je ne vous répondrai pas. Pour plagier votre sire : « C'est Winter tout court. » Vous saisissez ? Comme Madonna. Avec une bite en plus.

Winter me gratifia d'un clin d'œil en prononçant ces mots, comme s'il venait de faire la blague du siècle. Je manquai d'éclater de rire malgré moi. La réplique n'était

* Tous les mots en italique suivis d'un astérisque sont en français dans le texte original.

vraiment pas drôle, mais il avait voulu me forcer à la trouver hilarante. Le pire, c'est qu'il avait failli y parvenir. C'était vraiment effrayant.

— J'espère ne pas avoir interrompu de choses coquines, poursuivit-il d'un ton malicieux. Vous devez être large d'esprit pour partager la couche d'une telle créature.

Il désigna négligemment Talbot.

— Quoi ? Mais… Mais vous vous prenez pour qui ? demandai-je, complètement outrée.

Comment osait-il me juger ? Il avait insulté ma déco, mon amant et ma personne. J'étais à deux doigts de le jeter dehors.

— Toutefois, reprit-il en me caressant la joue, vous êtes de toute beauté. Vos seins sont trop volumineux à mon goût, mais ils n'enlèvent rien à votre charme.

— Mais vous vous prenez pour qui ? répétai-je.

— Je me suis déjà présenté, mon cœur. Essayez de vous concentrer, voulez-vous ? Et veillez au volume de votre voix. Bon, je récapitule.

Il posa la main sur mon épaule et me guida vers la porte d'entrée.

— Je suis entré par là. Cet appartement est hideux. Mon sire, Phillip – vous avez fait connaissance, au sens biblique du terme – m'a demandé de refaire la déco de votre salle d'attente, ce que je ne ferai pas, car vous m'avez insulté. J'enverrai André s'en charger, lorsque je pourrai me le permettre. Bien. Gardez votre animal domestique en laisse et enfilez les vêtements que je vous ai apportés.

— Quels vêtements ? demandai-je, complètement éberluée.

— Ceux qui se trouvent dans cette housse, ma chère, répondit-il d'un ton factuel. Vous ne croyez tout de même pas que je m'amuserais à trimballer une housse à travers tout Void City pour le plaisir !

— Ça m'étonnerait, effectivement…, commençai-je.

Il ouvrit la housse et passa les tenues en revue. Il sortit une jupe en cuir noir, des talons aiguilles, un collant et un chemisier en soie vert. Il laissa dans le sac une magnifique robe bleue. Je n'avais jamais rien vu d'aussi beau. Elle était sexy mais sobre, et c'était évident qu'on l'avait faite pour moi. Il referma la fermeture Éclair et me montra le reste.

— Pendant que vous passiez le temps à faire Dieu sait quoi, d'autres ont retroussé leurs manches, très chère. Maintenant, faites-moi plaisir et enfilez ces jolis vêtements, voulez-vous ? Votre simple vue m'offense profondément. Je vous assure que vous aurez du chien. Enfin, uniquement du fait de votre tenue. Vous devrez me promettre d'en prendre le plus grand soin. La robe se nettoie à sec. Et je vous saurais gré de ne pas la laisser traîner par terre. À côté de moi, la marâtre de Cendrillon, c'est un enfant de chœur. Et que je ne vous surprenne pas à la pendre à un cintre en fil de fer. Je l'ai nommée Isabella. C'est une Winter. Un modèle original. Elle vous plaît ?

— Je… Oui, bégayai-je. C'est… Je n'ai jamais vu de robe aussi belle que… (je surpris sa moue désapprobatrice et me repris) qu'Isabella.

J'entrepris d'enfiler les vêtements qu'il m'avait sortis, avec méfiance. Ils dégageaient une odeur normale. Mais s'ils avaient présenté le moindre danger, j'imagine que Talbot m'aurait avertie. Ils m'allaient comme un gant et mettaient mes formes en valeur. Même Eric les aurait trouvés à son goût. Le plus surprenant, c'était le chemisier. Il était conçu pour les vampires n'ayant pas besoin de soutien-gorge. Il serrait où il fallait et soulevait légèrement les seins tout en ayant l'air de tomber tout à fait naturellement.

— Rien ne vaut un styliste doté d'un bon enchanteur, mon chou, m'expliqua Winter. Ce n'est pas donné, mais ça en vaut la peine.

Je partageais totalement son avis.

Winter me tourna autour pour m'examiner. Il ne paraissait pas satisfait.

— Non. Ce n'est pas *vert**… Ce chemisier n'a pas la bonne couleur. (Il claqua de la langue et m'effleura l'épaule.) Écarlate, *s'il vous plaît**.

Le chemisier changea de teinte, en partant des seins, et passa d'un ton émeraude à un rouge vif.

— Plus foncé, *s'il vous plaît**. Un peu plus de bleu. Ni violet ni rouge…

Le chemisier exécuta ses ordres. Il fonça petit à petit, jusqu'à ce que Winter finisse par dire « *merci** ».

Il me passa de nouveau en revue, cette fois en émettant de petits bruits approbateurs.

— Parfait. Beaucoup mieux. C'est exactement votre couleur. Bien sûr, il faudra en changer à mesure que vos yeux gagneront en transparence. Mais vous pourrez toujours vous doter de lentilles. Avez-vous une bonne photo de vos yeux ? (Je secouai la tête.) Je m'en doutais.

Winter sortit une photo de sa poche et me la tendit. C'était un portrait de moi et de Rachel, quand on était petites. Elle était prise devant des montagnes russes. Derrière Rachel, une pancarte « Taille minimum » indiquait qu'elle mesurait effectivement la taille requise.

— Ils avaient une jolie teinte… Un vert… Un trois sur mon échelle de couleurs. C'est une fae qui élabore mes lentilles. Elle pourrait probablement vous en fournir.

— Comment vous êtes-vous procuré cette photo ?

Il éclata de rire. Un son si enveloppant qu'il semblait capable d'attraper quelqu'un et de le fracasser contre un mur. Et s'il s'était agi d'une mélodie, elle m'aurait trotté dans la tête pour le restant de mes jours.

— Je peux me procurer ce qui me chante.

— Merci, dis-je avec un temps de retard. La robe aussi change de couleur ?

Winter s'esclaffa derechef, cette fois en basculant la nuque en arrière, pour mieux exhiber sa dentition hollywoodienne.

— J'espère pour Melvin. Sinon, il aura des comptes à me rendre.

— Melvin ?

— Mon enchanteur, répondit-il d'une voix suave. Avez-vous déjà remarqué que la plupart des humains pratiquant la magie dans cette ville ont des noms en « M » ? C'est un brave petit fasciné. Comme il travaille pour la guilde, la plupart des gens pensent qu'il est indépendant. En réalité, il m'appartient corps et âme.

Je n'y comprenais rien. Pourquoi Ebon Winter débarquait de nulle part et m'inondait de cadeaux ? Que Phillip m'offre un collier et me laisse habiter dans cette suite, passe encore. Mais les fringues de Winter, c'était absurde.

— Pourquoi ne vous ai-je pas senti avant que vous frappiez à la porte ? demandai-je.

— Peut-être étiez-vous trop absorbée par vos exercices physiques pour me détecter ? C'est l'une des raisons pour lesquelles j'ai cessé d'avoir des rapports sexuels. C'est d'un vulgaire ! Et ça nuit à la concentration. Oh, et si vous voulez mon avis, vous devriez éviter de recourir à votre vitesse vampirique sur un sol glissant. Enfin, tant que vous n'aurez pas fait de progrès.

Je suis sûre de ne pas avoir cligné des yeux. Pourtant, il disparut et réapparut aussitôt à côté de moi. Il ajusta ma jupe avec les mains.

— Et maintenant qu'on en parle, étant donné les qualités olfactives exceptionnelles de nos pairs, je vous conseille d'utiliser un désodorisant. Et changez donc vos draps deux fois par jour. Votre chambre empeste le mistigri.

— Vous n'avez pas répondu à ma question, fis-je remarquer. Pourquoi ne vous ai-je pas repéré plus tôt ?

Winter inclina la tête sur le côté et fronça les sourcils.

— Je préfère peut-être ne pas y répondre. Mais je crois qu'en fait c'est vous qui refusez d'entendre ma réponse. N'avez-vous jamais changé de sujet plutôt que d'aller droit au but ? (Il eut un sourire machiavélique.) Oh, pardon… Ai-je bien compris ? Vous ne voulez plus de ces vêtements ?

— Si ! m'empressai-je de répondre, avec un chouïa trop d'enthousiasme. Je veux dire… J'ai bien envie de les garder. S'il vous plaît. Et merci beaucoup.

Il applaudit et m'embrassa sur la joue.

— Décidément ! Vous vous donnez au plus offrant, dit-il d'un air espiègle.

Lorsque je le giflai, ma main passa à travers sa joue. Un froid intense remonta le long de mon bras. Il était capable de se transformer en brume ! Le seul vampire de ma connaissance à avoir cette compétence, c'était Phillip. Et il ne parvenait pas à garder son apparence.

— Je ne me bats jamais, Tabitha. En tout cas, tant que je n'en ai pas l'absolue nécessité. Et même si on m'y accule, je ne me bats jamais à la régulière. Les duels sont bons pour les lutteurs professionnels. Ou les déficients mentaux.

Il m'effleura la joue et planta ses yeux dans les miens. Ses lèvres étaient si près qu'on aurait pu s'embrasser.

— Je tue. J'assassine. Souvenez-vous-en. Et n'ayez pas honte. Tout le monde fait la pute. Chacun à son échelle. Nos prix sont différents. C'est tout. Le mien, c'était l'immortalité.

Ses mots franchissaient ses lèvres avec la plus parfaite fluidité. Ils titillaient mes oreilles. Dans un épisode de *Charmed*, Winter aurait été une espèce de sirène menant ses victimes à leur perte par le simple pouvoir ensorcelant de son chant. Sa voix était proprement envoûtante.

—Cela dit, je n'ai aucune intention de profiter de vos… charmes. J'attends simplement de vous une petite faveur.

—Laquelle ? demandai-je avec méfiance.

—J'aime faire des paris, dit-il en souriant. C'est une marotte. J'aime anticiper et j'ai toujours raison. Sauf quand… Comment dire ?

Son air charmant céda la place à des traits colériques, qui se plaquèrent sur son visage parfaitement ciselé.

—Sauf quand quelqu'un vient foutre la merde.

Ses yeux se mirent à refléter une lueur bleue et il braqua son index sur moi, comme pour me transpercer avec.

—Et vous, ma petite chérie, vous êtes carrément venue foutre la merde. Sans le vouloir, vous m'avez fait perdre un pari.

Aussitôt, sa colère s'évanouit et il recouvra son calme olympien. Je crus avoir rêvé.

Je le dévisageai, complètement perdue, avant de jeter un coup d'œil à Talbot dans l'espoir qu'il me donne un indice.

—Et c'est pour ça que vous m'offrez des fringues ?

—Non, dit-il.

Ses yeux laissaient transparaître un sentiment indéfinissable. Ce n'était pas vraiment de la colère. Ça ressemblait plutôt à une menace.

—Ces présents ne sont qu'une excuse. Et un encouragement. Vous allez me rendre un petit service. (Il désigna Talbot.) Vous allez renvoyer cette créature auprès de son maître.

—Il ne m'appartient pas. Je ne peux pas lui ordonner d'aller ici ou là. Il ne…

—Oh, je suis certain qu'il accourrait auprès de son Eric chéri s'il savait qu'il était de retour.

—Quoi ? s'exclama Talbot. J'y suis allé il y a trois jours. Ils m'ont dit qu'ils n'étaient arrivés à rien.

— Je croyais t'en avoir parlé, tentai-je en faisant mon possible pour paraître décontractée.

Talbot secoua la tête et m'embrassa sur le front, avant de se diriger vers la porte.

— Je t'ai protégée le temps qu'il revienne. Mais maintenant, je dois y aller.

— Quoi ? Tu vas le rejoindre ? Comme ça ? Et nous ?

Talbot fronça les sourcils.

— Il n'y a pas de « nous ». Tu t'attends toujours à ce que je me conduise en être humain. Mais je ne suis pas humain. Je ne l'ai jamais été. Désolé si ça te cause de la peine.

Il passa devant Winter et sortit, en prenant grand soin de ne pas le toucher.

Le seul type à avoir été honnête avec moi, c'était le vampire que j'avais largué.

— C'était quoi, votre pari ? demandai-je à Winter.

Winter esquissa un sourire carnassier et se changea en brume. Les contours de son corps s'effilochèrent en filaments vaporeux.

— Ce serait de la triche. Qui plus est, j'aime autant ne pas contrevenir à *toutes* les règles. J'ai déjà exploité une petite ambiguïté pour tourner la partie à mon avantage. Vous n'imaginez pas à quel point il est difficile de convaincre un prêtre de sacrifier son âme. Heureusement que je suis un paroissien d'exception !

Il éclata de rire.

— C'est du chinois pour vous, n'est-ce pas ? (Il se tapota le front.) Toutes mes excuses. Faites bon usage de ces vêtements.

Tout son corps s'estompa comme un nuage de fumée. Je décrochai le téléphone et composai le numéro de la réception.

— Puis-je vous aider ? demanda Dennis.

— J'ai besoin qu'on vienne nettoyer mon appartement et réparer ma douche.

— J'envoie quelqu'un tout de suite, dit-il d'un ton enjoué. Oh, madame ?

— Quoi ?

— Le seigneur Phillip m'a prié de vous inviter à le rejoindre chez lui dès votre réveil. Il aimerait vous présenter un autre…

Je ne le laissai pas terminer sa phrase.

— Dis au seigneur Phillip que ce n'est qu'un sale petit gros dégarni et pervers et qu'il aille se faire mettre.

Sur ce, je raccrochai si violemment que le plateau en verre de la table se fendit. C'était débile, mais ça me fit un bien fou.

# 18

## ERIC :

### Soirée cinoche

À l'intérieur de la cabine de projection du *Pollux*, un équipement ultramoderne cohabitait avec le système de pellicules à l'ancienne. Ma copie de *Casablanca* avait cramé, tout comme celle de *Chantons sous la pluie*. *Le Bouffon du roi* avait survécu, mais seulement parce qu'on avait renversé du Coca sur la bobine lors du dernier inventaire. Greta me montrait le projecteur numérique dernier cri et me baragouinait des machins incompréhensibles sur la qualité de l'image et le rapport signal sur bruit.

— Ça marche comme un lecteur DVD ? l'interrompis-je.

— Plus ou moins.

— Super. Merci.

— Je t'ai préparé une petite sélection.

Greta ouvrit un meuble de rangement. À l'intérieur figuraient bon nombre de classiques. Mes deux favoris trônaient au premier rang.

— Tu es trop bien pour moi, dis-je.

— Tu dis n'importe quoi, papa. (Greta me serra dans ses bras.) Tu m'as sauvé la vie. Je sais que tu n'aimes pas qu'on en parle, mais tu te souviens…

Ses traits s'affaissèrent. Elle ne termina pas sa phrase. Je me sentais comme une grosse merde d'éviter tout le temps le sujet. Greta avait toujours eu des hauts et des bas. Et quand elle broie du noir, elle éprouve le besoin d'évoquer l'époque où elle était encore humaine. Elle aime que je lui raconte des souvenirs. Le problème, c'est que je n'en ai pas beaucoup. Et des fois, je m'emmêle les pinceaux. Malheureusement, elle s'en aperçoit toujours. Du coup, c'est la honte.

— Il ne te manque pas, Kyle ?

Elle se mordit la lèvre et détourna le regard.

— C'est qui, Kyle ?

Comment on dit « Alzheimer », en vampire ?

— Ce n'est rien, papa. Ce n'est pas grave. Regarde tes films.

Greta m'embrassa sur le front et m'étreignit de nouveau, si fort que je crus un instant qu'elle ne me lâcherait jamais. Ensuite, elle me fourra la télécommande dans la main.

— Je… Je n'ai pas pu payer de senseur professionnel. Vise le milieu de la mezzanine et essaie de faire abstraction des fils.

— OK.

Elle ouvrit la porte et fit mine de partir.

— Greta, lui dis-je. J'apprécie vraiment tout ce que tu as fait pour garder le *Pollux*. Je te le revaudrai.

Elle sourit à rendre euphorique un homme mort. Littéralement.

— Pas de souci, papa. Je suis contente d'avoir pu te rendre service. Je vais encore manger un bout.

La porte se referma derrière elle dans un bruit sourd. J'étais seul avec Marilyn. Je chargeai *Casablanca* dans le lecteur DVD de luxe et attrapai le cube contenant son âme.

Au bout de la trente-deuxième minute du second visionnage, au moment où le gigantesque visage d'Ingrid Bergman me toisait depuis l'écran, je sus enfin quoi faire. Si vous n'avez jamais vu ce film, je vous le conseille vivement. Quand je dois prendre de grandes décisions, je le regarde toujours. Enfin, si j'ai le temps. Je sais que certains estiment que *Citizen Kane* est le meilleur film de tous les temps, mais ils ont tort. L'histoire d'un vieux type riche qui agonise en regrettant ses années d'innocence, je m'en contrefiche. C'est ce que je vis toutes les nuits.

J'avais posé le cube de Marilyn à ma gauche, sur un siège de la première rangée. *El Alma Perdida* occupait la place à ma droite. Je levai le bras et braquai la télécommande vers la mezzanine. Le film s'arrêta. La lueur bleue du projecteur nimba le cinéma d'une atmosphère aquatique fantomatique.

— Plusieurs options s'offrent à moi, Marilyn, dis-je au cube. (J'espérais qu'elle m'entendait.) Je peux essayer de te ramener d'entre les morts. Je ne sais pas si ça fera de toi une mortelle, une immortelle ou une morte-vivante, mais je suis sûr qu'il existe un moyen. Le problème, c'est que ça ne me rendra pas ton amour. Je continuerai à t'inspirer de la pitié, comme toujours. Comme quand tu couchais avec Roger en douce tout en dressant des plans pour notre mariage.

Je me levai. Le *Pollux* ne sentait plus le pop-corn rance. L'investisseur qui avait mis le bâtiment aux enchères avait dû dépêcher une équipe de nettoyage pour tout aseptiser. Les cérémonies ratées de Magbidion avaient, quant à elles, imprégné l'estrade d'une odeur de sang se mariant mal à celle du désinfectant. Je caressai un moment l'idée de cuire du pop-corn au micro-ondes – ça aiderait peut-être –, mais c'était reculer pour mieux sauter.

Je savais très bien ce que je devais faire. Mais ça ne me disait vraiment rien. Mes doigts se mirent, de leur propre chef, à pianoter sur l'estrade en bois. Je n'arrivais pas à regarder le cube. Si j'étais capable de libérer Marilyn avant de donner sa pierre magique à Jilou, ça pouvait signifier deux choses. Soit j'étais tellement fort que la magie démoniaque n'avait aucune prise sur moi – ce qui m'aurait quand même étonné –, soit Jilou convoitait ce caillou au point de dire ou de faire n'importe quoi pour mettre la main dessus.

J'appuyai sur « PLAY ». Ilsa demanda à Sam de jouer *As Time Goes By*. Il s'exécuta. J'arrêtai de nouveau le film. Je perdais du temps. Roger était dans la nature, en train d'ourdir ma perte, et moi, je matais des vieux films. Tout ce que j'avais à faire, à en croire Jilou, c'était me précipiter aux Highland Towers et récupérer un caillou magique qui me rendrait immortel. Au lieu de ça, je me faisais une toile.

— Et même si tu revenais à la vie, poursuivis-je à l'adresse du cube luminescent. Admettons que tu m'aimes encore, plus rien ne serait comme avant. Maintenant que je sais… Je veux dire, tôt ou tard, je risque d'oublier, mais…

Je pris le cube. Il était chaud au toucher. Je le tins un long moment, assez pour que sa chaleur irradie dans mes doigts, à travers ma paume. Assez pour que j'aie l'impression de tenir Marilyn par la main. Pour prétendre que ce n'était pas qu'une âme en boîte.

— Je devais te sauver des griffes de ce démon, Marilyn.

Je fis jouer le cube entre mes doigts. Sa lueur violette se mêla à la teinte bleue du projecteur pour devenir rouge. Ça n'aurait pas dû être possible. Mais avec les objets magiques, il faut s'attendre à tout.

— Le problème, c'est que tu es toujours morte. J'ai parlé à Magbidion. Il a confirmé que c'était bien toi, là-dedans. Mais il ignore où tu iras si je te libère. Je veux bien te venger, je veux bien faire n'importe quoi, mais je ne peux pas te conserver éternellement dans cette boîte. En gros, ce que j'essaie de te dire, c'est que j'espère que tu ne brûleras pas en enfer, mais à la fois, si c'est le cas… Ben désolé, ce sera ta faute.

» Dans la vie, on fait des choix. Dans la non-vie aussi, en l'occurrence. Tout ce qu'on peut faire, c'est espérer ne pas se tromper. Toi et moi, ça n'a jamais été Byzance, mais bon. On a eu de bons moments.

Comme quoi ? La banquette arrière d'une Mustang ? Roger ? Quelques instants volés sur un trottoir sous la forme de spectres ?

— Oh, et après tout, je n'en ai rien à foutre.

Je serrai légèrement le poing, à peine assez pour écraser une canette de soda, et le cube se pulvérisa entre mes doigts.

Marilyn flotta un moment devant moi, nimbée de couleurs qui se battaient en duel. Du violet, du bleu, du rouge, de l'orange… Quand elles se chevauchaient, elles ne respectaient pas le spectre normal. Le sang rituel répandu sur l'estrade ne la ramena pas miraculeusement à la vie. Elle ne s'éleva pas vers le ciel en souriant, escortée d'un chœur d'angelots. Pas plus qu'elle ne se mit à hanter le *Pollux*, comme je l'avais secrètement souhaité.

Elle cria et se tordit de douleur dans une gerbe de flammes spectrales. Je sus instantanément quelle direction elle prenait.

Je n'eus pas le courage de regarder. Je remontai l'escalier menant à la cabine de projection. Ça ne me prit pas plus d'une seconde. Ma vitesse vampirique s'était déclenchée sous l'effet du stress. J'étais passé en accéléré, comme pour prolonger la torture. J'attendis, pendant ce qui me sembla un siècle, que la copie de *Casablanca* s'éjecte. Je changeai de film tandis que Marilyn s'estompait progressivement. Lorsque *Chantons sous la pluie* se lança et commença à tourner, elle avait disparu. Je m'assis dans le noir et visionnai le film. Que pouvais-je faire d'autre ?

J'en étais arrivé à la scène où Cosmo entonne son célèbre *Make 'em laugh* lorsqu'une des portes s'ouvrit. Talbot entra, entouré de l'odeur de Tabitha. Il n'aurait pas pu débarquer à un pire moment.

Je repris les mots de Rachel.

— Salut, pétasse. T'étais où ?

— T'es en rogne, dit-il d'un ton neutre.

— Ça alors ! Qu'est-ce qui m'a trahi ? Mes yeux ? (Je désignai l'aura violette.) Avant, ils étaient plus souvent rouges. Ça doit être à cause de ces conneries de manipulation sexuelle à la sauce *Lolita*. Je n'ai pas encore questionné Rachel.

— Elle est où ? demanda-t-il.

— Elle dort, répondis-je. Un truc que les humains font tout le temps.

— Les vampires aussi, en général.

Talbot descendit l'allée centrale. La mémoire olfactive est un outil extrêmement puissant. Je perçus sur lui des fluides que Tabitha n'aurait plus dû sécréter.

— C'est quand, la dernière fois que tu as dormi ? Même toi, tu as besoin d'une heure ou deux de temps mort…

— Tu sens Tabitha.

Je saisis *El Alma Perdida*.

— J'ai gardé un œil sur elle, répondit-il en feignant la décontraction. Bienvenue…

— Ouais, et ta bite à l'intérieur, crachai-je.

— … parmi nous. (Il tiqua.) Ce n'est plus ta copine.

Je bouillais de colère.

— Qu'est-ce qui lui est arrivé ? demandai-je, si bas qu'un chuchotement aurait fait l'effet d'un hurlement, en comparaison.

Il ne répondit pas tout de suite. Il prit le temps de balayer le cinéma du regard pour s'assurer que personne n'écoutait aux portes.

— OK, j'ai merdé.

Talbot semblait désespéré en prononçant ces mots. J'étais aussi curieux que lui de savoir comment j'allais réagir.

— Elle est capable de se transformer en chat, comme toi. À cette différence que sous cette forme, son cœur se met à battre, sa chaleur corporelle grimpe et elle respire. Tu vois ce que je veux dire ? Elle bouge comme un félin. La totale. Ça doit être son apparence innée. Un truc du genre. La première fois que c'est arrivé, elle m'a fait du rentre-dedans. J'ai cru que c'était un coup de stress post mortem. Enfin, pas sur le moment, mais a posteriori, vu la façon dont elle a plié ma caisse…

— Vous avez baisé quand elle était en chat ou en humaine ? demandai-je.

Il ferma les yeux et poussa un profond soupir. J'entendis son cœur tambouriner dans sa poitrine. Et son sang se mit à couler vigoureusement dans ses veines, comme s'il voulait piquer un dernier sprint avant de s'arrêter pour toujours.

— Ça dépendait des fois.

— Je ne suis pas obligé de te tuer, tu sais, fis-je remarquer avec amertume.

— Eric : tu couches avec sa sœur. (À l'entendre, il pensait vraiment que j'allais passer l'éponge.) Ce n'est pas comme si tu pleurais toutes les larmes de ton corps pour elle.

— C'est pour ça que je ne lui en veux pas. Elle fait ce qu'elle veut. Tu savais qu'un démon avait volé l'âme de Marylin ?

— Non. Mais je suis sûr qu'on peut s'arranger pour la récupérer.

— C'est déjà fait. J'ai cassé son cube il y a une heure et des brouettes. Je l'ai regardée se faire aspirer en enfer.

— Dur. Mais ce n'est pas ta faute.

Je braquai mon flingue sur lui.

— Je sais. Tu es au courant que Roger est revenu d'entre les morts ? C'est un démon qui l'a remis en service.

— Merde. J'imagine que t'aurais eu besoin de moi, sur ce coup-là. (Il ôta ses lunettes de soleil.) Bon, tu te lances ?

Il se campa, prêt à accueillir son châtiment. Je n'avais aucune idée de ce que j'allais lui faire, mais c'était évident que j'aurais été incapable de le descendre.

— C'est quoi, ce machin ? demanda la voix de John Paul Courtney. C'est un chat-garou ? Ou une espèce de rakshasa ?

Dieu merci, quelqu'un brisait la glace.

Je savais que Talbot voyait aussi le cow-boy spectral assis au milieu de la mezzanine et occupé à nous toiser.

— C'est un mistigri, répondis-je.

— Là d'où je viens, c'est juste un synonyme de « chat », fit remarquer Courtney d'une voix traînante.

— Ta gueule ! grognai-je. À ton époque, ils n'avaient même pas découvert la pénicilline. T'y connais rien à rien, bordel !

— Je m'y connais en loups-garous.

J'avais beau l'envoyer bouler, il gardait parfaitement contenance. Comme toujours, plus je m'énervais, plus il se fendait la poire. Il disparut et réapparut à ma gauche. Il me décocha un regard en coin – vu qu'il avait la nuque brisée, il rata complètement son effet – et reprit :

— Et ce que je sais, c'est que ton âme est bonne. C'est pour ça que tes yeux restent bleus.

Il remit sa tête droite et la rétablit avec fermeté, avant de dévisager Talbot de façon éhontée.

— J'ai jamais vu un truc pareil. Mais bon, puisque j'y connais rien, tu voudrais pas faire mon éducation ? C'est quoi, un mistigri ?

En temps normal, je n'aurais pas trahi le secret de Talbot, mais j'étais vraiment sur les nerfs.

— Ben t'as raison. C'est un chat.

— Tu as laissé un chat domestique amélioré te piquer ta gonzesse ? se gaussa Courtney.

— Bon, ça suffit, Grand Schtroumpf ! Si tu ouvres encore ton clapet, je te fais bouffer ton putain de bonnet !

— C'est qui, Grand Schtroumpf ? demanda Courtney.

Ce fut la goutte d'eau qui fit déborder le vase. Les vampires ne peuvent s'attaquer aux fantômes, mais je ne suis pas un vamp comme les autres. Mon corps devint livide, avant de revêtir un halo bleu luminescent, et je perdis toute substance. J'avais toujours *El Alma Perdida* en main.

Talbot se précipita à l'autre bout de l'allée, à une distance respectable.

— Putain, Eric, mais il se passe quoi, là ?

Je ne lui répondis pas. Je tirai sur John Paul Courtney en me demandant si la balle pouvait l'atteindre. Étant donné que j'arrivais à tenir l'arme sous forme astrale, c'était probable. Malheureusement, le projectile lui traversa le ventre et s'incrusta dans le plafond.

— Ça peut pas aspirer mon âme, fiston, dit Courtney en riant de plus belle. Je suis pas un garou. Par contre, tu peux m'assommer avec la crosse. Tous les Courtney sont capables de toucher *El Alma Perdida*, quelle que soit leur forme. C'est dans le patrimoine familial.

Sans attendre qu'il finisse, je me ruai sur lui. J'avais tellement envie de le taper, de lui arracher son sourire moqueur, que je volai littéralement dans les airs. La chanson du *Peter Pan* de Disney me passa par la tête. *Il suffit d'avoir une pensée malheureuse. Une horrible petite pensée.*

Voler sous forme spectrale et voler avec des ailes, c'est tout à fait différent. Je passai à travers J.P. et m'encastrai, toujours sans substance, au beau milieu des sièges, non sans lâcher *El Alma Perdida*, qui atterrit sur une des banquettes que je traversai. Abandonnant mon arme, je chargeai de nouveau Courtney, mais je le traversai encore. Cette fois, je manquai de bondir hors du plafond, mais je m'arrêtai à temps et fis volte-face pour fusiller le fantôme du regard.

— Je n'ai pas envie de me battre contre toi, gamin, dit John Paul. Ça fait des années que je suis enchaîné à ce pétard et à cette famille. Et j'ai combattu un paquet de fantômes, pendant ce temps...

Je lui fonçai dedans, les bras grands ouverts pour mieux le plaquer. Il laissa échapper un « ouf » de stupeur. On traversa tous deux le sol de la mezzanine, et on tomba sur les banquettes du rez-de-chaussée.

— Tu ne peux pas me tuer, Eric. Je suis déjà mort.

Il me décocha un coup de genou dans le ventre. Je dégustais. Vraiment. Je souris. Ça faisait quarante ans que je n'avais plus reçu de véritable blessure. Les nerfs vampiriques n'enregistrent que la douleur initiale. Si on se coupe, ça fait mal au début. Mais la plaie ne reste douloureuse que si on la rouvre.

— Je ne trouverai pas le repos, sauf si la malédiction est brisée, continua-t-il.

Il me gratifia de deux crochets à l'arrière du crâne. Je le lâchai en poussant un grognement.

— Quelle malédiction ?

Je m'éloignai légèrement, le temps de reprendre mes esprits.

— La malédiction dont je n'ai pas le droit de te parler.

— Vous pouvez vous mettre sur pause deux secondes ? lança Talbot. Je vais chercher du pop-corn.

John Paul Courtney lui jeta un regard stupéfait.

— Mais c'est qu'il peut me voir, en plus ! Si même les chats me reluquent...

Talbot fit mine de répondre, mais se ravisa. Je décochai à Courtney un uppercut à la mâchoire. Sa tête bascula brutalement en arrière. Mon poing aurait dû me faire beaucoup plus mal. C'était sûrement dû au syndrome de Nick Quasi-Sans-Tête dont souffrait John Paul.

— Putain, mec ! s'exclama Talbot en se couvrant à moitié les yeux. Mais c'est déloyal !

Tout en martelant sans répit l'estomac de Courtney, je l'acculai jusqu'à l'entrée. On se toisa un moment devant l'ancien guichet.

— Bon, qu'est-ce que tu veux me dire, Lucky Luke ? Parce que je commence vraiment à en avoir ma claque que tu débarques tout le temps de nulle part pour te foutre de ma gueule.

Il leva la main en signe de trêve. J'attendis qu'il remette sa nuque droite dans un bruit sec.

— Tout ce que je peux te dire… (Il m'écrasa violemment le pied, avant de me balancer un crochet du droit qui m'envoya valser derrière le guichet, à l'intérieur du hall.) C'est que je t'apparais pour deux raisons. Et d'une, quand tu t'es fritté avec les garous d'Orchard Lake, tu ne t'es pas servi d'*El Alma Perdida*. Tu as fait preuve de clémence. Ils n'étaient pas maléfiques. C'étaient des métamorphes, certes, mais ils vivaient dans la crainte de Dieu. Ensuite, quand tu as tiré sur Roger, tu y as eu recours pour terrasser le mal et défendre les innocents.

Il tendit le bras. *El Alma Perdida* se matérialisa comme par magie entre ses doigts.

— Par conséquent, tes problèmes sont devenus les miens. (Il rengaina l'arme.) Tu es dans le droit chemin. Et vu que tu as du sang de Courtney, je suis en mesure de t'aider. Ça veut pas dire que j'y suis obligé.

— Je n'ai pas besoin de ton aide, grognai-je.

— Dans ce cas, je récupère mon flingue.

— OK.

Je repris forme humaine. Mes yeux étaient rouges. Même la chaleur de mes vêtements fraîchement recréés n'atténua pas ma colère.

— Garde ta saloperie de joujou. Mais arrête de me chercher des poux.

— Enfin, fiston, lança Courtney en relevant légèrement son chapeau. (Il riva son regard sur le carrelage en marbre.) Pourquoi tu compliques tout ? Tu sais très bien que le démon te raconte des bobards et qu'il prépare un mauvais coup. Tout ce que je veux, c'est que tu dégages de son espèce de piège à loups. Refuse son offre…

— Tu ne me connais pas très bien, J.P.

Talbot passa les portes de la salle de cinéma. On le scruta avec la même attention.

— Continuez à vous bastonner, les gars, dit-il en levant les mains en signe de reddition. Tout ce que je veux, c'est assister au spectacle.

— Quand je repère un piège à cons, quand je sais que tout le monde pense que je ne vois rien venir, je ne l'évite jamais. (J'avançai de quelques pas.) Ce n'est pas mon genre de contourner les obstacles. Je marche en plein dedans. Et j'enfonce le clou. Et tu sais quoi, J.P. ?

— Quoi ?

— Neuf fois sur dix, je casse le piège.

Le cow-boy esquissa un sourire.

— T'es un Courtney jusqu'au bout des ongles. OK. Je vais bien me marrer en te regardant faire.

— Comment ça ? demandai-je. Tu vas continuer à traîner dans les parages ?

— Je peux me manifester quand ça me chante à côté de n'importe qui. Il suffit que cette personne se soit servie d'*El Alma Perdida*. Ou qu'elle ait du sang Courtney. Et tu remplis ces deux conditions. Tu l'as dans l'os, fiston.

Sur ce, il disparut dans un nuage bleu, comme la première fois.

— Je suis bon pour me le coltiner, dis-je à Talbot.

— Ouais, lança l'écho du fantôme invisible.

*El Alma Perdida* apparut sur le comptoir. Je le ramassai.

— Tu ne l'emportes pas ?

— Je ne peux pas aller bien loin avec, concéda Courtney d'un ton penaud.

— J'aime bien ce type, fit remarquer Talbot en souriant de toutes ses dents.

J'avais le choix. Soit je me défoulais sur Talbot, soit je le butais, soit j'arrêtais les frais et je me concentrais sur mon piège à loups. Comme je n'avais pas envie de cuisiner Talbot au sujet de Tabitha, je pris la direction de la sortie et m'arrêtai devant les portes vitrées, une main sur le verre.

— Je suis censé aller récupérer un truc aux Highland Towers pour le compte d'un démon, expliquai-je. Je ne sais plus ce que c'est. Du coup, le plan, c'est de tabasser tout le monde jusqu'à ce que je m'en souvienne. (Je me tournai vers Talbot.) Ça te dit de m'accompagner ?

Comme il ne répondait pas, je poursuivis mon chemin.

— Minute ! On fait quoi, là ?

Talbot sortit et se rua sur mes talons. Et il me pardonna. Comme ça. Pourtant, je m'étais comporté en véritable connard. Je me demande vraiment ce qu'il me trouve.

— On prend ta voiture.

— Pourquoi ?

— Il fera jour dans quelques heures, et la mienne risque de prendre feu.

— Attends, attends… Elle risque de quoi ? s'exclama Talbot.

C'est à ce moment-là que je sentis la présence de Tabitha.

— Mais putain, ça n'arrête pas, ce soir !

Ses talons hauts faisaient un boucan d'enfer sur le trottoir. Elle traversa la rue et je m'assis sur le banc, devant le *Pollux*. J'entendis un bruit de pattes de chat s'évanouir derrière le cinéma. Apparemment, Talbot opérait un repli stratégique.

— Sale lâche, marmonnai-je.

# 19

## TABITHA :

### Dans ses bras

Il ne neige jamais longtemps à Void City. Les flocons avaient presque tous fondu pendant la journée, mais il restait une plaque de glace conglomérée dans l'ombre du banc, devant le *Pollux*. Ça n'avait pas l'air de gêner Eric. J'avais garé la Lotus que Phillip m'avait offerte devant le panneau « Route barrée ». Eric ne s'était toujours pas teint les cheveux. Le simple fait de le voir me fit perdre la tête. Phillip et Winter ne se comportaient plus comme des êtres humains. Même Dennis, obnubilé par sa quête d'immortalité, sonnait déjà faux. En revanche, Eric… Eric restait lui-même. Et ça ne changerait jamais. Il avait ses défauts, mais il était réel. Et sans lui… Sans lui, je risquais de finir comme les vampires des Highland Towers. Une caricature de moi-même.

— Salut, dis-je, peu inspirée.

— Qu'est-ce que tu veux ?

— Est-ce que Talbot est bien rentré ? demandai-je en bégayant.

*Je ne sais pas quoi te dire, Eric. « Il faut qu'on parle ? »*

— Si tu veux un minet, va en acheter un. Laisse le mien tranquille, répondit Eric.

— De quoi tu parles ? Mais non ! Je veux juste…

Il avait *El Alma Perdida* sur les genoux. Il surprit mon regard et posa une main protectrice sur le flingue.

— Pourquoi tu te trimballes avec ça ?

— Parce que j'ai rangé mon épée magique au placard.

— Je ne plaisante pas.

— Parce que dès que je le laisse traîner, quelqu'un en profite pour me le chiper et me canarder avec. Il faut que je me trouve un étui. (Il renifla.) Pourquoi tu sens toujours ton odeur ?

Je m'approchai.

— Je devrais sentir comment ?

*Il faut qu'on parle. J'ai fait une bêtise et je ne sais pas comment te le dire. Je n'aurais jamais dû te quitter.*

Eric m'attrapa par le poignet et m'attira brutalement à lui, pour mieux enfouir son nez entre mes cuisses. Je manquai de perdre l'équilibre. Trop surprise pour réagir en vampire, je me contentai de me débattre mollement.

— Mais putain, qu'est-ce que tu fous ? Lâche-moi !

— Chaque femme a son odeur, qui disparaît à sa mort. Toi, tu sens encore pareil. C'est… C'est chouette.

Il me libéra et je le giflai. Il me prit la main et la tint un moment contre sa joue.

— Et tu es super chaude. Ça te suffit, de te nourrir ?

Je voulais passer en vitesse vampirique. Impossible. Je m'étais entraînée à paraître humaine, dans la voiture. Ça m'avait rendue toute ramollo. J'avais sorti le grand jeu : battements de cœur, salive, chaleur, respiration… J'avais même sucé une pastille pour l'haleine. Mon cœur battit trois ou quatre fois avant de s'arrêter de nouveau. Eric l'entendit aussi clairement que je le sentis. Ses yeux reflétaient sa stupéfaction. Je le savais. J'aurais dû attendre encore vingt minutes dans la voiture.

— Ton cœur vient de battre.

Eric posa une main sur ma poitrine et mon cœur se remit à battre. Il se leva brutalement. *El Alma Perdida* tomba par terre.

—Je l'ai senti.

Il ramassa l'arme de sa main gauche.

—Lâche-moi !

Je le repoussai violemment. Malheureusement, je n'avais pas encore récupéré ma force vampirique et je titubai en arrière.

—Tu as fait un truc ! Quand les vampires se nourrissent, leurs os restent glacés. Toi, tu es chaude en profondeur.

—Laisse tomber, Eric.

—Je perçois plusieurs odeurs de fluides. Il n'y a pas que du sang à l'intérieur de toi, dit-il d'un ton accusateur. (Il m'embrassa. Je lui rendis son baiser.) Même ta langue est chaude ! Tu as le goût de quelqu'un de vivant !

Je mis le paquet : chaleur corporelle, salive. La totale.

—Mais qu'est-ce que tu fabriques ? demanda-t-il. Et comment tu t'y prends ?

—C'est un de mes pouvoirs. Je peux paraître quasiment vivante.

Il me dévisagea lorsque mes joues rosirent. Je forçai mon sang à couler dans mes veines, exactement comme si j'étais en vie. J'avais des fourmis dans les bras et les jambes.

—Au début, c'est un peu douloureux. Mais ça vaut le coup. (Je sortis le poudrier de mon sac et lui montrai mon reflet.) Tu aimes ?

—Non.

—Menteur.

Je passai les mains sur ses épaules glacées. Sur son torse. Il tressaillit. Sa peau était froide, mais ça m'était égal. Je pouvais le réchauffer.

—C'est une très mauvaise idée, dit-il en soupirant.

Je l'embrassai avec tendresse en faufilant mes doigts sous son tee-shirt. Sa bouche était plus tiède que ses lèvres. Comme s'il était resté assez longtemps à l'intérieur du *Pollux* pour s'imprégner de chaleur. Comme si le froid ne s'était pas encore insinué totalement en lui.

*Si. C'est une très bonne idée.*

— Les mauvaises idées, c'est notre spécialité, Eric.

Je défis sa ceinture et le tirai vers le hall du cinéma. Je lus de la résistance dans son regard. Mais il ne m'arrêta pas.

— Pourquoi tu fais ça, Tabitha ?

Je n'avais plus envie de l'emmener à l'intérieur. J'enlevai son tee-shirt. La route était barrée de chaque côté. On ne serait sûrement pas dérangés, mais ça m'excitait toujours de lui faire l'amour dehors. Ça me rappelait mon premier striptease. Je lui décochai un sourire sensuel, qu'il interpréta de travers.

— Qu'est-ce que tu veux, cette fois ? Je t'ai déjà transformée en vampire. Et en plus, je suis fauché.

— J'ai de l'argent.

Je l'embrassai de nouveau. Mes baisers étaient avides et douloureux. J'avais beau avoir une apparence humaine, mes crocs s'étaient étirés de quelques millimètres, affleurant légèrement de mes gencives.

— Je m'en fous, de ton fric.

— Moi pas.

Sa fermeture Éclair était coincée. Elle s'était prise dans la couture. Les crocs d'Eric me lacéraient la langue. Ça signifiait qu'il était vraiment excité.

— C'est un truc que j'ai appris, avec les autres vampires. C'est toi qui m'as créée. Tout ce que j'ai t'appartient. Même mon corps.

— C'est n'importe quoi, rétorqua-t-il d'un ton acerbe.

Il me repoussa et se dirigea d'un pas lourd vers les portes du *Pollux*. Il posa la main sur la vitre, s'immobilisa, puis se tourna vers moi.

— Tu ne m'appartiens pas. Pas plus que le reste de ton bordel. (Il se rapprocha.) Si c'est ce qui t'inquiète, tu n'as qu'à dire à tes potes de la haute que je t'ai libérée. Ou émancipée. Je ne sais pas comment ils appellent ça.

Je secouai la tête.

— Mais je n'ai plus envie de leur parler. Je les déteste. C'est une bande de monstres de foire. Ils ne se comportent même plus comme des gens normaux. Pas comme toi. (Je lui pris la main.) C'est toi que je veux.

— Ça ne marchera pas, marmonna-t-il.

— Bien sûr que si.

Je retirai ma robe magique. J'avais mis Isabella avant de prendre la voiture. Je voulais me faire belle pour Eric. Mais il ne l'avait même pas remarquée. Tout ce qui l'intéressait, c'était ce qu'il y avait en dessous : moi. Je me cassai un ongle, mais réussis à débloquer sa braguette. Il ne portait pas de sous-vêtement. On pouvait presque en dire autant de moi.

Je pressai mes seins contre son torse tandis qu'il me caressait les fesses. Sa main droite s'attarda sur le tatouage en forme de papillon qu'il avait dessiné pour moi. Il n'avait pas besoin de chaînes, ni de fouets, ni de strass et paillettes. Il avait besoin de moi. *Je t'aime.*

— Tu es tellement différent de Phillip.

*J'ai dit ça tout fort ?*

Je faisais glisser mes lèvres sur son corps, comme seule en est capable une femme qui n'a pas besoin d'oxygène. Pourtant, son excitation prit fin aussitôt. Je n'avais jamais couché avec un mec comme lui. C'était tout ou rien. Quand il était en colère, il passait d'un état à l'autre en une seconde. Il pouvait contrôler ses afflux de sang en moins de deux. Le blanc de ses yeux se teinta de rouge.

— Putain, c'est qui, Phillip ?

J'étais à genoux par terre, devant le *Pollux*. Seule Isabella, mon modèle original de chez Winter, me protégeait du sol. *Pourquoi j'avais dit ça ?*

— Personne. C'est… Je… C'est personne, mon cœur.

— Mon cœur ? Tu claques des doigts et on se remet ensemble, c'est ça ? (Il avait l'air éberlué. Il fit « non » de la tête.) Écoute. J'avoue que tu m'as manqué. J'ai beaucoup pensé à toi. Et maintenant, tu me fais le coup de la chaleur, ça m'excite, et tout, mais…

Il se pencha pour remonter son pantalon.

*Comment l'arrêter ?*

— Ça te plairait ?

— Quoi ?

Il se figea, le pantalon encore à moitié baissé.

— Qu'on se remette ensemble ?

— Hum…

La porte du *Pollux* s'ouvrit. Une forte odeur de roulés à la cannelle fraîchement sortis du four envahit la rue. Rachel fit son apparition, vêtue d'un string rouge vif et d'un tee-shirt sur lequel on pouvait lire « Les vampires font l'amour pendus au plafond ». Elle me décocha un sourire faux, mais ses traits respiraient la haine.

— J'espère que je ne vous dérange pas.

— Elle…

Je ne trouvais plus mes mots. Cette odeur de cannelle m'empêchait de réfléchir.

— Si tu veux, on peut faire un truc à trois, dit-elle. (Ses ongles écarlates, assortis à son string, scintillaient à la lueur des décorations de Noël.) Ça ne me gêne pas de partager.

— Espèce de salope !

Ce n'était qu'une pensée, mais je ne pus la contenir. Mes griffes et mes crocs s'étirèrent. Rachel eut la chair de poule. Elle sortit sur le trottoir, armée d'un pieu acéré.

— C'est toi, qui me traites de salope ? Je te rappelle que tu es en train d'essayer de tailler une pipe à mon maître en pleine rue.

— Je suis un vampire, Rachel. Ne me force pas à te faire du mal, rétorquai-je avec précipitation.

Je n'avais pas l'impression que ces mots étaient les miens.

— Tu ne me fais pas peur, Tabitha.

On s'avança l'une vers l'autre. Eric s'interposa entre nous et écarta les bras pour nous séparer, sa main droite posée sur ma poitrine, la gauche sur celle de Rachel.

Il nous malaxa légèrement les seins, ferma les yeux et déclara :

— Je suis officiellement condamné à aller en enfer. J'espère que vous êtes contentes.

Rachel gloussa.

— Comment se fait-il que tu sois en vie ? criai-je à ma sœur sans prêter attention à Eric.

Mon pouls s'accéléra. Le fait d'avoir l'air presque vivante présentait certains inconvénients. Les vampires sont moins emportés. Ils n'ont pas d'adrénaline. Ils ont l'équivalent, mais ça ne vaut pas les substances naturelles produites par un être humain pure souche. Eric était si vieux qu'il ne faisait plus la différence, mais moi, comme je passais d'un état à l'autre, je la sentais bien.

— Je n'ai jamais voulu me transformer en vampire, Tabitha, dit-elle d'un ton méprisant. Toutes les femmes ne ressentent pas la nécessité de priver leur mec de chaleur, de sang et de sexe. Je suis sa fascinée. Et ça me plaît beaucoup.

— Ce n'est pas ce que je voulais dire et tu le sais très bien ! hurlai-je. Eric ! Il faut que je te dise un truc. Elle est…

— Chut, m'ordonna-t-il en rivant ses yeux sur les miens. Bouclez-la, toutes les deux. Donnez-moi deux minutes. Je n'arrive pas à me concentrer, avec vos engueulades.

On dirait des marchandes de poisson qui se crêpent le chignon, bordel !

Une fois de plus, son injonction m'envoya valser au pays de la manipulation mentale. Je posai la main sur ma bouche et ravalai le reste de ma phrase. À savoir : « … morte et revenue d'entre les morts, Dieu sait comment, et maintenant c'est une sorcière ou un démon. » Ces mots restèrent coincés dans mon cerveau, derrière les autres avertissements qui faisaient la queue pour sortir. Rachel me gratifia d'un clin d'œil et me tira la langue. Eric lâcha mon sein pour regarder sa montre.

— Il est 4 h 41, dit-il. Retourne te coucher, Rachel. Tu peux squatter dans une des chambres en coulisse. Demande à Talbot de te filer un sac de couchage ou un lit de camp. On avait de vrais lits pour les invités, dans le temps, mais je crois qu'ils ont été vendus.

— Mais, Eric…

— Tu es ma fascinée, oui ou merde ? Alors obéis, tu veux ? (Il l'interrompit d'un geste agacé de la main.) Tabitha fait partie de ces vampires qui se couchent tôt et se lèvent tard. J'ai besoin de lui parler avant qu'elle s'endorme, OK ?

Rachel acquiesça et l'embrassa avec fougue.

— Oui, maître, répondit-elle tout en me décochant un sourire carnassier. Mais si tu la baises, tu me le rendras au quintuple.

— Rentre avant que tes nichons gèlent et tombent ! lança Eric en levant les yeux au ciel. (Il se tourna vers moi comme si j'étais son meilleur pote.) C'est vraiment un phénomène, je… t'assure… Hum.

On resta un moment debout dans la lumière clignotante de l'enseigne du *Pollux*, décorée pour Noël. On entendit le bruit des pieds nus de Rachel qui s'enfonçait dans le cinéma. Ensuite, elle échangea quelques mots avec Talbot et s'installa. Eric me guida à l'intérieur et je le suivis comme un petit chien, ma robe hors de prix à la main. On monta dans sa chambre. Elle sentait la cannelle et le sexe.

— Eric…

— Je n'ai pas envie de parler de Rachel, Tabitha.

— Mais…, commençai-je.

Il fronça les sourcils et transforma sa requête en ordre. J'étais incapable d'aborder ce sujet. Je n'aurais rien pu dire. Espérons que l'injonction s'estompe le lendemain…

— Je ne peux pas tout t'expliquer, mais je ne peux pas m'en débarrasser. C'est ma fascinée. Enfin, plus ou moins. Si ce que Magbidion m'a raconté est vrai.

*Mais elle est morte. C'est ma sœur. J'étais à son enterrement. Je me suis recueillie sur sa tombe.* Je luttai pour trouver une réplique possible, mais l'injonction était trop forte.

— OK. Tu ne me poses pas de question sur les mecs avec qui j'ai couché, et je ne te cuisine pas sur tes… minettes.

— Je ne sais pas si c'est une bonne idée qu'on se remette ensemble, Tabitha. Je n'ai pas changé.

— C'est justement pour ça que je suis revenue, lui dis-je.

Eric semblait perplexe.

— Quoi ? Un seul être vous manque et on t'a décérébrée ?

— On parlera de ça demain. (Je désignai le réveil d'un hochement de tête.) On n'a plus beaucoup de temps.

Je le déshabillai derechef. On s'agita dans le lit pendant une bonne heure. Je fis de mon mieux pour remplacer l'odeur de Rachel par la mienne. Juste avant l'aube, on arriva une dernière fois à l'orgasme. Je commençais à piquer du nez. J'étais soulagée de sentir Eric panteler sur moi. Tout était rentré dans l'ordre.

— Tu comptes vraiment lui rendre au quintuple ? demandai-je.

Il ouvrit la bouche, mais je n'entendis pas sa réponse. Tous les vampires n'ont pas la chance de pouvoir profiter de la journée. Le sommeil me frappa brutalement. D'un seul coup, je ne sentais plus rien. Je m'affaissai, inerte et glacée, comme le cadavre que je l'avais supplié de faire de moi.

# 20

## ERIC :

## Mieux vaut tard que jamais

Je découvris Greta sous mon bureau, recroquevillée dans une couverture, une poupée à moitié désarticulée nichée entre ses seins. Ses longs cheveux blonds étaient éparpillés sur le coussin de canapé qu'elle avait pris en guise d'oreiller. Ils étaient maculés de croûtes de sang séché. Elle s'était encore endormie sans se laver. Ça lui arrivait souvent. Pauvre petite…

— Pas si petite que ça, chuchotai-je.

J'eus un flash-back violent de la première fois où je l'avais vue. Je détestais ce souvenir. Je fermai les yeux et me frappai la tête à plusieurs reprises contre le chambranle. L'image se dissipa. Je retournai dans la chambre pour prendre un gant et une serviette. L'eau chauffe vite, au *Pollux*. Mes mains tiédirent instantanément. En comparaison, mon corps me semblait glacial. Je pris le temps de bien imprégner le gant et l'essorai pour éviter qu'il goutte.

Au bout de trois voyages entre le bureau et le lavabo, je réussis à nettoyer les cheveux de Greta. Au quatrième, je m'attaquai à son visage et à son cou. Son chemisier était complètement foutu. Je le déchirai. Greta dormait toujours comme une souche, et ses membres avaient durci. C'est la rigidité cadavérique des vampires. Du coup, ce fut la croix et la bannière pour lui passer un vêtement propre. Heureusement, elle n'avait pas fourré d'animal mort dans ses poches, cette fois. C'était déjà ça. Je la transportai dans ma chambre et l'allongeai à côté de Tabitha.

*Tabitha.*

La veille, j'aurais donné cher pour remonter le temps et me remettre avec elle. À présent, mon cerveau me hurlait une à une toutes les raisons pour lesquelles ça ne pouvait pas marcher. Certes, Rachel était capable de me faire sentir en vie, mais je n'avais pas besoin de ça. Si ma partenaire était chaude, ça me suffisait. Or, Tabitha pouvait passer pour un être humain. Elle pouvait ramener son corps à la vie. Ça changeait beaucoup de choses. Mais je ne savais pas si ça ferait la différence. Est-ce que ça pouvait fonctionner entre nous ? Penser à ma vie sentimentale me fatiguait. D'ailleurs, je ne me souvenais plus de la dernière fois où j'avais dormi. Décidément. Que de questions sans réponse !

— Patron ? s'exclama Talbot dans le couloir. Eric ? Je t'ai entendu bouger. Tu es là ?

J'abandonnai mes filles et entrouvris légèrement la porte. Je ne voulais pas que Talbot voie Tabitha nue sur le lit. Purée, j'étais vraiment pathétique. Ce n'était peut-être qu'une partie de jambes en l'air pour la forme, même si Tabitha prétendait le contraire.

— Quoi ?

— Rachel est partie. Je ne sais pas quand. J'étais en train de pioncer. J'ai pensé que tu voudrais être informé.

— Merde !

Pris d'une impulsion, je vérifiai le contenu du placard. L'épée magique givrée était toujours là. La condensation formait des taches sur le sol. Je devrais peut-être la cacher dans un endroit plus approprié. Dans le frigo, par exemple.

— Il est quelle heure ?

— Neuf heures moins le quart.

— Magbidion est toujours garé dans le parking ?

— Je crois.

— Super. Attends une seconde.

Je fermai la porte. La poitrine de Tabitha se soulevait lentement. De plus en plus lentement. La chaleur émanant de son corps se situait trois ou quatre degrés en dessous de la température normale générée par une femme en vie. La regarder se refroidir était beaucoup plus intéressant que ce que je m'apprêtais à faire. Notre relation n'était peut-être pas vouée à l'échec, finalement. Je la couvris avant de rouvrir la porte.

— Tu peux veiller sur Greta et Tabitha ? Il faut que je sorte.

— Il fait jour, dit Talbot en me posant la main sur l'épaule.

— Et alors ?

— Et alors, le soleil.

— Quoi le soleil ?

Talbot se fendit d'un sourire narquois, qui illumina son visage.

— Tu vas cramer.

— Ce ne sera pas la première fois. Tu t'inquiètes pour moi, maintenant ?

Talbot n'a pas besoin de moi. Sinon, il finirait par me détester et se foutrait complètement de ma petite personne. C'est le problème, avec les mistigris. Ils réagissent comme des chats.

— Fais gaffe à toi, dit-il. Tu as vraiment une sale mine.

— J'espère que tu ne t'es pas amusé à me reluquer l'aura.

— Non.

Je sortis les griffes et lui agrippai les bijoux de famille.

— T'as merdé grave, avec Tabitha, espèce de sac à puces de mes deux ! (Talbot haussa les épaules, puis esquissa un sourire espiègle.) C'était quoi, ce délire ? C'était juste un plan cul ou tu avais une autre idée en tête ?

— Si tu espères me faire mal, tu t'y prends comme un pied.

Il souriait de toutes ses dents, désormais. Je crispai les doigts… et relâchai aussitôt ma prise lorsque je m'aperçus que ça le faisait bander.

— J'y crois pas ! Tu fais chier, mec !

Talbot éclata d'un rire franc et profond.

— Désolé, mais je suis comme ça.

— Sérieusement, Talbot. Et ne me raconte pas de conneries, cette fois ! Tu as fait exprès de l'éloigner et de l'emmener dans la haute pour qu'elle se rende compte que c'est juste une bande de monstres inhumains et qu'elle revienne en courant ?

Il ne répondit pas tout de suite. Il prit le temps de balayer la pièce du regard pour s'assurer que personne n'écoutait aux portes. Il s'attendait à voir quelqu'un surgir de nulle part, ou quoi ?

— Comme je t'ai déjà dit, j'ai foiré. Mais quand elle est sous forme féline, et même quand elle est en femme, elle se comporte comme une chatte. Elle bouge pareil. Et ça fait une éternité que je n'ai pas couché avec une congénère, Eric !

D'un seul coup, j'eus l'impression qu'une porte s'entrouvrait dans mon cerveau et que toute la colère que je réprimais en jaillissait comme un raz-de-marée. Talbot luisait dans la lumière rouge de mes yeux. Je l'attrapai au collet. Son sourire s'évanouit.

— Si tu touches encore une fois à ma copine à part pour assouvir la soif de son corps ardent, si tu as encore une relation sexuelle avec elle, de n'importe quelle sorte, je te transforme en eunuque, je t'enchaîne au mur et je paie un *oni* pour qu'il te bouffe comme un pauvre biscuit en forme de tigre. Par les pieds !

Il me renifla avec soin, puis acquiesça. Je le lâchai.

— OK. T'énerve pas. Heu… Je peux juste te poser une question ? demanda-t-il, pantelant.

— Vas-y.

— Pourquoi par les pieds ?

Je lui fis un doigt d'honneur.

— C'est ainsi qu'on torture les Z'Animo. On les bouffe par les pieds. Tout le monde sait ça.

Il réprima un sourire.

— Je ne vois pas l'intérêt de torturer un petit gâteau.

Je m'engageai dans l'escalier.

— Ta gueule ! Tu ne peux pas comprendre. C'est un truc d'humain.

— Je ne crois pas, Eric. À mon avis, c'est plutôt…

Je m'arrêtai sur le palier, mais je m'abstins de me tourner pour lui faire face.

— Si tu ne veux pas que je t'arrache les couilles pour te les foutre dans la gueule pendant que tu sers de quatre-heures à un *oni*, je te conseille de ne pas me chercher. Tu vas surveiller les filles, oui ou merde ?

— Sans problème, Eric. (Il désigna les lieux d'un geste théâtral.) Si tu veux, je garde toute la baraque.

— Merci.

Je sortis à la lueur du jour et me ruai au coin du bâtiment, avant de me réfugier dans l'obscurité salvatrice du parking. Il faudrait que je prévoie un moyen sûr d'aller de l'un à l'autre, un jour. Une galerie souterraine, par exemple. Mais ça me sortait toujours de la tête.

Le camping-car de Mag n'avait pas bougé. Quelqu'un avait écrit « Lavez-moi, plizzzz ! » dans la crasse tapissant une des ailes, mais sinon, il n'avait pas changé depuis ma dernière visite.

La porte latérale était ouverte. Des œufs et des côtelettes de porc crépitaient sur la cuisinière. Je toquai.

— Mag ?

— Entre, Eric ! s'exclama Magbidion d'un ton frisant l'euphorie.

Vêtu d'un pantalon de lin, d'un tee-shirt blanc et d'un tablier noir, le mage s'affairait dans sa minuscule cuisine. Sur le tablier figurait un symbole magique scintillant que je n'avais jamais vu. Il brillait de mille feux. Ça ressemblait un peu à un pentacle ramollo.

— Je m'offre un petit déj'. Si tu veux que je mange quelque chose de spécial, c'est maintenant ou jamais.

— Tu les manges comment, tes œufs ?

— Sur le plat. Et je les fais griller des deux côtés.

— Tu te fais des œufs et des côtelettes ?

— C'est mon petit déj' préféré, répondit-il. Et ce matin, je suis de bonne humeur. Quelqu'un a essayé de dynamiter mon petit chez-moi.

Il était douché et rasé de près. L'intérieur du camping-car était immaculé. Il luisait comme un sou neuf. Mag avait vidé ses cendriers, caché ses magazines porno, retapé le lit… Il avait même débarrassé les lieux de leur odeur bizarre habituelle, qui avait cédé la place à une senteur citronnée.

— Et ça t'a mis en joie ?

— Bien entendu ! Ça fait des jours que je me doute qu'on va tenter de me tuer. Tous les signes et présages concordaient. J'ignorais juste si ce serait un coup du démon qui m'a donné mes pouvoirs.

— Et ce n'était pas lui, c'est ça ?

— Exactement. Je crois que c'était ta petite Rachel.

Mag arrosa ses œufs de graisse avec la spatule. Je reluquai les côtelettes qu'il avait posées sur de l'essuie-tout pour absorber le gras. Si Jilou ne m'avait pas baratiné, ça valait la peine d'essayer. Un coup de wazi-waza avec sa pierre magique, et hop ! Je pourrais me taper un petit déjeuner comme Magbidion. Purée, je pourrais même manger de la pizza !

— Elle est aussi puissante que je le suspectais, mais pas tout à fait aussi expérimentée, poursuivit le mage.

— Qu'est-ce qui s'est passé ?

— Je te raconte ça dans une minute.

Magbidion fit glisser les œufs dans une assiette et enfourcha ses deux côtelettes pour les disposer à côté. Ensuite, il mit l'assiette sur sa petite table pliante.

— Mince. J'ai oublié de préparer des patates sautées.

— Je vais m'en occuper, dis-je. Tu les ranges où, tes pommes de terre ?

— Dans le Frigidaire.

— Mais t'es couillon, ou quoi ? Pourquoi tu mets tes patates au…

Je ne terminai pas ma phrase. Lorsque j'ouvris le réfrigérateur, je découvris un sac de pommes sautées congelées.

— Tu veux bouffer cette merde en barre ? demandai-je en soulevant le sac en plastique.

Il éclata de rire.

— Ah, les vampires ! Quelle bande de snobinards de la bouffe vous faites ! Laisse, je vais les passer au micro-ondes.

— Non. (Je secouai la tête.) Je vais te les préparer, tes foutues patates. Mange tes œufs tant qu'ils sont chauds. Et ne t'avise pas de foutre du ketchup dessus, sinon je t'étripe.

Il fronça les sourcils.

— Je peux rajouter du sel et du poivre ?

— Mouais. Maintenant, explique-moi ce qui s'est passé.

Je lus les instructions sur le sachet. Cuisson au micro-ondes ? Jamais de la vie ! J'étais célibataire dans les années 1940. Je peux me passer de ce gadget.

Certains vamps bousillent leur sang en le réchauffant avec ce type de four, mais moi, je ne peux pas bouffer cette merde. Soit je mets mes sacs au bain-marie, soit je les bois froids. Dans le micro-ondes, le sang change de goût et mon corps le rejette. Je ne vous raconte pas l'horreur.

— Il y a une heure – ou trois quarts d'heure, je ne me souviens plus – une boule de feu tantrique s'est empêtrée dans mes défenses magiques.

— Tantrique ? C'est bien cette magie sexuelle dont tu m'as parlé ?

Je beurrai une des poêles de Magbidion, jetai une pincée de sel à l'intérieur et y ajoutai une ou deux poignées de pommes sautées. J'adore ça. Pas autant que les pizzas, mais presque. Le petit déjeuner, c'est le pied. Quand on pense à tous les trucs délicieux qu'on peut manger le matin ! Des minisaucisses, des petits pains imbibés de sauce, des pancakes…

— Tout à fait.

Mag s'attaqua aux œufs dont il perça le jaune. Le liquide poisseux se répandit dans l'assiette et encercla une côtelette. C'est dangereux de manger devant un vampire à jeun. Surtout dans mon cas. Je me demandais si Magbidion aurait un goût d'œuf, de porc et de pommes sautées si je le mordais après son repas. Sûrement. On dit bien que l'odeur y est pour beaucoup.

— Ça va, Eric ?

Je rétractai mes crocs.

— Oui, oui. Raconte-moi juste ce qui s'est passé.

— Mes défenses sont équipées d'un sort de réveil qui se déclenche si on les attaque. Nickel, comme sortilège. C'est un nécromant d'Orlando qui me l'a enseigné. Il travaille dans un parc d'attractions. C'est l'équivalent de cinq doubles expressos et de deux Red Bull. Tu es tellement excité que tu as l'impression que tes yeux te sortent des orbites.

Il prit une côtelette avec les doigts et la trempa dans le jaune d'œuf. Un bout de panure bien dorée se détacha de la viande et atterrit dans l'assiette.

— Je ne dois pas manger Magbidion. Je ne dois pas manger Magbidion. Je ne dois pas manger Magbidion, chuchotai-je.

— Tu as dit un truc ? demanda-t-il, la bouche pleine. Les patates sont prêtes ?

Elles étaient à point. Je les servis dans son assiette à l'aide d'une spatule.

— J'ai faim.

— OK. Je la ferai courte, alors.

Il s'éloigna de sa nourriture et passa la main sous la table, l'air de rien. J'entendis ses doigts calleux frotter contre un objet en bois.

— Elle m'a lancé une boule de feu. J'ai contre-attaqué. C'est une petite maligne. Je ne peux pas t'assurer que c'était elle, mais j'en suis quasiment convaincu. Qu'est-ce que tu voulais me demander ?

— Je ne la sens plus. Je voulais la localiser, mais je suis incapable de la repérer.

— Comme je te l'ai déjà dit, si tu en avais vraiment fait ta fascinée, si tu avais achevé le rituel en la marquant avec un tatouage de sang, tu pourrais la sentir tout le temps. Répète-moi un peu comment tu t'y es pris. En détail.

— Il y a eu du sang, du sexe, des baisers, j'ai pénétré son esprit et ça m'a fait un mal de chien. Pas de tatouage. Pas de formule.

— Dans ce cas, tu as effectivement établi un lien avec elle, mais pas celui que tu crois. Je n'en suis pas sûr à cent pour cent, mais il semblerait que tu lui aies donné plus de pouvoir sur toi que l'inverse. Tu pourrais faire de moi ton fasciné. Comme ça, tu saurais comment procéder. Et ça me protégerait contre mon démon.

Pour rappel, Magbidion n'est pas né mage. Il avait vendu son âme pour obtenir ses pouvoirs. Et le contrat arrivant à son terme, il me tannait depuis des années pour que je le protège en échange de ses bons et loyaux services. J'étais tellement habitué à son baratin que je n'y prêtai aucune attention.

— Super ! Toutes mes filles me lâchent. Mon club de striptease est parti en fumée.

La faim gronda dans ma tête tandis que le pouls de Mag résonnait dans mes oreilles.

— Et je n'ai jamais eu autant la dalle !

— Elle a sûrement réprimé ton appétit. Tous les fascinés un tant soit peu doués en sont capables. Une sorcière tantrique aussi, d'ailleurs. J'ai connu un vampire qui s'est nourri de faux sang sans le savoir pendant quelques jours. Ça suffit pour résoudre la plupart des problèmes du quotidien, sauf… (j'entendis ses mains se crisper autour de l'objet en bois – un pieu) la faim.

Ma vision se voila de rouge. Sa chair disparut, cédant la place à une trame de veines. *Boum-boum. Boum-boum.* La personne vivante la plus proche était Talbot. Tabitha comptait elle aussi. Et je sentis autre chose. Du sang froid. Dans le frigo de Magbidion. Je l'ouvris et sortis un bol couvert d'un film en Cellophane.

— C'est du sang humain ?

— J'en ai besoin pour relancer mon sort de camouflage. Tu ne peux pas le boire.

— D'accord. (Je me tournai vers lui, crocs étirés.) Je vais essayer de ne pas t'en prendre trop.

Je m'approchai de lui et il brandit son pieu. S'il me l'avait enfoncé dans le cœur, ça n'aurait fait que m'immobiliser. Mais son attaque me mit quand même hors de moi. Je lui arrachai l'objet des mains en un rien de temps. Pourquoi ma vitesse vampirique s'enclenche-t-elle toujours au mauvais moment ? Pourquoi étais-je si furieux ? Si affamé ? Je me sentais comme tout à l'heure, lorsque j'avais agressé Talbot, avec les yeux rouges et tout le toutim. La rage inonda mon cerveau comme si une vanne venait de céder.

Heureusement, ma vitesse me lâcha aussi vite qu'elle était arrivée, et Magbidion eut tout juste le temps d'aligner quelques mots.

— Bois tout le bol ! Régale-toi, c'est ma tournée ! J'irai en chercher d'autre ! Je me dégotterai bien une pute. Il y en a plein à Sweetheart Row.

Le sang coula du bol, directement dans ma bouche. Il formait un filet homogène, défiant la loi de la gravité. Magbidion essaya de reculer, mais l'espace est restreint, dans un camping-car.

— Comment est-ce possible ? Je croyais que seuls les vampires asiatiques avaient le pouvoir de faire voler du sang.

— Je n'en sais rien. (J'avais toujours faim, mais ça m'avait un peu calé.) Je vais faire un tour.

— Et réfléchis à ma proposition ! dit-il tandis que je sortais. Si j'étais ton fasciné, ce serait pratique ! Tu n'aurais plus besoin de me payer !

Une fois sur le parking, je me dirigeai vers Croc. La Mustang n'était pas garée très loin. Elle était redevenue noire. Apparemment, la carrosserie n'était rouge qu'en pleine nuit. Croc ouvrit la portière. Je m'assis derrière le volant et me sentis instantanément plus calme, plus zen. Trop calme, d'ailleurs. Comme si quelqu'un venait de fermer le robinet de ma colère.

Ce n'est jamais une bonne idée de s'endormir dans sa voiture. Ni pour un humain, ni pour un vamp qui a plein de gens aux fesses. Mais j'étais convaincu d'être en sécurité, avec Croc. Douze heures plus tard, je me réveillai au son de la radio. Ils passaient *Second Hand Kiss*. Croc stationnait à l'étage. Son toit était décapoté et son moteur vrombissait. Dès que j'ouvris un œil, ma bagnole se mit à tourner comme une folle sur l'asphalte. Le moteur rugit deux fois.

— Moi aussi, je suis content de te voir.

Je crois que je l'aimais vraiment, cette putain de caisse vampire.

—Allez, on va chasser un coup, et après, j'ai une course à faire.

Croc démarra et se dirigea vers la sortie, au rez-de-chaussée, dans un concert de crissements de pneus. Une fois à l'extérieur, les cheveux au vent, je me sentis normal. Je ne m'étais jamais senti aussi bien depuis vingt ans. Quand je vis Croc écraser un écureuil, sans qu'il en reste la moindre trace, j'éclatai de rire. Lorsque j'avais demandé à Greta d'aller renverser des animaux, c'était une blague.

# 21

## ERIC :

## Accro à Croc

Ma non-vie est ponctuée de choses à faire. J'aurais dû pister Rachel. J'aurais dû retourner au *Pollux* pour vérifier si Greta allait bien. D'un autre côté, elle s'était très bien débrouillée toute seule, ces cinq derniers mois. C'était une grande fille, à présent. Bon, d'accord, elle n'avait toujours pas appris à nettoyer après son passage, mais ce n'était pas une compétence vitale.

Tabitha. J'aurais dû aller la retrouver et écouter ce qu'elle avait à me dire. Voulait-elle qu'on se remette ensemble ou pas ? Si oui, comment pouvait-elle encore avoir envie d'être avec moi ? Je conduisis Croc à travers Void City, à la recherche de victimes et de réponses. Les réponses se faisaient désirer. En revanche, niveau victimes… On mit le turbo et on arriva bien vite à la 43e Rue. Dans le jargon local, on appelait cette rue Sweetheart Row. L'allée des Jolis Cœurs. Elle s'étendait entre la 3e Avenue et la 4e Avenue. C'était le QG des groupies des vampires. Mais on ne parle pas des mignonnes, comme Tabitha ou Rachel. C'est plutôt les fonds de cuve. Sweetheart Row, c'est le territoire des vieilles qui ont raté le coche, mais qui continuent à se bercer d'illusions et à croire qu'elles ont encore une chance.

— Salut, mon cœur. Tu veux me baiser ou me saigner ? me lança une mamie.

Elle allait tranquillement sur ses soixante-dix ans. Lorsque Croc passa devant elle, elle me fit un signe racoleur de la main. Croc ralentit et les putes de sang commencèrent à s'agglutiner autour de nous. J'ignore si Croc avait lu dans mes pensées ou si j'avais appuyé sur la pédale de frein. La Mustang s'approcha du trottoir et fit une embardée pour écraser tout le monde. Mais je la redressai et m'arrêtai sur la chaussée. À droite s'élevait *L'Empire des Sangs*. Je sentais huit ou neuf filles s'affairer à l'intérieur. Cet hôtel avait un autre nom avant, mais ils avaient changé l'enseigne à présent. C'était vraiment écrit « L'Empire des Sangs ».

— Salut, chéri.

La femme qui avait pris le relais avait la quarantaine, mais elle avait de beaux restes. Elle avait dû se faire briser, quelque chose de bien, pour s'abaisser à tapiner.

— Tu veux de la compagnie ?

— Tu t'appelles comment ?

— Tu peux me donner le nom que tu veux, mon chou.

— Épargne-moi ton petit numéro.

Je descendis de Croc. Mais putain, qu'est-ce que je foutais là ? Je n'en avais aucune idée. J'avais laissé mon instinct me guider. C'était peut-être à cause de Magbidion. C'était lui qui avait mentionné les putes de Sweetheart Row. En les regardant, je me dis que c'était dégueulasse et je décidai d'y mettre un terme. De tout foutre en l'air. J'éprouvais le même dégoût quand je débarquais dans un autre club de striptease que le mien. À l'époque, j'essayais de me convaincre que chez moi, c'était moins pire. Après tout, je leur offrais un plan d'épargne retraite, une assurance maladie et une participation aux frais de scolarité, pour les étudiantes. Mais à présent, je n'en étais plus si sûr.

— Je m'appelle Cheryl.

— Salut, Cheryl. Moi, c'est Eric. Je suis l'ex-propriétaire fêlé du *Cœur de Démon*. Enfin, avant qu'il explose.

Son rythme cardiaque s'accéléra et je sentis un effluve de peur furtif, qu'elle maîtrisa vite. Elle était maligne. Cette odeur provoque les vampires. Je fermai les yeux et me focalisai sur ma transformation. J'étais sûr de pouvoir passer volontairement en mode Supervamp. Je grandis et ma peau sombre se confondit avec le ciel nocturne. Les bruits de la rue s'estompèrent et je m'annonçai aux vampires des environs. Les ouvrières de *L'Empire des Sangs* s'interrompirent.

— Qu'est-ce que tu comptes faire ? demanda Cheryl d'une voix éreintée.

Je n'en savais rien. J'avais du mal à contrôler les événements, ces derniers temps. C'était peut-être une crise de nerfs. Ou un coup de stress post mortem à retardement. Ou encore un effet secondaire des drogues que J'iliol'lth m'avait refilées. Mais en fait, non. En me concentrant, j'arrivais presque à sentir la soupape retenant ma colère se resserrer pour m'empêcher d'exploser. C'était l'œuvre de Rachel qui me manipulait. Ça m'était égal. Les femmes comme elles font toutes ça, avec ou sans pouvoirs magiques. Ce qui me tracassait, c'était de savoir pourquoi.

J'essuyai délicatement le rouge à lèvres dont Cheryl s'était tartinée.

— Je crois que je vais buter un paquet de vamps, ce soir, déclarai-je de ma voix grave et surnaturelle de Vampzilla.

L'espace d'un instant, ses yeux brillèrent et j'eus un aperçu de la femme qu'elle devait être avant. Une femme forte et courageuse. J'aimais beaucoup cette humaine. J'avais envie de la ramener à la vie.

— Tu as un mac ? Je crois que je vais commencer par lui.

— Pourquoi ? chuchota-t-elle.

La peur avait cédé la place à une autre émotion. Je n'aurais pas su la décrire. Je crois qu'elle commençait à retrouver espoir.

— Parce que je n'aime pas ce qu'il a fait de toi. J'ai faim, et ils sont aussi morts que moi. C'est qui, le caïd de Sweetheart Row, ces temps-ci ?

— Tu vas me faire du mal ?

— Pas ce soir. (Ses yeux scintillèrent à la lueur du réverbère.) J'ai bien réfléchi. Avant, les vamps de cette ville avaient pigé qu'il valait mieux ne pas m'emmerder. Quand j'étais à El Segundo, ils se sont relayés pour veiller sur le *Cœur de Démon* afin que les affaires continuent de tourner et que je ne me retrouve pas sur la paille.

» Ils faisaient gaffe de ne pas empiéter sur mon territoire. Mais ces derniers temps, ils ont oublié de quel bois je me chauffe. Ils ont cru que Roger m'avait descendu pour de bon. Ils pensaient que j'étais de l'histoire ancienne et ils ont laissé la ville racheter mes biens. Manque de bol, je suis toujours là. Et Roger aussi.

» J'ai décidé de ne pas le chercher. Je vais attendre que ces connards me l'apportent sur un plateau d'argent. S'ils ne le font pas, ça va s'envenimer. Et s'ils se vengent sur mes hommes, je vais encore passer à la vitesse supérieure. Ça sera l'éclate. Une vraie course à l'armement. Sauf qu'il n'existe qu'une seule arme de destruction massive. Et c'est moi.

— Ils vont s'allier contre toi, dit-elle, le souffle court. Ils vont te tuer.

J'éclatai de rire. Dans mon apparence de Supervamp, ça donnait une sorte de croassement rauque.

— Je m'en fous. C'est la différence entre nous. Alors, c'est qui, le pacha, ces temps-ci ?

— Petey et compagnie.

— Petey, c'est un vampire, un démon ou un humain ?

Mince, je commençais à ressembler au diablotin du répondeur.

— Un vampire.

— Et où puis-je le trouver ? demandai-je.

Elle tendit le doigt. Petey se tenait juste derrière moi. Je m'attendais au moins à un Maître. Un Maître, j'aurais pu le sentir en arrivant. Malheureusement, les simples Soldats comme Petey passent complètement inaperçus. Il essaya de m'enfoncer un pieu dans le cœur, mais le bois se fendilla contre ma peau ébène de Supervamp. Pas mal, le module de sécurité ! Petey me ratissa le dos de toutes ses griffes et entreprit de me taillader. Le sang de quelqu'un d'autre – mon dîner – se mit à couler des plaies. Dommage que le module anti-pieu ait ses limites !

Une des filles cria :

— Achève-le, Petey !

Quelques autres se joignirent à elle. Mais pas Cheryl. Elle fit « Ils sont huit » d'un mouvement des lèvres et s'éloigna en courant. Elle n'avait pas peur. C'était par simple prudence.

Par à-coups, je parvins aussitôt au même niveau de vitesse que la plupart des vampires ont tout le temps. Petey me fusilla du regard. C'était un gamin. Je ne l'avais jamais vu avant. Sinon, je m'en serais souvenu. Aucun membre de sa bande ne semblait avoir plus de dix ans. S'ils avaient été habillés façon années 1950, j'aurais eu l'impression de me battre contre les Petites Canailles [1].

Le petit gros du lot se posta devant Croc. Grave erreur. La Mustang bondit en avant, l'aplatit contre l'asphalte et lui roula sur les jambes. Gras du Bide hurla de douleur. Le moteur de la voiture se mit à rugir, et le vampire glissa sous le châssis, comme aspiré par une lame de fond.

1. Série américaine ayant pour sujet les aventures d'une bande d'enfants pauvres pendant les années 1950. (*NdT*)

— Au secours !

Le reste de la bande ne lui accorda aucune attention. Petey était le seul à avoir des griffes. Les autres se battaient avec des crans d'arrêt.

— Vous êtes vraiment glauques, leur dis-je.

Une petite fille vampire en robe rose, avec des rubans dans ses cheveux bouclés au fer, me grimpa le long du buste et m'enfonça son couteau dans l'œil.

— Laisse nos putes tranquilles, débilos ! rugit-elle.

*Débilos ?* Petey essaya de m'éventrer et deux gamins de poids différents se jetèrent sur mes épaules, pour mieux me grignoter à coups de crocs. Celui de droite me mordit l'omoplate et lâcha prise en hurlant, les mains à la bouche. Un de ses crocs sortait de mon dos. Il avait dû tomber sur un os.

Ils m'assaillaient en coup de vent et rompaient aussi sec, non sans me poignarder et me mordre entre-temps, comme une horde de piranhas. J'attrapai furtivement Petey, par la gorge, avec mes griffes. Deux gamins martelaient Croc de coups de poing, mais je me détournai de la scène. J'avais assez de problèmes avec mes Razmoket. Rose Bonbon s'attaqua à mon autre œil, mais elle le manqua et me lamina la joue. Elle se dégagea à la vitesse d'un ninja. Normalement, elle aurait dû m'échapper, mais j'accélérai d'une fraction de seconde, la saisis par les chevilles et l'écartelai en deux.

Les petites saloperies eurent du mal à s'en remettre. Petey cessa le combat et se mit à pleurer. Des larmes de sang coulèrent le long de ses joues et trempèrent sa chemise. Un des gamins qui s'en étaient pris à Croc recula, horrifié, une main serrant le moignon de l'autre, que Croc lui avait bouffée d'un coup de toit ouvrant bien senti. Trois dames imposantes s'interposèrent, comme s'il ne s'agissait que d'un gamin de neuf ans sans défense, et non d'un cadavre suceur de sang. Deux autres membres du gang tentèrent de filer, mais ma vitesse vampirique passa enfin à plein régime. Personne ne me surpassait, en mode Supervamp.

Un petit maigrichon vêtu d'un sweat à capuche entreprit d'escalader en courant le mur de *L'Empire des Sangs*. Tiens, je ne la connaissais pas, celle-là ! En revanche, je maîtrisais parfaitement la botte secrète intitulée « dégomme le sale nabot de mes deux en lui balançant un cran d'arrêt abandonné dans la colonne vertébrale ». Celle-ci fonctionna à merveille. Le gosse me tomba dans les bras, je lui tranchai la tête et la jetai sur un autre délinquant vamp, encore enveloppée dans sa capuche. Le môme s'affaissa. Et de quatre ! Pour être sûr, je les décapitai et leur arrachai le cœur à tous. Agenouillé au milieu de la rue, Petey beuglait à s'en crever les tympans.

— T'en as eu combien ? demandai-je à Croc.

Comme si elle pouvait me répondre ! La voiture ouvrit son coffre, dans lequel je découvris les os d'une dizaine d'animaux et de deux gamins à crocs. Je n'ai vraiment pas envie de savoir comment ça marche. En tout cas, tous les petits bobos de carrosserie de la Mustang avaient disparu. Et son pare-chocs chromé luisait comme un sou neuf.

Pourquoi le milieu de la prostitution n'était-il pas géré par une bande de types à la gueule patibulaire avec des croix gammées tatouées sur le front ? Pourquoi ce n'est jamais ce genre de machins qui s'en prend à moi ? Quand je ne me coltine pas des loups-garous bigots, c'est des bébés vampires ! Bon, OK. De temps en temps, les démons s'y mettent aussi.

Un groupe de femmes m'encercla. Décidément, elles avaient l'instinct suicidaire. En mode Supervamp, je distinguais très clairement le voile doré s'étirant de chaque côté de la rue. Grâce à ce dispositif destiné à détourner les mortels, la plupart d'entre eux éviteraient spontanément la rue et opteraient pour la 3e ou la 4e Avenue. Petey avait le bras long. Il savait à qui graisser la patte et il était généreux.

— Il a tué Darla !

C'était clair que cette sale gamine ne s'était jamais appelée ainsi. Lentement mais sûrement, mon œil gauche se remettait et ma vision s'éclaircit peu à peu.

— Qui vous fournit ce sortilège de camouflage ? demandai-je.

— Ta mère ! vociféra Petey.

— Ma mère ? répétai-je bêtement.

— Nique ta mère !

Il me chargea sans crier gare. Cette fois, il ne se comportait plus en vampire, seulement en gamin qui pique une colère. Il me bombarda les jambes de coups de poing.

— T'as tué Darla !

J'avais entendu dire que les drogues arrêtaient le développement émotionnel. Je considérai Petey en me demandant si la transformation produisait le même effet. En devenant vampire à neuf ans, on restait peut-être coincé à cet âge mental. Je ne m'étais jamais drogué et j'avais vécu jusqu'à trente ans. Du coup, je n'avais pas d'excuse. Ou alors j'étais bon pour une crise de la trentaine éternelle.

Un bout du pieu que Petey avait utilisé pour essayer de me tuer nageait dans une mare de sang, au bord du trottoir. Je le ramassai, le jaugeai un moment et m'en servis pour pulvériser son propriétaire. Lorsque celui-ci rendit l'âme, toutes les prostituées hurlèrent en chœur. Sur l'une d'entre elles, je vis un tatouage « Pute de Petey » s'illuminer puis s'estomper.

Il avait changé toutes les filles de Sweetheart Row en fascinées ?

Un vamp dépenaillé en veste de treillis sortit de l'hôtel en titubant. Un filet de sang lui dégoulinait du menton et maculait sa veste.

— Pourquoi t'as tué les petiots ?

Ouais. En même temps, je me sentais moyennement coupable d'avoir zigouillé cette bande de gosses démoniaques.

— C'étaient des vampires ! lui hurlai-je. Mais tu n'es peut-être pas au courant. Tu as peut-être raté la circulaire les concernant. C'était des saloperies de monstres ! Et toi et moi sommes nous aussi des saloperies de monstres ! La question que tu devrais te poser, c'est : « Pourquoi je devrais me sentir mal ? »

— Hé ! Relax, Max ! (Il leva une main, comme pour me dire « Calme-toi et parle-moi sur un autre ton ».) On est tous potes, ici.

— Non. On ne l'est pas.

Je repris forme humaine, la main toujours crispée sur le bout de bois avec lequel j'avais tué Petey.

— J'ai quatre ou cinq amis. Pas plus. Deux femmes, un mage, un chat… et OK… Peut-être une petite sorcière tantrique super flippante. (Croc klaxonna.) Et une caisse de folie. Mais je n'ai aucun copain ressemblant à un frimeur débile qui se fringue en surplus de l'armée.

Je maîtrisais toujours ma vitesse. J'accélérai et lui transperçai la poitrine d'un coup de pieu. Il explosa dans un nuage de poussière. J'adore quand ils font ça. C'est beaucoup plus propre que les flaques de chair putride qu'on obtient la plupart du temps.

— Quelqu'un sait où Petey et compagnie planquaient leur fric ?

Je me retournai. Neuf des dix-huit filles s'étaient réduites en cendres.

— C'est quoi, ce bordel ?

Je ne m'étais jamais demandé ce qui arrivait à ses fascinés quand on tuait un vampire. Je fis volte-face pour observer les autres filles. Trois vieilles se mirent à décrépir lentement. Je compris soudain. Le temps les rattrapait. Mais comment était-ce possible ? Marilyn était la fascinée de Roger.

Pourtant, elle avait vieilli. Et Roger était un Maître ! Petey et ses sous-fifres n'étaient que des Soldats. Roger aurait dû avoir plus de prise qu'eux sur les ravages du temps.

Les cinq autres filles avaient l'air en forme. Quant à Cheryl, la mort de Petey ne semblait pas l'avoir affectée. Elle s'avança vers moi d'un pas beaucoup plus assuré.

— Tu es content, maintenant ? demanda-t-elle. Tu voulais transmettre un message ? Bravo ! Tu as mis tout le monde en rogne. On aura beau partir, certains de nos clients sont des habitués. Ils ne vont pas nous lâcher comme ça. On va avoir besoin de protection. Je n'ai pas envie de me faire choper par le premier sadique venu sous prétexte que Petey m'obligeait à tapiner.

Voilà pourquoi je tue toujours mes donneuses, quand je dîne à l'extérieur. Les mortes pleurnichent moins.

— Bouge pas…

Des vampires me mataient depuis *L'Empire des Sangs*, qui par la fenêtre, qui par l'escalier de secours. Trois armoires à glace en costard en sortirent. J'ignorais s'ils travaillaient pour l'hôtel ou pour les vamps que je venais de refroidir, mais ça m'était complètement égal. Si je voulais m'assurer que le message passe, je ne devais pas y aller de main morte. Je me transformai de nouveau en Supervamp. Deux des trois crétins gonflés aux stéroïdes me sourirent de tous leurs crocs. Ils ne rigolèrent pas longtemps.

# 22

## TABITHA :

### Devine qui vient squatter ce soir

Le *Pollux* me faisait regretter le confort des Highland Towers. Il y avait une douche en coulisse, près des chambres, mais l'eau sentait bizarre et personne ne me proposa de vin de sang. Ni chaud ni tempéré. Le gel douche récurait avec la douceur d'un détergent industriel et il avait un arrière-goût de désinfectant.

Le shampoing du bureau avait le mérite d'être récent. En revanche, Eric n'était toujours pas entré dans l'ère de l'après-shampoing. Et il avait dû l'acheter lui-même, parce qu'il était inodore. Ça ressemblait à un bête savon liquide sans aucune senteur, ni de plantes ni d'autre chose.

Après ma toilette, j'enfilai les vêtements que Winter m'avait offerts. J'avais changé leur couleur – à présent, la jupe était noire et le chemisier bleu – pour que personne ne remarque que je les avais déjà étrennés cette semaine, mais je regrettai quand même de ne rien avoir emporté d'autre. C'est un peu répugnant de porter deux fois les mêmes fringues, même si elles sont magiques. Je me séchai les cheveux avec une serviette et fouillai une à une les pièces des coulisses dans l'espoir de trouver d'autres habits à me mettre. Greta émergea de la chambre au bout du couloir, l'air inquiet. Je ne l'avais pas sentie avant de la voir.

C'était la deuxième fois qu'un vampire me faisait le coup de l'invisibilité mystique. Elle referma la porte derrière elle, trop vite pour que j'aperçoive la pièce en détail. Mais j'eus le temps de constater qu'elle était abondamment meublée. Elle passa les mains sur la porte d'un air possessif.

— C'est *ma* chambre. Dedans, il y a *mes* affaires, dit-elle en montrant les crocs.

— Ton bazar ne m'intéresse pas.

— Ce qui t'intéresse, c'est mon papa.

— Peut-être, répondis-je avec sincérité. J'imagine que oui. Je ne suis pas vraiment sûre.

— Tu pourrais te décapiter, te fourrer de l'ail dans la bouche, te transpercer le cœur avec un bout de bois et enterrer ton corps et ta tête dans deux endroits différents, si possible en terre consacrée. Ce n'est pas bien compliqué.

— Quoi ?

— Tu manques vraiment d'imagination. Je connais des chasseurs de vampires qui n'hésiteraient pas à utiliser cette méthode. Et je serais débarrassée de toi pour de bon.

Mes ongles cédèrent la place à des griffes.

— C'est une menace ?

— Non.

Soudain, Greta disparut et je sentis mon crâne se fracasser contre le sol. Je me mis à saigner du nez et à pleurer des larmes de sang. La vampire appuya de tout son poids sur mon dos et me plaqua sans ménagement contre les dalles glacées. Elle m'effleura la nuque de ses crocs et me plia les bras en arrière : elle m'avait brisé les articulations.

— *Ça*, c'est une menace, poursuivit-elle. Si tu fais du mal à papa, je te tue.

— Comment as-tu… Putain, mais aïe !

Mes coudes cassés se soudèrent et reprirent leur angle initial. La douleur était inconcevable. J'avais l'impression… l'impression… qu'on venait de me fracturer les coudes et de me les remettre en place. J'aimerais bien trouver une comparaison plus originale, mais c'est assez unique comme sensation.

— Comment j'ai réussi à te maîtriser ?

Je hochai la tête.

— Je suis rapide, fis-je remarquer. J'aurais dû anticiper ta manœuvre.

— Papa est tout en force brute. Le taper, ça revient à frapper un mur. Toi, ton truc, c'est la vitesse. Et tu peux faire semblant d'être en vie. C'est cool. Papa le mérite. Je percevais ta chaleur corporelle, la nuit dernière. J'ai entendu ton cœur battre en rythme. Ça m'a bercée de sentir votre présence à tous les deux.

OK. C'était quand même ultra-bizarre. Il faudrait peut-être qu'on investisse dans un système d'insonorisation mystique. Ça devait sûrement exister…

— Papa a plein de pouvoirs, poursuivit Greta. Sans compter qu'il a des yeux fâchés, un mode Supervamp, tout ça… Oh, et maintenant, il a aussi l'option fantôme. Mais moi, je suis une vraie tueuse. Et j'ai tout le temps faim. Quand on se bat côte à côte, j'essaie de le mettre en valeur. C'est mon père, tu vois ? Un peu comme quand tu simules un orgasme. Tu ne veux pas le vexer. J'espère qu'on se comprend.

— Wouaouh ! m'exclamai-je. Je te reçois cinq sur cinq.

Nos regards se croisèrent et mon esprit pénétra le sien. Mais ce n'était qu'une pièce vide. Littéralement. Je me retrouvai dans un salon où régnait une odeur marine et de moquette brûlée. Un arrière-goût de sang, de sueur et de sexe provenait d'une autre pièce. Une senteur océane et salée entrait par une fenêtre cassée. J'avais déjà possédé l'esprit d'un vampire. C'était très différent cette fois. Greta n'avait aucune protection. Son être n'avait pas de noyau distinct, net et ordonné. Soudain, une petite fille blonde, âgée d'à peine neuf ans, descendit l'escalier. Elle portait un tee-shirt disproportionné sur lequel on lisait « J'AIME PAPA ».

Un filet de sang dégoulinait le long de sa jambe gauche. Son visage tuméfié était couvert de bleus lui noircissant la mâchoire.

— Greta ? demandai-je.

— Papa n'est pas là pour l'instant, chuchota-t-elle. C'est toi, ma nouvelle maman ?

— Qu'est-ce qui s'est passé ?

— Des choses pas bien.

Son regard était totalement inexpressif. Une larme lui coulait sur la joue.

— Mais papa a tout arrêté. Mon *nouveau* papa. L'ancien est toujours en haut. (Greta se raidit). Tu n'es pas une amie de mon ancien papa, j'espère ?

— Non ! m'empressai-je de répondre. Je suis avec Eric.

— Alors tu es ma nouvelle maman.

La petite Greta se jeta à mon cou et s'accrocha à moi comme si j'étais une bouée, un temple, un havre de paix. *Oh ! là, là…*

— C'est ça. C'est ça. Tout va bien. (Je la serrai contre moi et lui tapotai vaguement le dos.) Maman est là.

Purée, mais qu'est-ce qui lui était arrivé ?

— Je suis désolée de t'avoir fait mal, maman.

— Ce n'est pas grave, murmurai-je. Tout va bien. Ton papa va bientôt rentrer.

— Il arrive, lança Greta dans le monde physique.

Je la quittai des yeux et m'aperçus qu'on était assises par terre dans le couloir du *Pollux*. Greta me tenait toujours dans ses bras. Elle m'aida à me relever. Je sentis la présence d'Eric m'effleurer. Il était accompagné de plusieurs battements de cœurs. Cinq au total.

— Il a ramené à manger ! s'écria Greta, euphorique. Ou alors c'est juste pour jouer avec. On va voir ?

Comme pour faire écho à son enthousiasme, ses longues boucles blondes rebondirent contre ses omoplates. Elle se précipita au rez-de-chaussée et m'abandonna comme une pauvresse. Je la suivis plus lentement, non sans épousseter mes vêtements. J'avais déjà remarqué qu'Eric pouvait se reformer avec des fringues différentes, lorsqu'il changeait d'apparence. Sans même s'en rendre compte. Malheureusement, je n'avais pas encore réussi à piger l'astuce. Je me retrouvais toujours habillée exactement comme avant.

— Chérie ! l'accueillit Eric depuis les guichets. Tu ne devineras jamais qui m'a suivi jusqu'à la maison !

— Mais enfin, papa ! (Greta, encore sur le palier, éclata de rire.) Tu en as déjà plein ! Qu'est-ce que va dire maman ?

— Je vais lui raconter qu'elles sont à toi.

— Papa !

Dans le hall, Eric était entouré d'une troupe de femmes vêtues de lingerie affriolante, de latex et de Lycra. Elles empestaient un mélange d'orgie sexuelle et d'abattoir. Eric les présenta à Greta. Je ne fis pas attention à ses paroles.

— Mais c'est des radasses ! m'exclamai-je.

— Des putes de sang, rectifia Eric.

— Nous préférons le terme de professionnelles volumétriques, précisa la plus jeune.

Elle devait avoir la quarantaine, mais était toujours bourrée de charme. Les autres étaient plus vieilles. Elles semblaient abattues et leur regard était vide.

— Mais vous pouvez dire « putes » si ça signifie que vous ne nous mangerez pas.

— On est où ? demanda la plus âgée.

— On est au *Pollux*, Gladys, répondit la plus jeune. Il faut que tu la lies à toi, dit-elle à Eric en pointant le doigt vers son torse. Gladys est une fascinée depuis la nuit des temps. Petey n'était pas son premier maître. Elle n'en a plus pour longtemps.

La vieille femme était physiquement avachie. Ses seins tombaient ostensiblement et sa colonne se courbait à vue d'œil, comme pour suivre le mouvement.

—Elle peut tenir vingt minutes, Cheryl ? demanda Eric.

Celle-ci soupira.

—Tu ne sais pas comment procéder, c'est ça ?

—Attends une sec… Quoi ? Bien sûr que si ! répliqua-t-il d'un ton offusqué.

—Eh ben, fais-le !

Eric leva l'index.

—Putain, mais laisse-moi trois secondes ! (Il posa une main sur l'épaule de Greta.) Surveille ces dames, tu veux ?

—Bien sûr, papa.

—Rachel est revenue ?

—Non, papa.

—Je reviens tout de suite.

Eric daigna enfin jeter un coup d'œil dans ma direction.

—Écoute, Tabitha… Je… Désolé, mais je…

—Salut ! lança Greta aux filles. Je m'appelle Greta. Si vous n'êtes pas sages, je crois que j'aurai le droit de vous manger. (Eric franchit de nouveau les portes du cinéma, que Greta indiqua aux femmes.) Ça vous dit de regarder un film ?

Elle les conduisit à l'intérieur, comme une chef scout à moitié folle à la tête de sa brigade d'éclaireuses du tapin. Elles disparurent dans la salle obscure. Ce genre de scènes était inconcevable aux Highland Towers.

# 23

## ERIC :

## Magbidion à poil

Bon d'accord. J'avais menti. J'ignorais comment engendrer une vraie fascinée. Magbidion m'avait griffonné quelques pages d'instructions sur un coin de table, mais je ne m'étais jamais entraîné. Et bizarrement, je n'avais pas envie de me planter, cette fois. J'avais déjà une Rachel qui me manipulait. Je n'en avais pas besoin d'une deuxième.

En théorie, c'était simple. Comme pour tout le reste au pays des vampires, il fallait du sang. Pour en faire ma propriété, je devais tatouer Mag avec mon fluide vital, pénétrer son esprit, puis créer un lien et prononcer une formule magique afin de sceller le pacte. En revanche, je ne comprenais pas trop pourquoi il fallait absolument qu'il soit nu.

Je ne m'en étais encore jamais aperçu, mais son lit, une fois déplié, prenait une place complètement démesurée dans son camping-car. Ce qui n'arrangeait pas les choses. Quand il se déshabilla, je me sentis mal à l'aise au possible. Mag n'est pas homo. Il ne s'intéresse pas non plus aux femmes d'un point de vue cabrioles. Il doit exister un terme pour ça. Moi, je le considère comme « solosexuel » : un être sexué autosuffisant n'ayant pas besoin de contacts humains. Un vampire peut deviner ce genre de choses.

En plus, quand il enleva sa chemise, n'importe qui aurait pu remarquer que son biceps gauche était plus musclé que le droit. Et Mag était gaucher.

Mais bon, même si je savais qu'on était tous les deux hétéro, la situation restait très étrange. Pour ne rien gâcher, Tabitha entra au moment où je lui dessinais sur la peau une copie du papillon que j'avais imaginé pour elle. Essayez un peu d'expliquer à votre copine pourquoi vous copiez son tatouage intime sur l'arrière-train d'un homme nu couvert de sueur ! Vous aurez beau avoir une très bonne excuse, tout ce qu'il y a de plus rationnel, ça ne marchera jamais. Quand Mag m'avait dit d'utiliser un tatouage personnel et unique, j'avais pensé que le papillon s'imposait. J'avais déjà le dessin : c'était moi qui l'avais conçu. Et comme je jouais contre la montre… Bref. Dire que j'étais gêné, c'est un euphémisme.

— Oh putain ! s'exclama-t-elle.

Je me tournai pour lui expliquer, mais elle avait déjà claqué la porte et détalé. Je repris mon travail.

— Génial ! Il ne manquait plus que ça, marmonnai-je.

— Tu ne veux pas aller la chercher ? proposa Mag.

— Pour lui dire quoi ? demandai-je, excédé. Ce n'est pas ce que tu crois ? Je ne suis pas du tout en train de baiser le mec à poil ? Je suis juste en train d'en faire mon esclave pour l'éternité ?

— Ton esclave ? Jamais de la vie ! Je serai ton compagnon, ton confident…

Mag se berçait d'illusions.

— Un confident obligé d'obéir aux ordres de son maître en vertu d'un lien mystique impossible à rompre ? C'est ça ?

— OK. Le terme d'esclave est techniquement correct. Mais je considère cet arrangement comme quelque chose de spécial. Pour moi, il s'agit plus d'une alliance que…

Il se mettait le doigt dans l'œil, ma parole !

— Et n'emploie pas le terme « compagnon ». À part dans *Docteur Who*, c'est ambigu à mort. Surtout vu que t'es à poil. Alors, je reformule : tu veux combattre ton démon tout seul, Mag ? Parce que si tu continues à tergiverser, je vais essayer direct sur une des vieilles rombières et on n'en parle plus.

Il frissonna. Et j'aurais préféré ne jamais être témoin de cette scène. Je me serais déjà bien passé de voir Magbidion à poil ! Alors assister, aux premières loges, à la contraction de son anus… C'était juste *too much*.

— Bon, je me casse. Il y a trop de cul de mec pour moi.

— Non ! S'il te plaît, Eric.

Je me tournai. Il m'imita. Tabitha rouvrit la porte.

— Bon, dit-elle. Il faut que j'en aie le cœur net.

— Je t'en supplie, Eric, poursuivit Magbidion. Il faut que tu le fasses. J'ai besoin de toi !

Il paraissait complètement paniqué. Et on aurait pu croire qu'il me demandait tout à fait autre chose.

Tabitha mit une main devant sa bouche.

— Oh, mon Dieu…

— J'hallucine…

Je me couvris les yeux. Je ne voulais pas spécialement qu'on reste en couple, mais de là à ce que cette image soit le dernier souvenir que Tabitha garde de moi…

— Je crois que je ferais mieux de vous laisser entre mecs.

— Ça serait sympa, dit Mag.

— OK. (J'agrippai Tabitha par l'épaule.) On se calme. Magbidion !

Je le désignai.

— Tourne-toi. Personne n'a envie de mater ton bazar. C'est déjà traumatisant de voir ton petit cul pelé.

Je ne le regardai toujours pas, mais il me sembla qu'il s'exécutait.

— Tabitha, tu as une ouïe surdéveloppée. Tu as entendu notre conversation, non ?

Elle gloussa et m'embrassa sur la joue.

— Mais oui ! C'est pour ça que je suis revenue. J'ai bien le droit de rigoler un peu !

— Vous vous remettez ensemble ? demanda Mag tandis que j'enlevai la main de devant mes yeux. (Il se tourna de nouveau vers nous.) Loin de moi l'idée de gâcher vos… retrouvailles. On se prépare pour les putes de sang. C'est tout.

— Merci. Tu m'aides beaucoup.

Je lui décochai un regard noir et lui fis signe de se retourner. Il eut l'air vexé, mais il reprit sa position.

— Si tu te dépêchais un peu, je me serais rhabillé depuis longtemps. Qu'est-ce que tu fabriques ? Tout ce que tu dois faire, c'est mettre un peu de ton sang à l'endroit où tu veux apposer ta marque et imaginer le tatouage dans ta tête. Je veux bien que tu hésites, mais…

— Je dois juste l'imaginer dans ma tête ? l'interrompis-je.

— Oui.

Je badigeonnai le bas de son dos de sang.

— Tu ne me l'avais pas dit. Je croyais que je devais le dessiner. Tabitha, montre-moi ton tatouage.

Tabitha retroussa de bonne grâce le bas de son chemisier. Ça me prit quelques secondes, mais dès que je réussis à me concentrer, le sang se mit aussitôt à imprégner la peau du mage. Trait par trait, le tatouage de Tabitha se reproduisit sur son dos. Les formes rouges prirent bientôt la couleur appropriée. Et voilà ! Le tatouage scintilla une fois.

— Je te marque et par cette marque te lie à moi, psalmodiai-je. Nous serons maître et serviteur. Serviteur et maître. Tu m'appartiens jusqu'à ce que je t'émancipe. Tu m'appartiens. Ainsi soit-il.

Bien sûr, ça me fit un mal de chien. J'ignore pourquoi j'avais cru que ce serait indolore, cette fois. J'eus l'impression qu'on me versait du plomb en fusion dans une plaie à vif : malheureusement, je sais exactement ce que ça fait. C'est un peu le même supplice que sur de la peau indemne mais en pire. Je me mordis la langue au sang, non sans en couper le bout.

— Putain ! Merde ! Sale fils de pute ! hurlai-je en tombant à genoux.

Et j'étais bon pour renouveler l'opération cinq fois de suite. Sympa. Magbidion rejoignit la petite arche de Noé de mon troisième œil. Je les voyais tous plus nettement. Greta regardait *Les Goonies* avec les survivantes de Sweetheart Row. Tabitha s'en voulait d'avoir baisé avec Talbot et un trou du cul appelé Phillip, mais elle m'aimait vraiment. Dans l'absolu, c'était génial. Si ce n'est que je ne savais pas si je l'aimais aussi. J'avais déjà été amoureux. Et ce que je ressentais pour elle n'avait rien à voir. Ça s'en approchait, mais bon. Était-ce suffisant ?

Je n'arrivais toujours pas à localiser Rachel, mais je la sentais. Il y avait du progrès. Elle se trouvait toujours en ville, mais où ? Mystère. Dehors, je repérai huit fascinés appartenant à d'autres vampires. Deux à Winter, trois à une femme que je ne connaissais pas, un à un petit gros et les deux derniers à un vamp que j'avais déjà croisé mais dont le nom m'échappait. Apparemment, mon esclandre à *L'Empire des Sangs* n'était pas passé inaperçu. Ou alors j'étais le suspect numéro un.

Encore une preuve que Rachel m'avait menti. Peut-être pas intentionnellement. Elle avait peut-être juste lu trop de livres sur les vampires, comme sa sœur, et s'était mélangé les pinceaux. Mais Magbidion avait l'air de penser qu'il s'agissait d'une puissante sorcière. Elle n'aurait jamais pu se tromper sur quelque chose d'aussi simple. D'un autre côté, j'étais un vieux de la vieille, et son histoire m'avait paru crédible. Si elle servait les intérêts de quelqu'un à son insu, tant mieux ! Mais c'était peu probable.

J'avais l'impression de jouer au poker avec trois cartes. Je pouvais encore gagner, mais tout le monde s'attendait à ce que je me plante en beauté.

Tabitha s'agenouilla près de moi et posa ma tête contre sa poitrine. Je sentis un autre vampire. Le collier empestait son odeur. Un parfum vieux de quelques jours, mais quand même. Ça me mit complètement hors de moi. Putain, mais qu'est-ce qu'elle avait foutu ? Je ne pouvais pas me permettre de m'énerver. Dans l'absolu, c'était plutôt une bonne idée, mais ça n'allait m'avancer à rien. J'esquissai un geste en direction des fringues de Mag. J'avais essayé de passer en accéléré, mais sans succès : le mage me devança.

— Génial ! crachai-je avec dépit.

— Qu'est-ce qu'il y a ? demanda Tabitha.

— Rien, répondis-je. Ça se barre en couille, comme d'habitude. C'est tout. Mag, fous le camp et installe une sorte d'alarme autour du *Pollux* ! Un peu comme celle que tu as mise autour de ton camping-car.

— Ça va prendre une éternité ! gémit-il.

— Ça tombe bien, tu m'appartiens jusqu'à la fin de tes jours, grognai-je.

Il se dirigea vers la porte, mais j'y arrivai avant lui. Je ne saurais pas vous dire pourquoi ma vitesse vampirique avait daigné s'enclencher cette fois. Mag semblait désireux de s'habiller d'abord, mais je le fusillai du regard et il comprit qu'il n'y avait pas de temps à perdre. Il sortit dans le parking et je claquai la porte derrière lui.

— Va prendre une douche, dis-je sans me retourner.

— J'en ai déjà pris une. (Tabitha n'eut pas l'air vexée. Elle se contenta de me sourire et de se relever.) Mais tu as peut-être envie de me rejoindre ?

— Lave juste le collier, alors, soupirai-je. Il sent un autre mec.

— Ne commence pas avec ça. On avait un accord. (Elle croisa les bras.) Si tu abordes le sujet, je…

— Va nettoyer ce truc, OK ?

Tout sourires, Tabitha défit son collier, le posa sur la commode, se déshabilla et se dirigea vers la salle de bains de Mag. Mes copines laissaient systématiquement traîner leurs fringues par terre. Je ne m'étais jamais fatigué à les ramasser. J'avais toujours adoré voir des vêtements et des sous-vêtements féminins éparpillés dans ma chambre, même de mon vivant. Ça donnait du piment aux femmes les plus ordinaires. Tabitha avait jeté sa culotte sur son chemisier. Je m'en saisis et la reniflai avant de retourner au *Pollux*. Ouais. C'était agréable de sentir de nouveau son odeur.

# 24

## ERIC :

## Nouvelles recrues

Talbot se tenait posté à côté de l'estrade, devant le monte-charge en bois qui servait à déplacer le vieil orgue Wurlitzer. Enfin, qui *aurait dû* servir à le déplacer si l'instrument avait toujours été là. Il avait été vendu aux enchères avec une tonne d'autres bidules qui ne me manquaient absolument pas. En revanche, Talbot était un peu triste. Avec Marilyn, il avait toujours espéré que je me remettrais à en jouer. Ça ne risquait pas d'arriver. La musique, ça rappelle des souvenirs. Et je n'avais pas besoin d'aide-mémoire.

Cinq femmes étaient couchées sur la scène. Elles avaient relevé leurs tops afin d'exposer leur dos. Sauf Gladys, qui avait insisté pour être nue. Parcourant la rangée pour les badigeonner de sang, j'imaginai le tatouage en forme de papillon et, cette fois, je me concentrai sur le lien avant de prononcer l'incantation. Magbidion m'avait garanti que ça permettrait d'atténuer la souffrance.

— Je te marque et par cette marque te lie à moi, commençai-je.

La douleur montra le bout de son nez, accompagnée d'une extension de mon troisième œil. Je perçus un nouvel espion dans les parages. Il appartenait à un vampire inconnu doté de lunettes à monture dorée.

— Nous serons maître et serviteur.

Tandis que je psalmodiais, Gladys gémissait et se transformait. Sa peau se tendit et les muscles de ses mollets et de ses fesses se raffermirent.

— Serviteur et maître.

— Tu assures, chéri, dit-elle en crispant la mâchoire.

Ses cheveux gris devinrent d'un roux chatoyant.

— Tu m'appartiens jusqu'à ce que je t'émancipe.

Les autres se mirent à soupirer en chœur et je me rendis compte que le processus n'était pas du tout désagréable. Au contraire, elles y prenaient un plaisir manifeste. Elles haletaient de plus en plus vite. Gladys se frotta les cuisses l'une contre l'autre et tourna la tête sur le côté pour mieux planter ses yeux langoureux sans âge dans les miens.

— Tu m'appartiens, déclamai-je en essayant de passer outre à ma propre excitation.

Gladys se souleva légèrement, révélant sa poitrine généreuse et un soupçon de mamelon.

— Ainsi soit-il.

Elles atteignirent l'orgasme en même temps. Tabitha me cogna l'arrière du crâne, mais s'abstint d'émettre le moindre commentaire. Les anciennes prostituées de Sweetheart Row étaient mes fascinées, à présent. La douleur s'intensifia peu à peu jusqu'à se quintupler et je tombai à genoux.

Les filles s'approchèrent de moi toutes à la fois, mais je les repoussai d'un geste de la main.

— Attendez en bas une seconde, leur ordonnai-je en désignant la première rangée de fauteuils. Sauf toi, Gladys.

Elle s'immobilisa et je levai les yeux. J'avais une vue imprenable sur son nombril. Son odeur me submergea.

— Oui, maître.

Elle plongea les doigts dans mes cheveux et la souffrance s'estompa. Je frissonnai de bien-être. Bon à savoir : un fasciné, c'est deux fois plus efficace qu'une aspirine. D'un autre côté, je ne peux pas prendre de cachet.

— Va t'habiller d'abord. Et ne m'appelle pas maître.

— Tout ça, c'est du cinéma, dit-elle en me décochant une œillade.

Elle ôta sa main de ma tête et la douleur réapparut. Oh ! là, là… Mais je n'allais jamais pouvoir les supporter si elles se traînaient cette odeur !

— Et va te laver, ajoutai-je tandis qu'elle rejoignait les autres. Ça vaut pour tout le monde.

Je posai le front sur les planches glacées en essayant d'ignorer les relents de sexe ambiants. Ma vision se couvrit d'un voile rouge. Cette fois, la senteur cireuse qui me titillait les narines émanait de moi. Ça m'avait complètement vidé de les créer. La magie avait nécessité beaucoup trop de sang.

— Eric ? demanda Talbot d'un ton légèrement anxieux.

Talbot avait une odeur appétissante au possible, mais le mistigri, c'est mauvais pour la santé.

— J'ai faim.

Magbidion se précipita sur scène et plaqua son poignet contre ma bouche.

— Ça va aller, Eric, dit-il. Fais attention.

J'enfonçai les dents dans ses veines. Il siffla de douleur. Le donneur déguste, quand je mords. J'espérais que son sang aurait bon goût, comme celui de Rachel, à présent qu'il était mon fasciné. Mais non. Enfin. Je m'en contenterais.

Une fois rassasié, je le repoussai et fermai les yeux. J'avais toujours aussi mal au crâne. Nota bene : quand vous engendrez des fascinés, il vaut mieux les créer l'un après l'autre. Mes nouveaux serviteurs étaient assis en rang d'oignons sur les sièges. À eux six, ils avaient rajeuni d'un ou deux siècles. Même Magbidion paraissait plus jeune et plus sain. Pourtant, je venais de le croquer.

Apparemment, quand les Soldats font des fascinés, ils ralentissent le processus de vieillissement. Les Maîtres le figent et les Vlads – ou les Empereurs – remontent les aiguilles du temps. Gladys, en particulier, avait le regard vif et des formes sculpturales. Prête à reprendre du service. Sa jeunesse devait être révolue depuis belle lurette. Elle traînait sûrement ses guêtres depuis plus longtemps que moi. Mais sa beauté avait quelque chose d'intemporel. Je comprenais pourquoi tous les maquereaux successifs de Sweetheart Row l'avaient gardée. Elle ressemblait à Marilyn Monroe ou Brigitte Bardot en rousse. Si ce n'est que, contrairement à la chanson, elle avait l'air disposée à s'offrir au tout-venant du moment que son « *daddy* » était d'accord. Comme si j'avais besoin d'une autre fille qui m'appelle « papa »…

Magbidion leur avait invoqué des vêtements propres, mais il les avait averties qu'ils se détruiraient au bout de vingt et une heures. Talbot lui avait demandé d'aller brûler les autres. Greta avait veillé à ce qu'elles se douchent toutes, et elles avaient beau être à court de laque, elles étaient rayonnantes et elles sentaient bon. C'était sûrement la première fois depuis une bonne dizaine d'années. Un sacré ban, que je venais de lever ! Cinq ex-putes, un chat domestique amélioré, une Vlad complètement timbrée, un mage visqueux, ma voiture et mon ex.

Je surpris le sourire amusé de Tabitha, qui s'était postée au dernier rang. Je lui fis un doigt d'honneur.

— Bon. Voilà ce que je propose. Qui connaît le tour de passe-passe qui…

Gladys leva la main.

— Oui ? demandai-je.

— Moi.

— Tu ne sais même pas de quoi je parle.

Gladys éclata de rire.

— Les passes, c'est mon rayon, chéri. Les passe-passe, c'est juste deux gâteries pour le prix d'une.

Tout le monde s'esclaffa. Moi y compris. Quel boute-en-train, cette fille.

— On se calme, mesdames, dis-je d'un ton affable. (Gladys me jeta un regard en biais.) Oui, je parlais de toi, ajoutai-je sans la laisser riposter.

Elle me gratifia d'un clin d'œil.

— Continue, mon chou. Je vais plus t'interrompre.

— Qui connaît le tour de passe-passe qui consiste à régénérer son sang plus vite pour nourrir un vampire plusieurs nuits de suite ?

Quatre mains se levèrent. Sally, une brune, pouffa.

— Gladys et moi, on peut se faire pomper toutes les nuits. Il suffit qu'on ait nos trois Slim-Fast et nos huit heures de sommeil. Et je peux recevoir trois buveurs d'affilée. Plus s'ils veulent juste grignoter à la fin.

Erin, une des deux blondes, leva deux doigts. Je ne l'avais encore jamais entendue parler. Elle ne croisa pas mon regard. Jodi, l'autre blonde, posa un bras protecteur sur ses épaules.

— Elle pipe pas un mot, mais elle est capable de régaler deux vamps par nuit. Petey n'était pas tendre avec elle, mais si tu sais t'y prendre, elle peut mieux faire. C'est vraiment une chic fille. Les clients l'aiment bien parce qu'elle dit rien. Moi, je peux t'en prendre trois.

Cheryl était la seule à ne pas avoir répondu. Elle s'était débarrassée de sa perruque, révélant des cheveux bruns coupés court. Je l'observai. Elle me rendit mon regard. Les autres étaient excitées, mais pas elle. Elle sentait la colère.

— Qu'est-ce qu'il y a ? demandai-je.

— Rien.

— Dis-moi.

— Je… (Elle regarda les autres du coin de l'œil.) Je croyais que tu serais différent. Tu n'avais pas l'air d'un maquereau.

— Je suis différent. Je vais t'expliquer un truc.

Je bondis de l'estrade.

— Ça, c'est mon cinéma. Et de l'autre côté… (je désignai le bout de terrain où se trouvait le *Cœur de Démon*, avant) il y avait mon club. Les danseuses, c'étaient toutes mes filles. Je prenais soin d'elles. Je leur offrais un salaire décent, une bonne assurance santé, et je leur remboursais même leurs frais de scolarité. Je ne faisais pas ça par bonté de cœur. Juste parce que ça me paraissait juste, vu ce que je leur demandais. À savoir bouger leur cul sur une piste de danse pendant trois ou cinq ans. Elles remuaient leurs nichons et montraient leur chatte. Mais ce n'est pas tout.

— OK. Je comprends, soupira-t-elle. Tu avais tes propres putes. Dis-moi qui je dois baiser, maître. Dis-moi combien je dois facturer. Je t'obéirai.

Mes yeux se teintèrent d'une lueur bleue. Je la regardai fixement.

— Si tu veux partir, fais-le maintenant. Pas d'engagement. Pas de question.

Elle tressaillit. Je percevais sa panique. Elle était comme moi. Elle avait beau être fascinée, elle avait toujours besoin d'être canalisée.

— Si je voulais que tu sois ma pute, je te foutrais par terre, je te tabasserais, et tu ne pourrais rien y changer.

Elle se tortilla sur son siège. Je sentis l'excitation de Gladys s'amplifier. Elle me désirait.

— Arrête de penser avec ta bite, Eric, marmonnai-je en aparté.

— Vas-y, je t'en prie. Te prive pas, m'aiguillonna Gladys.

Je sécrétais peut-être une espèce de phéromone. Un aphrodisiaque invisible. En tout cas, ça n'affectait pas Cheryl.

Je lui montrai les crocs.

— Je suis un vampire.

— Sans déc' ? Ça, alors…

— Je n'ai pas envie de faire l'amour avec vous.

Gladys et les autres avaient l'air sous le choc, mais je poursuivis :

— J'ai une copine. Enfin, je crois. Et j'essaie de coucher uniquement avec elle. Mais ce n'est pas le problème.

Cheryl se leva.

— Tu veux qu'on te serve de stripteaseuses ?

— Non, répondis-je, exaspéré. Je ne vais pas rouvrir le club. Je l'ai construit dans les années 1970, mais maintenant qu'il est parti en fumée… Je ne sais pas… Je pensais plutôt à un bowling. J'adore y jouer.

— Du moment qu'il y a des boules ! s'exclama Gladys.

— Donc, tout ce que tu attends de nous, c'est notre sang ? résuma Jodi.

Je hochai la tête.

— Plus ou moins.

— Tu as besoin de te nourrir à la source ? demanda Erin. Et tu préfères quelle veine ? J'aime pas trop qu'on s'approche de mes parties, j'ai toujours peur qu'on morde un machin qui n'apprécie guère qu'on le croque. (Tout le monde la dévisagea.) C'est vrai.

Elle rougit. Pourquoi faut-il que j'attire les tarées ?

Les filles l'entourèrent et se mirent à la cajoler. Elles semblaient contentes qu'elle ait retrouvé sa langue. Cheryl lui posa une question, mais malgré mon ouïe surdéveloppée, je ne l'entendis pas à cause du brouhaha qui régnait. En revanche, je distinguai parfaitement la réponse.

— Parce qu'il a une aura super chouette, dit Erin d'un ton timide. (Elle écarquilla les yeux.) J'en ai jamais vu de pareille.

— Bienvenue au club, chuchota Talbot.

Une fois les filles calmées, je repris la parole.

— Au *Cœur de Démon*, tout le monde me devait une unité de sang – ça ne représente pas exactement un demi-litre – tous les cinquante-six jours. Certaines préféraient les perfusions. Je conservais leur sang dans le frigo. D'autres m'autorisaient à leur en pomper directement. Elles étaient peut-être masos. Ou alors elles cultivaient une attirance perverse pour les vampires. Quelques-unes voulaient juste me faire plaisir.

» Certaines me laissaient prélever plus que la quantité raisonnable et elles sont devenues anémiques. Ce n'étaient pas des fascinées. Elles ne connaissaient aucun tour de passe-passe. En général, je tournais avec un cheptel de vingt employées. Et je dînais dehors deux ou trois fois par semaine. En rythme de croisière, je carbure à une tasse de sang par nuit. Ça ne signifie pas que ça me suffit, mais je peux m'en contenter. Vu vos talents hors du commun… (je souris à ma fine équipe) je ne serai plus obligé de manger à l'extérieur.

Je me levai. Personne ne broncha. C'étaient des professionnelles. Elles en savaient sûrement plus que moi sur les besoins des vampires. Et la confiance d'Erin avait fait des miracles. Le moral des troupes était au beau fixe. J'aurais dû en rester là, mais je poursuivis pour briser la glace.

— Mais bon. Quand ça se barre en couille et que j'ai tout le monde aux fesses, il m'en faut plus. En général, je saigne une personne à mort. Et même quand tout va bien, je vais chasser huit ou dix fois par mois. La plupart du temps, ça se solde par un meurtre. Je ne sors jamais pour Thanksgiving, Noël, le nouvel an, ou Halloween. Et pendant le festival de musique de Void City, j'organise même des rondes pour assurer la sécurité des gens.

» Il faut que vous sachiez pour qui vous bossez…

Je tenais le même discours à mes stripteaseuses. C'était un peu tordu, mais j'avais l'impression qu'en les avertissant, je n'étais plus responsable. S'il leur arrivait malheur, c'était leur faute.

— J'assassine en moyenne cent trente personnes par an. C'est dans ma nature. Ça fait quarante ans que je sévis. Les vingt premières années, je bouffais presque un humain par nuit. Parfois plus, parce que je ne connaissais pas encore mes limites. En tout, j'ai causé la mort de plus de dix mille personnes. À côté de moi, Charles Manson, c'est un amateur.

» La plupart des vamps de cette ville n'ont pas tué le tiers de mes victimes. Soit ils rencontrent moins de problèmes que moi pour se contrôler, soit ils se nourrissent de sang animal. Oui, j'ai essayé. Et non, ça ne fonctionne pas. Il me faut du sang humain, sinon ça me met juste en appétit. Je déteste la créature que je suis devenue, mais je suis trop égoïste pour demander à quelqu'un de m'achever. Des questions ?

Gladys leva la main. Je hochai la tête. Elle se mordilla la lèvre inférieure, regarda Cheryl du coin de l'œil et se lança.

— Si c'est ainsi, je préfère que tu me baises tout de suite.

Elle jouait peut-être la comédie, mais je devais admettre qu'elle savait s'y prendre pour détendre l'atmosphère.

— Il faut obtenir sa permission. (Je désignai Tabitha, au dernier rang.) Je crois que si on veut que notre histoire dure, elle exigera une relation monogame. Sauf si mes écarts de conduite se produisent spontanément. En chassant.

Tabitha haussa un sourcil.

— Ce genre de trucs arrive parfois, expliquai-je.

À son expression, je devinai qu'elle savait de quoi je parlais. J'aurais apprécié que ce ne soit pas le cas. J'avais encore transformé une femme en monstre.

— On doit faire quoi d'autre ? demanda Sally.

— Si j'ouvre un business de l'autre côté, vous devrez y travailler. Je vous paierai, je vous inscrirai à la fac si vous le souhaitez, et vous bénéficierez d'une assurance santé avec remboursement des frais dentaires et optiques. Bien sûr, en échange vous devrez me nourrir. Vu que vous êtes mes fascinées et que vous avez l'habitude de régénérer votre sang, vous effectuerez des rotations. Je suis sûr que ça ne m'empêchera pas de chasser, mais je sèmerai moins de cadavres.

— Je peux te livrer mon sang en sac ? questionna Cheryl.

— Bien sûr.

— Dans ce cas, j'accepte que tu le boives directement à la source.

Elle se radoucit.

— Tu n'es pas vraiment différent des autres, mais... (elle regarda Erin à la dérobée) je veux bien te laisser une chance.

— Pourquoi tu es si sympa avec elles ? grommela Magbidion. Tu les connais à peine. Et moi, tu m'as traité d'esclave !

— Parce que tu sais que je plaisante, répondis-je. Elles, ça fait trop longtemps qu'on les maintient en esclavage. Elles n'ont plus de second degré.

— Oh, dit le mage en se rasseyant confortablement.

— Demain, Talbot vous emmènera faire du shopping. Allez vous acheter des fringues, des sous-vêtements, du maquillage, qu'est-ce que j'en sais ? Vous pouvez choisir une chambre en coulisse. N'importe laquelle sauf celle de Greta.

— Ah bon ? Talbot va faire du shopping ? s'étonna l'intéressé.

— Ouais. (Je lui montrai les crocs.) Je suis sûr que tu as fait de petites économies. Et comme ça, tu me lâcheras la grappe.

— OK. Bonne idée, acquiesça Talbot.

— Et prends-leur de quoi dormir. Des sacs de couchage, des lits de camp, ce que tu trouves. Les chambres sont minuscules.

— Et moi ? demanda Magbidion. Tu veux que je continue à bosser sur le sort de camouflage ? Parce qu'il me faudrait des ingrédients. Du sang, des griffes d'*oni*…

— Les filles te donneront du sang, mais pour le reste, il faudra que tu l'achètes toi-même.

— Avec quel argent ? (Il compta sur ses doigts.) J'en ai, mais pas assez pour un enchantement de cette ampleur. Pour protéger tout l'immeuble, j'ai besoin d'une griffe entière, pas qu'un bout. Et d'un rubis très onéreux… Une pierre énorme. Les *onis* sont tout à fait disposés à vendre leurs rognures, mais si tu veux leur arracher une griffe à la racine, c'est une autre paire de manches. Pour mon camping-car, j'ai utilisé un petit rubis plein de défauts. Pour un espace aussi important, il me faut du matériel de qualité. Les failles se remarquent à peine autour d'un véhicule. Mais à l'échelle d'un bâtiment, elles deviennent assez grandes pour laisser passer quelqu'un.

— Je vais y réfléchir. Prépare le sort et je reviens vers toi. Pour l'instant, je dois mener une petite enquête. Tu as déjà entendu parler de… Merde, comment ça s'appelle, déjà ? De la Pierre… Non, de la Gemme d'Éternité ? Je suis censé la subtiliser à un type dénommé Phil.

— Phillip ? s'exclama Tabitha en s'étouffant presque. Tu veux parler de la Gemme d'Aeternum ?

Je claquai les doigts.

— C'est ça ! La Gemme d'Aeternum.

— Je crois que les vampires s'en servent pour gagner en puissance, avança Magbidion. En volant les pouvoirs d'un autre.

— On t'a déjà dit que ça pouvait rendre quelqu'un immortel ?

— Non. Attends… Si. Peut-être. Je me souviens d'un esclandre dans la communauté immortelle, il y a quelques années. Un de mes amis, Shelley, m'a raconté que le Conseil des aînés voulait la localiser.

— Le Conseil des aînés ? répétai-je en pouffant.

— Oui. Les immortels sont beaucoup mieux organisés et structurés que les vampires. Ils ont divisé le monde en fiefs. C'est une société très complexe.

— Je m'en fous. Je veux juste savoir si on peut effectivement utiliser la Gemme pour devenir immortel.

— Ça doit être possible, concéda Mag.

— Dans ce cas, je vais la chercher.

— Eric, s'écrièrent Talbot et Tabitha en chœur.

Ils se regardèrent et s'entendirent tacitement. Leur petit manège provoqua une pointe de jalousie. J'en eus la chair de poule. Tabitha ferma la bouche et laissa Talbot poursuivre.

— Le seigneur Phillip est le propriétaire des Highland Towers, où Roger habitait.

Il s'efforça de me regarder droit dans les yeux, mais son regard ne cessait de dévier vers Tabitha. Au bout de la troisième fois, il se posta entre elle et moi, pour l'avoir dans le dos.

— Il a montré à Tabitha toute une série d'artefacts qui lui ont permis de s'élever dans la hiérarchie vampirique. Il prétend être un ancien mage qui se serait transformé en vampire tout seul, dans le but d'acquérir l'immortalité. Il ignorait que ça ferait de lui un simple Fantoche. Depuis, il s'est débrouillé pour gagner en puissance. Maintenant, c'est un Vlad.

— Pas mal, concédai-je.

Je me souvenais d'avoir entendu Tabitha mentionner ce type, mais elle avait affirmé que ce n'était personne. Ça n'avait pas l'air d'être le cas. Je la désignai du regard :

— Il se l'est faite ?

*Pourquoi je pose des questions pareilles ? Je ne veux pas connaître la réponse, de toute façon !*

Greta posa une main sur sa bouche, mais elle s'abstint de formuler le moindre commentaire. J'aperçus Tabitha qui secouait la tête, incrédule. Je n'étais pas censé aborder le sujet de ses conquêtes. Mais bon. Tôt ou tard, j'allais bien devoir lui parler de Rachel.

— Eric…, commença Talbot.

— Elle couchait avec un vampire, aux Highland Towers. J'ai senti son odeur sur son collier de diamants. C'est Phillip qu'elle se tapait ? répétai-je. Ça ne devrait pas être si compliqué de répondre. Sauf si elle s'est fait mettre par tellement de gens que tu as perdu le fil ?

— Ouais, répondit Talbot. Il l'a baisée. Et avant que tu demandes, il n'y a eu personne d'autre. Juste moi et Phillip.

— Putain, Talbot ! l'interrompit Greta. Tu as fait des galipettes avec maman ? Pourquoi elle et pas moi ?

— Elle a des réflexes félins, répondis-je. Et des parties chaudes et poilues, à ce que j'ai compris.

Greta écarquilla les yeux et regarda Tabitha à la dérobée.

— Vous avez fait l'amour en chats ? Et moi qui trouvais papa pervers…

— Greta, je t'en prie, la supplia Talbot. Non, on n'a pas fait l'amour en chats. C'est juste la façon dont elle bouge. Elle a une grâce féline… Laisse tomber, tu veux ? Si ça vous intéresse tant, je vous raconterai tout, mais plus tard.

— Pas question, dis-je abruptement. Tu te rappelles l'avertissement que je t'ai donné ?

— Ta comparaison bizarre avec la torture de Z'Animo et l'arrachage de couilles ?

— Oui, répondis-je. Eh bien, l'interdiction s'étend également à Greta désormais.

— Compris ! s'empressa-t-il de répondre.

Greta forma les mots « torture de Z'Animo » sur ses lèvres et secoua la tête. J'étais la seule personne au monde à avoir mangé mes Z'Animo par les pieds pour redoubler leur supplice ?

— Donc ce Phillip possède la pierre magique dont j'ai besoin.

Je ne pus m'empêcher de m'adresser à Tabitha.

— Pourquoi tu l'as plaqué ?

— Putain ! C'est un malade, OK ? Il est riche et puissant, mais c'est un vicelard. Tout est un jeu, pour lui. Même le sexe. Il voulait m'utiliser pour divertir ses invités de marque. Même toi, tu ne m'aurais jamais demandé des trucs pareils. Je l'ai envoyé chier, car il envisageait de m'offrir comme plat de résistance d'une tournante à la mode victorienne. Mais bon, tu avais promis de ne pas me questionner.

Je me tournai vers Talbot.

— En gros, je ferais mieux de le tuer.

— Il possède toute la ville, Eric, cracha Tabitha. Tu ne comptes quand même pas débarquer aux Highland Towers et le buter. Il a des talismans magiques et des alarmes !

— Il est éveillé pendant la journée ? demandai-je.

— Des fois, répondit Tabitha.

— Il a le sommeil lourd ?

— Carrément. Pourquoi ?

— C'est tout ce que je dois savoir. (Je hochai le menton en direction de Talbot.) On met combien de temps pour s'y rendre ?

— Environ vingt minutes.

— Il y a un parking ? Tu sais quoi ? J'ai une meilleure idée. J'irai le saluer en début d'après-midi. On trouve des animaleries dans le coin ?

# 25

## ERIC :

### Les joies du parking

On arriva en vue des Highland Towers à bord du coupé Jaguar de Talbot. Il faisait assez sombre, dans le véhicule, pour que je risque mes moustaches de rongeur hors de la poche de sa chemise. Le bâtiment, de style néogothique, était assez impressionnant. Très *hype*, comme toutes les constructions du quartier Ouest, mais je devais admettre qu'il sortait du lot. Ce n'était pas le plus gigantesque, mais son extravagance architecturale n'était pas pour me déplaire. Je m'y reconnaissais.

Talbot s'engagea dans le parking. Je ne lui demandai pas quelle carte il utilisait. Tabitha aussi devait en posséder une, mais je n'avais pas envie d'y penser. J'étais suffisamment énervé comme ça. Le parking paraissait tout ce qu'il y a de plus normal, vu du dehors, mais il était clairement étudié pour les vampires. Le mur extérieur était conçu de telle façon que son ombre protégeait les places à l'air libre. Une fois à l'intérieur, on pouvait accéder à une seconde zone, complètement préservée des rayons du soleil. Ensuite, une galerie couverte permettait de rejoindre le bâtiment principal.

Notre petit crochet par l'animalerie m'ayant pris plus de temps que prévu, on jeta donc notre dévolu sur les places situées à l'intérieur. Chaque résident disposait de son propre espace de stationnement. Talbot se gara sur une des quatre places réservées à la suite Griffon.

— Je me demande combien ça leur a coûté, à ces salauds de richards, pour aménager ce parking, fis-je remarquer en m'extrayant de la poche de Talbot pour reprendre forme humaine.

— Tu es sûr que tu ne veux pas que je te fasse entrer ? répéta Talbot pour la énième fois. Phillip a offert à Tabitha l'ancienne suite de Roger. Je devrais pouvoir convaincre Dennis de te laisser franchir les talismans. Comme ça, tu pourrais discuter tranquillement avec le seigneur Phillip.

Je pris le sac de l'animalerie où se trouvait une roue à hamsters ou à gerbilles que j'avais peinte avec un spray noir. Mon plan était beaucoup plus marrant que celui de Talbot. Il m'enfermerait dans la roue et me mettrait dans la direction des Highland Towers. Grâce à ma toute nouvelle protection solaire, je traverserais les barrières magiques en pédalant, je me transformerais en Supervamp et…

— Tu n'es qu'un rabat-joie ! (Je sortis le bidule en plastique de son sac.) Le Dévaleur solaire 5000 ! Tu te rends compte, mec ? C'est trop cool !

*Et pas pratique du tout*, terminai-je en pensée.

— Tu as donné un nom à cette boule en plastoche ?

Je soupirai.

— Je pourrais peut-être me contenter d'emprunter l'escalier.

— Par exemple.

— Mais entrer par la grande porte, c'est beaucoup plus délirant, Talbot !

— Si tu le dis.

— OK. T'as gagné.

Je jetai le Dévaleur solaire 5000 dans la voiture et m'engageai d'un pas lourd dans le couloir.

Contrairement à la plupart des parkings, aucune saleté ne jonchait la cage d'escalier, et pas une tache ne souillait le sol chocolat ni les murs beiges décorés de petits motifs coralliens. Tout était bien entretenu et bien éclairé. La porte au fond du couloir donnait sur une petite réception tapissée d'une épaisse moquette bordeaux. Les murs étaient brun clair. C'était censé être accueillant, mais ça me rappela le restaurant italien où j'avais emmené Tabitha, six mois auparavant, quand elle était encore humaine.

C'est alors que je sentis les autres vamps. La plupart étaient endormis, mais quelques-uns veillaient encore. Au total, quinze Maîtres habitaient là. Leurs visages se confondirent dans mon esprit. Certains étaient vieux, d'autres plus jeunes, mais je n'en repérai aucun d'important. Je ne recueillais jamais beaucoup de données en sondant mes semblables, donc ça ne me surprit pas spécialement.

Lorsqu'une femme se détacha du lot, je fus stupéfait. Elle m'était vaguement familière. J'avais déjà vu son visage dans l'esprit de certains des fascinés espionnant le *Pollux*. C'était leur maîtresse, celle qui les avait engendrés. Elle dormait. En me concentrant, ses traits m'apparurent avec une plus grande clarté. Elle était profondément assoupie, mais je reconnus un des fascinés qui s'affairait dans la chambre. Je la sondai délibérément, pour obtenir des informations complémentaires, un nom, n'importe quoi… et pour une fois, ça fonctionna. Elle s'appelait Gabriella et elle était âgée. Beaucoup plus que moi.

Elle ouvrit les yeux et cria. Sa panique se propagea le long de notre lien et j'entendis un brouhaha de pensées incohérentes. *Pas la journée. Il n'est pas supposé arriver si tôt. Oh, doux Jésus, que sait-il ?* Ensuite, elle reprit contenance.

Qu'est-ce que je savais de quoi ?

— *Laisse-moi entrer*, lui demandai-je.

— *Roger n'est pas là*, répondit-elle. *Je vais lui ordonner de te renvoyer Rachel. S'il te plaît, va-t'en ! Va-t'en et ne me fais pas de mal !*

Hein ? Roger ? J'étais venu pour cette espèce de caillou débile, pas pour Roger. Bon, après, s'il était dans les murs…

Dès que je sentis les Vlads, mon lien avec Gabriella s'estompa. Il y en avait sept. Je me demandai lequel était Phillip, et comme pour me répondre, l'image d'un petit chauve s'imposa à moi. Ce n'était pas un nain, mais il était franchement ridiculement petit. Il dormait dans un immense lit à baldaquin, avec trois humaines pour lui tenir chaud. Deux d'entre elles papotaient. La troisième essayait juste de se reposer.

Je n'étais pas né de la dernière pluie. Et pourtant, même après quarante ans de vampirisme, j'avais encore l'impression que tout le monde avait lu le mode d'emploi sauf moi. Et qu'on me l'avait soigneusement caché. Avant, quand je percevais la présence d'autres vampires, je savais s'il s'agissait de Maîtres ou de Vlads, et j'avais une vague idée de leur apparence. Mais je n'avais jamais eu de vision aussi précise.

J'entendis les pas de Talbot retentir sur l'asphalte du parking, puis le mistigri gravit en courant l'escalier et me rejoignit dans la réception.

— Qu'est-ce qui t'a pris de passer en accéléré ? demanda-t-il. Il n'y a pas le feu au lac.

— Désolé, je ne m'en suis pas rendu compte.

— Je vais essayer de dénicher Dennis pour qu'il te donne accès au reste du bâtiment, proposa Talbot. Ne bouge pas. Ça ne devrait pas prendre plus d'une minute.

Une minute s'écoula. Suivie de cinq autres. Tout en regardant ma montre, je me dirigeai vers la porte. Je sentis quelque chose. Mes bras se couvrirent de chair de poule et ma nuque se glaça.

Je tendis la main gauche et me heurtai à une barrière. Elle était invisible, mais bien réelle. Une présence effleura mes pensées, mais se retira aussitôt. Devant moi, les portes battantes s'ouvrirent et la barrière se fendit, comme un rideau.

— *On vous attend*, chuchota une voix dans mon esprit.

Talbot déboucha d'un coin de la pièce.

— Dennis est en train de dormir. (Une jeune femme aux yeux vides le suivait.) Mais Hannah dit qu'elle peut t'ajouter au système. Elle a juste besoin d'une goutte de ton sang.

L'intéressée brandissait une petite aiguille en or dotée d'un minuscule cristal.

— C'est pour le système d'alarme, dit-elle en bâillant. C'est tout. Je vous rassure.

— Super, un piège à rat, marmonnai-je.

Elle m'enfonça l'aiguille dans le doigt. Le cristal devint rouge, puis violet. Elle écarquilla les yeux et lorsqu'elle reprit la parole, elle avala la moitié de ses mots.

— C'est tout. Puis-je encore vous être d'une quelconque utilité, mon seigneur ?

— Non merci, répondis-je. Talbot me montrera le chemin.

Hannah hésita, mais s'exécuta. Elle s'éloigna dans les profondeurs de l'immense complexe pour vaquer à ses occupations.

— Tu veux aller où, d'abord ?

— Rentre au *Pollux* ! lui dis-je.

— Pourquoi ?

— J'ai un mauvais pressentiment. J'aimerais que tu veilles sur les filles.

Talbot haussa les épaules.

OK. Tu veux que je fasse autre chose avant de mettre les voiles ?

— Laisse le Dévaleur solaire 5000 dans le parking. Il se pourrait que j'en aie besoin. (Il tourna les talons.) Oh, Talbot. Juste une question !

Il fit volte-face et attendit.

— Qu'est-ce que je dois savoir sur une Maître appelée Gabriella ? Elle a complètement flippé quand on s'est sentis.

— C'est le sire de Roger ? répondit Talbot.

— Et alors ?

— Je sais que tu n'en as strictement rien à cirer des règles de savoir-vivre vampiriques, mais elle, elle les connaît par cœur. Elle n'ignore pas que son rejeton t'a cherché des noises. Techniquement, tu serais en droit de lui demander des comptes parce qu'elle aurait dû le tenir en laisse.

— Merci.

Tout en le regardant s'éloigner, je me préparai psychologiquement à rentrer dans le lard de la jet-set comme un bourrin. Quand on s'apprête à sauter d'une falaise ou à plonger la main dans un nid de guêpes, on a le ventre noué. On ressent une espèce d'excitation malsaine accompagnée d'une poussée d'adrénaline. C'est bien, d'avoir un but. De relever un défi. C'est l'éclate. Je savais pertinemment que je n'allais pas me présenter à l'accueil. Ni prendre l'ascenseur. Ni appeler le concierge. Ni même parler à Phillip. J'allais me rendre chez Gabriella et la forcer à cracher tout ce qu'elle savait sur Roger et Rachel.

— Je vais tous les niquer, entonnai-je dans ma barbe, comme un petit garçon.

J'adore ces moments bénis où on se dit « rien à foutre ». Si on survit, quelle rigolade, après coup ! Parfois, on a même la chance de jouir encore de tous ses membres…

# 26

## ERIC :

## *LE DÉMON CŒUR**

L'essentiel des Highland Towers était occupé par des couloirs richement décorés et des salons meublés avec goût. Les ascenseurs rétro étaient manœuvrés par des jeunes gens en tenue de groom. Comme un fait exprès, toutes les portes se fermaient devant moi. L'odeur de Talbot s'était dissipée dès que j'avais franchi le seuil, mais je sentais celle de Rachel. Et celle de Roger. Tout ça était on ne peut plus agaçant.

Les murs extérieurs étaient entrecoupés, à intervalles réguliers, de vitraux représentant des scènes mythologiques. Au bout d'un des couloirs, une image grandeur nature attira mon attention. Sur le verre figurait une armée de vampires assaillant une église. Le ciel était obscurci par une nuée de chauves-souris, et un chevalier se tenait campé, seul, devant une créature noire ressemblant à s'y méprendre à Supermoi, sauf qu'elle avait des seins.

En haut de l'immense vitrail, on voyait les chauves-souris se disperser, laissant les rayons du soleil frapper le vampire monstrueux. J'observai la scène. Les morceaux de verre teinté se déplaçaient à vue d'œil. En bas de la fenêtre, du texte défilait sur un parchemin. C'était du français. Au bout d'un moment, toutes les couleurs de l'image s'estompèrent, la fenêtre devint entièrement grise et un titre se dessina. *Le Démon cœur*[*].

Le dessin animé de propagande était beaucoup plus intéressant quand on le prenait du début. Protégé par l'obscurité, un chevalier solitaire arriva sur son cheval blessé. Il laissa l'animal mourir au pied de la chapelle. Il hésita, retira son heaume et s'agenouilla devant la croix colossale s'élevant au-dessus du portail. Le chevalier vampire étira de petits crocs, rassembla son courage et entra dans l'église.

Du temps passa. Un soleil stylisé se leva sur le bâtiment, et les nuages blancs se transformèrent en une horde de chauves-souris protégeant le chevalier du soleil. Une femme vampire vêtue d'une tunique fit son apparition dans le ciel, à gauche de l'image. Trente vampires à cheval la suivaient au sol. Elle atterrit devant l'escalier de la gigantesque église de pierre, et un dialogue en langue étrangère défila sur le parchemin. C'était peut-être du français, mais la police était si alambiquée que j'avais du mal à déchiffrer les caractères. De temps en temps, la femme sur le vitrail ouvrait la bouche. On aurait dit qu'elle riait.

Apparemment, la vamp à la liquette défiait celui qui s'était réfugié dans l'église. Un prêtre en robe de bure en sortit. Il tenait un crucifix en or. Ils discutèrent un moment. Miss Liquette n'avait pas l'air contente. Elle se transforma en cette grosse bête noire ailée que je connaissais bien.

Le chevalier vampire surgit à son tour de l'église, arracha la croix des mains du prêtre et le poussa à l'intérieur. Ses gantelets, au contact de l'immense crucifix, prirent feu aussitôt. Le chevalier se dirigea vers Supervamp, s'arrêta sur les marches à mi-chemin et tomba à genoux. Lentement, il leva les yeux au ciel. Un autre dialogue défila sur le parchemin. J'identifiai quelques mots de latin.

Tous les vampires regardèrent les cieux et un texte doré apparut. Même moi, je connaissais cette prière. C'était le

Notre Père. Le chevalier brandit sa croix en signe de défi. Deux anges armés d'épées de feu dispersèrent la horde de chauves-souris. Tous les vampires, y compris le chevalier, furent baignés par les rayons du soleil. Des fumerolles grises s'élevèrent de Miss Liquette, et les trente vamps constituant sa suite explosèrent, avec leurs chevaux. Miss Liquette prononça deux ou trois mots. J'étais incapable de les lire, mais d'après ses gestes, je devinai qu'il s'agissait d'une menace offusquée dans le genre fée Carabosse.

Elle fit sa sortie du côté gauche du vitrail, apparemment vexée, et le chevalier s'évanouit en plein soleil, mais ne brûla pas. Sa peau rosit et il s'assit. Il se toucha le torse, puis les dents. Il avait gagné un ticket gratuit pour le pays merveilleux des vivants. Il avait le cul bordé de nouilles, le salaud.

Un nouveau texte doré apparut et le prêtre ressortit de l'église. Il aperçut le chevalier et se prosterna devant lui. Les curés sont hypersensibles aux miracles. Tout redevint gris et la scène initiale se redessina sur le vitrail. Celle où l'on voyait le chevalier affronter Supervamp et son détachement de marines. Exit la croix. Le guerrier tenait à présent une épée. Je me dis que c'était de la pure licence poétique.

Je ne sentis Ebony qu'au moment où elle posa la main sur mon épaule. Elle travaillait au club, avant l'explosion. Je la regardai. Le visage de dame Gabriella se surimposa brièvement au sien.

— Si vous souhaitez vous rafraîchir, servez-vous, me dit l'image de Gabriella.

— On dirait que vous m'offrez un Coca. C'est la version vamp de l'hospitalité ? demandai-je en me retournant.

Ebony était vêtue de sous-vêtements blancs. Le genre d'ensemble hors de prix qui met en valeur les jambes, mais ne dévoile pas grand-chose d'autre. On me faisait là un cadeau de premier choix. Malheureusement pour moi, j'ai un odorat surdéveloppé. Ebony pouvait m'abreuver d'œillades, je sentais la peur, pas l'excitation. Quand j'étais d'humeur, ça ne me gênait pas. Des fois, je laisse ma bite penser à ma place. Mais pas ce jour-là. Ebony n'était qu'une diversion.

— Alors comme ça, Rachel travaille pour Gabriella ? demandai-je en feignant la contrariété.

Si j'avais pu être en rogne, je l'aurais sûrement été. Mais j'en étais incapable. Les drogues de J'iliol'lth restaient peut-être actives très longtemps. Ou bien c'était à cause de ma prétendue fascinée, Rachel. Qui sait ce qu'elle avait fabriqué avec mon cerveau ? En tout cas, je décidai de faire semblant.

— C'est quoi, l'histoire ?

— Je ne sais pas.

Sa voix respirait la panique. Elle avait vu le club partir en fumée. Elle savait que j'allais revenir, même si le vampire lambda aurait dû y passer. Et à présent, je me tenais devant elle, en chair et en os, sans une égratignure. Je portais même mes foutues tennis. Elle n'ignorait pas à quelles extrémités je pouvais en venir par colère – et elle croyait m'avoir irrité – ou par pur dépit.

Ses yeux me disaient ce qu'ils m'avaient toujours dit. Ebony avait tout compris aux vampires, à savoir qu'on est les prédateurs naturels de l'être humain. Des monstres qui ne vivent que pour chasser, tuer et se reproduire. Ses traits exprimaient également la résignation. Elle savait exactement dans quoi elle avait mis les pieds et avait conscience qu'en nous côtoyant elle jouait avec le feu. Mais elle avait choisi cette voie en connaissance de cause.

— Dame Gabriella ne m'a rien dit. Elle m'a ordonné de m'habiller et de venir te trouver. Je suis censée t'annoncer que je t'appartiens. Tu peux faire ce que tu veux de moi.

— Hé ben. Tu dois te sentir sacrément spéciale. (Je poussai un profond soupir et lui agrippai l'épaule.

Elle eut un mouvement de recul.) Comment puis-je te renvoyer sans te causer trop d'ennuis ?

— S'il te plaît, Eric. Je m'offre à toi. Profites-en !

Elle passa la main sur mon torse.

— Casse-toi ! dis-je, un peu trop fort, en lui postillonnant au visage.

La salive des vampires, c'est un peu dégueulasse quand on n'y est pas habitué. Comme tous nos fluides corporels, c'est du sang. Son menton et son caraco étaient maculés de gouttelettes. Pour enfoncer le clou, mes yeux étaient devenus violets. Deux voyants lumineux qui se reflétaient sur sa peau.

Ebony détourna le regard et se courba par réflexe. Elle devait entendre une voix que je ne percevais pas. Elle ferma les yeux et se mordit la lèvre inférieure au sang. Son cœur battait à tout rompre. Son pouls frénétique résonnait à mes oreilles. Le bruit était si fort et l'odeur de sa peur si capiteuse que je faillis ne pas distinguer les mots qu'elle murmura du bout des lèvres :

— Oh non. Pitié…

J'entendis des petits bruits de pas retentir dans le couloir. Deux personnes. Je n'avais pas besoin de regarder. Je savais que dame Gabriella venait d'augmenter la mise. Après la mère, elle me proposait les enfants.

— Nous nous offrons à toi, maître, dit une fillette en tunique blanche.

C'était le portrait craché d'Ebony. Le garçon était vêtu d'un petit costume. Aucun n'avait plus de six ans. Ce n'était pas des fascinés. Ils obéissaient juste à la maîtresse de leur mère. Talbot avait raison. Gabriella ne me connaissait pas. J'ai un problème avec les gamins. S'en prendre aux gosses, c'est mal. Ça ne se fait pas. La bande de Sweetheart Row, ce n'étaient plus des enfants. En ce qui me concernait, je leur avais fait une faveur. Mais ces deux-là étaient bien humains.

Ma peau commença à crépiter comme du bacon dans une poêle. Mon corps voulait se changer en Supervamp. Je luttai. *Ne te transforme pas en Ericzilla, connard!* me dis-je. *Tu vas effrayer les gamins.*

Je croisai leur regard et pénétrai dans leur esprit. Les pauvres petiots.

— *Dormez*, leur ordonnai-je.

Ils se mirent aussitôt à piquer du nez. Ils vacillèrent un moment et s'affalèrent sur le sol. Je les rattrapai par l'épaule et les posai doucement par terre.

— Tu es devenue quelqu'un d'important, Ebony. Avant, je te faisais danser à poil, mais je te payais bien. Et je ne t'ai jamais traitée comme une pute. C'est tes gamins ! Elle m'a envoyé tes enfants emballés comme des paquets de bouffe à emporter ! (Je n'étais plus en colère. Seulement stupéfait.) Putain, mais tu te rends compte ?

— D'habitude, elle n'est pas comme ça. Elle est un peu exigeante, mais en général elle est gentille avec eux. Elle leur donne des choses que je n'aurais jamais été capable de leur acheter. Quand leur père s'est transformé en vampire, je ne savais pas vers qui me tourner. Je ne pouvais pas aller te voir parce que tu étais…

— … parti en fumée, terminai-je à sa place.

— Il me harcelait tout le temps. Il menaçait de les transformer eux aussi. Il voulait qu'ils restent ses enfants pour l'éternité. Qu'est-ce que je pouvais faire ? Gabriella nous a offert sa protection. J'aurais fait n'importe quoi pour eux !

Ses yeux s'embuèrent. Elle était au bord de l'évanouissement, assaillie par une tempête d'émotions. Ces dernières dégageaient une odeur nauséabonde pour mes narines ultrasensibles.

— Autre chose, Ebony, dis-je d'un ton sec.

— Quoi ? demanda-t-elle en me regardant à travers ses larmes.

J'ignorais si j'étais assez fort pour y parvenir, mais je voulais chasser Gabriella de sa tête. Je pénétrai l'esprit de la jeune femme et sentis la présence de la vampire. Sans lui prêter la moindre attention, je m'entaillai le pouce et badigeonnai de sang l'épaule d'Ebony, qui écarquilla les yeux. Ça tombait bien. Ça me permettait de sonder les pensées de dame Gabriella. Je ne pouvais pas laisser Ebony à la merci de cette créature d'outre-tombe capable de se débarrasser d'elle sans sourciller et d'envoyer ses gamins à l'abattoir.

Une douleur lancinante et aveuglante m'envahit le crâne, mais je continuai à faire pression. Ebony hurla. Au-dessus de son sein gauche, un tatouage de rose brilla et s'estompa. J'entendis Gabriella crier en écho au fond du couloir. Je n'avais plus mal. Ebony transpirait. Mon sang, sur sa peau, prit la forme d'un papillon, et la jeune femme s'affaissa dans mes bras. Je la posai doucement par terre avant de prononcer la formule magique.

— Je te marque et par cette marque te lie à moi, psalmodiai-je. Nous serons maître et serviteur. Serviteur et maître. Tu m'appartiens jusqu'à ce que je t'émancipe. Tu m'appartiens. Ainsi soit-il.

J'installai Ebony dans un fauteuil providentiel, puis déposai les deux enfants endormis dans son giron. Ensuite, je me présentai à tous les occupants de l'immeuble.

*— Si vous osez les toucher, vous aurez beau vous enfuir, je vous retrouverai, je vous foutrai un pieu dans le cœur et je ferai des expériences sur vous pour découvrir de nouvelles façons de trucider un vampire. Compris ?*

Sans savoir si on m'avait effectivement entendu, je m'assis et regardai un moment la mère et ses enfants. Je me demandais ce que j'allais pouvoir faire d'eux.

Deux minutes plus tard, je sus que quelqu'un avait bien reçu le message et l'avait pris au sérieux. Les portes de l'ascenseur s'ouvrirent sur un jeune homme blond.

— Je me ferai un plaisir de veiller sur eux, seigneur Eric, dit-il d'une voix enjouée.

Il avait les yeux cernés et semblait s'être habillé en quatrième vitesse. C'était la tête de pine que j'avais aperçue en compagnie de Tabitha, à *L'Artiste Inconnu*.

— Je m'appelle Dennis. Je suis l'assistant personnel du seigneur Phillip. Je vous garantis qu'ils seront en sécurité avec moi. (Soit c'était le meilleur menteur de la planète, soit il disait la vérité.) Je suis affreusement désolé de ce qui s'est passé. Si vous aviez annoncé votre visite, je serais venu vous accueillir avec la plus grande joie. Hannah aurait dû me réveiller dès votre arrivée. Je souhaite par ailleurs vous transmettre les plus sincères regrets de la part de mon maître. Son sommeil est devenu, au fil des années, on ne peut plus irrégulier. Dorénavant, il lui est presque impossible de planifier ses phases de veille. À l'heure qu'il est, il dort profondément. Dans le cas contraire, je suis persuadé qu'il serait venu à votre rencontre en personne.

— S'il pionce, comment tu sais que je suis là ? demandai-je.

— Le sieur Hollingsworth et le seigneur Giarmo étaient plongés dans une partie de go. Lorsqu'ils ont perçu votre colère, ils m'ont aussitôt contacté, expliqua-t-il. Le seigneur Phillip est le propriétaire de cet immeuble. Et comme je suis son assistant, ses locataires ont pris l'habitude de s'adresser à moi en cas de problème, plutôt que de déranger le seigneur Phillip lui-même. Bien. En ce qui concerne les petits et leur mère, si vous n'y voyez pas d'inconvénient, je vais les conduire dans la suite de dame Tabitha et leur commander de quoi se restaurer.

Je hochai bêtement la tête.

— Merci.

Je l'aidai à les transporter dans l'ascenseur. Les portes de la cabine se fermèrent et se rouvrirent aussitôt.

— Oh, une dernière chose, ajouta Dennis d'un ton jovial. Dame Gabriella occupe la suite Rose, qui se trouve au bout du couloir à droite. Vous ne pouvez pas la manquer.

Une fois seul, je fis volte-face pour examiner le couloir. Quelqu'un venait de se faire entuber. Et ce n'était pas moi.

# 27

## ERIC :

## Accès limité

En effet, on pouvait difficilement rater la suite Rose. Au milieu du couloir, la moquette cédait la place à du marbre rose, qui menait à une arche latérale ouvrant sur une petite cour intérieure. La salle d'attente de Gabriella était vaste. Elle mesurait grosso modo six mètres de large sur sept de profondeur. Mais bon, je n'ai pas le compas dans l'œil. Les vampires abordent toujours la décoration avec une certaine extravagance. Les lieux ne faisaient pas exception à la règle, mais c'était d'assez bon goût.

Le sol en marbre était percé çà et là de quelques carrés de gazon. On avait plus l'impression de se trouver dans un jardin ou un patio que dans une salle de réception. Au milieu de chaque petit coin de pelouse, on avait disposé avec soin une table en fer forgé peinte en blanc et trois chaises assorties. À droite, à côté du portail, on avait installé une petite desserte à thé. L'ensemble était très étudié.

Je levai les yeux sur un plafond en verre surplombé, quelques centimètres plus haut, par une fresque exquise représentant le ciel. J'étais prêt à parier que les lumières étaient conçues pour reproduire la luminosité extérieure. De jour comme de nuit. De petits nuages moutonneux traversaient paresseusement la scène. C'était proprement magique.

Au fond de la cour, séparé du reste par une petite palissade blanche, on distinguait un escalier privé, toujours en marbre rose. Celui-ci menait à une porte aménagée dans un mur ressemblant à s'y méprendre à la façade d'une demeure coloniale. Avec le fronton et tout le bazar.

Je connais plein de vampires qui gaspillent un temps fou et dépensent des sommes colossales pour prétendre que rien n'a changé depuis l'époque où ils se baladaient sous le soleil. D'expérience, je savais que ça ne faisait qu'empirer les choses. Si ça vous éclate de vous réveiller en pleurs au milieu de la nuit en pensant au bon vieux temps, allez-y ! Ne vous privez pas ! Mais dans mon cas, ce genre d'illusion m'enfonce encore plus. J'avais déjà testé. Ça avait été sympa les premiers mois, mais dès que la jolie maison de poupée s'était écroulée, la vérité s'était rappelée cruellement à moi : je n'étais qu'un cadavre ambulant obligé de tuer pour survivre.

Au bout d'un moment, Gabriella finirait par se rendre à l'évidence. Et ça ne serait pas joli à voir. Tous les vampires ont une prise de conscience, s'ils vivent assez longtemps. Mais Gabriella n'allait peut-être pas tarder à passer l'arme à gauche. Ça dépendrait de ce que je trouverais chez elle et de ce qu'elle me dirait sur Roger et Rachel. Mais qu'est-ce qu'ils foutaient ensemble, d'abord ? En tout cas, c'était bon de savoir que mes bouffonneries avaient porté leurs fruits. Je n'avais pas rayé Sweetheart Row et *L'Empire des Sangs* de la carte pour rien. Gabby était devenue complètement parano.

La palissade n'était pas bien fermée. J'ouvris le portail et me dirigeai vers l'escalier. Je grimpai un étage, pour déboucher sous un immense porche. Une porte en bois sculptée y était flanquée de deux plantes en pot s'élevant à hauteur du judas creusé dans le battant.

À côté pendait une corde écarlate terminée par des pompons. J'aperçus aussi un heurtoir plaqué or en forme de bouton de rose. Dédaignant les deux instruments, je me contentai de cogner à la porte sur l'air de *Shave and a Haircut*. C'est une habitude.

La suite de Gabriella devait être parfaitement insonorisée, car j'arrivais à peine à entendre à l'intérieur. Il y eut un mouvement, une conversation étouffée, et le volet du judas glissa pour laisser apparaître deux yeux gris bleu. Une humaine ? Mon détecteur de fascinés se déclencha.

— Je suis désolée, dit une douce voix féminine.

J'ignorais qui c'était, mais en tout cas, il ne s'agissait pas de Gabriella. Son timbre était très agréable et coloré d'un petit accent. Français ?

— Désolée, dame Gabriella ne reçoit pas si tôt dans la journée. Peut-être pourriez-vous reporter votre visite au coucher du soleil ? Si vous le souhaitez, je me ferai un plaisir d'organiser un rendez-vous. Son agenda est totalement complet, mais, pour vous, monsieur, je crois qu'elle serait disponible dès vendredi. Dame Gabriella est toujours prête à faire des exceptions pour des personnes de votre rang.

— Non. Ça ne sera pas nécessaire. Elle sait exactement ce que je veux savoir, et elle a intérêt à tout me raconter. Elle vient de m'envoyer une fascinée et deux enfants en guise de calumet de la paix pervers ! Et maintenant, elle fait comme si de rien n'était ? Elle me prend pour un con, ou quoi ?

— *Bien sûr que non, monsieur**, répondit-elle. (Je distinguais à peine son pouls, mais il s'affola.) Excusez-moi, je ne voulais pas dire ça. Bien sûr que non, monsieur. Dame Gabriella s'est réveillée brièvement, éblouie par votre splendeur, et elle a aussitôt dépêché Ebony et ses petits en gage de son respect. Malheureusement, elle a le sommeil terriblement lourd, et elle a replongé dans les bras du

Morphée des immortels peu après avoir eu l'assurance que vous aviez bien reçu ses marques d'estime.

Elle s'interrompit et j'entendis quelqu'un murmurer au loin. C'était peut-être Gabriella, mais je n'avais aucun moyen d'en être certain. Il y avait une sorte d'isolation phonique mystique. Quand la femme reprit, sa voix tremblait.

— On m'a dit que si les offrandes de dame Gabriella vous déplaisaient, je devais m'offrir à vous. Peut-être mon apparence vous siéra-t-elle mieux ?

— Tu t'appelles comment ? demandai-je à voix basse.

— Béatrice, monsieur.

— Comment puis-je savoir si ton apparence me sied si je ne peux pas te voir en entier, Béatrice ?

— Je me ferais un plaisir de me dévoiler à vous, monsieur, mais on m'a ordonné, auparavant, de prévenir monseigneur que les seuils des suites sont dotés de propriétés spéciales, aux Highland Towers.

— Spéciales comment ? demandai-je.

Si son job était de gagner du temps, Béatrice était très douée. J'espérais juste que dame Gabriella n'était pas en train de se débarrasser de Rachel et Roger par la sortie de secours pendant que j'essayais de baratiner son assistante.

— Tous les seuils sont enchantés, aux Highland Towers. Lorsque le talisman est actif, un champ de force impénétrable protège la porte. Toute personne non autorisée qui tenterait néanmoins de la franchir serait victime d'un choc électrique des plus puissants. Lorsque j'ouvrirai la porte, j'espère que cette barrière ne vous blessera pas par accident. Par ailleurs, sachez que quiconque tenterait d'enfoncer la porte subirait le même sort.

Je cognai violemment contre le battant et récoltai un coup de jus pour ma peine. Le courant remonta le long de mon bras, mes dents s'entrechoquèrent et mes globes oculaires se mirent à grésiller. Je titubai en arrière de façon particulièrement grotesque, dégringolai l'escalier et atterris sur les fesses, tout en bas des marches, la jambe gauche encore agitée de spasmes.

— Putain, je détes-s-ste la magie, bégayai-je en m'allongeant par terre.

Les yeux rivés au plafond, je regardai des nuages assez convaincants traverser la fresque figurant le ciel. Le faux soleil, entre les nuées, dégageait effectivement de la chaleur. J'en conçus une pointe de jalousie pour Gabriella. Ça faisait des années que je n'avais plus senti les rayons du soleil sur mon visage sans m'enflammer. À l'exception de ma phase spectrale, bien entendu. Une larme de sang me coula sur la joue, que j'essuyai avec mon tee-shirt. J'attendis que ma jambe cesse de tressaillir avant de me relever.

— Combien ça lui a coûté de faire installer ce plafond ? m'exclamai-je à l'adresse de l'étage. Et pourquoi tu m'appelles « monsieur ». Tu n'es pas censée me donner du « seigneur Eric » ou un truc du style ?

Je franchis la palissade et soupesai une chaise. C'était du costaud. On pouvait sérieusement amocher quelqu'un avec.

J'entendis la porte s'ouvrir, puis des claquements de talons hauts retentir dans l'escalier de marbre. Béatrice portait une robe en velours verte qui semblait tout droit sortie d'un bal de la Renaissance. Si ce n'est qu'elle remontait tout ce qu'il fallait. Béatrice n'avait pas beaucoup de poitrine, mais son corsage décolleté la mettait parfaitement en valeur.

Des tresses d'un roux flamboyant lui encadraient le visage. Sa bouche esquissait naturellement une sorte de moue irrésistible pour laquelle les femmes sous Botox tueraient leur mère, et ses yeux étaient d'un bleu gris hallucinant. On aurait dit des nuages d'orage.

— S'il vous plaît, ne cassez pas cette chaise, votre grandeur. Je suis sûre que vous en êtes capable, mais dame

Gabriella en aurait le cœur brisé. Et je doute que le seigneur Winter vienne la lui réparer.

— Puisque c'est demandé si gentiment, répondis-je en souriant. (Je reposai le siège.) Alors comme ça, tu m'appartiens, maintenant ?

— Si votre grandeur le souhaite.

— Je suis passé de « monsieur » à « votre grandeur ».

Je m'approchai d'elle et enfouis mes doigts dans ses cheveux. Elle s'efforçait de se maîtriser, mais elle était terrifiée. J'avais l'impression de caresser une jeune pouliche. Ses narines palpitaient et elle risquait de ruer au moindre faux mouvement.

— C'est une sacrée promotion. Ta maîtresse doit se dire que je suis un connard misogyne. J'imagine que c'est mieux que pédophile.

— Je suis persuadée qu'elle ne pensait pas à mal…

Elle laissa traîner ces derniers mots et je compris qu'on m'avait encore pris pour un pigeon. C'était une actrice-née. Elle aurait pu décrocher un Oscar. Elle n'était pas du tout effrayée, en fait. La peur excite plein de vampires. Béatrice essayait juste de me séduire.

— Tu connaissais une vampire appelée Irene ? demandai-je.

— Je ne crois pas, votre grandeur, répondit-elle en tremblant.

Elle était sacrément douée.

— Elle aussi, elle savait bien jouer la comédie. (Je la regardai droit dans les yeux.) Même lorsqu'elle est morte. Ça ne t'ennuie pas de t'asseoir ?

Je lui indiquai une des chaises de la salle d'attente.

— Bien sûr que non, sire.

— Je reviens tout de suite, dis-je en lui adressant un clin d'œil.

Je remontai à l'étage. La porte s'ouvrait sur une pièce digne d'un château français de la Renaissance. Roger ou Tabitha auraient été sous le charme. Pas moi. Je voulais juste entrer.

— Bon, écoute Gabby. J'espère sincèrement que t'es pas en train de pioncer. Sinon, je vais me sentir très bête.

*Fenêtres. Portes. Murs. Un sort protège la porte*, pensai-je. *Mais aucun ne protège le plafond. Et les murs ?* Je jetai un coup d'œil à Béatrice. Toujours assise sur la chaise, là où je l'avais abandonnée, elle me regardait d'un air d'indifférence feinte. Je m'approchai de la fenêtre de gauche. Je mis la main devant la vitre et réfléchis. Pouvais-je la détruire ? Aussitôt, ma paume me démangea sensiblement. Je renouvelai l'opération devant le mur et me fendis d'un sourire carnassier. Les vamps civilisés passent par les portes, éventuellement par les fenêtres. Mais nous autres, les vampires barbares, on s'en fout des qu'en-dira-t-on. On ne ressent pas le besoin de se faire une place au soleil. Bref, on a plus d'options. Je donnai un coup dans le mur. Mon poing se fraya un passage à travers comme dans du beurre. Et un point pour l'homme de Neandertal ! Un !

# 28

## ERIC :

## Voie presque royale

Des débris de plâtre se mélangèrent au sang me maculant les phalanges. Je fracassai le mur pour passer à travers. Derrière moi, j'entendis Béatrice lancer un « *Mon Dieu** » à moitié étouffé, mais je ne pouvais pas me permettre de la regarder. Il fallait que j'agisse vite. Au cinéma, quand le monstre défonce la façade d'un immeuble, ça se produit en deux temps trois mouvements. Le mur explose, un beau trou ovale bien net se forme, et la créature entre tranquillement. En général, elle est filmée à contre-jour, histoire de rendre bien théâtral le nuage de poussière qu'elle vient de soulever. Pas de bol pour moi, dans la vraie vie, ça n'est pas si simple. Après les coups de poing, j'enchaînai avec des coups de pied, puis des coups de hanche, et je finis aux griffes.

À l'intérieur, trois serviteurs armés d'arbalètes ouvrirent le feu. Le premier carreau atteignit une planche sur le côté et s'enfonça profondément dans le bois. Les deux autres ratèrent mon cœur. L'un d'eux me rentra dans la bouche, tandis que je montrai les crocs, et ressortit par ma joue gauche. L'espace d'un instant, cette douleur d'un type nouveau me figea. Aucun des tireurs n'eut droit à une seconde chance. Une fois dans la place, je ne leur laissai pas le temps de recharger. Leurs armes n'étaient pas prévues pour la vitesse, de toute manière.

Trois humains se battent contre un vampire. Qui c'est qui gagne ?

Le vampire.

Surprise !

Je me tâtai le visage, mais l'entaille avait déjà disparu. J'avais cicatrisé. J'arrachai le troisième carreau de mon épaule sans ciller et j'allai chercher Gabriella.

— Toc, toc.

Je la trouvai dans sa chambre. Elle était à moitié habillée et toute mollassonne. Sa peau sentait la fraise. C'était une odeur délicieuse. Je dus faire un effort pour me souvenir que je n'étais pas là pour draguer.

Béatrice n'avait pas menti sur tout. Sa maîtresse n'était effectivement pas très vaillante en plein jour. Certains vampires sont comme moi : ils se réveillent quand il y a du grabuge. Les rares fois où ça m'était arrivé, j'avais même été incapable de me recoucher. D'autres dorment à poings fermés jusqu'au soir, quoi qu'il advienne. Dame Gabriella était un peu entre les deux. Ses mouvements saccadés me rappelaient un des zombies de George Romero, dans *La Nuit des morts-vivants*. Et encore. Si j'avais dû parier lors d'une course à pied, j'aurais misé sur le zombie.

Un autre humain débarqua de nulle part, me tira dessus et cria :

— Laisse-la tranquille !

Il était blond et stylé. Un vrai petit minet. Je lui décochai un crochet au visage qui l'envoya valser contre le mur. Il perdit connaissance, comme un bon petit toutou.

— Esteban, bredouilla Gabriella.

— Salut, Gabby.

Elle avait une chouette chambre. Toute en rouge et or, avec un immense lit à baldaquin trônant au milieu. De la chaleur émanait du matelas grâce à un système électrique interne. Le résultat était très réaliste. Je devais avouer que ça me débectait. On aurait vraiment dit de la chaleur corporelle. Il y avait même un pouls régulier.

— Ne lui fais pas de mal.

Je me tournai en direction de cette voix familière. Elle était exagérément traînante, mais c'était plus dû à l'âge de mon interlocuteur – et à l'époque à laquelle il avait vécu – qu'à un effet étudié. John Paul Courtney.

— Ne lui fais pas de mal, répéta-t-il.

Le cow-boy s'intercala entre moi et Gabriella. Cette fois, son corps était translucide. J'avais l'impression qu'il était illuminé de l'intérieur par une lueur ambrée, qui baignait tout son être dodelinant d'une teinte angélique.

— Je ne lui veux aucun mal, espèce de crétin ! crachai-je. Je veux juste des réponses.

— Quelles réponses ? demanda Gabriella d'une voix enrouée de sommeil.

Son visage bougeait à peine lorsqu'elle parlait. Il paraissait aussi dénué d'expression que celui d'une victime d'attaque cérébrale, sauf que les deux parties de sa tête semblaient paralysées. Elle s'avança d'une démarche mal assurée et traversa le spectre de ma conscience fantomatique. Comme d'habitude, j'étais le seul à avoir le privilège douteux de percevoir le roi des empêcheurs de pécher en rond.

Gabriella vacilla sur ses jambes. Comme je n'avais pas envie qu'elle tombe, je lui tendis la main. Je sentais des humains, tout près. Des femmes pour la plupart. Leur odeur était très forte. Ils se trouvaient dans la pièce avant que j'entre par effraction. Je percevais leur présence. Tous ces pauvres petits cœurs paniqués qui battaient la chamade. Tout ce sang. Ils avaient laissé leur maîtresse se débrouiller pour enfiler toute seule les vêtements éparpillés par terre et ils s'étaient enfuis. Je me demandai si elle leur en avait donné l'ordre. Je repérai également deux autres odeurs. Roger et Rachel. Sales connards ! Ils étaient partis, à présent, mais ils avaient passé la nuit ici. Et ils avaient couché ensemble.

— Quelqu'un ne pourrait pas venir te donner un coup de main ? C'est tous des poules mouillées, ou quoi ?

Elle parvint à secouer vaguement la tête.

— Béatrice ! m'exclamai-je. Si tu as repris ton souffle, rapplique tout de suite et aide un peu Gabby à se fringuer.

John Paul Courtney sourit.

— Oh ! Cool ! J'ai réussi à faire plaisir au vieux schnoque !

Béatrice prit le relais et je m'éloignai. Gabriella me suivit des yeux tandis que je traversai la pièce. Je passai les mains sur sa commode et m'arrêtai devant une série de petits chevaux en porcelaine. La vampire serra les dents et me fusilla du regard, mais elle resta muette et se concentra sur ses habits.

— Allez, fiston, râla John Paul. Touche pas à ses bibelots.

— Mais tu piges que dalle, ma parole ! Je ne suis pas venu piller son coffre-fort ! Putain ! Tu sais très bien pourquoi je suis là ! J'ignorais même que Roger et Rachel étaient dans le coin avant de les sentir. Tout ce qui m'intéressait, c'était de piquer cette saloperie de caillou magique au seigneur Machin-Prout-Prout…

Soudain, je me rendis compte que je me donnais en spectacle. Béa et Gabby avaient ralenti et elles me dévisageaient. Forcément : je me prenais le bec avec un fantôme.

— Pourquoi elles ne peuvent pas te voir ? demandai-je.

— Je t'ai déjà expliqué, répondit Courtney. Elles sont pas d' not' sang.

Mais lorsqu'il prononça ce dernier mot, ça me rappela quelqu'un. Je lisais de la douleur et de la tendresse dans ses yeux, quand il regardait Gabriella.

— Attends une minute…

Je désignai la vampire, qui s'immobilisa, suivie de Béatrice. Je leur fis signe de continuer.

— Tu étais amoureux d'elle ?

— Peut-être bien. (Ça ressemblait plutôt à « p't'êt'ben ». Il avait l'air complètement gaga. Je souris.) Qu'est-ce que tu crois ? J'ai vécu, avant de tirer mon boulet. On n'a jamais... Ah, nom de D...

Il ravala le juron avant qu'il franchisse ses lèvres et un cigare apparut dans sa main.

— Tu as failli blasphémer.

— J't'ai d'jà dit qu'on était pareils, toi et moi. Quand j'étais p'tiot, ma vie était pas plus propre que les toilettes d'un saloon. Mais j'ai changé. Et toi aussi, tu peux t'amender.

Il me cracha des nuages de fumée à la figure et reprit contenance.

— Tu sais quoi ? Je te raconterai des trucs croustillants sur Gabby et moi plus tard, si tu y tiens. Mais pour l'instant, je vais te dresser un topo que tu s'ras à même de comprendre. Chaque fois qu'*El Alma Perdida* se retrouve en possession d'un membre de la famille et que certaines conditions sont réunies, je peux l'utiliser pour tirer six fois dans l'intérêt de la lignée Courtney. Mais ça signifie pas que j'y suis obligé. Si tu honores ma requête, je te promets de tirer une de ces six balles pour ta pomme, au moment opportun.

— C'est quoi, cette proposition débile ? Je suis tout à fait capable de tirer tout seul, tu sais ?

— Pas toujours, rétorqua-t-il. Même toi, il t'arrive d'avoir besoin d'un coup de pouce. Si t'as un pieu dans l'cœur, par exemple. Ou si tu r'trouves pas le pétard à temps... Ou si c'est quelqu'un d'autre qui s'en sert.

Il marquait un point.

— Tu peux empêcher les autres de me canarder ?

— Ça revient au même.

—Attends. Tu m'as bien dit que tu pouvais apparaître sous certaines conditions ? C'est quoi, ces conditions ?

—Je t'en ai exposé que'ques'unes. T'es pas prêt à tout savoir, encore. Mais mon offre tient toujours. C'est à prendre ou à laisser.

—On verra, dis-je.

J'aurais dû lui répondre « p't'êt'ben », mais je n'ai pas été assez vif d'esprit.

Quand je me retournai, Gabriella était vêtue d'une robe à col haut, mais dévoilant quand même un décolleté généreux.

—Ça va mieux ? demandai-je une fois assis en face d'elle, dans son salon.

Béatrice était aux petits soins. Une vraie mère poule. Elle avait l'air soucieuse du bien-être de son « ex »-maîtresse. Gabriella hocha la tête avec lassitude. Elle contrôlait un peu mieux ses muscles. J'eus même l'impression de distinguer, au coin de sa bouche, l'ébauche d'un sourire.

Béatrice lui apporta une tasse en porcelaine de Chine stylée remplie de sang chaud qu'elle l'aida à boire proprement.

—Le sang, c'est la vie, déclama Gabriella.

J'étais trop occupé à compter les portes pour y prêter attention. Il y en avait quatre. Derrière les deux premières, je sentais une odeur d'hommes et de métal. Six femmes se tenaient recroquevillées derrière la troisième. Les servantes de sa majesté, probablement. La quatrième pièce semblait vide. C'était suspect.

—Bon.

Je bondis de l'autre côté de la table et soulevai Gabriella du sol par la gorge. Béatrice poussa un cri. Je l'imitai.

—Ils sont où, bordel ?

—Si seulement je pouvais te tuer, sale petit morveux, grogna le fantôme de Courtney.

*Ne te gêne pas !* faillis-je répondre. Mais Béatrice me coupa la chique.

— S'il vous plaît, maître Eric, me supplia-t-elle. Vous oubliez les règles.

— Quelles règles ?

Je laissai tomber Gabriella sur le canapé et me tournai vers Béatrice.

— Les Highland Towers sont régies par un certain code de bonne conduite, expliqua Béatrice. Aucun vampire n'est autorisé à en agresser un autre. Ni dans les chambres, ni dans les communs. Tout contrevenant s'expose à l'ire du seigneur Phillip. Bien entendu, s'il s'agit de légitime défense…

— Oh ben ça baigne, alors. (Je joignis bruyamment les mains.) Je suis justement venu ici pour l'énerver.

J'approchai mon visage de celui de Gabriella jusqu'à ce que nos nez se touchent.

— J'ai senti Roger et Rachel. Ils sont où ?

— Comme je vous l'ai déjà dit, il n'est pas là. Pas plus que la femme, répondit Gabriella d'une voix posée. Je vous ai déjà offert mes deux servantes les plus précieuses. Je pourrais vous céder Esteban, mon amant, mais j'ai cru comprendre que ce n'était pas votre genre.

— C'est cette Gabby que tu ne veux pas que je touche ? demandai-je à John Paul Courtney.

Mais celui-ci était parti.

— À qui parlez-vous ? demanda Béatrice.

— À Jiminy Cricket, pardi !

Esteban bougea. Je lui assenai un autre crochet au visage. La vampire crispa la mâchoire. Apparemment, elle n'appréciait pas que je gâche son *entrée*[*]. Il était grand temps de changer d'approche, car j'allais finir par agacer Gabriella.

J'essayai de réfléchir, mais cette histoire me tapait tellement sur les nerfs que je sortis tout en vrac.

— OK. Je suis obligé d'aborder le sujet. Est-ce que tous les vamps de la haute s'échangent leurs fascinés comme du bétail ? Putain, mais c'est quoi, votre problème ? J'ai déjà tellement de fascinés que je ne sais plus quoi en faire. Mais je ne les traite pas en esclaves. Ils ont choisi leur sort, et si un jour ils veulent me plaquer, je les laisserai partir sans rechigner. Je veux dire : OK, on est des monstres. OK, je bouffe les gens. Mais quand même ! Tu me donnes des êtres humains comme si c'étaient des objets. Tu essaies de me refiler des enfants pour que j'en fasse mon quatre-heures. Je ne ferais jamais de mal à un gamin ! Tu ne t'es jamais renseignée sur moi ? Et tu crois qu'il faut combien de nanas pour bosser dans un bowling ?

— Pardon ?

Les traits de Gabriella s'animaient un peu. Le sang qu'elle ingérait commençait à dissiper les effets néfastes de la journée.

— Tu as envoyé des gens m'espionner et personne ne t'a parlé de mon projet ? Si j'étais à ta place, je virerais quelqu'un.

— Je vais peut-être suivre ton conseil. Cela dit, je me permets de revenir à notre sujet. Celui que tu cherches n'est plus là depuis un bon moment déjà. Il ne reviendra qu'au terme de la partie. Et une fois les gages déterminés. Sauf si nous perdons… Si tu comptes me tuer, je te supplie de t'abstenir. Je ne peux rien faire pour t'en empêcher, car je suis trop faible. Et puisque tu ne veux pas de mes fascinés…

— La partie ? Les gages ?

Je me levai. Je ne pouvais plus rester en place. Ça m'énervait trop de l'écouter.

— J'ai bien dit à Roger de ne pas renchérir sur lui. (Sa voix se brisa, mais Gabriella se reprit.) Toutefois, s'il l'emporte contre Ebon Winter, il rehaussera sa respectabilité, légitimera son ascendance et rachètera la débâcle d'Orchard Lake.

— Une partie de quoi ? De billes ?

Je me rassis. Gabriella me considéra avec méfiance, mais je crois que Béatrice était amusée.

— Pardon ? demanda la vampire.

— Oublie ! Ça me fait penser à un truc que m'a raconté un type en jogging, l'autre jour. (Je posai la main sur l'épaule de Béatrice.) Tu vois, c'est bizarre. Des fois, je n'arrive pas à me souvenir de mon numéro de téléphone, mais je me rappelle avec précision ma conversation avec un certain Melvin… Putain, c'était il y a quatre mois, en fait !

— Quitte mes quartiers sur-le-champ et n'y remets jamais les pieds, à moins d'y avoir été convié, déclama Gabriella.

— OK, OK. Ça marche, répliquai-je en pouffant.

— Tu es très puissant, Eric… J'ai cru comprendre que tu préférais qu'on s'adresse à toi par ton prénom, sans aucun titre honorifique.

Tout en parlant, elle serrait les poings à intervalles réguliers, comme si elle voulait y faire circuler le sang qu'elle venait d'avaler.

— Ouais, acquiesçai-je. Eric tout court, ça me va.

— Garde mes cadeaux. Je ne te tiendrai pas rigueur des dégâts que tu as causés dans mon appartement. Ni des menaces et des insultes que tu as proférées à mon encontre. Ni même de la façon dont tu m'as humiliée. Tu n'as jamais fréquenté la bonne société. De ta part, ce genre d'écart de conduite est totalement compréhensible. Mais ne t'attends pas à ce que je sois aussi clémente une seconde fois. Tu es peut-être plus fort que moi, mais je ne te laisserai pas me provoquer à nouveau.

Elle se leva et me décocha un regard furibond supposé m'inciter à décamper la queue entre les jambes.

— Quelle gentille proposition ! rétorquai-je. Vraiment ! Très sympa.

Je me levai à mon tour et fis un signe à Béatrice pour qu'elle me serve une tasse de sang, que je descendis cul sec.

— J'adore le moment où tu me menaces, continuai-je. Très convaincant. On a presque l'impression que tu y crois. Pour info, je m'excuse d'avoir débarqué ainsi. C'était une mauvaise idée.

— Mais… ? demanda-t-elle.

Gabriella me jaugeait comme si j'étais un cheval ou une tranche de rôti.

Je croisai son regard et pénétrai dans son esprit. Elle écarquilla les yeux de surprise. J'entrouvris la porte de son âme, juste le temps de lui envoyer un message.

— *Mais tu n'as toujours pas répondu à ma question.*

Je me retirai aussitôt. Elle perdit contenance pendant une fraction de seconde. Son masque se fissura et j'aperçus la femme que John Paul Courtney avait connue. Mais elle se ressaisit très vite et l'étrange vampire snobinarde qu'elle était devenue revint en force. Tabitha avait raison. Les vamps de la haute n'étaient plus qu'une caricature d'eux-mêmes. Elle avait sûrement été un être humain gentil, sincère, vertueux et bien éduqué. Une femme respectable qu'un type comme moi – ou comme J.P., si on se ressemblait autant qu'il le prétendait – aurait pu lorgner. De loin, pour ne pas la souiller de nos sales pattes.

— Quelle heure est-il, Béatrice ? demanda dame Gabriella.

— Une heure moins le quart, ma dame.

— Tu ne voulais pas subtiliser un objet au seigneur Phillip ?

Je soupirai.

— Ouais. La Gemme de l'Aorte. Ou un truc du style. Je vais sûrement devoir le tuer pour me la procurer. C'est bien le petit crétin chauve ?

Dame Gabriella était en train de boire une autre gorgée de sang. Elle la recracha par le nez et se mit à tousser comme j'avais rarement vu un vampire le faire.

— Effectivement. Tu l'as très bien décrit, dit-elle après s'être remise. C'est une entreprise très… ardue dans laquelle tu te lances. Puis-je te demander pourquoi ?

— Il a baisé ma progéniture sans permission. Il possède un truc qui me branche. C'est Noël à Void City et j'aimerais qu'il y ait la paix sur terre, donc j'en veux à tous les vampires. Choisis la raison que tu préfères. Et tu n'as toujours pas répondu à ma question.

— Et je ne compte pas y répondre, Eric, dit-elle en souriant. Si je comprends bien, Roger ne t'intéresse pas vraiment ?

— Si, si. D'ailleurs, je vais le tuer aussi. Et d'une, il a essayé de me vendre à un démon…

Je ne finis pas ma phrase. *Un démon.* Si Rachel avait des pouvoirs tantriques liés au sexe, ça signifiait qu'elle bossait pour un démon. Pas pour Roger. Par conséquent, vu qu'elle traînait avec lui, j'en déduisais que Roger faisait équipe avec le démon en question.

— Oui ? demanda Gabriella, me tirant de mes pensées.

— Dans la mesure où tu es sa maman chérie, j'hésite à dérouler toute la liste.

Gabriella prit un air suffisant. Non. En fait, elle avait cet air-là depuis que Béatrice lui avait indiqué l'heure.

— C'est malheureux. J'étais très attachée à Roger. Toutefois, il m'a mise dans l'embarras. Dans un certain sens, ça m'arrange.

Qu'est-ce que ça pouvait changer, l'heure qu'il était ? Je continuai à réfléchir aux liens unissant Roger, Rachel et le démon. De quel démon s'agissait-il ? Quand même pas Jilou ? Ce n'était certes pas un succube. D'un autre côté, il était peut-être de mèche avec un autre démon, susceptible d'enseigner la magie tantrique à Rachel.

— Je pourrais te forcer à parler, tu sais ?

— Je ne crois pas, répliqua Gabriella. Tu ressembles beaucoup trop à ton… ton arrière-arrière-grand-père ? Tu as la même façon de t'indigner en prétendant défendre les innocents. C'est très utile quand on affronte des loups-garous, mais contre des vampires, c'est une autre histoire. Ton aïeul l'a appris à ses dépens. Et il en sera de même pour toi. Je suis persuadée que tu parviendrais à m'éliminer sans aucun scrupule. Mais quant à me tabasser, me torturer, violer mon cerveau pour en extraire des informations… Non. (Elle me caressa la main.) Tu en serais incapable.

Elle avait raison. Si Gabriella avait été un homme, ça ne m'aurait fait ni chaud ni froid, mais j'étais de la vieille école. À l'idée de brutaliser une femme pour lui soutirer des renseignements, j'avais envie de vomir. J'étais tombé bien bas, depuis que j'avais rejoint le club des morts, mais pas à ce point.

— Viens, Béatrice, dis-je en me levant. On a assez embêté Gabby. Elle a besoin de se reposer. Ça lui donnera meilleure mine.

Béatrice hésita à quitter sa maîtresse.

— Je suis désolée, Béatrice, lui dit Gabriella. Je t'ai offerte à lui et il t'a acceptée, j'en ai bien peur. Je demanderai à Esteban de t'apporter tes effets personnels…

— … Au *Pollux*, terminai-je. En face de l'ancien *Cœur de Démon*. Mais ne te fais pas de bile. J'enverrai quelqu'un.

On sortit. Une fois à l'extérieur, je fus accueilli par trente-sept fascinés parqués dans le patio. Ils se présentèrent l'un après l'autre et me proposèrent leurs services de la part de tel ou tel vampire.

— C'est quoi, ce foutoir ? demandai-je à Béatrice.

— À leur connaissance, vous venez de pénétrer un talisman réputé infranchissable pour torturer une Maître. Ajoutez-y le fait que vous avez survécu à une explosion après laquelle personne ne s'attendait à vous revoir. Sans parler de votre récent esclandre à Sweetheart Row, dont vous avez éliminé les propriétaires vampires… Je crois que les habitants des Highland Towers vous font don de leurs fascinés afin d'éviter d'être les prochains sur votre liste.

Finalement, je n'aurais peut-être pas dû « m'annoncer » à tout le bâtiment. Quoique. L'intérêt, c'est qu'ils étaient tous devenus paranos. Un type nous passa devant. Il portait une boîte à outils bizarre. Je n'en avais jamais vu de semblable. Il joua des coudes pour traverser la foule, ouvrit sa mallette et se mit à effectuer un rituel devant la porte de Gabriella.

Cette dernière se tenait toujours sur le seuil.

— Je vois quel est le problème. Apparemment, ils ont abîmé le talisman lors de la réfection du patio, annonça l'homme.

— Merci d'être venu si vite, Maurice.

Il lui décocha un sourire jovial d'homme à tout faire.

— On me paie pour me dépêcher. Le seigneur Phillip vous considère comme une priorité. Après lui, bien entendu. (Il sortit une tresse de cheveux dans l'interstice de l'encadrement de la fenêtre.) Tiens, c'est bizarre…

— Qu'est-ce que c'est ? demanda-t-elle.

— Une gruge.

Il se dirigea vers la deuxième fenêtre et tâta un peu partout. Il croisa les doigts et trouva une tresse similaire à la première.

— C'est…

— Répare le talisman d'abord. Tu m'expliqueras après, l'interrompit-elle d'un ton sec.

*Pourquoi ? On n'est pas aux pièces*, pensai-je. Une fine pellicule de sueur sanglante se forma sous le nez de la vampire. Pourquoi elle transpirait ?

— Melvin est un pro, dame Gabriella. Ça ne lui ressemble pas de commettre une négligence pareille. Une gruge, c'est une astuce qu'utilisent les mages quand ils travaillent sur un talisman dont ils ne sont pas les auteurs. Ça permet de le désactiver le temps d'effectuer un ravalement ou de changer les fenêtres. Melvin les a peut-être oubliées par mégarde. (Il en découvrit une autre derrière le chambranle.) Le talisman interférait peut-être avec la peinture qu'ils ont appliquée sur le mur. Il s'agit bien d'un mélange éternel ?

*Melvin ?*

Gabriella hocha la tête.

— Oui. Il a affirmé que je n'aurais plus jamais besoin de m'en inquiéter. Le mur est censé se réparer et se repeindre spontanément.

D'ailleurs, c'était exactement ce qui se produisait. Des bouts de bois et de plâtre se remettaient en place. On aurait dit une VHS en marche arrière.

— Et maintenant, ça fonctionne. Il suffisait d'enlever les gruges. Ce n'est pas son genre d'être étourdi. Mais bon, l'erreur est humaine.

Il brisa les fines cordelettes et les tendit à Gabriella. Ensuite, il pencha la tête sur le côté, en suivant un angle bizarre. Exactement comme Magbidion.

— Ouais. Les talismans sont de nouveau en place et le mur devrait être comme neuf d'ici à dix à quinze minutes. Je peux faire autre chose ?

— Le talisman tient-il même en l'absence de mur ?

— Bien sûr, répondit-il. L'accès n'est autorisé qu'au niveau de la porte, des fenêtres et des conduits d'aération.

— Des conduits d'aération ?

— Au cas où les propriétaires de l'appartement en question voudraient rentrer au bercail sous leur forme animale, expliqua Maurice.

Maurice… Quel nom ! Les mages et leurs foutus « M ».

Gabriella me sourit.

— Je crois être en mesure de vous fournir une réponse partielle, Eric. (Elle marqua une pause.) Une des deux personnes que vous cherchez…

— Ouais ?

— … devrait être de retour au *Pollux*, à l'heure qu'il est, conclut-elle avant de claquer la porte.

Deux secondes plus tard, j'entendis un horrible cri résonner dans mon esprit. Le *Pollux* était en flammes. Mes enfants brûlaient et je sentais jusqu'à l'odeur de la fumée, la violence de leur terreur. J'avais l'impression d'être Obi-Wan Kenobi au moment de la destruction d'Alderaan. Je me trouvais à trente minutes du cinéma. C'était vingt-neuf de trop. Un à un, les hurlements cessèrent. Greta se réveilla enfin. Gabriella avait dit juste. Au moins, à présent, je savais où était Rachel…

# 29

## TABITHA :

## Le feu aux fesses

Ce ne sont pas les flammes qui me réveillèrent, mais la fumée. La première chose qui me frappa, ce fut la sensation d'étouffement. Et je fus prise d'une quinte de toux si violente que mes poumons se mirent à brûler. *Air chaud. Trop chaud et trop épais pour respirer.* J'avais besoin d'insuffler de l'air. *Pourquoi ?*

— Eric ? criai-je.

Le cœur battant la chamade, je me laissai glisser du lit et tomber au sol. *La chaleur monte. On respire toujours mieux par terre. Enfin, c'est ce qu'on prétend.* Le sang coulait dans mes veines comme si j'étais encore humaine. Je sentais même le goût âcre de la fumée.

— Talbot ?

J'étais dans quelle chambre ? Je ne m'en souvenais plus. C'était une pièce inconnue. Une femme blonde, froide et morte, était allongée dans le lit. *Greta.* Bien sûr. Greta était un vampire. C'était la fille d'Eric. Enfin, un truc du genre. Quelqu'un riait. Le feu était bleu, pas orange. Pourquoi ? S'agissait-il de gaz naturel ?

Je posai les yeux sur le seuil et tout s'expliqua. C'était Rachel qui riait. Elle était encerclée de flammes, mais elle ne brûlait pas.

— T'aurais mieux fait de rester aux Highland Towers, frangine.

— Rachel ?

J'ignorais comment elle s'y était prise pour revenir d'entre les morts, mais je reconnaissais bien ce regard brillant de haine. La dernière fois que j'étais allée lui rendre visite à l'hôpital, deux jours avant sa mort, elle m'avait suppliée de trouver un moyen de la sauver. Et elle avait exactement la même expression. J'avais assisté à son enterrement. Le cercueil était ouvert. J'étais même retournée vérifier sa tombe, plus tard. Mon mec était un vampire : j'avais peur qu'il soit arrivé un truc bizarre à son cadavre.

— Rachel ! Qu'est-ce que tu fabriques ?

Elle me sourit et rebroussa chemin, non sans fermer la porte derrière elle. J'entendis le verrou malgré le crépitement de l'incendie. On pouvait l'actionner des deux côtés. Je me ruai sur la porte, avec toute la vitesse vampirique que je pouvais invoquer. C'est-à-dire zéro. Mes joues dégoulinaient de sueur humaine. J'étais coincée sous cette forme. J'avais toujours eu des problèmes pour utiliser mes pouvoirs après avoir fait semblant d'être en vie. Mais ça n'avait jamais été aussi grave.

D'après l'horloge murale, il était un peu plus de 13 heures. Il faisait jour et j'étais réveillée ! Je tambourinai à la porte. Ma force surnaturelle était également aux abonnés absents. J'étais quasiment humaine. *Génial !* J'avais un don super cool et ça allait me servir à cramer comme une tranche de bacon.

— Et merde !

Pour ne rien gâcher, j'avais tellement faim que j'avais du mal à tenir debout. Et je n'avais pas envie de sang. Mon estomac se mit à gronder. Je ne l'avais plus entendu gargouiller ainsi depuis la fois où je m'étais imposé un régime à calories négatives. Au bout de sept jours, j'en avais tellement marre de la soupe aux choux que j'aurais préféré me laisser mourir de faim.

Le feu se propageait le long du plafond et des murs, comme s'il suivait un itinéraire précis. Il tourbillonnait et virevoltait. Rapidement dans certaines directions, lentement dans d'autres, comme animé d'une intelligence monstrueuse. Il régnait une chaleur épouvantable !

Je me mis à genoux. Sur le matelas, le bras de Greta flambait, mais elle ne réagissait toujours pas. J'attrapai son pied pour l'extraire du lit. J'y parvins à moitié. Je repris mon souffle et la fis tomber de tout son long. Sa tête heurta le plancher en émettant un bruit sourd. J'éteignis sa manche avec les mains.

— Réveille-toi ! lui criai-je à l'oreille.

Elle entrouvrit un œil. Son menton s'affaissa et elle resta un moment hébétée avant de pouvoir parler.

— Qu'est-ce qui brûle ? demanda-t-elle d'une voix endormie.

— Le *Pollux* !

Sa tête retomba sur sa poitrine et son œil gauche commença à se refermer. Je la frappai de toutes mes forces. Une douleur abominable me traversa le poing.

— Aïe ! m'exclamai-je, le souffle court.

Greta rouvrit les yeux et me montra les crocs, l'air délibérément menaçant. Mais elle ne m'attaqua pas.

— D'habitude, je ne suis jamais aussi lente à me réveiller, m'informa Greta.

Les mots franchissaient ses lèvres avec difficulté. On aurait dit qu'elle était soûle.

— Quelque chose ne va pas. Il fait jour ? Je suis tellement… fatiguée.

Elle se rendormit brusquement. Je la secouai sans ménagement, mais elle était plus lourde que je pensais.

Au loin, j'entendais des hurlements de personnes brûlées vives.

—Nom d'un chien…

—Où ça ? marmonna Greta. J'aime trop les chiens. Il reste des cookies ? Tu veux pas en manger un ? J'adore regarder les gens manger des cookies.

—Quoi ?

—Ça sent la cannelle, répondit-elle.

—Il faut qu'on sorte d'ici, lui dis-je.

Le *Pollux* était très vieux. Le bois était sec comme des brindilles. Je lâchai Greta et rampai jusqu'à la porte. Je lui donnai deux ou trois coups de pied, mais, comme je le craignais, je n'étais pas assez forte pour la défoncer. Je revins à quatre pattes vers Greta et la tirai par les chevilles. Des langues de feu léchaient à présent la porte et le chambranle. La fumée était si épaisse que, debout, je ne voyais presque rien. Greta fit mine de se rendormir. Je lui décochai un coup au ventre. Elle tenta de me mordre, mais me manqua.

—Il faut que tu ouvres cette porte, lançai-je. Sinon, on va partir en fumée toutes les deux.

Son regard effectua des va-et-vient entre moi et notre seule issue, sans comprendre.

—Quelle porte ? C'est une cheminée.

—Qu'est-ce que ferait Eric ? murmurai-je. Eric se transformerait en Supervamp et le tour serait joué.

Pour le moment, c'était hors de question. Bon. Alors. J'étais trop faible et Greta à moitié dans le coaltar. J'essayai de réfléchir. Soudain, j'eus une idée. Je me plaçai derrière Greta et la poussai aussi fort que possible contre la porte. Elle la heurta tête la première et ses cheveux s'enflammèrent. Elle porta les mains à ses tresses et se mit à hurler.

Je n'avais jamais entendu de cri aussi horrible. Il respirait une terreur et une douleur indicibles. J'espérais qu'elle allait arrêter de gesticuler et qu'elle aurait la présence d'esprit de défoncer la porte.

— S'il te plaît. S'il te plaît. S'il te plaît, marmonnai-je en m'accroupissant par terre

Aveuglée par la souffrance, Greta s'enfuit dans la mauvaise direction. Elle se fracassa contre la cabine de douche et les canalisations cédèrent. L'eau dévala sur elle, générant un nuage de fumée. Je fermai les yeux pour les protéger. Je n'arrivais presque plus à respirer. Mon corps ne paraissait toujours pas convaincu qu'il pouvait se passer d'air. Il semblait croire qu'il s'agissait d'un gaz vital. Décidément, être coincée en format Mannequin, c'était problématique. Et d'une, je n'avais pas spécialement envie de ressembler à un être humain dans l'immédiat. Et de deux, je risquais d'y laisser ma peau. Je fus prise d'une nouvelle quinte de toux. Je ne pouvais plus rien faire. Ni parler. Ni me lever. Rien. J'entendis un grondement en provenance de la douche, puis Greta cria « Dehors » avant de se ruer sur la porte, griffes et crocs étirés. Le bois explosa et Greta émergea dans le couloir en hurlant.

Je la suivis à quatre pattes. La fournaise était encore pire sur le palier. Le plancher s'écroulait et le plafond était la proie des flammes. Ces dernières luisaient d'une lumière bleue absolument anormale.

Greta plongea dans un trou et se laissa tomber au rez-de-chaussée, non sans semer un sillage de fumée, car le feu s'était propagé à ses vêtements. Ensuite, elle chargea le mur extérieur comme un rhinocéros, toujours en s'égosillant, et se précipita vers le parking. Si je l'imitais, je serais à l'abri. Tant pis pour le soleil. Je pouvais essayer de rester à l'ombre. Avec un peu de chance, je ressemblais tellement à un être humain que je parviendrais à berner l'astre du jour.

Je regardai à travers le trou irrégulier et fumant, hésitante. Au rez-de-chaussée, l'incendie faisait rage. J'avais beau paraître parfaitement vivante, j'allais devoir emprunter le même chemin que Greta. Je sautai dans le vide lorsque je remarquai une planche cassée sortant du sol. Je tentai de l'éviter en corrigeant ma trajectoire au dernier moment…

Peine perdue. Je n'avais plus de problèmes pour respirer : mes poumons avaient cessé de fonctionner. Je ne faisais plus rien, d'ailleurs. J'étais sur pause, allongée par terre comme une poupée désarticulée, un bout de bois dans la poitrine. Je ne pris pas feu comme Greta, mais ma peau se mit à grésiller et à se cloquer sous l'effet de la chaleur.

On m'avait déjà tiré un carreau d'arbalète en plein cœur. C'était au *Cœur de Démon*, avant l'explosion. Ça ne faisait pas mal, sauf lorsqu'on retirait le projectile. Par contre, les flammes, c'était très douloureux. Le crépitement du feu me rappelait nos vacances dans le Vermont, chez mon grand-père. Je ne pouvais pas fermer les yeux, mais la fumée était si dense que je n'y voyais plus rien. J'avais presque l'impression d'apercevoir papi devant la cheminée, en train de rire.

— Tabitha !

Ce n'était pas la voix de papi. On aurait plutôt dit celle de Talbot, mais en moins forte. Mon dos commençait à fondre. J'entendis des bruits de pas feutrés qui se dirigeaient vers moi. J'allais brûler vive. Je n'avais absolument pas envie de finir ainsi. Les hurlements de Greta avaient été vraiment… atroces. Au-dessus de ma tête, le plafond émettait des craquements sinistres. J'étais surprise d'être si calme… Je devais être sous le choc.

Je n'eus pas le temps de méditer ces horribles pensées qu'on m'arracha de la planche, avant de me transporter à travers le hall d'entrée et de me faire passer par le trou dans le mur. J'étais au soleil. Je n'avais plus assez de souffle pour crier. En une fraction de seconde, je me retrouvais à l'ombre du parking. Mes vêtements étaient toujours en flammes.

Talbot me jeta sur l'asphalte et me tapota partout pour éteindre le feu.

— Si Eric s'inquiète, je te touche juste pour t'empêcher de cramer.

— OK.

Je hochai la tête. Le regard de Talbot fit des va-et-vient entre le parking et le *Pollux*. Ses habits, encore embrasés par endroits, étaient foutus. Greta avait elle aussi réussi à atteindre le parking. Je l'aperçus vaguement. Elle était allongée, affreusement brûlée, sous une voiture.

— J'imagine que vous n'avez pas pensé à emporter votre portable ? demanda Talbot, en gloussant d'un air las. J'ai laissé le mien au *Pollux*. (Il tâta ses poches vides.) À côté de mon portefeuille, de mes clés et des fascinées d'Eric.

Talbot renifla.

— C'est moi ou ça sent la cannelle ?

C'est la dernière chose que j'entendis, car je me rendormis aussi sec.

# 30

## ERIC :

## Retour arrière

— J'en ai marre que Roger foute le feu à mes affaires ! Je soulevai la table la plus proche et la balançai contre le plafond. Ses pieds s'y encastrèrent proprement et elle resta plantée à l'envers, comme une fléchette sur sa cible.

Une partie de mes spectateurs humains ne broncha pas. Trois ou quatre fascinés trouvèrent même le moyen de me féliciter. Les autres se contentèrent de m'observer avec méfiance. *« Est-ce qu'il va nous tuer, maintenant ? »* avais-je l'impression de les entendre se demander. J'avais déjà bien bousillé le patio de Gabriella. Des débris de verre jonchaient la pelouse tondue avec soin. « *Quand il s'ennuie, il paraît qu'il prend la première personne qui lui tombe sous la main et il la pénètre de force.* » « *J'espère qu'il va bouffer Malloy. J'en ai assez d'endurer ses radotages sur les tourments de son maître.* » Où que se posent mes yeux, je ne rencontrais que des regards neutres parfaitement étudiés.

— Puis-je vous être utile, votre grandeur ? s'enquit un homme minuscule en tenue de cricket.

Sa petite casquette bariolée était si ridicule et il la portait avec un tel sérieux que je manquai d'éclater de rire.

— J'ai des problèmes à la maison, répondis-je.

Un homme posté au fond de la cour me proposa une bouteille dont il émanait une odeur de sang.

— Un peu de vin de sang, sire ?

— Du vin ? répétai-je.

— Cela y ressemble fort, votre grandeur, expliqua une jeune femme chic vêtue d'un tailleur violet. En réalité, on l'élabore à base de sang humain. Il est donc tout à fait compatible avec vos interdits alimentaires. Ma maîtresse vous en a également fait parvenir une bouteille. Si vous souhaitez y goûter…

— Ça a quelque chose à voir avec de la gnôle ? questionnai-je.

Ils me répondirent en chœur que oui, mais que c'était beaucoup plus cher et que ça avait plus effectivement un goût de vin.

— Combien d'entre vous en ont apporté ?

Très vite, sept bouteilles se retrouvèrent sur la table. Je me demandai si ça allait vraiment m'aider de me soûler. Si la tristesse, que j'essayais de refouler, s'estomperait. Si Tabitha et Greta étaient mortes…

Je fermai les yeux, réprimai mes émotions et respirai profondément.

— Très impressionnant, votre grandeur, me complimenta une brune à l'air particulièrement stupide. Et convaincant.

Lorsque je me tournai vers Béatrice, ma voix tremblait.

— Comment les prier poliment d'aller se faire foutre ?

Personne ne broncha. Béatrice s'orienta vers la foule et traduisit.

— Sa grandeur, le seigneur Eric, souhaite vous remercier très humblement pour tous ces présents et offres de soutien, dit-elle en tripotant une mèche de ses cheveux roux.

C'était la seule chose qui trahissait sa nervosité.

— Il accepte avec joie vos marques d'estime et s'engage à faire montre, en temps voulu, de la plus grande mansuétude. Toutefois…

Elle jeta un coup d'œil aux vestiges du plafond magique où la table que je venais de lancer obscurcissait le soleil.

— … il se fait tard et le poids de l'immortalité commence à peser sur le seigneur Eric, qui ressent un besoin impérieux de dormir.

» Je vous invite donc à laisser vos cartes sur cette table. (Elle désigna la petite desserte à thé, qui avait survécu à ma crise de rage.) De cette façon, nous pourrons garantir sa clémence à l'égard de vos maîtresses et maîtres respectifs. Ensuite, veuillez sortir calmement. Merci beaucoup.

Elle joignit bruyamment les mains et sourit. Comme par magie, ils se mirent tous en rang pour quitter la pièce et disparaître. Bientôt, il ne restait plus d'eux qu'un tas de cartes de visite et sept bouteilles de vin.

— Merci, Béa. Ça ne te gêne pas que je t'appelle ainsi ?

— Vous pouvez m'appeler comme bon vous semble, votre…

— Arrête un peu ton baratin d'esclave, l'interrompis-je. Tu es une personne. Comment tu veux que je t'appelle ?

Béatrice pouffa et ses lèvres boudeuses esquissèrent un sourire timide.

— Mon vrai nom, c'est Tina. Mais dame Gabriella préférait Béatrice.

— Tu aimes bien Tina ? demandai-je.

Elle hocha la tête.

— Mais je préfère qu'on se cantonne à Béatrice, si ça ne vous dérange pas, maître. J'ai dit « adieu » à Tina il y a fort longtemps.

— Dans ce cas, va pour Béatrice. Est-ce que tu veux retourner avec Gabby ?

— Sire ?

Ses magnifiques yeux gris s'illuminèrent à cette pensée, puis son expression se fit plus songeuse et elle recommença à tripoter ses boucles. Elle réfléchit un instant en se mordillant les cheveux.

— Ça ne vous embêterait pas ?

J'éclatai d'un rire bref et amer que je ne reconnus pas.

— Je crois que je vais me bourrer la gueule et enchaîner sur un truc vraiment débile. Si je m'en sors indemne, tu pourras reprendre du service. Mais seulement si ça te branche.

Je me mis debout et balançai au plafond la chaise sur laquelle j'étais assis pour qu'elle rejoigne la table. Le siège ne s'encastra pas dans le verre, mais retomba par terre à grand fracas.

— Je n'ai pas beaucoup de bol, ces temps-ci. OK, je suis revenu d'entre les morts alors qu'on m'avait proprement exterminé... Et ma voiture s'est transformée en vampire... Ça, c'est quand même cool. J'adore la voir écraser des machins... Des écureuils, des tatous... Des vamps.

Béatrice ouvrit la bouche de stupeur, et mes yeux s'attardèrent sur une fine mèche restée collée à ses lèvres.

— Vous avez une voiture vampire ?

— C'est peut-être une voiture zombie, après tout. Elle mange aussi la chair, en plus du sang. En tout cas, c'est clairement une morte-vivante.

— C'est vrai ?

— Et ce n'est pas tout ! poursuivis-je. J'ai également ces espèces de trips merdiques parce que en fait je ne suis pas juste un Vlad, mais un vamp légendaire. Un truc qui ne se produit qu'une fois sur un million. Et tout le monde y va de son « Oh non, encore un de ces bourrins suceurs de sang complètement barrés, quelle horreur ».

— Quels trips merdiques ?

Béatrice fronça les sourcils.

— J'ai tout le temps des black-out à la con. Tu sais qu'Ebon Winter peut se transformer en brume ?

Elle hocha la tête.

— C'est très rare. Winter est le seul vampire de la ville à en être capable, avec le seigneur Phillip.

— Ben moi je me change en putain de spectre – ou en revenant, comme tu préfères – et la principale raison – tu vas adorer –, la principale raison pour laquelle tout le monde me fait chier, c'est parce que dès que je pète un câble, je deviens une sorte de Vampzilla avec des yeux violets et des ailes noires qui commande à une horde de chauves-souris débiles.

Béatrice avala une gorgée de sang, essuya le goulot et me tendit la bouteille. Je l'imitai et secouai la tête. Je n'avais jamais aimé le vin. Mais ça n'avait pas le même goût que du sang normal. Et j'avais besoin de changement. Je bus et poursuivis.

— En plus, une de mes fascinées, qui n'est pas vraiment ma fascinée mais plutôt une espèce d'agent double à la solde d'un démon, a tenté de me manipuler à coup de magie sexuelle.

Je vidai la bouteille cul sec. C'est facile, quand on n'a pas besoin de respirer.

— C'est de la gnognotte, ce truc. Il ne faut vraiment pas que je me bourre la gueule. La dernière fois, j'ai causé tout un bordel avec des loups-garous et une partie de hockey.

— C'est vous qui avez tué les Howlers ? s'étonna-t-elle.

Je débouchai une deuxième bouteille, tout en me demandant pourquoi je n'étais pas encore pété.

— C'est quoi, cette merde ? gémis-je. C'est pas fort du tout !

— Attendez. (Béatrice me prit la bouteille des mains et observa l'étiquette.) C'est du bas de gamme.

Elle passa en revue les autres bouteilles et en dénicha une sur laquelle on pouvait lire « Duc de Gornsvalt ».

— Essayez celle-ci ! C'est du bon. Dame Gabriella ouvre une bouteille de champagne de cette marque chaque année pour le nouvel an. Quand le duc en fabrique, ça ne ressemble presque plus à du sang.

— C'est vrai ?

— J'ai entendu raconter qu'il a élaboré de la vodka pour le seigneur Phillip. Il lui a fallu trente ans pour produire cinq bouteilles.

Je testai sa trouvaille. C'était du vin blanc. De mon vivant, je détestais ça. Mais ça avait un goût… Rien à voir avec du sang. Et c'était beaucoup plus corsé que du vin. Je bus une autre gorgée et me rappelai John Paul Courtney.

— Oh, j'oubliais ! En plus, je me coltine un cow-boy fantôme qui hante mon revolver.

Je fouillai la poche de ma veste et lui montrai la crosse du flingue.

— Et vous dites qu'on vous a éliminé ? (J'acquiesçai.) Comment ?

— À l'aide d'explosifs consacrés.

— Dans ce cas, je viens avec vous.

Elle me prit par le bras. Sa chaleur corporelle me mit aussitôt de bonne humeur. Ça marche à tous les coups, avec les vampires.

— Si je suis devenue une fascinée, c'est parce que le monde des vampires me semblait excitant et mystérieux. Mais jusque-là, je n'ai eu droit qu'à des jeux politiques, qui n'ont rien d'aventureux.

*Super. Une nouvelle groupie.*

— Une dernière chose, Béa. (Je tendis la main et la jeune femme me passa la bouteille.) T'as pas… euh… T'as pas envie de coucher avec moi ?

Elle fit la moue.

— Euh… Non. Sans vouloir vous vexer, vous êtes mort. Et je ne suis pas nécrophile. Si je me transforme en vampire un jour, peut-être. Mais…

— Parfait, l'interrompis-je. Dans ce cas, je t'embarque.

J'envisageai un instant de vider la bouteille. J'avais envie de me ruer au *Pollux*, à l'autre bout de la ville, pour voir si je pouvais les aider. Mais ça ne rimait à rien, si les filles étaient mortes. Je sentis la tristesse me submerger et refluer d'un seul coup, comme un robinet qu'on ferme.

— Rachel est encore en vie, maugréai-je.

— Hmmm ?

— Rien. (Je reposai la bouteille sur la table et désignai le couloir.) Il faut que j'aille réveiller Phillip, poursuivis-je d'une voix lasse. Avec un peu de chance, il me tuera et me sortira de cette mouise. Parce que je commence à en avoir ras le bol de me casser le cul pour rien.

# 31

## ERIC :

## Gemme pas ça

La porte de Phillip formait un dégradé de violet et de bleu. Le bois était proprement magnifique. Dennis passa le seuil, armé d'un plateau vide duquel s'échappaient des relents de hamburger, de frites et de soda à l'orange. Béatrice prit place dans l'entrée, en attendant que le spectacle commence.

— Les enfants sont en sécurité dans la suite de dame Tabitha, seigneur Eric. J'ai demandé à un des employés de la garderie de veiller sur eux pendant que leur mère se repose.

— Merci.

J'avais l'impression qu'on me prenait vraiment pour le dindon de la farce.

— Je vois que vous admirez la porte, tenta-t-il. C'est…

— … du palissandre du Brésil, l'interrompis-je. Je sais. Mes parents avaient un lit plaqué en palissandre. Je dois toujours l'avoir, d'ailleurs. Je ne me rappelle plus où je l'ai mis. Roger doit savoir.

Dennis hocha le menton.

— Comme c'est intéressant. Puis-je vous aider en quoi que ce soit avant de me retirer ? Le seigneur Phillip a un rythme de sommeil totalement irrégulier. Il faut que je sois au meilleur de ma forme pour son réveil.

Je l'agrippai par le bras.

— Combien de temps Ebony restera dans les vapes ?

— Je l'ignore. (Il haussa les épaules.) Avez-vous réellement brisé son lien de force ?

— Ouais, répondis-je d'un ton penaud. J'imagine que c'est ce qui s'est passé.

— Je vais demander à une infirmière de l'examiner.

Dennis se dirigea vers la porte. Il pensait que j'allais le lâcher, mais je n'en fis rien.

— Y a-t-il autre chose pour votre service ? demanda-t-il.

— Va secouer le cul de Phillip. Sors-le de son lit.

À son regard, je devinai qu'il n'avait aucune intention de s'exécuter. Mais ce n'était pas une requête. Je savais que je repoussais tout le temps mes limites et celles des gens, mais je m'en fichais. Si je me mettais à réfléchir posément à tout ce qui m'arrivait, je risquais d'être paralysé par mes émotions. C'était peut-être ce qu'escomptait Roger. Il avait peut-être prévu d'incendier le *Pollux* pour que je me précipite tête la première aux Highland Towers et que je me fasse tuer en causant un esclandre. Ou alors, il voulait simplement me montrer à quel point je n'avais plus rien à perdre. Marilyn était morte. Toutes les personnes auxquelles je tenais avaient été anéanties. Mais ça ne ressemblait pas à Roger. C'était trop subtil. Par contre, un démon…

— Écoute, je sais que tu n'en as pas envie. Je sais qu'il sera furieux. Tu te dis sûrement que tu préfères encore crever, mais je te jure… (ma voix devint un chuchotement) que si Phillip ne rapplique pas ses petites fesses tout de suite, je défonce cette porte et je vais le chercher moi-même.

— Les talismans vous tailleront en pièces, me prévint-il.

Je le poussai pour passer et saisis la poignée de la première porte. Une sensation similaire à celle que j'avais ressentie en entrant dans les Highland Towers me traversa. J'entendis la même voix spectrale qui m'avait accueilli dans le hall.

—*Nous vous attendons.*

La porte s'ouvrit sans difficulté. Pas d'électrocution. Aucune barrière magique. J'entrai dans une pièce dont le propriétaire lisait clairement trop de bouquins. Il y régnait une odeur de sang et de cadavres. Trois au total. Sûrement les filles que j'avais aperçues quand j'avais joué aux voyeurs mystiques.

—De quel droit..., commença Dennis.

Mais une autre voix lui coupa la chique.

—Tout va bien, Dennis. Ce qui devait arriver est arrivé. Je suis éveillé. (Ces mots provenaient de derrière un grand rideau en velours. C'était là que se trouvaient les cadavres et le lit.) *Integer vitae scelerisque purus*. Ce n'est pas tout à fait vrai, je suppose, mais cette formule s'impose malgré tout.

—Libéré de la vie et pur de toute souillure ? tentai-je de traduire. Pas vraiment. Mais je n'en ai rien à foutre, de tes délires. Je suis juste venu...

Il avait beau être petit et gros, il se déplaçait avec une agilité remarquable. Il apparut d'un seul coup devant moi, tout sourires, vêtu d'une simple robe de chambre. La tenture n'avait même pas frémi. Son expression me rappelait un peu celle de Scrooge, dans le film, quand il se rend compte que les fantômes ont bien fait leur boulot et qu'il a encore le temps d'arranger les choses avant que Tiny Tim meure. Tout était faux, en lui. Il leva son index à hauteur de nez et traversa la pièce en courant avant de disparaître dans un coin sombre.

—Eh ! le vioque ! Je n'ai pas besoin de ça, aujourd'hui. Je veux juste... Oh putain !

En face de moi, un vampire prisonnier d'une vitrine me dévisageait avec intensité. Il avait un pieu dans le cœur. Son corps était soutenu par un portant de poupée en métal grandeur nature. Au lieu de se refermer sur ses vêtements, comme ceux que Greta utilisait pour ses Barbie, il passait sous sa veste en tweed. Les yeux décolorés du vamp me regardaient à travers ses lunettes à monture dorée. Ils ne bougeaient pas, mais j'avais vraiment l'impression qu'ils me jaugeaient. Qu'ils étaient conscients de ma présence. Ses traits étaient figés. On aurait dit qu'il me décochait un sourire narquois. Ou cette mimique à laquelle j'étais habitué. Celle qui me disait : « Tu ne changeras décidément jamais. »

Il n'était plus très jeune, quand il s'était transformé en vampire, mais il avait encore beaucoup de charme. Ses pattes-d'oie lui donnaient l'air distingué, pas vieux. Mais de ce point de vue, j'étais plus favorisé que lui : je n'avais pas de rides. Il avait bien dix ans de plus que moi, physiquement, mais à cause du pieu, j'étais incapable de deviner son âge vampirique. J'espérais qu'il n'avait pas passé la majeure partie de sa non-vie dans cet état.

— « Mon très cher Percy. Pour rappeler à tous que je ne bluffe pas, que je ne fais pas de menaces en l'air et qu'il existe effectivement un sort pire que la mort », lis-je tout haut. (C'était écrit sur la plaque clouée au socle.) Tu es un petit malin, à ce que je vois, Phil. Mais ne crois pas que…

Phillip réapparut et me fourra un objet entre les doigts, en repliant ses mains sur la mienne. Il me lança un regard sincère. Il paraissait à la fois parfaitement à l'aise et très fier de lui.

— La Gemme d'Aeternum. C'est bien elle que vous étiez venu chercher, n'est-ce pas ? J'aime autant commencer par cela, de façon que nous apprécions pleinement notre conversation. Voulez-vous du vin ? Vous conviendrez que ma réserve est de bien meilleure qualité que celle de dame Gabriella. Oh ! J'ai failli oublier ! Comment ai-je pu commettre un tel impair ? Pourtant, je l'ai fait fabriquer pour vous. J'espère qu'il vous plaira.

Il traversa la pièce à toute allure, ouvrit la porte et sortit dans le couloir.

— Dennis ! Pourriez-vous descendre à la cave et remonter la caisse spéciale ? Celle du duc de Gornsvalt. Prenez-en bien soin, voulez-vous ? (Il m'examina des pieds à la tête.) Ça nous a pris quinze ans pour le faire vieillir correctement. Oh ! Et demandez à Brigitte de préparer le menu réservé aux grandes occasions. Il en prendra deux et moi un. Ah ! Tout cela s'annonce à merveille.

Son excitation était contagieuse, mais je ne pus m'empêcher de remarquer que le pouls de Béatrice avait accéléré lorsque Phillip était retourné dans le couloir pour interpeller Dennis. Mais ce n'était pas de la peur. Je me demandai également ce que Percy avait bien pu faire pour mériter de finir en bibelot.

Je tenais une petite pierre noire qui était peut-être – ou pas – la Gemme d'Aeternum. Elle ne portait pas d'étiquette et n'avait rien d'extraordinaire. Elle n'émettait aucune lueur ni bourdonnement surnaturels. Elle ressemblait à un bout de charbon inepte. C'était un dilemme intéressant. Comment allais-je reconnaître la Gemme ? Est-ce que je pouvais croire Phillip sur parole ?

— Comme ça, vous voulez me faire gober que vous m'offrez cette pierre de votre plein gré alors que des types comme… (je me creusai la tête pour me rappeler son nom) J'iliol'lth tueraient leur mère pour mettre la main dessus ?

Phillip revint dans la pièce et baissa les yeux sur sa robe de chambre. Il semblait déconfit.

— Je ne me suis même pas habillé pour le dîner. J'en ai pour un instant.

Il me passa devant à toute vitesse et se rua vers la pièce exhalant cette odeur de cadavres. Il se faufila derrière le lourd rideau bordeaux, qui allait du sol au plafond, et réapparut quelques minutes plus tard vêtu d'un costume si bien coupé qu'il avait presque l'air charmant.

— Voilà qui est mieux. J'espère que vous me pardonnerez ce contretemps. Il en est toujours ainsi. On prépare tout avec soin, et lorsque l'heureux événement se produit, on est pris au dépourvu. Vous disiez ?

— La Gemme d'Aeternum. (Je la lui tendis.) Comment je peux savoir si c'est la bonne ?

— Je laisse ceci à votre bon jugement. Sauf votre respect, vous n'en faites pas souvent montre. Mais qu'importe ! Peut-être vous fierez-vous au mien. (Flottant plus que marchant, il s'approcha d'un immense fauteuil douillet et s'y installa.) Je vous en prie, asseyez-vous ! Dennis sera de retour sous peu avec votre commande.

Je m'affalai sur la chaise la plus proche, non sans l'avoir auscultée d'un coup de pied méfiant pour m'assurer qu'il ne s'agissait pas d'un démon aux écailles orange. Le siège sentait l'odeur de Tabitha. Pourtant, je savais pertinemment qu'elle n'avait pas mis les pieds chez Phillip depuis plusieurs jours.

— Pour en revenir à la Gemme, sérieusement...

— Voyons, mon cher Eric. Si j'avais voulu vous refiler une pierre factice, j'en aurais fait un objet tout à fait impressionnant, doté de la capacité de luire ou de bourdonner par exemple, ou alors d'émettre un champ magnétique, voire de vous faire entrapercevoir l'infini si vous y aviez plongé le regard. Vous auriez cru en toute bonne foi que l'éternité s'y trouvait confinée. Mais non. J'ai choisi de vous céder le véritable artefact. En quoi est-ce si difficile à admettre? Il m'arrive très souvent de céder mes biens lorsque je rencontre de nouveaux vampires intéressants. C'est la raison pour laquelle j'ai donné à Tabitha ce magnifique collier.

— Le collier en diamants ?

— Celui-là même. Il est empreint d'histoire.

Ouais. Ben je n'aimais pas ce type. Il paraissait sincère, mais les intellos de son espèce cachent toujours leurs mensonges sous des tonnes de vérités. Comme cette chaise qui portait encore le parfum de Tabitha. Un vieux singe comme Phillip ne laisse jamais rien au hasard. Il voulait me faire réagir. C'était encore une tactique merdique estampillée jet-set.

# 32

## TABITHA :

## Je vais le tuer

Des mains calleuses me touchèrent les épaules pendant mon sommeil. Le petit rêve agréable dont je ne me souviendrais jamais déserta mon esprit. Je me retournai. Je fus aussitôt assaillie par une odeur chimique pestilentielle. Un mélange d'essence et de gaz. Je m'étirai et ouvris les yeux. Je m'attendais presque à voir Eric en train de se nettoyer au lavabo tout en râlant contre son dernier accident de la route. On pourrait faire l'amour et… Mais ce n'était pas Eric. Un mercenaire à l'air revêche habillé en policier de la brigade d'intervention de Void City était accroupi au-dessus de moi, une main sur mon sein. Mon cœur battait encore. Je me réveillai pour de bon. En sursaut.

— Bas les pattes ! hurlai-je, avant d'essayer de me changer en chat.

Chou blanc. Je sentis un vague picotement, comme si la partie de ma personne contrôlant mes pouvoirs était encore assoupie et tentait en vain de sortir du sommeil… J'optai donc pour la bonne vieille tactique du coup de genou dans les couilles. Dans la plupart des villes, c'est plutôt une mauvaise idée d'agresser un flic. Mais pas à Void City. Ici, on fait ce qu'on a à faire. Si ça s'avère illégal, on paie la taxe crocs et basta !

Le flic s'effondra sur l'asphalte en grognant. Je me levai et passai les lieux en revue. J'aperçus un énorme « 3 – B » sur le mur. Je me trouvais donc au troisième étage du parking. Mais ça n'expliquait pas où s'était tiré Talbot et pourquoi il m'avait laissée là. Deux autres flics se tenaient derrière moi, l'un équipé d'un fusil d'assaut et l'autre d'un lance-flammes. Ce n'est pas un équipement très standard pour les forces de l'ordre. En général, celles-ci viennent faire le ménage après le passage des vampires, pas les canarder. Les types avaient des oreillettes et les cheveux coupés en brosse. Contrairement à celui que je venais de mettre à terre, aucun ne portait de casque.

— Alpha 1 à Chapiteau Géant, dit l'un des deux flics. Il se pourrait qu'on ait un dommage collatéral humain.

Il s'interrompit pour écouter la réponse de son interlocuteur, tandis que son collègue – celui que j'avais frappé entre les jambes – se relevait péniblement. Je vis qu'il portait lui aussi une oreillette.

— Son cœur bat, Chapiteau Géant. (Il renifla bruyamment.) Et l'odeur ne trompe pas.

Ils étaient cons, ou quoi ? Ils n'avaient pas remarqué le sang sur mon chemisier et l'énorme trou dans ma cage thoracique ? Mais bon. D'un autre côté, s'ils faisaient effectivement partie de la police de Void City, ils ne prendraient aucun risque. L'homme avait dit « il se pourrait ». Ça impliquait que je pouvais très bien être une métamorphe. « Vivant » n'est pas synonyme de « normal ». Surtout à Void City. Je me tâtai la poitrine et baissai les yeux sur la blessure. J'avais presque cicatrisé. J'étais couverte de sang, mais quelqu'un d'un peu limité aurait pu en conclure que je m'étais bêtement fait attaquer.

— Compris ! On va vérifier ses papiers.

— Tu rêves ! lui dis-je.

Je repérai trois autres policiers qui patrouillaient dans le parking, en aval. J'avais donc deux groupes devant les yeux. Sans compter qu'il y en avait sûrement aux autres étages. Le parking d'Eric était ancien. Les différents niveaux, relativement étroits, s'articulaient en colimaçon autour d'un axe central. Les flics étaient organisés en équipes de trois. Tandis que le premier sondait sous les voitures avec sa perche, les deux autres, armés respectivement d'un fusil d'assaut et d'un lance-flammes, se mettaient en position de tir au cas où une créature en surgirait.

La deuxième équipe n'était plus qu'à un véhicule de la cachette de Greta. Putain, mais où était Talbot ? La dernière fois que je l'avais vu, il était en pleine possession de ses pouvoirs.

Si je me recevais une balle, j'allais morfler. Mais moins que si je prenais feu. Je chargeai donc en premier le type au lance-flammes, à la grande stupéfaction des trois hommes. Ils croyaient vraiment que j'allais rester là sans bouger – même si je n'étais pas un vampire – pendant qu'ils appelaient du renfort ?

Sur ce, je hurlai « au viol ». À l'âge de treize ans, j'étais passée du mode « planche à pain » aux bonnets D que je portais toujours. La première réaction de ma mère – presque avant de m'emmener acheter un soutien-gorge – ce fut de m'inscrire dans un club d'autodéfense. Mon instructeur m'avait conseillé de crier « au feu ». Mais je me dis que c'était *has been*.

Le type avec le fusil d'assaut le lâcha en poussant un juron et tenta de me maîtriser. Mais j'étais déjà en train de tabasser le porteur du lance-flammes. Ce dernier se protégea de la main, mais je continuai de crier « au viol » et lui décochai un méchant coup de pied au genou. J'entendis l'articulation céder bruyamment, puis l'homme s'affaissa.

Criant de nouveau « non » et « au viol », je me tournai vers le policier le plus proche. Il me saisit par le bras gauche et je lui attrapai l'oreille droite. Mon instructeur m'avait expliqué qu'il suffisait de tirer avec une force de quatre kilos pour arracher l'oreille de quelqu'un. Il avait raison.

Monsieur Fusil d'Assaut porta la main au côté de son visage en beuglant. Mes cours d'autodéfense ne m'étaient d'aucune utilité pour lutter contre des vampires, des loups-garous ou des créatures comme Talbot, mais ils faisaient amplement l'affaire contre des êtres humains.

— Putain ! hurla le type armé de la perche. C'est quoi, votre problème, bordel ?

La deuxième équipe s'approchait. Je me ruai sur le fusil d'assaut. J'ignorais comment le manipuler. La seule chose que mon père m'avait apprise, à l'âge de huit ans, c'était de braquer, viser et appuyer sur la détente. Pour un type du Sud, c'était le B.A.BA, niveau prévention. J'avais à peine posé la main sur la crosse que le mec à la perche m'en décocha un coup à la tempe, m'écrasant les doigts par la même occasion. Je vis trente-six chandelles et m'effondrai. Il posa son pied botté entre mes omoplates.

— On fait ça pour arrondir les fins de mois, mais on est quand même des flics. Alors calmez-vous, bordel ! Personne ne viole personne !

— La salope ! Elle m'a arraché l'oreille ! tonitrua le poulet le plus abîmé. Je vais la tuer !

Je l'entendis me charger. Ses pieds tambourinèrent contre l'asphalte. Deux types accoururent à mon aide et empoignèrent mon assaillant. Une troisième équipe, en provenance de l'étage supérieur, se dirigea vers nous. Je tiquai lorsqu'ils passèrent devant la cachette de Greta.

— Qu'est-ce que vous foutez ? hurla un des nouveaux venus. On est tombés sur deux civils et on a réussi à les gérer sans difficulté. C'est quoi, ce bordel ? Vous faites le test du miroir, vous prenez le pouls et vous dégagez. C'est quand même pas sorcier ! Vous êtes cons, ou quoi ?

— Quand je me suis réveillée, il était à cheval sur moi, dis-je avec l'air le plus paniqué possible. Il a arraché mon chemisier et m'a touché les seins. Ils ont essayé de me bâillonner. Je ne sais pas ce qui se passe ici. Ça m'est égal. Dites-leur juste de me laisser tranquille. Je ne veux pas qu'ils me fassent du mal ! Je ferai ce que vous voudrez. Vous pouvez me prendre mon argent, mes clés. Vous pouvez même... me baiser si vous voulez, mais... Je ne veux pas mourir.

Je sanglotai de façon assez convaincante.

— Et merde ! lança un chauve affublé d'une épaisse moustache marron.

Sur son gilet, on pouvait lire « Stacey ». Il était plus vieux que les autres et un peu plus enrobé, mais toujours aussi musculeux.

— Je savais que c'était une erreur de t'emmener, Baxter. Si on a besoin d'altérer sa mémoire, c'est pour ta pomme. Je m'en fous de savoir combien ça te coûte d'envoyer ton gamin à Ellery. Je me fais bien comprendre ?

— Elle ment, capitaine, répondit le type au pied posé sur mon dos.

J'essayai d'étirer mes griffes, avec pour seul résultat de ressentir une violente douleur au bout des doigts.

— On a pris son pouls, on s'est rendu compte qu'elle était humaine, mais Chapiteau Géant nous a demandé de vérifier ses papiers. C'est là qu'elle a commencé à s'exciter.

— Edwards ! dit le capitaine Stacey d'un ton sec. Qu'est-ce qui s'est passé, bordel ? T'étais censé surveiller les nouveaux !

— Écoutez, capitaine, se défendit le type au lance-flammes. Je suis allé pisser et quand je suis revenu, j'ai vu Baxter penché sur elle, les mains sur son chemisier. Et elle a paniqué. Je ne sais pas ce qu'il lui a fait avant mon arrivée, mais je n'ai touché personne nulle part.

Sa voix tremblait de peur et de douleur.

—Appelle Chapiteau Géant, ordonna le capitaine Stacey. Si je peux éviter d'être en contact avec elle…

L'homme s'exécuta.

—Chapiteau Géant ? Ici Bravo 2. L'équipe Alpha a trouvé une humaine en sang à moitié nue. Elle prétend que nos hommes l'ont agressée. Quand serez-vous sur place ?

Il attendit. Mon ouïe vampirique me faisait cruellement défaut. Pourquoi elle ne fonctionnait pas ? Et pourquoi j'étais coincée sous forme humaine ? Peut-être était-ce la seule façon pour moi d'être réveillée en plein jour ? Ça semblait logique. Normalement, j'aurais dû dormir… et mourir brûlée. En fait, mes pouvoirs n'avaient pas manqué de me tuer. Ils venaient de me sauver la mise, à leur manière.

—Chapiteau Géant est dans l'escalier, annonça Bravo 2. Elle monte.

Stacey secoua la tête.

—Vous avez intérêt à ce que votre histoire tienne la route. Sinon, vous allez regretter que mademoiselle String ici présente ne vous ait pas achevés.

—Il me fait mal, geignis-je. Ma poitrine… J'ai du mal à respirer.

Je me mis à crachoter et à tousser. J'ignorais qui était cette femme qui se faisait appeler Chapiteau Géant, mais je tenais à décamper avant qu'elle arrive.

—Baxter, lâche-la et recule. (Le capitaine Stacey cracha par terre.) Deux types la tiennent en joue avec un fusil d'assaut. Elle n'ira nulle part.

—Elle ment, répéta le type à la perche.

Mais il se dégagea. Je me carapatai et me recroquevillai au bord du parking, le dos appuyé contre la bordure en béton. Un rayon de soleil frappait le sol à quelques centimètres de mon pied. Mon apparence humaine était-elle capable de berner le soleil ? Si ce n'était pas le cas, ils ne tarderaient pas à se rendre compte que j'étais un vampire : il suffisait que je prenne feu.

Je me figeai un instant, avant de ramener mes jambes contre ma poitrine et de me balancer d'avant en arrière.

— Laissez-moi partir, répétai-je en enfouissant ma tête entre mes genoux. Laissez-moi partir. Je ne dirai rien. Je vais rentrer chez moi sans parler à personne. Je vais quitter mon travail et déménager, ainsi vous n'aurez jamais à vous inquiéter que je parle de ça à qui que ce soit... S'il vous plaît, ne me tuez pas...

— Calmez-vous, madame, dit Stacey en me lançant un regard désapprobateur. (Je me demandai si j'en avais trop fait.) Je sais que ça a l'air étrange, mais nous essayons de nettoyer ce parking, car il est infesté de vampires.

— C'est quand même bizarre de bosser pour un démon, cap'taine, chuchota Edwards.

— L'argent n'a pas d'odeur, maugréa Stacey. La ferme !

J'entendis des claquements de talons hauts résonner sur l'asphalte et les hommes s'écartèrent devant quelqu'un. Je levai les yeux. Une femme vêtue d'un ensemble vert apparemment hors de prix me toisait. C'était Rachel. Elle traînait Talbot derrière elle. Entravé par des chaînes mystiques, il flottait en l'air. Il était vivant, mais bâillonné. Je compris aussitôt.

— Et merde ! jurai-je avec hargne.

Esteban avait donné les Chaînes Infernales de Sarno Rayus à Rachel. Celles-ci se mouvaient comme des serpents et se tordaient – voire se transformaient – à chaque mouvement de Talbot. Je reconnus leur tintement singulier. C'était bien l'objet que le fasciné transportait dans son sac.

— Tu aimes mes chaînes ? s'enquit Rachel, narquoise. Elles sont cool, hein ?

— Merde…, répétai-je.

— Elle a réussi le test du miroir ? demanda Rachel tout en me décochant un sourire et une œillade, comme si c'était la meilleure blague de l'année.

— On s'est arrêtés au pouls, commença Alpha 1.

— Imbéciles ! cracha Rachel. C'est pour ça que je vous paie ? Il faut toujours procéder au test du miroir d'abord. Si le suspect n'a pas de reflet, c'est un vampire. Point. Le pouls, ça vient en deuxième. Vous ne voulez quand même pas tuer des humains !

Je pris mon souffle et me relevai. Le capitaine Stacey se racla la gorge et cracha aux pieds de Rachel.

— Tu nous paies que dalle, sorcière. (Il s'avança d'un pas.) C'est le démon qui aligne. Et seulement pour t'aider à capturer les vampires et nettoyer le bordel que tu as foutu en mettant le feu à côté.

— Ne joue pas au plus malin avec moi, Stacey.

— En parlant de ça…

Le capitaine s'approcha des chaînes luminescentes qui emprisonnaient Talbot. Lorsqu'il se pencha pour mieux l'observer, la lueur magique le rendit livide et l'affubla d'un halo angélique complètement décalé. Il renifla.

— Si tu étais maligne, tu m'expliquerais ce que tu fabriques avec un mistigri en cavale alors qu'on nous paie pour aller à la chasse aux suceurs de sang.

— Jilou vous dédommagera du dérangement. (Elle mit Talbot hors de sa portée.) Mais ne vous en faites pas ! Je vous assure que cette femme est un vampire.

— J'espère bien. C'est dans le devis.

Stacey cracha derechef et se tourna vers moi.

— Alors comme ça, tu es un Mannequin ? (Il esquissa un sourire carnassier.) Tu perds ton temps, avec nous.

— Rachel, dis-je à ma sœur, postée derrière le capitaine. Pourquoi tu fais ça ?

— Mais arrête de faire semblant de te soucier de moi ! hurla-t-elle. Tu savais tout des vampires. Tu avais lu des dizaines de livres sur eux. Tu en avais déjà rencontré plein. Tu avais même réussi à traverser le voile les dérobant aux yeux du commun des mortels. Putain, Tabitha ! Tu avais un passeport pour l'immortalité dans ton sac, et tu n'as même pas essayé de plaider ma cause ! Tu m'as laissée crever !

— Mais c'est impossible, articulai-je, ahurie.

Elle me caressa le visage.

— De la part d'une poufiasse vampire, on croit rêver. (Elle éclata de rire.) Il existe d'autres moyens de revenir d'entre les morts. Ce n'est pas très marrant. (Elle frissonna.) Et ça nous change du tout au tout. Mais c'est toujours mieux que de bouffer les pissenlits par la racine. Cela dit, je te dois quand même une fière chandelle. Si tu n'avais pas servi de *sex toy* à Eric, J'iliol'lth ne m'aurait jamais ressuscitée. Il a dit que ça ferait de moi l'appât idéal. D'après lui, Eric n'allait jamais pouvoir résister à la sœur nympho de sa petite copine. On a baisé avant même qu'il me ramène au *Pollux*. C'était un jeu d'enfant.

Un des flics siffla d'admiration. Un autre lança « merde » et détourna les yeux.

— Quoi ? demandai-je à voix basse.

— Tu n'as aucune idée des tortures qu'ils infligent aux sorcières en herbe, en bas. Je croyais que ça allait être dur de coucher avec lui. De te trahir. Mais ce n'était pas si terrible, en fait. Eric est un très bon amant. Le pouvoir qu'il procure en faisant l'amour, c'est déjà enivrant en soi. Mais en plus, il bouge bien. Enfin, tu vois ce que je veux dire.

Elle invoqua au centre de sa paume une petite flamme bleue qui passa au rouge, puis au vert, avant de reprendre sa teinte d'origine et d'opter finalement pour du violet.

— Et surtout, on hérite de pouvoirs magiques. Et tu sais à quel point je rêvais d'en posséder.

Rachel avait toujours été plus intéressée par la sorcellerie que par les vampires.

— Je peux imaginer, dit une voix, derrière elle.

Magbidion surgit de la cage d'escalier. Il était fraîchement lavé et rasé. On lui aurait donné dix ans de moins.

Stacey fit un signe de tête à ses hommes. Un des types armés d'un fusil d'assaut le braqua sur Magbidion.

— J'ai juste envie de causer, poursuivit Magbidion en levant les bras. J'ai vendu mon âme pour obtenir mes pouvoirs, mais Eric va me tirer de ce mauvais pas. Il a tué plus de démons que tu n'en rencontreras jamais. Si tu veux, il peut également s'occuper de ton problème.

Les flics échangèrent un regard stupéfait. La situation était bien plus complexe que ce qu'on leur avait vendu. Stacey se tourna vers Rachel. Celle-ci le contourna et lui coupa la chique.

— Je n'ai pas vendu mon âme, le vioque. (Elle ricana et désigna ses courbes d'un geste de la main.) On m'a dit de séduire Eric, de le préparer pour ce que mon employeur lui réserve et d'utiliser mes talents de pyromancie pour détruire le *Pollux*. Ensuite, je me rends à un simple rendez-vous et mon client me libère. Bon. Il considère ça comme un acompte, mais quand même.

— C'est vrai ? demanda Magbidion. Ça alors ! C'est beaucoup plus avantageux que mon contrat.

— Vous ne savez pas négocier.

Elle pouffa de rire. Six policiers émergèrent de l'escalier, derrière Magbidion. Deux d'entre eux le mirent en joue.

— Plus personne dans le parking, cap'taine, cria un flic à l'adresse de Stacey.

— Tuez le mage, ordonna Rachel.

Stacey dégaina à une vitesse proprement surnaturelle et plaça le canon de son flingue contre la tempe de Rachel.

— Tu viens de dépasser ton forfait, sorcière. Si on ajoute le coût de la capture du mistigri, on arrive en haut de la fourchette prévue dans le devis. Et la maison ne fait pas crédit.

— Mais merde, Stacey…, commença Rachel, d'une voix posée pour ne pas lui donner de raison de décharger son arme.

— Ton chef aurait dû t'accorder un budget plus important, poursuivit Stacey. Mais il ne l'a pas fait. Donc on se casse. On a nettoyé le parking. On a trouvé ta vampire et ton mistigri. Maintenant, mes hommes et moi, on a un hélico qui nous attend sur le toit.

— J'iliol'lth va…

— J'iliol'lth peut aller se faire foutre, l'interrompit Stacey. Si le contrat ne lui plaît pas, il n'avait qu'à pas le signer. Il n'est pas né de la dernière pluie.

— Capitaine, l'interpellai-je. Emmenez-moi avec vous.

— Tu as quatre cent soixante-quinze mille dollars en liquide sur toi ? demanda Stacey.

Je secouai la tête.

— Dans ce cas, on n'est pas la cavalerie. (Il cligna des yeux et dévoila deux pupilles fendues.) À plus tard, votre grandeur, dit-il.

Sur ce, il tapota Talbot, toujours enchaîné, avant de s'éloigner, en compagnie de son équipe, tandis que les hommes postés plus loin protégeaient leurs arrières.

— On est tout seuls, maintenant.

Magbidion esquissa un geste de la main droite. Rachel l'imita en symétrie. Je ne vis rien, mais Magbidion poussa un soupir de dépit.

— J'aurais mieux fait de rester dans mon camping-car.

Aucun d'entre eux ne me prêtait la moindre attention. Eric m'avait déjà trompée. Mais je ne m'étais jamais senti trahie parce que j'avais toujours été au courant. J'étais sa copine, même si je savais qu'il avait besoin d'autres femmes. Il m'avait baratinée et j'avais marché. Il avait couché avec plein de nanas, mais j'étais spéciale. J'étais sa régulière. Je savais, pour Rachel… Ça ne me dérangeait pas trop.

Mais je me rendis soudain compte de quelque chose.

— C'est toi, dis-je. Il voulait qu'on couche tous ensemble ?

Je lui avais fait cette proposition avant de découvrir que je pouvais prendre une apparence humaine, avec chaleur corporelle et battements de cœur. Je lui avais dit qu'il pouvait choisir n'importe quelle fille pour qu'on le fasse à trois. Rachel avait séduit Eric en un clin d'œil. Mon cœur s'arrêta de battre. Qu'il couche avec elle, passe encore. Mais qu'il s'attende à ce que je me joigne à eux ! Qu'il y ait seulement pensé !

— Je vais le tuer.

Et je sentis mes pouvoirs me revenir, comme un animal ahuri de sommeil, un tigre se réveillant d'un long coma sous cachetons… L'engourdissement avait disparu. Ma mâchoire s'élargit et mes crocs prirent leur place en transperçant mes gencives. J'adorais cette douleur.

J'étais gonflée à bloc. Tout mon être réagissait au quart de tour. La clé, c'était la colère.

# 33

## ERIC :

## Trop d'infamie tue l'infamie

Un délicieux fumet de bœuf grillé envahit la cage d'ascenseur. Depuis la chambre, on en était séparés par deux cloisons, mais l'odeur était d'une netteté qui me mettait au supplice. Les effluves de nourriture assez prononcés me font parfois saliver. Je fermai donc la bouche et déglutis. Un léger « ding » nous avertit de l'arrivée de l'ascenseur. Lorsque ses portes s'ouvrirent, le parfum gastronomique couvrit tous les autres. Phillip se tritura les doigts. Son impatience paraissait sincère. Je fis mine de me lever, mais le vampire me força à me rasseoir dans mon fauteuil.

— Laissez la nourriture venir à vous. (Il s'humecta les lèvres, les badigeonnant de sang.) L'attente attise le plaisir. Si vous l'écourtez, vous vous privez d'une partie cruciale de ce moment. Si vous la savourez, au contraire, vous en profiterez pleinement. Les immortels se doivent d'optimiser leurs sensations, tout en s'accordant une marge d'amélioration : il faut toujours remédier à quelques défauts. Si l'expérience est parfaite dès la première tentative, on risque de se lasser du côté répétitif de…

Béatrice ouvrit la porte à Dennis, qui portait un plateau contenant trois assiettes en métal. Il était suivi d'une fille transportant une glacière. Elle n'avait pas l'air d'avoir plus de quatorze ans. Elle actionna un tiroir secret, en sortit une petite table et l'installa entre Phillip et moi. Dennis posa le plateau et rejoignit la porte.

— Merci, Dennis, dit Phillip. Vous pouvez disposer.

Dennis s'exécuta.

— Vous n'avez même pas regardé la fille, fit remarquer Phillip une fois la porte close.

— Elle avait quoi ? Quatorze ans ? demandai-je en soulevant le couvercle de l'assiette la plus proche.

— Onze, répondit Phillip en éclatant de rire. Tout le monde la croit plus âgée. Dans quelques années, elle sera magnifique.

— Ouais. Le truc, c'est qu'elles doivent être un tantinet plus vieilles pour que je les mate. Genre après le lycée.

— Je vous ai offensé.

— Ne le prends pas perso. La plupart des vamps m'offensent. C'est pour ça que j'ai l'habitude de les tuer. OK. Et maintenant, qu'est-ce qu'on fait ? On reluque les steaks et on papote bimbos prépubères ? Parce que si c'est comme ça que tu te fends la poire, je me tire.

— Vous pouvez partir si ça vous chante, répondit-il d'un ton triste. Prenez la Gemme d'Aeternum et faites-en ce que bon vous semble. Vous pouvez la donner à J'iliol'lth, vous pouvez la garder… À votre guise. Elle me reviendra à temps pour mon ascension, comme je l'ai prévu.

— Comme tu l'as prévu ? demandai-je. Tu es voyant, par-dessus le marché ?

Phillip soupira.

— Je nourrissais de hautes espérances quant à notre rencontre. Je m'y étais préparé intensément. J'avais tout planifié. J'avais tort. Ce qui ne m'arrive pas souvent d'ailleurs. Emportez vos steaks. Je ne les apprécierai pas sans vous. Lorsque j'ai concocté l'enchantement, je me réjouissais à l'idée de les déguster en votre compagnie. Mais j'avais négligé votre jeunesse et votre frivolité, qui sont le résultat des circonstances inhabituelles de votre naissance, à n'en point douter.

— Quelles circonstances inhabituelles ?

Phillip s'était déjà levé et se dirigeait vers la glacière. En entendant ma question, il s'immobilisa. Je ne voyais pas son visage, mais je l'entendis presque esquisser un sourire malin.

— Que diriez-vous d'en discuter en mangeant ?

— En mangeant ? répétai-je. Tu veux dire en mâchant, en mastiquant et en avalant ?

Il tira deux petites bouteilles brunes de la glacière.

— « Cuvée à contrecœur : chacune de ces bouteilles fut élaborée sans amour par le duc de Gornsvalt, à grands frais et avec réticence », lut-il sur l'étiquette, avant de pouffer. Le duc de Gornsvalt nourrissait une certaine rancœur à mon égard, avant que je lui fasse don de l'un de ces steaks. Vous devriez les goûter. Ils refroidissent.

Je regardai de nouveau la viande.

— Et comment je m'y prends ?

— Je réponds très rarement à ce type de questions, mais je ferai une exception pour cette fois, dit-il en se rasseyant. Pour la bonne raison que l'explication est fort simple : c'est magique. À quoi servirait la magie ? Dans quel but nous plongerions-nous dans l'alchimie ? Sinon pour soulager nos fardeaux. Imaginaires ou bien réels.

À gauche de l'assiette, il y avait une fourchette. À droite, un couteau à steak. Je coupai un morceau de viande et le portai à ma bouche. Mes crocs s'étirèrent. Au bout de quelques essais, je parvins à les rétracter et à enfourner la nourriture correctement. Le bœuf était trop cuit. Il était à peine rosé au milieu. Mais c'était un régal. Cela dit, j'eus du mal à avaler. J'avais l'impression de ne pas réussir à faire passer le morceau en entier. Il resta coincé dans ma gorge et je m'étouffai.

— Vous ne mâchez pas assez.

Phillip me montra l'exemple en coupant un morceau beaucoup plus petit. Il le mit dans sa bouche, puis sursauta : il s'était mordu la langue.

Pourtant, peu à peu, on finit par se débrouiller. Mes crocs continuèrent de m'importuner tout au long du repas. La sensation de cette nourriture solide – et surtout l'excitation qu'elle me procurait – faisait resurgir les instincts vampiriques que j'avais réussi à dompter au cours des années. Mâcher, ce n'est pas comme faire du vélo. Au bout de quelques décennies, on oublie.

— Et tu comptes me présenter la note en fin de repas ? demandai-je.

— Pourquoi m'embêterais-je à le faire ? (Phillip posa une bouteille de Cuvée à contrecœur à côté de mon assiette, et l'autre près de la sienne.) L'univers persiste à nous imposer certaines règles. Ceci en est une. Les vampires sont incapables de se nourrir comme les êtres humains. Contrevenir aux modalités d'existence de notre espèce nécessite des ressources proprement indécentes. La bière m'a posé moins de problèmes. J'aurais pu vous proposer un alcool de sang de médiocre qualité, mais j'ai demandé au duc de Gornsvalt de me confectionner cette boisson en raison de son talent pour les breuvages exotiques. Et je voulais que son goût vous soit familier. Cela dit, méfiez-vous ! Il m'a averti que nous serions peut-être amenés à uriner. Préparez-vous à cette éventualité !

— De la vraie pisse ou du sang ?

— Je ne l'ai pas questionné là-dessus. (Phillip toussa.) Je n'y ai pas songé. J'aime les surprises.

Sous son regard attentif, je décapsulai la bouteille et avalai une gorgée. Je pensais que ça ressemblerait à du sang.

J'avais déjà bu de l'alcool pour vampire. C'était du sang fermenté provoquant le même type de réaction qu'une véritable boisson alcoolisée. La bière de Gornsvalt n'avait pas du tout la même saveur.

— On dirait de la pisse de chameau.

— N'est-ce pas le goût habituel de la bière ? demanda Phillip entre deux bouchées.

— Grosso modo, si, concédai-je.

— Je n'espérais rien de moins de votre part, dit-il en tapotant la table. Je vous remercie d'être à la hauteur de mes attentes.

— Ouais, répondis-je.

La bière était plus forte que j'avais imaginé. Je me laissai envahir par l'ivresse. C'était exactement ce qu'il me fallait. Elle soulagea un peu ma tristesse. On mâcha en silence. Je coupai le second steak en deux et posai la plus grosse moitié devant Phillip. C'était lui qui régalait. Je me dis qu'il le méritait bien.

— Mais j'ai commandé ce steak pour vous, protesta-t-il.

— Pas moyen que je m'enfile une deuxième part alors que tu n'as rien dans ton assiette, rétorquai-je. Mange !

Il se hérissa légèrement, mais m'obéit quand même.

Une fois le dîner terminé, on avait les mâchoires en feu. On resta un moment assis. Meurtris, mais satisfaits.

— Maintenant, raconte-moi ce que tu voulais me dire à propos de ma naissance, repris-je, brisant le silence.

— Je répondrai au mieux de mes compétences à toute question que vous voudrez me poser. Quel qu'en soit le sujet.

— OK. Mais tu as intérêt à ne pas finasser ! Ne t'avise pas de m'entuber si je formule mal ! En quoi les circonstances de ma création sont-elles inhabituelles ? Tu veux bien parler de Supervamp, hein ? Ou de la raison pour laquelle mes yeux sont toujours bleus ?

Il avala une grande gorgée de bière, terminant ainsi sa bouteille.

— Exactement.

— Eh ben, accouche !

— C'est une question de planning, commença Phillip. Tout s'est passé dans un ordre précis. On vous a assassiné. Après l'accident, vous êtes resté allongé par terre. Roger vous a regardé mourir avant d'appeler les secours. Il s'est moqué de vous. Vous avez lutté pour revenir à la vie, furieux à l'idée du meurtre perpétré sur votre personne. Si vous aviez été un être humain lambda, vous auriez peu à peu pris la forme d'un revenant, et l'existence de Roger serait devenue un cauchemar. Au bout d'un certain temps, vous seriez, à n'en point douter, parvenu à maîtriser vos pouvoirs de manière à le prendre au piège. Et probablement à le tuer. Les mages à sa solde auraient bien été en peine de vous déloger. Lorsque je vous ai vu, gisant devant moi, j'ai senti votre pouvoir s'intensifier.

— Comment ça, tu l'as *senti* ? demandai-je.

— Il ne pouvait en être autrement ! Vous étiez et demeurez un Courtney.

À cet instant, John Paul Courtney se manifesta derrière son dos, les traits déformés par la rage. Des crocs jaillirent de sa mâchoire supérieure. Des crocs courbes, pas droits comme les miens. Sa bouche se fendit littéralement. Aucun être humain – ni aucun vampire – n'aurait été capable de l'ouvrir si grand. On aurait dit la gueule d'un serpent. J.P. tendit les bras le long de son corps et serra les poings. Il émit un sifflement furieux et une langue fourchue émergea entre ses crocs. Enfin, il reprit contenance et s'évanouit sans un mot. J'étais complètement hébété.

— Putain de merde !

— Oui, poursuivit Phillip. Je sais tout de votre famille. Bien plus que vous, d'ailleurs.

*Vraiment ?* pensai-je. *Tu savais que mon grand-pôpa était un serpent-garou ?*

— De mon vivant, j'étais un magicien, un sorcier, un mage, un alchimiste, appelez ça comme vous voulez. J'étais doté d'un talent inné pour le surnaturel. Et c'est un euphémisme. J'ai l'honneur d'être la cause de l'extermination des mages qui se changent en vampires. Depuis moi, des abominations de ce genre ne sont plus tolérées.

— Tu as donné un sacré coup de pied dans la fourmilière, dis-je avec un grognement admiratif. (J'aime les gens qui bousculent l'ordre établi. Sauf le mien, bien sûr.) C'est aussi à cause de toi que les mages sont réticents à l'idée de bosser pour des vamps ?

— Tout à fait. (Il se frottait les mains tout en parlant, non sans esquisser à plusieurs reprises le sourire démoniaque qu'il affectionnait.) Un être aussi puissant que vous a aussitôt attiré mon attention. Mon réseau d'influence magique est si vaste que vous ne seriez de toute manière jamais passé inaperçu, auriez-vous été moins remarquable. Void City m'appartient. Pour être parfaitement honnête, je pressentais votre création. Je l'avais prévue et j'avais pris les devants afin de m'y préparer au mieux.

» Mon problème était de deux ordres. Je tenais à ralentir votre développement tout en assurant votre survie. Si vous aviez pris instantanément possession – et conscience – de l'ampleur de vos pouvoirs, vous ne m'auriez été d'aucune utilité. C'eût été trop rapide pour présenter le moindre intérêt. Le timing était terrifiant. Je n'avais pas assez de temps, voyez-vous ?

— Attends une seconde.

Je m'approchai de lui. En bougeant, je sentis *El Alma Perdida* dans mon jean.

— Tu as volé mon cadavre ?

— Nul besoin. Il m'était beaucoup plus simple de le suivre et de m'occuper de vous à la morgue.

— Qu'est-ce que tu m'as fait ? Tu ne vas quand même pas m'annoncer que tu es mon père ! Parce que désolé, Dark Vador, mais même pas en rêve.

Les traits de Phillip reflétèrent la plus parfaite surprise.

— Bien sûr que non, mon garçon. Non, non, non. Dieu m'en garde. Je me suis contenté de vous embaumer au moyen d'une petite concoction alchimique qui, une fois appliquée, a déstabilisé le – oserais-je employer ce terme ? – « l'anathème » vous frappant.

— L'anathème ?

— La malédiction, si vous préférez.

— Quelle malédiction ?

— La famille Courtney est sujette, de père en fils, à une sorte d'anathème transmuant, en rémission des péchés de l'un de vos ascendants. Ça évoque le Vieux Testament, ne trouvez-vous pas ? Ma concoction a eu pour effet d'en ralentir les effets. La malédiction vous a effectivement frappé. Vous êtes revenu d'entre les morts. Mais l'apogée de votre nature vampirique vous est demeuré caché. Et votre sire n'a rien su de votre existence. Je pensais que mon sortilège allait encore perdurer quelques décennies, mais c'était sans compter votre activité débordante. Je n'escomptais pas que vous seriez réduit si souvent en cendres. À chacune de vos résurrections, vous vous êtes rapproché de votre véritable potentiel.

— Donc, si je saisis bien, tout ce qui m'arrive, c'est ta faute !

Phillip eut l'air de trouver ça hilarant. Il secoua la tête et éclata de rire.

— Non, mon garçon. Ce n'est pas si simple. Croyez-moi. Vous comprendrez tout en temps et en heure. N'essayez pas d'aller plus vite que la musique.

Il s'éleva de sa chaise et flotta jusqu'à la cheminée. Tandis qu'il se déplaçait, des fumerolles de vapeur rendaient sa silhouette floue. La façon dont il se maîtrisait me faisait penser à Winter. Il attrapa un coffret en métal posé sur la tablette. C'était un petit objet robuste, sans fioritures.

— J'ai besoin d'accéder au niveau supérieur de mon ascension. Et pour ce faire, vous m'êtes indispensable. Tenez, prenez ceci en gage de ma bonne foi.

Il ouvrit la boîte. À l'intérieur se trouvait juste un petit journal aux bords roussis. Sur la couverture, on pouvait lire : « *Le Cœur du Démon*[*]. »

— Ce n'est pas exactement le même titre que le vitrail.

— Je n'ai jamais fait attention. (Phillip paraissait aux anges. Je n'eus pas le temps de lui demander de développer. Il enchaîna aussitôt.) Si je n'étais pas intervenu, vous auriez, à n'en pas douter, déjà affronté votre sire. Elle vous aurait détruit. Ou l'inverse. Et le chemin de ma victoire aurait été beaucoup moins amusant. Maintenant, elle vient tout juste d'avoir connaissance de votre existence. Vous avez créé un *memento mori*. Il y a gros à parier qu'elle l'aura perçu. Son esprit tente de prendre contact avec le vôtre, mais les vestiges de ma potion rendent l'opération difficile.

— Je n'ai rien senti. Attends. Mon sire est une femme ?

— Vous la sentirez en temps voulu. Et oui, il s'agit effectivement d'une femme. Elle est d'un ennui épouvantable, mais ses compétences vampiriques sont tout à fait exceptionnelles. Et fort utiles pour le but que je poursuis. Bien entendu, je pourrais également me servir de votre personne. C'est techniquement possible. Mais je ne tue jamais les gens intéressants.

— Et mon sire se baladait par hasard au bord de la route le jour de mon accident ?

— Non, mon garçon. Cela fait plus d'un siècle que Lisette n'a pas quitté la France.

— Vous voulez dire que je suis le produit d'une espèce d'insémination artificielle vampirique ? Elle a utilisé une seringue magique ?

— Elle a transformé un autre Courtney en vampire. Un Courtney qui a supplié d'être pardonné, d'être sauvé. Et il l'a été. Mais en contrepartie, les sept générations suivantes ont été forcées de servir... (il s'interrompit et gesticula vers le ciel) de *Le* servir.

— Tu te fous de moi ?

— Je vous assure que non, répondit Phillip.

— Pas étonnant que papa se soit énervé quand j'ai laissé tomber le séminaire pour partir à la guerre.

— Vous étiez le dernier Courtney à être frappé par la malédiction.

— J'en ai assez entendu.

— Vous n'êtes pas curieux ?

— Non. En général, pas du tout. Même si ça défrise pas mal de gens.

Phillip sautilla en cercle et bondit dans son fauteuil. Une fois confortablement installé, il s'adressa de nouveau à moi.

— Enfin, mon garçon... Cela ne peut pas vous faire de mal.

Il me tendit le coffret contenant le journal.

— Et merde, lançai-je.

Ça aurait été débile de refuser. Si maman vampire comptait venir me chercher, et si elle était aussi puissante qu'il le prétendait... Je n'étais pas buté à ce point. Pour finir, je saisis la boîte.

— Ce journal est en français. Avez-vous un fasciné parlant cette langue ou faut-il que je vous fournisse un traducteur ?

Phillip sourit.

— Ça devrait aller. (Je me dirigeai vers la porte.) Une dernière chose. Tu as bien dit que j'avais créé un *memento mori*.

Tu parles de Croc ? Ma Mustang ? Qu'est-ce qui lui est arrivé, bordel ?

— Le latin est une langue magnifique, mon garçon. Il est toujours intéressant de la maîtriser. « Rappelle-toi que tu vas mourir. » N'est-ce pas excitant ? Avant d'acquérir tout son potentiel, un Empereur doit remplir deux conditions. L'une d'elles consiste à créer un *memento mori*.

» À savoir un dépositaire contenant la portion de noirceur que le vampire en question ne peut contrôler. En général, il s'agit d'un petit objet, comme un collier, un anneau, une paire de lunettes… quelque chose qu'on peut garder par-devers soi en toute circonstance. En effet, une fois cet artefact créé, il est lié aux pouvoirs de l'Empereur.

» Tant que celui-ci n'a pas conçu cet objet, ses pouvoirs demeurent instables. Toutefois, les *memento mori* constituent également un point faible. Avant d'avoir élaboré Croc, vous étiez pour ainsi dire indestructible.

— Et maintenant ?

— Maintenant, si quelqu'un se mettait en tête de vous détruire, ainsi que Croc, vous ne seriez plus un vampire. Il ne resterait de vous qu'un revenant.

— C'est bon à savoir. (Je poussai un soupir.) Et c'est quoi, la deuxième condition ?

— Subir une crise de stress post mortem. Dans l'état actuel des choses, vous pensez encore avec votre cerveau. Vous voyez encore par vos yeux. Même votre Tabitha est passée à un autre stade. Elle ne s'en est pas encore aperçue, mais elle « voit » avec l'essence de son être. Sa chair n'est plus qu'une interface commode.

Je lui dis « Merci, Yoda » et regagnai l'entrée. Je pris Béatrice par le bras et lui posai une question cruciale :

— Tu parles vraiment français ?

# 34

## ERIC :

## Il était une fois

On était assis dans la salle d'attente de Phillip. Béatrice lisait le petit journal et me traduisait simultanément. Je ne savais pas si c'était vraiment utile. En gros, c'était une resucée de l'histoire du vitrail du rez-de-chaussée. Si ce n'est que les personnages avaient des noms. La vamp s'appelait Lisette, surnommée *Démon cœur**. J'avais appelé mon club de striptease presque pareil. Remarquez l'ironie !

Le chevalier portait un nom similaire. Sûrement parce qu'il appartenait à un groupe de guerriers répondant à l'appellation « *Le Cœur du Démon** ». Ils avaient choisi ce titre pour signifier qu'ils se consacraient corps et âme à la destruction de Lisette. L'idée était de lui arracher le cœur. Ils avaient échoué. Le journal racontait l'histoire du dernier de ces chevaliers. Celui qui s'était momentanément transformé en vampire. Je n'ai pas prêté attention à tous les détails. La bière et les steaks m'avaient fatigué – et rassasié comme je ne l'avais jamais été depuis plus de quarante ans. En tout cas, pour des raisons obscures, le chevalier avait abandonné sa quête, fui en Amérique et changé de nom. Je comprenais pourquoi. Il avait sûrement peur pour sa vie. Ou pour celle d'un être cher. Sur la dernière page, l'auteur promettait d'écrire un second volume relatant les aventures de la génération suivante de la lignée Courtney. Le dernier chapitre était signé d'une initiale, qui constituait la seule trace de paternité de l'ouvrage. C'était un « P ».

— Bon. Dis-moi, Béatrice. (On quitta les quartiers de Phillip pour regagner la suite Griffon.) Dame Gabriella a bien tout capté ? lui demandai-je.

— Pardon ?

— Elle t'a offerte à moi, mais tu es encore sa fascinée, je me trompe ? Apparemment, elle emploie pas mal d'espions. J'imagine qu'elle a vu tout ce qui s'est passé et qu'elle a entendu ta lecture ?

— Effectivement, admit Béatrice.

— Parfait. Si tu te fais tuer, je pourrai aller la voir pour lui demander un résumé. J'ai de gros problèmes de mémoire. Il faudra sûrement que tu me racontes tout une deuxième fois. Au minimum.

Cela dit, je n'avais pas spécialement envie que Gabby me surveille tout le temps. Et ça ne me disait trop rien de prendre possession de Béatrice de force, comme j'avais fait avec Ebony. Existait-il une troisième solution ? J'essayai de me remettre en mémoire les instructions manuscrites de Magbidion pour créer un fasciné. Si je me souvenais bien, on pouvait libérer un fasciné de son maître ou de sa maîtresse. C'était une question de volonté. Et ça pouvait aider de connaître la formule magique.

— Elle nous observe, en ce moment ? demandai-je en entrant dans l'ascenseur. (Pour une fois, il n'y avait pas de groom. Les portes se refermèrent derrière nous. Béatrice hocha la tête.) Où est ta marque ?

La jeune femme desserra son décolleté et se pencha pour me montrer la rose tatouée sur son sein gauche.

— Libère-la, Gabriella ! Tu me l'as donnée et je l'ai acceptée.

La rose s'illumina vivement, puis s'estompa. Béatrice grimaça de douleur et se mit à vieillir en accéléré. Des pattes-d'oie se formèrent au coin de ses yeux.

— S'il vous plaît. Si vous comptez faire de moi votre fascinée, dépêchez-vous, dit-elle.

Ses joues commencèrent à s'affaisser et à se plisser tandis que ses cheveux se parsemaient de mèches grises. Je fis mon petit cinéma et regardai les ravages du temps disparaître, à peine plus lentement qu'ils étaient apparus.

*Je dois être plus doué que Gabby pour remonter les aiguilles du temps*, pensai-je en jaugeant Béa. Elle paraissait un peu plus jeune que lors de notre première rencontre. Elle n'avait guère plus de vingt et un ans. C'était logique. Gabby était une Maître et moi un Vlad. Ou autre chose.

— Comment avez-vous fait ?

Béatrice recula de deux pas et contempla son reflet dans l'intérieur chromé des portes de l'ascenseur.

— Je suis plus jeune que lorsqu'on m'a changée en fascinée. Comment vous y êtes-vous pris ?

— Ça doit être dû au fait que je n'arrête pas d'en fabriquer, ces derniers jours, mentis-je.

Les portes de l'ascenseur s'ouvrirent et on traversa la salle d'attente de Tabitha pour entrer dans son appartement. Les enfants d'Ebony jouaient à un jeu de plateau avec l'employé de la garderie. Ils ne levèrent même pas la tête.

Je les ignorai et guidai Béatrice dans la chambre. Je fermai la porte derrière nous. Sur le lit, Ebony bougea légèrement, mais ne se réveilla pas.

— Excusez-moi, votre grandeur, dit Béatrice. Nombreux sont les vampires mâles à vouloir sceller… le pacte avec leurs nouvelles fascinées.

J'écoutai les enfants lancer leurs dés et faire avancer leurs pions sur le chemin bariolé.

— Je me disais que c'était… (je baissai les yeux, gêné, et les reposai sur elle) tu sais… un peu répugnant.

— C'était le cas à l'époque où dame Gabriella a fait de moi sa fascinée, répondit Béatrice avec méfiance. (Elle regarda le lit et rougit.) Cela fait très longtemps que je n'ai plus été exposée aux phéromones d'un Vlad sans la protection conférée par le statut de fascinée. Nous sommes immunisés, mais pas lorsque le vampire en question se trouve être notre maître. Si on est compatibles sexuellement, l'attirance est d'autant plus vive.

Je m'assis sur le rebord du lit et caressai négligemment la jambe d'Ebony.

— Ça explique beaucoup de choses.

Pas étonnant que mes fascinées me sautaient toutes dessus.

— Et certains vampires dégagent une aura plus… intense que d'autres. La vôtre est particulièrement puissante. Elle a dû se renforcer au cours du temps. Si vous le souhaitez, vous pouvez faire en sorte d'épargner certaines personnes.

Je ne savais pas comment procéder, mais je me concentrai sur elle et pensai très fort qu'il ne fallait pas qu'elle soit attirée par moi.

— Il faudra m'indiquer si ça fonctionne.

— Voilà qui est beaucoup mieux, dit-elle au bout d'un moment.

— Je suis aussi soulagé que toi, dis-je avant d'ajouter : Il faut qu'on rentre au *Pollux* vérifier s'il y a des survivants. Tu as une voiture ? (Elle acquiesça.) Elle a un grand coffre ?

# 35

## TABITHA :

## Une aide inattendue

Je me retrouvai au beau milieu d'un duel de mages, dans le parking attenant au *Pollux*. Talbot était enchaîné, Greta aux abonnés absents, et Magbidion posté à côté de moi. Le soleil brillait de tous ses feux, mais le bâtiment projetait une ombre généreuse. Rachel me sous-estimait. Comme tout le monde. Je ne suis pas faible.

Je ne l'étais déjà pas sous apparence humaine, mais à présent que j'avais recouvré mes pouvoirs de vampire, j'étais devenue une véritable menace. Eric allait en faire les frais lorsque je mettrais la main sur lui. Pour qui se prenait-il ? Il pensait vraiment que j'allais coucher avec ma propre sœur pour ses beaux yeux ? Je comprenais le principe – c'était une espèce de fantasme –, mais là Eric avait dépassé les bornes. Ma colère me donnait des ailes. De ce point de vue, on se ressemblait.

Contrairement à lui, je n'avais pas d'alter ego berserk, mais ma vitesse, ma force et mes griffes me suffiraient. Le combat entre Magbidion et Rachel faisait rage. Ils lançaient des sortilèges en gesticulant, crachaient des formules magiques et se rendaient coup pour coup. Rachel aurait pu tuer Magbidion sans aucun problème. Je le devinai à son demi-sourire boudeur. Elle avait toujours cette expression quand elle savait qu'elle avait déjà gagné, mais qu'elle voulait épater la galerie. Je m'accroupis et me préparai à bondir. Elle avait beau avoir dit et fait des choses terribles, j'avais du mal à passer à l'attaque. La famille, c'est sacré. Je crispai les mâchoires et la chargeai quand même. Rachel arrêta de jouer avec son adversaire. Un éclair d'électricité jaillit de la lampe placée au-dessus du mage et s'abattit sur lui. Magbidion s'effondra en silence et ne bougea plus. Il respirait à peine. Je décochai un coup de griffes à ma sœur, mais elle m'évita furtivement et s'éloigna à toute vitesse. Ses pieds ne touchaient plus le sol.

— Mais c'est qu'elle veut vraiment se battre, la frangine !

Ses yeux s'écarquillèrent et ses iris se teintèrent de rouge – comme ceux d'un vampire en colère – puis de violet. Comme Eric en mode Supervamp.

— C'est cool, non ?

Sa peau devint noire comme du charbon et elle me menaça de ses doigts crochus.

— C'est quoi, ce bordel ?

Je la dévisageai, bouche bée, complètement ahurie.

— Chaque fois que je le fais se sentir en vie… (des ailes de chauve-souris identiques à celles d'Eric émergèrent du dos de Rachel) je draine une partie de son pouvoir.

Ma petite sœur, postée de l'autre côté du parking, me toisa et souffla un baiser dans ma direction. C'était le portrait craché de mon mec quand il pétait un câble.

— Ouais, mais ça ne dure pas toute la vie, lui lançai-je.

Elle avait commis une erreur en changeant de corps. À présent, je la considérais vraiment comme une ennemie. Elle ne ressemblait plus à ma petite sœur. Ce n'était qu'une atroce parodie d'elle-même. On échangea quelques coups. J'ouvris une longue entaille dans la veste de son tailleur, dévoilant la peau de jais de son ventre. Elle se glissa derrière moi et me déchiqueta le dos. Des lambeaux de chair restèrent accrochés à ses griffes.

— Non. Juste ce qu'il faut pour me débarrasser de toi. (Elle m'assena un coup de pied au visage. Mon front saigna et je pivotai sur place.) C'est le seul inconvénient de cette mission.

Je lacérai ce qui restait de sa veste, mais je manquai son corps. Elle me gifla du revers de la main et m'envoya valser contre le véhicule servant de cachette à Greta. Je me fracassai contre la roue arrière. Sous le choc, le pneu s'éjecta et l'essieu plia. Je regardai l'endroit où la vampire s'était réfugiée. Elle n'était plus là.

— Quand j'en aurai fini… Eric sera de l'histoire ancienne.

— Comment ça ?

Je me remis prestement debout, esquivai le crochet qu'elle s'apprêtait à me décocher au visage et la frappai à la tête d'un coup de coude. Rachel me donna une tape avec ses ailes et je percutai la colonne centrale du parking, l'axe autour duquel s'élevaient les rocades d'accès aux différents niveaux.

— Je n'atteindrai plus jamais ce niveau de puissance.

Elle s'interrompit et battit vigoureusement des ailes pour s'élever dans les airs. Le plafond étant assez bas, elle n'avait pas une marge de manœuvre énorme.

— Sauf si je me dégotte un autre Empereur. Il n'y en a que sept, mais je sais où crèche une du lot. Malheureusement, à ma connaissance, elle est hétéro.

Je l'écoutais parler, le temps pour mon métabolisme vampirique de se remettre. Avec un peu de chance, ses pouvoirs de Supervamp allaient s'émousser.

— Si la magie compte tellement pour toi, pourquoi laisser tomber tes pouvoirs en te libérant du démon ?

Ma blessure au front s'était déjà refermée. Sous mes doigts, la peau était dorénavant intacte. Et quand je bougeais les épaules, je ne sentais plus de picotement désagréable.

— Ne t'inquiète pas ! Même lorsque le démon m'aura libérée, je pourrai encore pratiquer la pyromancie. C'est plus un problème de captage. Pour me shooter avec un pouvoir pareil, j'ai besoin d'un démon et d'un Empereur.

Des flammes bleues apparurent au bout de ses griffes, qu'elle tendit vers moi. J'eus un mouvement de recul. *Pitié. Je ne veux plus brûler.*

— Alors ? Tu es remise ? demanda-t-elle d'un ton narquois.

Je me ruai sur elle, mais elle s'éloigna en vrille et se positionna dans le vide, de l'autre côté de la rambarde. Baignée de soleil, elle se retourna pour me faire face. Sa peau reprit sa couleur normale. Ses crocs se rétractèrent. Soit elle était à court de jus supervampirique, soit elle l'économisait. Elle flottait dans les airs. En contre-jour, vêtue de sa veste déchirée et d'un dos nu, elle était plus belle que jamais. On aurait dit un ange déchu.

Cette image cruelle me rappelait le prix qu'elle avait dû payer pour s'accrocher à la vie. Elle avait beau prétendre qu'elle n'avait pas vendu son âme, elle se voilait la face. Mais je devais avouer que la damnation lui allait bien.

— Viens me chercher, frangine ! (Elle secoua ses cheveux d'un coup de tête.) Je t'attends.

Talbot la rejoignit en voletant. Ce n'était pas intentionnel. Il était entraîné par les chaînes enchantées.

— Oh non…, dis-je à mi-voix.

Je n'étais pas amoureuse de lui, mais il s'était engouffré dans un immeuble en feu pour me secourir. Je ne tenais pas à ce qu'il meure.

— Pourquoi tu en as après Talbot ? hurlai-je. Je croyais que tu étais venue tuer des vampires…

— Il ne faut pas se fier aux apparences.

Rachel claqua la langue et brandit son index dans ma direction.

— Qu'est-ce que tu en sais ? J'ai peut-être envie de m'amuser avec lui plus tard ?

— Tu n'es qu'une pute !

— Non. Par contre, j'adore le sexe. Depuis toujours, d'ailleurs. Et maintenant, ça me procure du pouvoir ! Enfin, techniquement, je n'étais pas obligée de coucher avec Eric. J'aurais pu arriver au même résultat à coups de méditation à deux et de massages thérapeutiques. C'était juste en option. Mais je l'ai séduit parce que c'est plus marrant. Ça fait de moi une escort girl. En revanche, toi, tu t'es fait tringler par un vieux Vlad pervers qui te dégoûtait juste pour obtenir un chouette appart. Tu as baisé avec lui pour son fric. Donc la pute, c'est toi.

— Tu te mets le doigt dans l'œil. Phillip, c'était une erreur de parcours. Dès que j'ai découvert sa vraie personnalité, je l'ai envoyé paître et je me suis cassée. Alors que toi, si tu plantes ton mac démoniaque, il te renverra en enfer direct !

Soudain, le parking fut envahi par une vague de feu. La voix de Rachel couvrit le brouhaha de l'incendie.

— Je ne voulais pas te tuer, mais tu parles trop.

Je me mis à courir. Les flammes me léchaient le dos, mais je ne m'arrêtai pas. Tout en me tapotant les cheveux pour les empêcher de brûler, je me précipitai dans l'escalier. Je descendis, descendis, descendis… sans aucune idée de ce que j'allais faire une fois au rez-de-chaussée. J'espérais juste avoir une idée lumineuse.

Arrivée au dernier niveau, je repérai le camping-car de Magbidion et la Mustang d'Eric. Le premier m'aurait mieux protégée du soleil, mais je n'aurais jamais pu semer Rachel, là-dedans. J'espérai qu'Eric avait laissé ses clés sur le contact. La portière conducteur n'était pas fermée. Je l'ouvris en essayant d'estimer au pifomètre combien de temps je survivrais au contact partiel avec les rayons du soleil. Je pouvais peut-être me mettre par terre et conduire avec une main en bas du volant, par exemple.

— Tu vas où, comme ça, frangine ?

Rachel m'avait suivie en flottant dans le vide. Elle franchit la petite rambarde en béton, au bord de l'espace réservé aux véhicules, et atterrit doucement sur l'asphalte. Elle ne s'embêta plus à se déplacer en lévitation. Elle s'approcha de moi d'un pas ferme, la tête légèrement penchée à gauche, comme si elle écoutait quelqu'un d'autre.

— La marionnette s'est laissée parfaitement manipuler, dit-elle. Eric est retenu aux Highland Towers. C'est sans doute le meilleur coup que j'aie jamais eu, mais intellectuellement, c'est un crétin fini. Il est vaguement débrouillard, genre chimpanzé, mais c'est vraiment un abruti de première.

Les clés ne se trouvaient pas dans la Mustang. De rage, je donnai un coup sur le volant… et tout se mit à virer bizarre. La radio s'alluma toute seule. Un riff de guitare *heavy metal* résonna dans les haut-parleurs. On aurait dit un moteur de bolide en surrégime. Tous les néons du parking clignotèrent, puis s'éteignirent. Rachel n'était plus illuminée que par les feux de route de la Mustang.

— C'est quoi, ce bordel ? lança-t-on de conserve.

La lueur blanc vif des phares devint écarlate, et le teint de Rachel se fit sanglant.

— *Memento mori*, cracha-t-elle avec hargne, comme si c'était un synonyme de « putain de merde ». Il tient suffisamment à elle pour que sa part d'ombre intervienne.

Je n'entendis ses derniers mots que grâce à mes sens vampiriques. Elle avait l'air blessée.

Les roues de la Mustang tournèrent sur place en couinant, non sans badigeonner le bitume de traces de pneu cramé. Et ce fut au tour de Rachel de fuir.

Je reconnus la chanson lorsque le véhicule se mit en branle pour la poursuivre. C'était *Fuel* de Metallica. La voiture d'Eric avait des goûts musicaux bien à elle. Ou alors…

— Eric ? C'est toi qui fais ça ?

Personne ne répondit, mais je le sentis. Je sentis le Eric énervé. Son alter ego gigantesque, noir et aux yeux violets. Rachel bondit au soleil et se positionna au-dessus de la barrière en béton. Elle commença à bouger adroitement les doigts, prémices au sort qu'elle s'apprêtait à nous lancer, probablement pour nous incinérer, moi et la voiture.

Mais cette dernière avait une autre idée en tête. Elle accéléra, emboutit la rambarde, passa à travers et percuta Rachel. Les rayons du soleil s'abattirent sur le véhicule, mais il ne prit pas feu. Des flammes l'arrosèrent, inondant son capot et ses ailes comme de la mousse nettoyante, et ses vitres s'obscurcirent, pour devenir entièrement opaques.

Je devinai la suite des événements plus que je la vis. On fit plusieurs tonneaux, les pneus crissèrent de plus belle, la voiture subit quelques explosions, qui la secouèrent violemment. Preuve que Rachel était encore en vie. Plus la Mustang essayait de l'éliminer, plus son courroux s'amplifiait, plus je sentais Eric. Sa présence était lointaine, comme étouffée, mais il était en chemin. Soudain, tout se calma. La voiture franchit quelques mètres et les vitres s'éclaircirent. La Mustang m'avait ramenée dans l'ombre protectrice du parking.

Il n'y avait plus aucun signe de Rachel. Par contre, j'aperçus Magbidion. Je jaillis de la voiture pour vérifier s'il allait bien. Le véhicule me suivit et roula sur une flaque de sang répandue par terre, laissant dans son sillage une surface propre et nette.

Mag était inconscient, mais il paraissait indemne. Frappée par une intuition soudaine, je pris les clés de son camping-car. Il y avait mis Greta à l'abri. Il l'avait vaguement nettoyée, puis l'avait couchée dans son lit pliant et enveloppée dans une couverture aux motifs floraux criards de très mauvais goût. Ses brûlures étaient sévères, mais j'ignorais si c'était dû à l'incendie, aux zozos armés de lance-flammes ou aux sorts de Rachel. J'eus à peine le temps de me demander qui était allé la récupérer en douce au troisième étage que des sirènes se mirent à retentir. La police de Void City avait enfin daigné s'intéresser au *Pollux*. Le capitaine Stacey serait-il de la partie ?

Ce fut une véritable torture d'attendre toute seule le coucher du soleil. Je n'arrivais pas à me rendormir. C'était sûrement à cause de la magie. Ou du stress, qui sait ? J'avais transporté Magbidion et Greta jusqu'à la Mustang. Je pensais qu'on y serait plus en sécurité si Rachel revenait à la charge. Après avoir installé Greta sur le siège avant et Magbidion à l'arrière, je grimpai à côté du mage, pour profiter de sa chaleur, et je me mis à regarder fixement le plafond en cherchant le sommeil.

— C'était vraiment Rachel.

J'avais du mal à accepter cette idée. Aurais-je fait comme elle pour échapper à la mort ? Dans un certain sens, c'était le cas. Je m'étais laissée transformer. Pas de la même façon, certes, mais ça restait monstrueux. Elle avait vendu ses services pour obtenir des pouvoirs magiques et une seconde chance. Moi, j'avais troqué ma vie contre un bon d'essai pour une autre existence. Je comprenais ses motivations, mais je refusais de m'identifier à elle. Je la préférais quand elle était morte et enterrée.

Je finis par m'endormir en pensant à ma sœur. Quand je me réveillai, je sentis la main d'Eric sur mon bras. Il était penché sur moi.

— Tabitha ? Mon cœur ? Ça va ?

J'avais faim, j'étais furieuse et déprimée. Il tombait vraiment mal. Ou alors, tout ça était un piège minutieusement planifié et je fonçais tête baissée dans le panneau. Greta était encore dans le coma, Magbidion s'était tiré, et Eric avait ramené une nouvelle fille.

Je hurlai, les yeux rouges de haine, et le lacérai de coups de griffes.

— Espèce de connard ! Tu n'es pas parti depuis une heure que tu te tapes déjà une autre minette !

Il n'essaya pas de parer.

— Je n'ai pas couché avec Béatrice, répondit Eric.

Mais je n'écoutais pas. Je lui ouvris le ventre. Des bouts de viscères coulèrent sur son pantalon et m'aspergèrent la poitrine, accompagnés de leur lot de sang.

— Je n'ai couché avec personne.

Je le projetai en l'air. Sa tête se fracassa contre le plafond en béton, mais il se remit instantanément et atterrit sur ses pieds, derrière le camping-car.

— Tab, écoute-moi. Calme-toi. Il s'est passé plein de trucs bizarres ! Il faut que tu…

Ses yeux étaient ouverts, clairs, intelligents. Il ne ressemblait même plus à Eric.

— Tais-toi ! criai-je. Tu baises tout ce qui bouge ! Tu te faisais Rachel ! Tu voulais que je couche avec elle.

— J'avoue que l'idée m'a effleuré. Mais bon… (Il soupira.) Je suis un mec.

Je bondis en avant, mais glissai sur le sang et retombai en arrière. Je me rattrapai de justesse à l'aile du camping-car. Je me relevai aussitôt, mue par ma vitesse vampirique, mais ne pus m'empêcher de perdre l'équilibre à nouveau.

— Ma propre petite sœur ! Je sais que tu ne veux pas qu'on en parle, mais elle est revenue d'entre les morts et elle bosse pour Roger ! Résultat, elle a failli nous tuer ! Elle nous aurait tués, d'ailleurs, si ta voiture n'était pas venue à la rescousse. T'étais où, espèce de salaud ?

— J'ai été retenu. J'ai cru que tout le monde était mort. (Il haussa les épaules.) Donc je me suis occupé de deux, trois trucs avant de rappliquer pour essayer de piéger... Attends un peu... Tu as bien dit que ta sœur était *revenue d'entre les morts ?* Elle est morte quand ?

Quelque chose le ralentissait. Il n'avait jamais été aussi peu vif, même la dernière fois qu'il s'était fait emplâtrer. Rachel était peut-être encore en train de le pomper pour recharger ses batteries ? Il était d'une lenteur catastrophique. Il tenta de croiser mon regard à deux reprises, mais je n'étais pas complètement stupide. Il m'avait déjà hypnotisée devant *L'Artiste Inconnu*. J'étais restée coincée toute la soirée avec son injonction. J'avais été obligée de faire semblant de m'amuser alors qu'Eric était rentré avec ma petite sœur. Avec Rachel !

— Espèce de connard ! Je pensais que tu étais amoureux de moi. Je suis trop conne. J'y croyais vraiment !

— Je n'ai jamais dit que je t'aimais, Tabitha. Écoute...

Je lui sautai par-dessus et j'atterris derrière son dos. Je le pris par le cou, comme je l'avais si souvent vu faire. Je posai une main sur sa nuque et l'autre sur son épaule. C'était aussi facile que de cueillir les haricots verts dans le jardin de ma grand-mère.

— Truc chaud, mouillé et étroit ! hurlai-je en lui arrachant la tête.

J'étais à court de répliques spirituelles. Eric se mit à pourrir avant même que je le lâche. Je titubai en arrière. Une simple décapitation n'aurait pas dû le tuer. La femme qui l'accompagnait ouvrit et ferma la bouche sans rien dire, comme si elle ne trouvait pas ses mots.

— Tu as été parfaite, frangine ! s'écria une voix ô combien familière.

Rachel se tenait en lévitation derrière moi, baignée de soleil, juste à l'extérieur du parking. D'un simple geste de la main, elle me lança un démonte-pneu au visage. Je l'esquivai, mais il changea de trajectoire et se précipita sur la Mustang où il s'enfonça dans le moteur.

Rachel gesticula de nouveau. Talbot apparut. Ses chaînes serpentaient sur l'asphalte. Les mailles se défirent à vue d'œil et se resserrèrent autour de Greta et du cadavre d'Eric.

— Tu vois, Tab, poursuivit Rachel, impassible. C'est un jeu d'enfant de tirer les ficelles. On avait juste besoin que quelqu'un le mate. Je m'en serais bien chargée, mais il aurait pu s'arranger pour me tuer. Ou me mettre des bâtons dans les roues. Il est très doué pour ça. Heureusement, j'ai compris qu'il tenait à toi... Je savais qu'il n'allait pas te tuer, quoi que tu lui fasses. Surtout maintenant qu'il a perdu Marilyn.

— Pitié. Laissez-moi partir, implora la femme qu'Eric avait ramenée. Il voulait juste me manger.

— Casse-toi, lui répondit Rachel d'un ton méprisant.

La femme ne demanda pas son reste. Rachel nous avait tous à sa merci. Une question me brûlait les lèvres. Elle avait bien dit « mater ». Ça signifiait que je ne l'avais pas tué ? À bien y réfléchir, j'étais sûre et certaine qu'Eric survivrait à une décapitation. Il survivait à l'eau bénite, aux pieux, aux explosifs... Ouais. Il s'en remettrait sûrement. Rachel devait avoir raison.

Et si j'avais bien compris, elle pensait aussi qu'il tenait à moi...

# 36

## ERIC :

## Tête en l'air

Bon, j'avoue : je savais que Tabitha n'allait pas me tuer en m'arrachant la tête. C'était une première pour moi, mais vu que je m'étais remis d'une pulvérisation totale, j'étais confiant. Par conséquent, lorsqu'elle m'avait attaqué, je n'avais même pas tenté d'esquiver.

J'avais très longtemps été convaincu que la décapitation était une méthode fiable pour se débarrasser d'un vampire. Cela dit, j'avais également cru que si Roger se faisait bouffer par des loups-garous, il disparaîtrait pour de bon. Il faut sans doute s'attendre à ce type de surprises, quand on essaie d'éliminer les grands méchants de l'histoire. Je pensais que Tabitha avait juste besoin de se défouler. Malheureusement, je n'avais pas imaginé que sa sœur en profiterait pour m'embarquer emballé pesé !

Rachel nous chargea dans une camionnette de déménagement. Elle mit mon corps dans un coffre – je ne vis pas quel genre de modèle – et ma tête dans une glacière en plastique rouge et blanche. Une fois enfermé, je me demandai quoi faire. Je ne sentais plus mon corps et malgré mes efforts, je ne pouvais pas parler. Apparemment, une décapitation, c'est comme un pieu dans le cœur : quand ça ne vous tue pas, ça vous paralyse. Ou alors, n'ayant pas subi de stress post mortem, je pensais encore comme un être humain et ne pouvais pas envisager l'idée de bouger quelque chose auquel je n'étais plus attaché. En tout cas, j'avais beau m'évertuer, j'étais incapable d'extraire mon corps de sa boîte pour récupérer ma tête.

Lorsque Rachel me libéra, j'examinai les alentours du mieux que je pus. On était au dernier étage du Lovett Building. Même de l'intérieur, je reconnaissais son dôme doré. Il était à moitié translucide et les étoiles qu'il laissait apparaître me parurent plus brillantes que vues de la ville. Le reste de ma personne était déjà enchaîné au milieu d'un dispositif cérémoniel sophistiqué. Il était maintenu en position debout par un arbre métallique bizarre, dont une des branches se prolongeait en un bout de bois me transperçant le cœur. Cette branche était articulée de façon à se rétracter et s'étirer à loisir. Ainsi, elle pouvait s'enfoncer dans mon cœur et en ressortir facilement.

L'ensemble était entouré d'un cercle de poudre blanche et de billes « œil-de-chat », elles-mêmes prisonnières d'un pentagramme doré gravé à même le plancher. Une petite bougie noire brûlant d'une flamme bleue en décorait chaque pointe.

On avait disposé des gradins autour des colonnes soutenant le dôme. Ceux-ci étaient presque vides, à l'exception des premiers rangs à gauche. Le public était constitué en grande partie des vampires que j'avais rencontrés au *Velvet*. Devant les gradins se dressait une petite table pliante entourée de quatre chaises. J'iliol'lth était assis à gauche. Les deux sièges à sa droite étaient vides. La quatrième place était occupée par Ebon Winter.

Ce dernier m'adressa un geste de la main et s'approcha de ma tête.

—Je tiens à préciser que ma présence n'est due qu'à la volonté de mon maître de s'assurer que J'iliol'lth respectera les termes du contrat. Tout comme… (Il désigna le public dans les gradins. Les types ne le regardaient même pas. Ils semblaient tous hypnotisés par J'iliol'lth.) ces braves gens. Je dois dire que vous me décevez beaucoup. Je déteste perdre. D'autant que j'ai tout fait pour vous aider. Mais il est encore temps. Le rituel ne commencera que d'ici à quelques minutes.

En retrait, je distinguai le salopard qui avait planifié ma mort. Il était posté sur un podium, à l'extrémité du pentagramme. Si j'avais été attaché à mon corps, je l'aurais chargé sans réfléchir.

Roger me sourit de derrière son livre. C'était un énorme grimoire complètement *cliché**. Ça ne m'aurait pas étonné de lire « Livre de sorts maléfiques » en lettres d'or sur la couverture. Il fit signe à Rachel de m'emmener près de lui. Roger avait toujours été plus âgé que moi. Depuis qu'il s'était changé en vampire, il avait l'air encore plus vieux. Il portait de petites lunettes de vue – dont il n'avait pas besoin – pour se donner un genre rat de bibliothèque. Ça marchait.

— Salut. (Il ôta ses besicles et se frotta les yeux avant de les rechausser.) Tu as failli m'avoir, avec le coup des loups-garous. Je dois t'avouer que je ne m'attendais pas à ce que tu appelles du renfort. J'ai toujours dit que tu deviendrais le maître du monde si tu arrivais à maîtriser tes sautes d'humeur, ta libido et ta langue. Dès que j'aurai acquis tes pouvoirs, j'en ferai la démonstration publique.

Son regard effectua des va-et-vient entre son livre et mon corps.

— Remets sa tête sur son corps, Rachel. Si j'ai bien compris tes instructions, il doit être intact au moment de la cérémonie. Et ça puera moins.

Rachel lévita jusqu'au cercle de poudre et plaça ma tête sur mon cou. Elle la tint en place et ôta le bras articulé qui me transperçait le cœur. Ma transformation fut instantanée. Je retrouvai aussitôt mon intégrité. Même mon tee-shirt s'était raccommodé. Rachel ficha de nouveau le pieu dans mon thorax et ma conscience s'émoussa. Pour ne rien gâcher, le vin et la bière que j'avais ingurgités me plongèrent dans un état d'ivresse tel que tout semblait possible et logique alors que rien ne l'était. Marilyn. Roger. Melvin. J'iliol'lth. Rachel. Ebon Winter. Ils se mirent tous à danser autour de ma tête.

Les billes « œil-de-chat » étaient des réceptacles d'âme. C'était Melvin qui me l'avait dit… Ce même Melvin qui m'avait permis d'entrer chez Gabriella en fracassant le mur grâce à la faille qu'il avait laissée dans ses talismans. Melvin qui travaillait pour Winter. Winter qui avait parié sur moi. Était-il intervenu autrement ?

— Vérifie l'enchantement. (La voix nasillarde de Roger ressemblait de plus en plus à un couinement.) Assure-toi que ton sort de contrôle d'humeur fonctionne bien.

L'odeur de cannelle émanant de Rachel m'envahit, familière et amicale.

— Il va bien, dit-elle. (Elle pouffa.) J'en ai même rajouté une couche. Il ne ressent aucune douleur.

Elle s'éclipsa et revint avec Talbot, Greta et Tabitha, tous trois prisonniers des chaînes magiques. Ces dernières serpentaient sournoisement par terre. Greta et Tabitha avaient un pieu dans le cœur. Rachel esquissa un geste de la main, et les chaînes libérèrent les deux filles. La sorcière les adossa aux bords du dôme. Ainsi, elles seraient aux premières loges pour assister à ma mort. Les chaînes se positionnèrent également contre la paroi. Talbot flottait à côté des deux vampires.

Je pensais lentement, mais j'avais l'esprit clair. Je passai en revue les possibilités qui s'offraient à moi, sans aucune urgence. Ni inquiétude. J'avais l'impression d'avoir tout le temps du monde pour résoudre ce problème. Deux minutes, c'est long. Il fallait que je trouve le moyen de tuer Roger sans bouger, et que je libère Greta, Tabitha et Talbot par la même occasion. Ensuite, je devrais éliminer J'iliol'lth. Au pire, si je n'y arrivais pas, il fallait au moins que je m'arrange pour que Roger perde son pari.

Il avait incendié le *Pollux* et le *Cœur de Démon*. Il avait violé Marilyn. Il avait fait d'elle sa fascinée pour lui interdire de m'en parler. Il avait utilisé Rachel pour causer ma perte. *Rachel*. Ma presque fascinée. Ça me donna une idée. Lorsque j'avais transformé Rachel – enfin : lorsque j'avais essayé – le rituel n'avait fonctionné qu'à moitié parce que je n'avais ni apposé le tatouage ni prononcé la formule. Y avait-il une date de péremption ? Il me suffisait peut-être de…

Mais bon. Encore fallait-il qu'on me débarrasse de ce pieu. Sinon, je n'étais pas plus avancé. Si le dispositif était si complexe, c'était uniquement parce que Roger craignait que je me la joue Hulk. Il ne tenait pas à ce que je m'énerve et me métamorphose en Supervamp.

— Enlève-lui le pieu, ordonna Roger. Il doit être parfaitement intact pour la cérémonie. S'il a un trou dans la poitrine, ça risque de tout gâcher.

Rachel feignit la stupéfaction.

— Mais, maître… Il pourrait se changer en fantôme et s'enfuir !

C'était la première fois que je remarquai qu'elle jouait la comédie. Elle voulait probablement que je m'en rende compte. Elle regarda les billes avec insistance. C'était des modèles « œil-de-chat ». Des gardiennes d'âme. Vu l'état de ma mémoire, c'était un miracle que je m'en souvienne. C'était sans doute lié au fait que Melvin me faisait penser à Dan Aykroyd dans *Ghostbusters*. Ou alors à son enthousiasme de *geek* devant mon alter ego revenant. En tout cas, ses mots étaient restés gravés dans mon esprit. Texto. *« Quand ils reviendront, ils essaieront la prison spectrale. Mais ils ne vont jamais faire appel aux employés de la guilde. Ça ressemblera à une grosse bille "œil-de-chat". Ils en apporteront sûrement plusieurs, d'ailleurs. C'est du lourd, mais ça se casse comme un rien. Il suffit de les écraser avec un rocher. Bonne chance !»*

Je n'avais pas de rocher sous la main, mais j'avais un autre truc en « R ».

— Je suis prêt à courir le risque, déclara Roger.

Rachel s'exécuta et s'empressa de se mettre à l'abri hors du cercle. Roger me prenait pour un crétin, ou quoi ? Même sans les infos que Melvin m'avait données, j'aurais pu m'échapper sous ma forme spectrale. Et toutes ses précautions n'auraient servi à rien. Ou alors, il tenait justement à ce que je prenne cette forme pour que son petit cercle de billes minables me capture. Dans ce cas, si j'optais pour le mode « revenant », je serais complètement à sa merci.

Pendant une fraction de seconde, ma rage transperça l'enchantement de Rachel et je vis quelqu'un décrocher Croc d'une dépanneuse. Ensuite, Béatrice retira le démonte-pneu de son moteur. J'entendis des craquements métalliques. Les entrailles de la Mustang se remettaient en place. Elle se réparait toute seule. C'est alors que je compris la véritable nature de Croc. Lorsque je pétais un câble et que j'avais des black-out... Lorsque j'étais tellement en colère que j'agissais sans réfléchir... Croc était devenue cette partie de moi. Quand j'étais revenu d'entre les morts, j'avais été divisé en deux. Et aucun de ces deux Eric n'allait se laisser balader par le Roger nouvelle formule.

*Roger.* Ils avaient dû prendre la Gemme d'Aeternum dans la poche de mon pantalon avant de m'accrocher à l'arbre. Roger la souleva à bout de bras, au-dessus du grimoire. Il avait l'air satisfait. Et un Roger content de lui, c'est un Roger stupide. J'avais besoin de temporiser avant que la cavalerie arrive. Croc n'était pas loin, mais je ne savais pas exactement où. En tout cas, ça n'allait pas être difficile de retarder Roger. Le véritable problème, c'était que Rachel se trouvait hors de portée. Il fallait que je me débrouille pour que son maître lui ordonne d'approcher. Mais comment ?

La réponse allait de soi. Je devais faire mon Eric. Roger me considérait comme un enfoiré de première prêt à crever pour ses amis. Un indécrottable romantique infichu de s'impliquer dans une histoire sérieuse. Un type capable de prendre des décisions cruciales sur un coup de tête et infoutu de mentir. OK.

— Alors, Roger ? demandai-je. Ça te fait quoi de merder comme un bleu ?

— Pardon ?

— Je suis censé me changer en revenant et te sauter à la gorge, pas vrai ? C'est un bon plan en théorie, mais en pratique, c'est aussi foireux que toi. Tu peux toujours rêver. Tu aimerais bien te servir de la Gemme d'Aeternum et basta ! Mais tu ne peux pas. Je me trompe ?

— Eric, Eric, Eric..., entonna Roger. Je ne vois pas du tout de quoi tu veux parler.

— Tu me prends vraiment pour un con ! Écoute, Roger. Ça va peut-être t'étonner, mais je m'en fous complètement de ce qui m'arrive. Je ferai ce que tu veux à condition que tu libères Talbot, Tabitha et Greta. Tu dois me promettre de ne pas leur faire de mal, sauf s'ils s'attaquent à toi. Et ne t'avise pas de les provoquer ! Tu les laisses tranquilles, tu n'envoies personne à leurs trousses, tu rembourses Greta de tout le fric qu'elle a dépensé pour racheter le *Pollux* et le reste de mes affaires. Oh ! Et tu autorises Tabitha à habiter dans ta suite des Highland Towers.

Roger s'humecta les lèvres, les imprégnant d'une traînée de sang.

— Seulement si elle promet de ne pas se mettre en travers de mon chemin.

— OK.

— Marché conclu, répondit-il. Ebon Winter, J'iliol'lth et les autres personnes ici présentes m'en sont témoins. Transforme-toi en fantôme et viens me chercher.

— Une dernière chose, ajoutai-je.

— Quoi ?

— Je veux faire un baiser d'adieu à Rachel.

— Je ne sais pas, rétorqua Roger avec méfiance. Tu pourrais essayer de la tuer.

— Tu as besoin d'elle pour le rituel ? demandai-je.

Il se mordit la lèvre, ôta ses lunettes et se frotta de nouveau les yeux avant de les rechausser.

— Non.

— Alors où est le problème ? Tu as peur de moi ? Je suis enchaîné à un poteau magique. Qu'est-ce que tu risques ? Tu n'es vraiment qu'un lâche.

— Ne me traite pas de lâche !

— Il a raison, s'écria Winter en riant. (Roger le fusilla du regard.) Il faut appeler un chat un chat.

Il posa une main sur sa poitrine.

— Faites comme si je n'étais pas là, Roger. À votre guise. Ce n'est pas ma réputation que vos actions entacheront. « Roger Rabbit ! Le Vlad peureux comme un lapin, et dégonflé comme une baudruche ! » C'est une bonne devise, vous ne trouvez pas ?

Sur les gradins, le public s'esclaffa. Exactement ce qu'il fallait pour pousser Roger à bout. Je repérai Béatrice, de l'autre côté de la pièce. Elle s'était faufilée à l'intérieur sans se faire remarquer. Elle prit place auprès des autres et se mit à rire comme si de rien n'était.

Roger poussa un juron.

— Vas-y, ordonna-t-il à Rachel.

— Si je l'embrasse, on est quittes ? Vous me laissez partir et je reste à votre disposition ? demanda Rachel.

Je compris son plan. On avait le même. Elle avait rempli son rôle à la perfection, tout en me fournissant toutes les informations nécessaires.

Roger hocha la tête. Mais ce n'était pas lui qu'elle regardait. C'était J'iliol'lth. Le démon acquiesça à son tour. Il retira une épaisse liasse de feuilles d'une mallette métallique et se rendit directement à la dernière page. Autour de lui, les vampires se tordirent le cou pour mieux voir. J'iliol'lth s'entailla le pouce et fit couler du non-sang brun dans le sceau qu'il portait au doigt, avant de l'apposer sur le papier.

— Dès que vous l'aurez embrassé, je considérerai notre contrat signé, lui assura-t-il. Le gage sur votre tête sera payé et vous serez libre.

Rachel flotta jusqu'à moi. Elle avait du mal à masquer son sourire. Soudain, j'avais l'estomac noué.

— *Je ne peux pas te dire quoi faire*, chuchota sa voix dans mon esprit. *Mais j'espère que tu as pigé tout seul.*

C'était peut-être à cause du steak et de la bière. Ou alors parce que je m'apprêtais à jouer ma vie sur une gorgée de sang, mon habileté à repousser Roger de l'esprit de Rachel et une Mustang décapotable morte-vivante datant de 1964. D'habitude, je stresse beaucoup en situation d'examen. Mais cette fois, j'avais déjà effectué un galop d'essai. J'avais chassé Gabriella de l'esprit d'Ebony. Et j'avais une foi absolue en Croc. Après tout, on n'est jamais si bien servi que par soi-même…

# 37

## ERIC :

## Le postillon qui tue

Une des premières choses qu'on remarque, quand on se transforme en vampire, c'est que son corps devient véritablement répugnant. Par exemple, on doit éviter de s'humecter les lèvres. Sinon, on risque d'y laisser une traînée écarlate. Roger avait cette manie. En gros, c'était un tic dégueulasse.

Tous vos fluides corporels sont remplacés par du sang. Quand vous salivez, vous devez faire très attention de ne pas baver. Et d'une, les traces de sang, c'est très difficile à ravoir. Et de deux, dégouliner sur votre partenaire pendant un rendez-vous galant, c'est ballot. Quand Rachel s'approcha, ma bouche se remplit d'ersatz de bave et je ne fis rien pour arrêter le flux.

Rachel m'avait conditionné pour que je la trouve attirante. Et ça marchait. Sa présence m'étourdissait. Quand j'étais à ses côtés, je n'avais qu'une envie : la toucher, la goûter. Toujours en lévitation, elle franchit le cercle de poudre blanche, me caressa la joue, puis sourit.

— C'est dommage qu'on en arrive là, dit-elle, feignant les regrets à la perfection. Je n'ai jamais eu de meilleur amant. Et je te trouve vraiment sympa.

Elle se pencha pour m'embrasser, referma ses mains sur ma nuque, passa ses doigts dans mes cheveux, entrouvrit les lèvres, ferma les yeux… et je projetai un crachat sanglant sur sa joue. Elle poussa un cri de surprise, recula et me gifla.

— *S'il te plaît. Non. Pitié*, me supplia-t-elle en pensée.

Je me concentrai sur le sang pour le faire bouger selon mon bon vouloir. Il glissa sur sa peau, changea de couleur et prit la forme que je souhaitais : celle d'un papillon. Rachel s'essuya le visage avec dégoût. Lorsqu'elle s'aperçut que sa main était sèche, elle écarquilla les yeux et contempla ses doigts avec stupeur. Quand je me mis à psalmodier la formule, elle prétendit enfin comprendre. Décidément, quelle actrice !

— Je te marque et par cette marque te lie à moi, ânonnai-je précipitamment. Nous serons maître et serviteur. Serviteur et maître. Tu m'appartiens jusqu'à ce que je t'émancipe. Tu m'appartiens. Ainsi soit-il.

Comme d'habitude, ça me fit un mal de chien. Mais cette fois, je m'en délectais. De l'autre côté de la pièce, Roger fulminait. Je croisai son regard et pénétrai son esprit.

— *Je t'avais bien dit que tu avais merdé comme un bleu.*

Ses pensées étaient aussi fuyantes que le reste de sa personne. Je le repoussai de la psyché de Rachel tout en essayant de le maintenir prisonnier de mon esprit. Il réussit à se libérer brièvement, mais je le rattrapai aussitôt et m'accrochai à lui de toute ma volonté.

— Rachel ! articulai-je en grinçant des dents. Détache-moi.

— *Tu dois m'en donner l'ordre mental*, me répondit-elle.

Je lui fis parvenir une injonction mentale.

La bouche de Roger s'ouvrait et se fermait avec frénésie. On aurait dit un poisson, dans les premiers Disney. Du coin de l'œil, j'aperçus Rachel qui vérifiait si J'iliol'lth avait bien signé son contrat. Elle esquissa un sourire de victoire, prononça un mot, et les chaînes qui me maintenaient se déverrouillèrent. Je tombai à genoux, au pied de l'arbre métallique.

— Maintenant, tu as besoin de te défouler, j'imagine.

Aussitôt, je sentis le calme artificiel dont elle m'avait affligé s'estomper. Elle me caressa de nouveau et ma colère se remit à bouillir. Dans le même temps, j'eus un flash de Croc. Ma Mustang longeait le Lovett Building.

— Attaque, Rachel !

Je lui donnai aussi un ordre mental, au cas où. Rachel gloussa et se tourna vers le public. Des flammes bleues crépitaient au bout de ses doigts.

— Il s'en est sorti par la malice ! lança Winter à J'iliol'lth. (Il semblait ravi.) Je gagne encore. N'est-ce pas merveilleux ?

L'esprit de Roger était fuyant en surface, mais solide et ordonné en profondeur. Le mien était complètement chaotique, mais j'avais déjà remporté pas mal de duels mentaux contre des vamps et j'étais devenu expert en matière de fascinés. De son côté, Roger ne bénéficiait que d'une seule expérience en la personne de Marilyn. Non seulement je le surpassais en termes de puissance, mais j'avais une vue d'ensemble qui lui échappait. Et surtout : il a bien mérité ce qui lui arrive !

Son poing s'ouvrit involontairement et Roger lâcha la Gemme d'Aeternum qui tomba par terre et se mit à rouler. J'iliol'lth se jeta sur elle, mais Béatrice le prit de vitesse. Les autres membres du public commencèrent à courir dans toutes les directions, et lorsque Croc traversa à grand fracas le dôme du Lovett Building pour atterrir au beau milieu de la foule, ils hurlèrent comme un seul homme. Une pluie de débris de verre doré s'abattit sur eux. Les haut-parleurs de la Mustang braillaient *Bodies*, de Drowning Pool.

Les six vampires écrasés sous la carlingue tentèrent de soulever le véhicule, pour mieux crier de terreur lorsque la chair de leurs mains et de leurs avant-bras se défit dans un bruit écœurant de tissu déchiré. Leurs membres s'aplatirent contre le métal et fondirent à l'intérieur. Centimètre par centimètre, à une vitesse hallucinante, mon *memento mori* les avala, les décapa, les lamina et les dévora.

Quant aux survivants, Rachel leur lança de petites boules de feu, et ils s'enflammèrent aussitôt. Ils brûlèrent l'un après l'autre, alimentant l'incendie comme une boîte d'allumettes embrasées.

Baigné de cette douce lueur bleue, Winter enleva le pieu de la poitrine de Tabitha et la dirigea vers Greta. Ensuite, il effleura la chaîne emprisonnant Talbot et prononça une formule incompréhensible. Aussitôt, les maillons s'affalèrent au sol et formèrent un petit tas bien net aux pieds du vampire. Après avoir vu Tabitha libérer Greta, je cessai d'observer ce qui se déroulait autour de moi pour me focaliser sur ma vision mentale. J'étais tout à mon ex-meilleur ami Roger.

— Tu ne peux pas me vaincre sur ce terrain, Eric. Tu ne réfléchis jamais ! Tu es à peine plus évolué qu'un animal, me dit-il en m'attaquant de front, en pensée.

Je ne fis aucun effort pour me défendre. Je préférais le saper en profondeur, aux fins fonds de sa psyché. Il pouvait me perforer l'esprit tant qu'il voulait. Du moment que ça me permettait de l'avoir au final.

— La première fois, j'ai voulu passer l'éponge. Après tout ce que tu m'avais fait. J'ai vraiment essayé, grognai-je. Cette fois aussi, j'aurais bien aimé t'épargner. Mais j'ai vu Marilyn partir en fumée. Et je ne parle pas seulement de son corps, mais aussi de son âme. J'aurais pu la maintenir jeune pour l'éternité si j'en avais fait ma fascinée. Pendant tout ce temps, on aurait pu être ensemble !

— Elle était trop bien pour toi, cria-t-il. Elle ne t'a jamais vraiment aimé.

Il apprenait vite. Son esprit se caparaçonna. Je fis tomber ses défenses, mais son alter ego psychique s'incarna sous la forme d'un chevalier en armure, avec épée et bouclier. Je me manifestai aussi. Mon image mentale n'était qu'un reflet de ma personne. Roger la lacéra du tranchant de son arme. Elle se mit à saigner abondamment.

— Elle était trop bien pour *moi* ?

Tout en pensant à mon état de Supervamp, je me concentrai sur ma rage et la lui projetai en pleine face en rugissant. Le Eric mental se transforma en créature noire ailée. Dans ma tête, j'étais Ericzilla. Roger fit dans son froc. Apparemment, il se voyait encore en humain.

— Les pierres ! Celles du cercle ! On les appelle les gardiennes d'âme. J'aurais pu t'emprisonner dedans et m'élever au rang de Vlad. Ensuite, j'aurais utilisé ton esprit pour devenir comme toi.

— Si ce n'est qu'on ne peut tenter qu'une ascension par siècle, lança Tabitha d'un ton méprisant. Si tu avais posé la question à Phillip, il t'aurait expliqué.

Je regardai autour de moi en clignant des yeux. Je ne m'étais pas rendu compte qu'on parlait tout fort.

Roger fusilla J'iliol'lth du regard. Je traversai le pentagramme pour me ruer sur lui dans le monde physique, tout en reproduisant la même manœuvre en esprit. Le démon eut un mouvement de recul maladroit, mais j'étais passé en vitesse vampirique. Il n'avait aucune chance de m'échapper. Je me sentais comme un junkie qui se fait sa première piquouse. Je serrai les dents et ma langue s'engourdit complètement. Une odeur de menthe m'envahit les narines. Je puisai à la source du pouvoir de Jilou, sans quitter Roger des yeux. J'entendis J'iliol'lth hurler, à ma gauche. Je ressortis ma main de son corps. Elle était maculée d'une substance poisseuse brune.

— Tu veux vraiment flipper, Roger ? criai-je. Je ne vais même pas te tuer !

Je le saisis par la nuque et lui brisai la colonne vertébrale. Je projetai chacune de ces actions sur le plan psychique.

— Tu as violé ma *fiancée*[*], tu l'as assassinée et tu as vendu son âme à un démon !

Je mis la main entre ses cuisses et lui arrachai son bazar. Roger essaya désespérément de me lacérer à coups de griffes, me zébrant la poitrine et les épaules de longues entailles sanguinolentes.

— Tu aurais dû rester mort !

Je lui défonçai le sternum d'un coup sec et refermai le poing sur son cœur. Roger se transforma en grenouille, me glissa entre les doigts, reprit forme humaine et se changea en chauve-souris. Ensuite, il s'envola à travers le dôme éventré. Il était libre.

— Reviens ici, espèce de connard de mes deux !

Soudain, un coup de feu retentit, de l'autre côté de la pièce.

Roger s'enflamma et John Paul Courtney éclata de rire.

— Pas moyen que je me frite encore avec ce zigoto !

Le cow-boy souffla sur le canon fumant d'*El Alma Perdida* et croisa mon regard.

— C'était le coup que j'te d'vais, gamin. C'est à toi d'finir l'boulot.

Sans tenir compte des flammes qui se propageaient de son corps minuscule à mes bras, je traînai la chauve-souris embrasée au milieu du pentagramme, à côté du cercle formé par les gardiennes d'âme. Roger était coincé sous cette apparence. Son cœur céda avec facilité sous mes doigts. On aurait dit l'organe d'une pute accro au crack. Je lui arrachai la tête et la laissai cramer. Son corps fit de même, et une des pierres se mit à scintiller d'une lumière vert vif. Aussitôt, le cadavre de Roger s'effrita et le feu s'éteignit.

Je ramassai la gardienne d'âme. À l'intérieur, à peine perceptible à l'œil nu, un Roger miniature hurlait en tambourinant contre les parois de sa minuscule prison mystique. Son dos était parcouru de flammes incandescentes.

Rachel regarda par-dessus mon épaule et éclata de rire.

— Ouah ! J'ignorais que ça marchait ainsi. C'est trop cool ! On devrait mettre J'iliol'lth dans un de ces machins, aussi. Comme ça, il ne me…

— Non, l'interrompis-je.

Le démon répugnant avait grimpé au sommet des gradins. Il s'apprêtait à s'enfuir par le trou que Croc avait pratiqué dans le dôme. Béatrice avait pris place sur le siège passager de la Mustang. Le moteur émit un grondement menaçant. J'iliol'lth tiqua, mais ne perdit pas contenance.

— Eric, me susurra-t-il d'un ton suave. Vous avez gagné. Maintenant, je peux faire de vous un véritable immortel et…

— Non, répétai-je. Tu t'imagines que je n'ai pas pigé que tu étais l'instigateur de tout ça ? Tu as lâché Roger contre moi et tu as agité ta petite cape de toréador pour l'exciter, mais il n'en aurait jamais eu l'idée sans ton aide. Lui, je le comprends. Il me hait. Mais toi, tout ce qui t'intéresse, c'est cette foutue pierre magique.

— Je reste un démon, rétorqua J'iliol'lth.

— Et pour la peine, tu vas finir en chair à pâté !

J'iliol'lth bondit en arrière. En deux temps trois mouvements, des ailes répugnantes couvertes de fougère émergèrent de sa veste et il s'envola. Je me précipitai à ses trousses, me transformant sans aucun effort en Supervamp.

— Il va s'échapper ! s'exclama Tabitha.

— Pas cette fois.

J'attrapai Talbot et nous propulsai tous deux à travers l'ouverture. On jaillit du dôme doré du Lovett Building et on s'élança à la poursuite du démon. Aussitôt, l'air froid de cette soirée de décembre imprégna ma chair et se propagea dans mes os. Ça me rappelait de bons souvenirs.

# 38

## ERIC :

## Les démons ne sont pas éternels

Je ne le voyais pas.

— Il est où, bordel ? hurlai-je.

J'avais plus d'heures de vol à mon actif sous la forme d'une chauve-souris que dans mon corps de Supervamp. Et ce dernier n'était pas équipé de radars. Pour ne rien gâcher, ses longues ailes en cuir se situaient à mi-chemin entre celles d'un chiroptère de taille normale et celles d'une mouette. Mais leur membrane s'étirait et se pliait différemment. Mes petites vacances au pays des fantômes n'avaient guère arrangé les choses, niveau entraînement.

— À 3 heures, répondit Talbot.

— Où ça ?

Jilou se fondait dans le paysage urbain nocturne, tout en gratte-ciel en mode économie d'énergie.

— Il est à 2 heures, maintenant ! cria Talbot.

Je le repérai. Il passa en coup de vent devant le bâtiment de la Metro Bank. Ils avaient décoré les vitres pour Noël. Ou plutôt, ils les avaient teintes de façon à former des motifs : un sucre d'orge d'un côté, un sapin longiligne de l'autre. Jilou voleta comme une mite devant la façade qui clignotait en rouge et blanc, et disparut en quatrième vitesse derrière l'immeuble. Il était beaucoup trop rapide. Beaucoup trop habitué à voler.

— Fait chier !

Talbot me frappa le biceps.

— Il faut que tu le rattrapes avant qu'il regagne un autre locus.

— Un autre quoi ?

— J'iliol'lth est un seigneur des sphères inférieures, expliqua Talbot. Un Vilis. Il ne peut rejoindre son plan d'existence qu'en certains endroits bien précis, qu'on appelle des loci. Comme le Lovett Building.

— Mais on en vient !

— Ta voiture a détruit le dôme. Certains loci ont besoin d'être amplifiés pour fonctionner correctement. Le dôme étant abîmé, celui-ci devient défectueux.

— Et c'est parti !

On contourna la banque, mais je pris mon virage trop large. Le poids de Talbot dévia ma trajectoire. Résultat : je perdis J'iliol'lth des yeux. J'accélérai mon battement d'ailes et m'élevai pour disposer d'une meilleure vue. La ville s'étendait en contrebas. Une métropole qui se voilait la face. Ses illuminations ne suffisaient pas à percer le sinistre sortilège camouflant ses habitants surnaturels de leurs voisins normaux. La seule agglomération des États-Unis où les créatures de la nuit pouvaient rôder impunément.

— Je l'ai perdu, grogna Talbot.

— Il pourrait s'échapper par où, sinon ?

— Les Highland Towers ou le…

Le vent dispersa ses paroles. Je me précipitai vers les Highland Towers. Les bâtiments défilaient sous nos pieds. Les voitures se déplaçaient au fil des rues, sans se douter de la course-poursuite qui se déroulait au-dessus d'eux.

— Tu le vois ?

— À 6 heures !

Talbot désigna le démon. Je le repérai à mon tour et fondis sur lui. Il se dirigeait vers la résidence que mon pote Phil avait bâtie pour les crétins de la haute. Malheureusement, lorsqu'il m'aperçut, il vira et s'éloigna de nouveau. Je repris de l'altitude tandis qu'il s'évanouissait à tire-d'aile dans la nuit.

Je devais juste m'approcher suffisamment pour que Talbot le lacère à coups de griffes et de crocs. Et Jilou le savait très bien. On s'éleva tant et si bien que Void City devint minuscule. J'iliol'lth s'engouffra dans un banc d'épais nuages sombres, chargés d'humidité. Je le suivis à l'intérieur de tout ce gris menaçant. C'était bon signe : il y aurait sans doute de la neige pour Noël. Mais si je n'arrivais pas à choper Jilou, je ne serais pas d'humeur à réveillonner.

À travers une trouée, j'aperçus Void City telle que je ne l'avais jamais vue. Toute parée de lumières, depuis les nouveaux amphis d'Ellery jusqu'à l'église désaffectée du centre-ville, qui ressemblait plus à un donjon qu'à un clocher édifié à la gloire de Dieu. Les spots de *L'Iversonien* illuminèrent J'iliol'lth l'espace d'une seconde. Il semblait presque translucide. Je battis des ailes de toutes mes forces pour prendre de l'altitude, soulevai Talbot à bout de bras et le propulsai en direction du démon.

*Raté.*

Talbot tomba dans le ciel nocturne. Lentement mais sûrement, il se précipitait vers le sol. Il ne cria pas. Il se contenta d'écarter les bras et les jambes pour offrir une meilleure résistance au vent et ralentir sa chute. Il me regarda par-dessus son épaule.

— Tu as intérêt à me repêcher les fesses, Eric.

J'iliol'lth éclata de rire. C'était toujours ce mélange de basse désaccordée et de geignement aigu. Il me suivit un moment et se posta sur une corniche décorative, au sommet d'un immeuble d'habitation, pour être aux premières loges. J'aurais pu l'attraper à ce moment-là. Ça l'aurait probablement pris par surprise. Mais ce n'était pas mon genre d'abandonner les potes.

— Je me demande si les mistigris retombent toujours sur leurs pattes, railla Jilou.

Je maugréai une insulte – voire tout un chapelet, je ne me souviens plus – et fis mon possible pour accélérer. Je commençais à m'habituer aux battements inhabituels des ailes de Supervamp, alternant les différents types de pression. Dans ma tête, j'imaginai que Talbot était l'étoile de Greta et J'iliol'lth le sapin de Noël du *Pollux*. Je filai comme une flèche, attrapai Talbot par les jambes et m'apprêtai à le propulser de nouveau en l'air.

Le démon esquiva au dernier moment. Je changeai d'angle et virai légèrement sur la gauche. C'était soit ça, soit laisser Talbot se fracasser sur le béton, à l'endroit où J'iliol'lth se trouvait l'instant d'avant.

— Tu vises vraiment comme un pied, Eric ! hurla Talbot.

— Tu veux que je réessaie ?

— Non !

Je fis quand même une nouvelle tentative, non sans prendre mon élan comme ces énormes lanceuses de poids de la RDA, aux Jeux olympiques de 1964. Cette fois, Talbot hurla. Mais ce n'était pas une insulte. Ni un cri de terreur. C'était juste un nom. Le mien. Je suis toujours persuadé qu'il aurait pu choper J'iliol'lth à ce moment, s'il y avait mis un peu du sien. Je me ruai de nouveau à sa rescousse tandis que Jilou ralentissait pour nous observer.

Peu avant le sol, je rattrapai Talbot et accélérai de plus belle. J'iliol'lth n'attendit pas de voir ce que j'avais en tête. Il se dirigea à tire-d'aile vers les Highland Towers. Je repris encore de la vitesse, mais le démon avait une longueur d'avance.

— Je te préviens : tu n'as pas intérêt à recommencer !

— Allez ! Une dernière fois !

— Non.

— Bon, OK.

Je descendis légèrement pour que la gravité augmente ma vitesse. Je me concentrai sur mes ailes, sur la façon dont elles résistaient au vent. Je cherchai à retrouver le rythme optimal que j'avais atteint la première fois que j'avais repêché Talbot… et j'y parvins. Voler, c'est comme jouer du jazz. Ça implique un certain rythme, un certain tempo. L'air peut changer, mais si on se débrouille bien, les plus pures improvisations paraissent naturelles. Et quand une chauve-souris et une mite font la course, c'est toujours la première qui gagne. C'est juste une loi de l'aérodynamique. Les chiroptères sont plus rapides, plus maniables et plus efficaces.

Jilou comprit qu'il ne pourrait plus me semer. Il se mit à raser les immeubles dans l'espoir que je les percute. Mais je m'étais habitué au poids de Talbot. Et j'étais immortel : je n'avais pas de problème d'endurance.

— Pourquoi il n'essaie pas de m'enflammer ? demandai-je à Talbot.

— Il ne peut pas. Les Vilii peuvent insuffler leur pouvoir à d'autres personnes, mais ils en ont très peu en propre.

— Il aurait dû prendre un flingue, fis-je remarquer.

— Hein ?

— Ça ne m'aurait pas trop amoché, mais il aurait pu me percer les ailes…

On se tut. Comme si, du simple fait de l'avoir évoquée, cette éventualité risquait de se produire.

J'iliol'lth n'avait pas encore dépassé le parking construit en face des Highland Towers lorsque je lui tombai dessus. Comme j'étais lancé à pleine vitesse, on fit des roulés-boulés vampiro-mistigro-démoniaques sur l'asphalte du dernier étage. Jilou se remit le premier. Il se tourna pour prendre son envol, mais Talbot se jeta sur lui comme un bolide blanc. Sous sa forme animale, il arrivait au menton du Supervamp.

Sa crinière argentée, assortie à la touffe de poils au bout de sa queue, contrastait avec la couleur sable de son corps de lion anthropomorphe. Elle scintillait, produisant un halo pâle faisant écho à la luminescence de ses pupilles émeraude.

J'iliol'lth hurla de douleur et tâta ses épaules, en flammes depuis que Talbot y avait enfoncé ses griffes – également argentées – pour mieux racler ses os. Le mistigri rugit et montra les crocs. Comme la crinière et les griffes, ces derniers projetaient un rayon de lumière nacrée.

— Pitié ! s'écria Jilou. (C'était moi qu'il suppliait, pas Talbot.) Je ferai tout ce que vous voudrez.

— Je t'ai prévenu, Jilou.

Je m'approchai tandis que Talbot lui déchirait les ailes d'un coup de patte nonchalant.

— Je t'ai dit que tu finirais en chair à pâté.

Savourant les cris de Jilou, je regardai Talbot dévorer les bouts de démon grésillant.

— C'était bon ? demandai-je.

— Ça a un goût de poulet, répondit Talbot, la bouche pleine.

J'éclatai de rire malgré moi.

Le spectre de John Paul Courtney se manifesta sur le parking, adossé à une BMW.

— Beau travail, gamin. T'aurais pas dû t'allier avec lui à la base, mais bon. Au final, t'as fait ce qu'il fallait.

Il souleva son chapeau d'une chiquenaude en guise d'au revoir et disparut. *El Alma Perdida* était posé sur le capot de la BM, à côté d'une ceinture de cow-boy.

— Oublie pas que j'ai canardé Roger de bonne foi, mon garçon. (Sa voix continuait de retentir dans le vide.) Tu te souviens du prix à payer ?

— Ah, ces fantômes.

Talbot secoua la tête et se remit à lécher les miettes de démon maculant sa fourrure.

— Et les cinq autres coups ? demandai-je à mon ancêtre.

— Chaque chose en son temps, gamin. Souviens-toi déjà du prix à payer pour c'uilà.

Ouais. Je me rappelais. Pas touche à Gabriella. De toute façon, je n'avais pas l'intention de la tuer. Le seigneur Phillip l'avait déjà assez traumatisée comme ça. Tant qu'elle se tenait à carreau et ne faisait pas de mal à mon équipe, je n'avais aucun motif valable de lui chercher des noises.

Des crissements de pneus annoncèrent l'arrivée de Croc. Lorsque Tabitha, Rachel et Béatrice sortirent de la voiture, Talbot avait repris forme humaine. Il avait encore des morceaux de J'iliol'lth dans la bouche, mais il n'en restait pas grand-chose. Il avala les dernières miettes et se força à déglutir.

— Putain, Talbot ! s'exclama Rachel. Saleté de chat ! Si on avait réussi à l'emprisonner, j'aurais gardé ma pyromancie. Maintenant, si j'arrive encore à craquer une allumette, je pourrai m'estimer heureuse.

— Tant mieux, chuchotai-je.

— Je savais que j'avais raison de détester ces bêtes, dit Rachel en frémissant.

— J'ignorais comment le tuer, sinon, expliqua Talbot. C'était la seule façon d'être sûr.

C'est pour ça que je m'étais attaché à Talbot depuis El Segundo. Les *onis* suivent un code de bonne conduite : ils ne mangent pas les autres démons. Ils refusent même de les combattre. Donc si vous êtes confronté à une saloperie de démon, il n'existe qu'un moyen de vous en débarrasser pour de bon. C'est d'utiliser un mistigri.

Béatrice me tendit la Gemme d'Aeternum. Rachel ramassa la ceinture et me la mit à la taille. Béatrice me passa le revolver, que je rengainai aussitôt. Tabitha poussa un grand soupir et se détourna. Elle n'arrivait même pas à croiser mon regard. Elle paraissait déçue et fâchée.

On avait beaucoup de choses à se dire. Et j'allais devoir faire amende honorable. Mais d'abord, j'avais deux ou trois détails à régler.

# 39

## ERIC :

## *HIGHLANDER*

Quand j'entrai dans le hall des Highland Towers, personne ne m'embêta. Ils étaient peut-être tous au courant des récents événements. Quelqu'un de bien implanté au Lovett Building devait avoir caché des caméras sur le toit. Ou posté un espion. Ou utilisé une boule de cristal. Ne serait-ce que pour les informer que le bureau de J'iliol'lth était libre et qu'ils pouvaient louer l'espace à un autre démon. Sans compter le public de Winter qui avait dû saturer les réseaux téléphoniques pour répandre la nouvelle. Enfin, les survivants de l'assaut de Croc et de la tarte flambée façon Rachel. Je me rendis à la suite Rose et sonnai pour être poli. Esteban regarda à travers le judas, je reconnus aisément les marques bleues autour de ses yeux.

—Hé ben ! Tu guéris pas vite, pour un fasciné !

—Apparemment, puisque mes blessures m'ont été infligées par un Empereur, les compétences de ma maîtresse sont…

—Je m'en fous, en fait. Je voulais juste être sympa. Mais ça me fatigue très vite. Surtout avec toi. Où est Gabriella ?

—Dame Gabriella est indisposée pour le mo…

Je pris une grande bouffée d'air et l'interrompis dans une langue qu'il comprenait : le pipeau.

— Veuillez dire à dame Gabriella que sa grandeur Eric de Void City apprécierait au plus haut point qu'elle lui accorde un peu de son temps. Nul besoin pour elle de sortir. Nous pouvons tout à fait nous contenter de deviser à travers cette porte, si tel est son désir. Je dispose en effet d'informations de la plus haute importance et je souhaiterais qu'elle les apprenne de ma bouche.

Esteban se retira. Vingt-sept secondes plus tard, Gabriella ouvrit le judas.

— Tu avais presque l'air cordial.

— Ouais, j'imagine. (Je m'éclaircis la voix.) Roger a perdu. Il est mort. Point final. Si tu t'amuses à me harceler, moi ou mes équipiers… menace, menace, menace… tu saisis ? Tiens-toi à carreau. Laisse tomber. En échange, j'essaie de ne pas me mêler de tes affaires. Tu as perdu ton fils, mais il a tringlé ma fiancée, il l'a assassinée et il a vendu son âme à un démon. En plus, il a détruit mon club et mon cinoche, plié ma Mustang et tenté d'aspirer mon âme. D'après les us et coutumes vampiriques, je devrais te faire payer, parce que tu étais parfaitement au courant de ce qu'il tramait et que tu étais son sire. Mais je suis prêt à passer l'éponge. Ça te va ?

Elle réfléchit un moment. Je fis craquer mes articulations, les yeux rivés au plafond.

— À votre guise, votre grandeur.

— C'est de la balle ! m'exclamai-je. Je n'avais pas envie de te tuer, de toute façon. Ça aurait rendu très malheureux un cow-boy de ma connaissance.

Elle toussa. Je tournai les talons et me dirigeai vers la suite de Phillip sans lui laisser le temps d'en placer une.

La porte du vampire était ouverte. J'entrai sans frapper. Le vieux singe était assis à son bureau, occupé à écrire son journal. Son stylo glissait à une vitesse hallucinante sur les pages, tapissant le papier blanc de symboles bizarres et de notes cryptiques. Il me fit signe d'attendre, finit une phrase et me regarda dans les yeux.

— *Acta est fabula, plaudite* !

— Non merci. Je laisse les applaudissements à d'autres.

Je sortis la Gemme d'Aeternum de ma poche.

— Je pensais bien que vous alliez me la rapporter.

Il se leva, alla chercher un coffret noir, l'ouvrit et révéla un paquet d'autres babioles du même acabit.

— Je ne suis pas sûr de te la rapporter.

Pour la première fois, je vis les yeux de Phillip rougeoyer. Ce fut bref, mais ça ne m'échappa pas. C'était bon à savoir. Je pouvais donc lui courir sur les nerfs.

— Je pourrais vraiment devenir immortel, avec ce machin ? demandai-je.

— Oui. (Il avait encore l'air sous le choc.) Il vous suffit de la placer à l'intérieur de votre cœur.

— Fastoche.

— Et de vous guérir de votre vampirisme pendant qu'elle se trouve en vous.

— Et comment je dois m'y prendre ?

— Comme pour tout le reste, susurra Phillip. Avec violence.

— Je ne l'ai pas volée, cette remarque. Ça ne t'ennuie pas que j'essaie ?

— Si vous n'êtes pas parvenu à vos fins et que j'en ai besoin…

— Je te la rends. Promis.

— Puis-je lui faire mes adieux ? demanda-t-il. (Je soupesai la pierre avant de la lui donner.) *Ad vitam aeternam, mi amice. Alea jacta est.*

Il porta sa main à ma poitrine et mit la pierre en place sans même me transpercer la peau. J'adore la magie.

— C'est beaucoup plus facile que la méthode que j'envisageais, fis-je remarquer. Qu'est-ce que tu as dit ?

— « Pour l'éternité, mon ami », répéta Phillip. « Les dés sont jetés. » (Il me décocha un clin d'œil.) Je croyais que vous parliez latin ?

— Pas aussi bien que toi.

Phillip me gratifia d'une tape amicale sur le bras.

— Cette confrontation s'est bien déroulée, n'est-ce pas ? lança-t-il.

— Ouais, mais je suis toujours un mort-vivant, répondis-je en haussant les épaules. J'ai toujours des relations tendues avec ma copine et je me coltine une voiture zombie. Oh, et je suis fauché, par-dessus le marché.

— Pas vraiment. (Phillip gloussa.) Je me suis arrangé pour que votre identité soit rétablie. J'ai fait rouvrir vos comptes et j'ai demandé à des connaissances de s'assurer que vous recouvriez vos effets personnels. Ça risque de prendre un certain temps.

— Merci.

— Pas de quoi. Par ailleurs, les possessions de Roger, ainsi que toutes ses ressources monétaires, devraient vous revenir sous peu. J'ai prélevé une commission sur la transaction, mais l'essentiel de son patrimoine vous appartient.

— Tu as prélevé combien ?

— Trente-trois pour cent, un tiers, dit-il en scrutant ma réaction.

— C'est de l'arnaque, rétorquai-je, amusé. Mais je suis preneur.

— Je n'en attendais pas moins de votre part. (Il hocha la tête.) Enfin, j'ai fait en sorte qu'une suite digne de ce nom vous soit attribuée. C'est le moins que nous puissions faire. Les résidents des Highland Towers se sentent en effet collectivement responsables du comportement inexcusable de notre ancien colocataire. Votre Ebony s'y trouve déjà, en compagnie de ses enfants. Elle a repris connaissance. J'ai dépêché un membre du personnel auprès de Béatrice,

Rachel, Tabitha, Magbidion et… Talbot, pour qu'il les y conduise.

— Je n'y resterai pas longtemps. Juste le temps qu'on retape le *Pollux*.

— Et votre salle de danse exotique ? demanda-t-il. J'ai toujours voulu m'y rendre.

Je fis « non » de la tête tout en extrayant de ma poche la gardienne d'âme emprisonnant Roger.

— Tu n'es pas au courant ? J'ai décidé d'ouvrir un bowling à la place. J'ai assez de problèmes de nanas comme ça. En plus, c'est là que Marilyn est morte. Ça serait trop bizarre.

Phillip examina la sphère luminescente que je tenais. Il remarqua la rage impuissante de Roger.

— Et ça ? demanda-t-il.

Je lui tendis la pierre.

— C'est un souvenir. Si je le garde, Roger risque de s'échapper. Ou quelqu'un cassera la pierre. Ou alors un des gamins d'Ebony l'avalera… Je me suis dit que tu pourrais la mettre dans la vitrine de Percy. Dans une petite boîte. Comme faire-valoir de l'exposition principale.

Phillip scruta les profondeurs de la gardienne d'âme, avant de la secouer vigoureusement. L'image de Roger en flammes se dissipa et se reforma aussitôt.

— Voilà un cadeau de prix ! J'adore. En échange, je vous ferai parvenir un présent susceptible de plaire à votre jeune dame. Vous pourrez le lui offrir afin de vous racheter. Nous discuterons de la seconde affaire d'ici à quelques jours, lorsque vous serez installés.

— De quelle affaire tu parles ? demandai-je.

— De votre voyage à Paris.

— Depuis quand je vais à Paris ?

Phillip se frotta les mains.

— J'espère que vous ne trouverez pas cette remarque déplacée, mais c'est une destination de choix, pour une lune de miel.

— Quelqu'un se marie ?

— Vous, si je ne m'abuse. Vous vous apprêtez à épouser votre jeune Reine, dame Tabitha. Par ailleurs, votre sire habite là-bas. Lors de votre combat contre Roger, vous êtes parvenu à contrôler l'ensemble de vos compétences vampiriques, n'est-ce pas ?

J'accélérai, décélérai et accélérai de nouveau. Ça marchait au poil.

— On dirait que oui. Si je mens, je vais en enfer, plaisantai-je.

— Non, t'iras pas, s'exclama la voix de J.P.

Phillip tourna la tête à droite et à gauche.

— Qu'était-ce ?

— Ma conscience, répondis-je.

— À question bête, réponse bête, conclut-il. Plus vos pouvoirs deviennent fiables, plus l'enchantement vous camouflant aux yeux de votre sire s'étiole. Il en va de même de votre proximité avec le *memento mori*. Je vous conseille de penser sérieusement à prendre votre voiture avec vous, lors de votre séjour à Paris. Plus vous vous en éloignerez, plus vos pouvoirs risquent de vous faire faux bond, comme auparavant.

— Attends ! Tu ne crois quand même pas que je vais aller chercher mon sire juste parce que tu m'as révélé où elle créchait ?

— « À toi-même sois fidèle. » (Il m'examina en clignant des yeux.) Par ailleurs, vous êtes un Courtney.

— Tu fais chier, rétorquai-je.

Phillip hocha le menton et se replongea dans la contemplation de la petite bille « œil-de-chat ».

Je le laissai tourmenter Roger avec joie. C'était Percy qui allait être content. Certes il existait « un sort pire que la mort », mais aussi pire que le sien. Je pouvais compter sur Phillip pour torturer Roger de façon systématique et inventive, jusqu'au moment où il serait à court d'idées. Il ferait de sa vie un véritable enfer. Si je l'avais gardé avec moi, j'aurais fini par l'oublier au bout d'une semaine ou deux. Et Roger méritait de souffrir.

Dennis m'attendait devant l'ascenseur. Il me montra le chemin de ma suite. Béa essayait d'y empêcher Rachel et Tabitha de s'arracher les cheveux. Assis dans un fauteuil relax en cuir généreusement rembourré, Talbot faisait son possible pour ne pas se retrouver mêlé à la dispute. Si seulement j'avais pu adopter la même tactique! Magbidion surgit d'une des chambres. Je le remerciai et lui dis – suffisamment fort pour que Rachel m'entende – que je confiais les rênes à Béatrice pendant que je sortais avec Tabitha. Puis j'empoignai l'intéressée par le bras.

— On y va? demandai-je. Il faut qu'on cause.

— Tu es sûr de ne pas vouloir embarquer Rachel?

C'était du Tabitha tout craché, mais je laissai courir. Ces derniers jours, on avait enchaîné les catastrophes. Certes, Tabitha m'avait arraché la tête, mais j'avais enfin eu le déclic. Je n'aimerais plus jamais personne comme j'avais aimé Marilyn. Pourtant, depuis mon décès, Tabitha était la seule de mes copines à m'avoir manqué. Je m'étais vraiment fait du souci pour elle. Je n'étais peut-être pas amoureux à strictement parler, mais je n'étais qu'un vieux type mort. Je ne ressentirais probablement plus jamais de tels sentiments pour personne.

— Sûr et certain.

Je sondai mentalement la suite. Dans une des autres pièces, Greta regardait les informations en compagnie d'Ebony. La jeune femme était encore vaseuse, mais elle avait repris connaissance. J'avais presque l'impression que son esprit commençait à s'éveiller lentement.

— Viens, Tabitha. Allons faire un tour. Tu as faim ? Je pensais qu'on pourrait peut-être chasser ensemble.

— Si tu veux, dit-elle à contrecœur.

# 40

## TABITHA :

## Pas romantique pour deux sous

Eric nous emmena faire un tour dans sa Mustang, qu'il me présenta officiellement sous le nom de Croc. Tandis qu'il m'ouvrait la portière, je tapotai vaguement son capot pour la remercier de m'avoir sauvée dans le parking.

On chassa à travers toute la ville, comme un couple de prédateurs. Je lui en voulais toujours, mais il avait l'air vraiment désolé et il me faisait ses yeux de chien battu. J'avais du mal à rester en colère. En plus, il m'avait invitée à chasser avec lui alors qu'il ne chassait jamais avec personne. Même pas avec Greta. Il n'aurait jamais demandé à « un truc étroit, chaud et humide » de l'accompagner. J'en étais persuadée. La lune était voilée par une couche de nuages. Il allait sûrement pleuvoir.

Après avoir cueilli deux personnes qui effectuaient des achats tardifs, il conduisit Croc jusqu'aux ruines du *Pollux* et du *Cœur de Démon*. Partout, les décorations de Noël du centre-ville resplendissaient. Mais les illuminations s'arrêtaient au coin de la propriété d'Eric. Dans les gravats, on n'apercevait plus aucun signe festif, à l'exception d'une chaussette clignotante accrochée à l'arrêt de bus fermé. Ce n'était pas spécialement romantique. Je lui fis part de mon avis.

— Je n'avais pas prévu de t'amener ici, avoua-t-il. Je voulais qu'on aille à la vieille église de la 8e Rue, pour regarder le son et lumière et la crèche vivante. Mais Croc a préféré cet endroit.

— On pourra y aller après, si tu veux, proposai-je. Je comprends que tu aies envie de voir le *Pollux*.

Je ne savais pas si je m'adressais à Eric ou à Croc.

Eric bondit hors de la voiture.

— Salopard de mes deux ! hurla-t-il.

Il se rua sur le cinéma, se transformant peu à peu en Supervamp. Ses enjambées firent place à des battements d'ailes et il explora les gravats, avant de fouiller avec frénésie les amas de cendres.

On entendait des cœurs. Trois personnes.

Je descendis à mon tour du véhicule.

Il sortit les putes survivantes des décombres. Il s'agissait de Gladys, d'Erin et de Cheryl. Elles étaient grièvement blessées, mais elles cicatrisaient déjà. Rachel les avait brûlées vives et les avait laissées pour mortes. Malheureusement, Sally et Jodi avaient eu moins de chance. Elles y étaient restées.

Je regardai Eric s'agiter et compris quelque chose d'important. Non seulement il tenait à moi, mais il tenait aux gens en général. Je ne connaissais aucun vamp capable de se faire du souci pour quelqu'un qu'il venait à peine de rencontrer – surtout pas un être humain – moi y compris. Et ça ne faisait pas si longtemps que je m'étais changée en vampire.

— Je peux t'aider ? demandai-je.

— J'essaie un truc, dit-il. En théorie, ça marche.

Il s'entailla l'avant-bras d'un coup de griffes et arrosa ses pouffes d'une giclée de sang, encore tiède de notre partie de chasse. Le résultat était impressionnant, mais ça ne lui suffisait pas. Il semblait déçu. Il devait s'attendre à les voir se remettre miraculeusement dès la première goutte.

— J'ignore pourquoi je ne les ai pas senties avant, dit-il. Je veux dire… Dès que l'incendie s'est déclaré et que mes fascinées ont commencé à cramer, j'ai cessé de les sentir. Mais putain ! Et les pompiers les ont laissées là ! Saloperie d'enchantement de merde ! Connerie de ville ! Ils ne les ont même pas vues, je suis sûr.

*Ou c'est Stacey qu'ils ont envoyé sur place et il s'en est foutu parce qu'il savait que tu étais fauché*, pensai-je.

On installa les filles sur la banquette arrière de la Mustang et on s'assit sur le banc de l'arrêt de bus. La chaussette clignotante esseulée était notre unique source de lumière.

— Putain de merde ! jura Eric.

— Elles vont s'en tirer, Eric. Non ? Elles ont l'air bien parties.

J'appuyai ma tête sur son épaule. Il reprit sa forme normale.

— J'en suis sûr. (Il soupira.) Ce n'est pas ça, le problème.

— C'est quoi, alors ?

— J'avais envie qu'on fasse quelque chose d'autre, ce soir. Pour changer.

— Comment ça ? lui demandai-je.

Eric posa la main sur ma cuisse et me regarda avec intensité.

— Je voulais que cette soirée soit un peu spéciale.

Il retira sa main, puis la reposa quand mon corps se mit à émettre de la chaleur inconsciemment. Les nuages de pluie se reflétaient dans ses yeux. Le bleu de ses iris s'illumina jusqu'à prendre une teinte violet vif.

— Je n'ai fait ça qu'une seule fois. J'ai essayé de m'adapter au maximum au monde moderne, mais je suis plutôt de la vieille école pour ce genre de trucs. (Il reporta son attention sur Croc.) J'espère que ça ne t'embête pas.

Mon cœur commença à tressauter dans ma poitrine. Je fermai les yeux et fis mon possible pour l'empêcher de battre.

— Non. C'est plutôt mignon.

Il fouilla dans sa poche et en sortit un solitaire en diamant. Il portait l'odeur de la femme à qui il l'avait arraché. L'acheteuse tardive. Elle avait à peu près ma taille.

— C'est ainsi que tu comptes me demander en mariage ?

Je n'attendais que ça, mais la méthode laissait à désirer. À l'intérieur de ma tête, une petite voix me hurlait de la fermer et de profiter de l'instant présent, mais depuis ma transformation j'avais appris une chose : j'étais spéciale. Avais-je vraiment envie de passer l'éternité en compagnie d'un type qui trouvait romantique de m'offrir la bague d'un cadavre dans un Abribus ? J'aimais Eric, mais j'en avais marre qu'il me considère comme une moins que rien.

— Je… Oui.

Il lança de nouveau un coup d'œil à sa voiture, pour vérifier si les filles allaient bien. Je tournai gentiment son visage vers moi.

— Regarde-moi, Eric. Tu m'as changée en vampire et tu as essayé de te débarrasser de moi parce que tu ne supportais plus ma présence. C'est ce qui va se passer une fois qu'on sera mariés ? Est-ce que tu m'aimes vraiment ou est-ce que tu fais ça juste parce que tu viens de perdre Marilyn et que tu as besoin de te raccrocher à quelque chose ?

Tandis que je parlais, mon cerveau hurlait à ma bouche de se taire, mes poumons tentaient désespérément de se gonfler d'air et mon cœur tenait absolument à battre. Je ne savais plus où donner de la tête.

— Je ne l'aimais pas de la même façon, Tabitha. Je préfère être franc avec toi. Mais ce que je ressens pour toi… Je pense que c'est aussi de l'amour. (Il me prit la main et la serra fort.) Je croyais que tu étais morte. Lorsque le *Pollux* a pris feu, lorsque j'ai senti Greta brûler, j'ai cru que vous y étiez passées toutes les deux. C'est là que je m'en suis rendu compte. Je ne suis plus amoureux de Marilyn. Elle me manque parce qu'on était proches. J'étais habitué à sa présence. Ça fait tellement longtemps que je ne l'aime plus vraiment ! J'ai oublié ce que ça faisait.

— Je t'aime, Eric. Je t'aime tellement que ça me rend stupide. Je suis prête à te dire « oui » pour tout, au pieu ou ailleurs. Mais je ne veux plus que tu me traites comme ça.

Mes lèvres tremblèrent et une larme dégoulina le long de ma joue. À l'odeur, je devinai qu'il ne s'agissait pas d'une goutte de sang. Un soulagement indicible m'envahit.

— Si tu veux qu'on reste ensemble, il faut que tu arrêtes de coucher avec tout ce qui bouge.

— Tabitha. (Il me posa une main sur l'épaule.) Il faut que tu comprennes. Lorsque j'ai toute ma tête, tout va bien. Mais ce n'est pas le cas tout le temps. Il y a toujours un démon pour me jeter un sort. Ou pour imaginer un plan machiavélique. Roger, c'est de l'histoire ancienne. Jilou est mort. Mais d'après Phillip, j'ai du souci à me faire. J'ai été créé par quelqu'un d'aussi puissant que moi. Et qui risque de me causer des emmerdes.

— Tu cherches juste une échappatoire pour pouvoir baiser avec Rachel.

Je fis la moue.

— Rachel, c'est une tout autre histoire. Il faut qu'on en parle. (Il soupira.) Je sais qu'elle a fait des choses inexcusables, mais c'était uniquement pour s'évader de l'enfer et revenir à la vie. Lorsque ça a vraiment bardé, elle s'est arrangée pour que je trouve le moyen de vaincre Roger. Et elle m'a fait comprendre que c'était J'iliol'lth qui tirait les ficelles.

— Je sais.

Je me mordis la lèvre inférieure. Eric ouvrit la bouche. Il s'apprêtait à poursuivre, mais je le devançai :

— Interdiction de coucher avec elle.

— OK.

— Et pas de plan à trois. En tout cas, pas avec elle.

Il afficha un sourire espiègle. Je ne savais pas si je devais rire ou pleurer.

On s'embrassa et Eric me caressa les seins avec la même ardeur que du temps où j'étais humaine. Puis on se roula un patin comme seuls en sont capables des vampires, et nos habits se retrouvèrent éparpillés en un temps record sur l'asphalte, au pied du banc.

— On est dans un arrêt de bus, fis-je remarquer.

— Tu n'as pas dit que tu ferais n'importe quoi pour moi ?

Il m'allongea sur le tas de vêtements. J'esquissai un sourire involontaire. C'était effectivement ce que j'avais déclaré.

— Je veux quand même une bague, rétorquai-je tandis qu'il me pénétrait.

— Tu en as déjà une.

— Une vraie.

Je lui mordillai l'oreille.

— Je t'en offrirai une, promit-il. Une grosse.

— Et je veux qu'on se marie à l'église, ajoutai-je.

— OK. Pas de problème. Je suis sûr qu'on trouvera un moyen.

On avait presque atteint l'orgasme, mais je ne pus m'empêcher de poser la question.

— Tu m'emmènes où, pour notre lune de miel ?

— À Paris, répondit-il, le souffle court.

— Pourquoi ?

— Parce que Paris sera toujours Paris.

*Bonne réponse.*

— Je t'aime, dis-je.

— Merci.

J'aurais préféré entendre autre chose, mais bon. C'était mieux que rien.

# 41

## ERIC :

## La fin des haricots

Une heure avant le lever du soleil, Phillip nous fit livrer ce qu'il m'avait promis. Une garde-robe variée toute neuve pour Tabitha. Elle en avait pour trois semaines de vêtements, sous-vêtements et lingerie fine. Le tout était enchanté de façon à changer de couleur à volonté. Il avait même fait emballer ses présents dans du papier cadeau de Noël. Tabitha était ravie. Lorsque je la glissai dans les draps, elle portait déjà une de ses nouvelles nuisettes.

La tête et les pieds du lit étaient en palissandre du Brésil. C'était celui de mes parents. Je m'étais demandé ce qu'il était devenu après la mort de papa. J'avais eu ma réponse. Comme tout le reste, Roger se l'était accaparé. Je tins Tabitha dans mes bras le temps qu'elle s'endorme. Ensuite, je m'éclipsai pour appeler la réception.

— Qu'y a-t-il pour votre service ? me demanda une voix de femme sensuelle.

— Vous pouvez me passer Dennis ?

— Malheureusement non, monsieur, s'excusa-t-elle. Il ne s'élèvera que demain soir. Mais lorsque ce sera fait, je me ferai un plaisir de lui transmettre votre message.

— Il va « s'élever » ? demandai-je.

—Il a été choisi cette nuit, il y a environ une heure. Le seigneur Phillip était très content de sa prestation.

—J'imagine, fis-je remarquer. Il va nous manquer. Donc c'est vous la nouvelle ?

—J'espère finir favorite au second tour, avoua-t-elle. Je m'appelle Wendy.

—Qu'arrive-t-il aux candidats qui échouent ?

—Ils sont livrés en pâture à celui ou celle qui vient de s'élever.

—Donc Dennis a gagné la compétition masculine et tu espères remporter l'équivalent féminin, c'est ça ?

—Oui, mon seigneur.

—Tu peux peut-être m'aider, alors. Le seigneur Phillip est-il réveillé ?

—Un instant. Je vais vérifier. (Elle me mit en attente sur l'air de *Pierre et le Loup* de Prokofiev.) Il est bien debout, seigneur Eric, dit-elle au bout d'un moment. Je vous le passe.

—Eric ! Mon garçon ! s'exclama Phillip. Que puis-je faire pour vous ?

—Je voulais juste te remercier pour les vêtements, répondis-je. J'ai particulièrement apprécié lorsque Dennis a prétendu livrer une commande que j'aurais passée il y a plusieurs mois. C'était attentionné de ta part. Même moi, j'aurais été incapable de deviner qu'il mentait.

—Oui, c'est un fieffé menteur, acquiesça Phillip. Il fera un bon ami. Ensuite, lorsque le temps sera venu, il deviendra un ennemi encore plus précieux.

—Je n'en doute pas.

—Puis-je vous aider de quelque autre manière ? demanda-t-il.

—Non, c'est tout ce que je voulais te dire.

Je ne pense pas avoir été spécialement convaincant, mais je raccrochai quand même.

Après avoir regardé Tabitha respirer pendant une bonne heure, je me faufilai hors de la pièce et traversai le couloir pour me rendre dans ma nouvelle suite. Béatrice regardait une émission de cuisine sans le son, avec les sous-titres en français. Gladys, Cheryl et Erin se remettaient de leurs blessures. Elles dormaient toutes les trois dans un des lits *king size*. Phil s'était surpassé en m'offrant cette suite. Elle comptait cinq chambres, deux petits séjours, une cuisine, trois salles de bains et une salle d'eau. D'habitude, je vivais avec moitié moins de confort. Il y avait même un petit bureau, qui ressemblait tellement au mien que ça me rendait presque parano.

Rachel sortit de sa douche. Elle était complètement nue, mais un sourire malicieux s'affichait sur son visage. Elle avait l'air un peu bizarre, avec ce papillon sur la joue, mais elle respirait quand même la sensualité.

— Je veux bien organiser ton enterrement de vie de garçon, lança-t-elle en faisant glisser ses mains le long de son corps.

Une odeur de cannelle m'envahit les narines. Et je n'étais pas le seul affecté. Béatrice semblait très intéressée.

— Je préfère demander à Talbot.

— Ah bon ? (Elle tritura les anneaux qui lui perçaient les tétons.) Je peux te faire une démonstration, si tu veux.

Ses doigts descendirent lascivement jusqu'à son nombril, non sans caresser sa peau ferme. *Et merde !*

— Rhabille-toi, lui ordonnai-je avant qu'elle passe à la zone inférieure.

— Elle n'est pas obligée de le savoir, protesta-t-elle en prenant une mine boudeuse.

— Tu ne te priverais pas de tout lui raconter, fis-je remarquer.

Rachel éclata de rire. Elle enfila une culotte et une nuisette. Ce n'est pas ce que j'appelle des vêtements, mais bon. Elle avait beau trahir l'esprit de mon injonction, elle y obéissait à la lettre.

— Tu ne veux pas nous voir en action, Béa et moi ? proposa-t-elle en souriant.

— C'est tentant, mais non. Cela dit, j'aurais effectivement besoin de votre aide.

— On doit faire quoi ? demanda-t-elle, tout excitée.

— Dénicher une bonne bijouterie. J'ai promis une bague à ta sœur. (Je me tournai vers Béatrice.) Tu viens aussi.

Rachel s'habilla pour sortir et on se dirigea en périphérie de la ville. Béatrice connaissait une bijouterie ouverte 24 heures sur 24, où les vamps de la haute venaient se fournir.

Au moment de passer extra-muros, j'aperçus un gigantesque panneau publicitaire dans mon rétroviseur. Dessus, on pouvait lire « Welcome to the Void ». Le sous-titre spécifiant qu'il s'agissait du festival de musique avait été barré à grands coups de pinceaux ; à la place on avait marqué en rouge « Bande de nazes ». Je me demandai si c'étaient des petits malins ou des personnes informées de la présence de créatures maléfiques qui avaient fait le coup. Je devais absolument envoyer Talbot prendre une photo de bonne qualité avant que l'administration repeigne la pancarte.

— J'ai une question à vous poser, dis-je. Ça fait longtemps que ça me trotte dans la tête. D'habitude, je m'en fous pas mal de savoir ce genre de trucs, mais…

— Que voulez-vous savoir ? demanda Béatrice.

— Marilyn a été la fascinée de Roger pendant plus de quarante ans.

Je m'interrompis.

— Tu ferais mieux de t'abstenir, m'avertit Rachel.

— Et Roger était un Maître. Donc normalement, elle n'aurait pas dû vieillir.

— Elle ne vieillissait pas un peu plus lentement ? demanda Béatrice.

— Ce n'est pas la peine de lui expliquer, insista Rachel.

Dans l'absolu, Rachel n'avait pas tort, mais il s'agissait de Marilyn. Je lui devais bien ça. Même si j'oubliais entre-temps. Même si ça ne changeait rien.

— Elle a vieilli tout à fait normalement.

— Ça signifie qu'elle lui résistait, chuchota Béatrice. C'est ce qui se produit lorsqu'on s'oppose au bon vouloir de son maître.

— Ça veut dire qu'elle s'opposait à lui tous les jours ! Je reconnais bien là ma Marilyn.

Quelque chose de froid et d'humide me coula sur les joues. Je les essuyai. Mes doigts devinrent rouges.

Croc fit une embardée pour écraser une bestiole quelconque. Le cliquetis morbide des os de sa proie s'empilant sur les trophées remplissant son coffre me fit penser au son d'un bâton de pluie… Qui me fit penser à de l'eau… Qui me fit penser à…

— Merde !

— Qu'est-ce qu'il y a ? demandèrent en chœur les deux filles.

— Mon épée !

Croc fit demi-tour au beau milieu de la route. Les voitures se déportèrent à la dernière minute, quand elles ne nous arrosèrent pas d'un concert de klaxons.

— Quelle épée ? demanda Béatrice.

— Mon épée givrée magique ! Je l'ai laissée dans le placard. Putain ! Si un connard de pompier me l'a volée, ça va trop m'énerver !

Dans le rétroviseur, je vis scintiller des gyrophares rouge et bleu. Les flics ! Comme si j'avais besoin de ça ! Je sentis l'excitation de Croc vibrer à travers le volant, comme l'encolure d'un cheval prêt à galoper.

Sur la banquette arrière, Rachel pouffa.

— Tu ferais mieux de t'arrêter. Tu n'as qu'à envoyer l'amende à Phillip pour qu'il la fasse sauter.

C'était la chose la plus intelligente à faire. Mais ce n'était pas mon genre. D'ailleurs, Croc n'en avait pas non plus envie. Je lâchai la pédale de frein. L'accélérateur se plaqua au plancher tout seul. Mon pied resta suspendu en l'air.

Croc avait envie de continuer sur sa lancée, de traverser la ville à toute blinde et de semer les flics. Elle se moquait des considérations morales et des lois humaines. Elle voulait juste utiliser son pouvoir, s'éclater et bouffer. Greta avait intérêt à bien s'en occuper pendant mon voyage à Paris. Cette voiture allait me manquer.

— OK, dis-je à la Mustang. Fais-toi plaisir.

Croc accéléra de plus belle et Béatrice poussa un grand cri euphorique. Apparemment, sa vie était devenue assez aventureuse.

— J'ai oublié de vous dire quelque chose ! hurla-t-elle pour couvrir le bruit du vent, du moteur et de la radio.

— Quoi donc ?

— Ebon Winter vous a envoyé une carte.

J'éclatai de rire.

— Il me souhaite « Joyeux Noël » ?

— Presque. (Elle sourit.) C'est un bon gratuit. Il se propose de redécorer entièrement le *Pollux*, lorsqu'il sera reconstruit.

— C'est super sympa de sa part !

Si c'était bien lui qui avait conçu le patio de Gabriella, j'étais persuadé qu'il ferait des merveilles avec le cinéma.

— Il a accompagné son cadeau de quelques mots.

Elle me tendit la carte. Je lâchai le volant pour la prendre. Croc conduisait très bien toute seule.

« Très cher Eric,
J'espère que cette missive vous trouvera en bonne forme. Je vous remercie infiniment pour ces quelques mois on ne peut plus divertissants. À ce titre, je ne saurais me passer de cet avertissement concernant votre voyage à Paris : j'ai parié contre vous.

Joyeuses fêtes !
Winter. »

*Ces derniers mois* ? Ça voulait dire qu'il avait déjà lancé les paris à l'époque où je me fritais avec William et les loups-garous d'Orchard Lake ?

*Joyeux Noël aussi, espèce de fils de pute !* OK. J'avais pigé. Winter me cherchait ? Tout le monde me cherchait ? Ils voulaient du vampire à la sauce Gros Bill ? Eh ben, ils allaient en avoir pour leur argent.

Achevé d'imprimer en mars 2012 par Hérissey à Évreux (Eure)

N° d'impression : 118437 - Dépôt légal : avril 2012

Imprimé en France

81120699-1